ハヤカワ・ミステリ文庫

〈HM⑳-1〉

寡黙な同居人

クレマンス・ミシャロン
高山真由美訳

早川書房

9094

THE QUIET TENANT
by
Clémence Michallon

Translated by
Mayumi Takayama
First published 2024 in Japan by
HAYAKAWA PUBLISHING, INC.
This book is published in Japan by
arrangement with
ARLETTE-CLAUDINE LLC
c/o INKWELL MANAGEMENT, LLC
through TUTTLE-MORI AGENCY, INC., TOKYO.

タイラーに捧ぐ

まあ！　こんなにやさしそうなオオカミが
よりによっていちばん危険だなんて、
わかるわけないわ！

——シャルル・ペロー
『赤ずきんちゃん』

寡黙な同居人

1　小屋のなかの女

あなたはこう考えるのが気にいっている。すべての女に決まった男がいるなかで、自分の相手はたまたま彼だったのだ、と。

そう考えるほうが気が楽だ。誰もフリーじゃないのなら。あなたの世界に、外の人間が入りこむ余地はない。彼らの髪をなぶる風を愛することも、彼らの肌を焼く日射しに耐えることもない。

彼は夜やってくる。そしてドアの鍵をはずす。ブーツの足を引きずるようにして、落ち葉の道を歩いてくる。なかに入ってドアをしめ、デッドボルトの鍵をもとどおりにかける。

この男は、若く強靭《きょうじん》で、整った身なりをしている。あなたは二人が出会った日を思い返す、彼が本性をあらわにするまえのあの短い時間を。あなたの目に映る彼はこうだ――隣人たちをよく知る男。資源ごみをいつも時間どおりに出す男。子供が生まれたときには分娩室に立ちあった男。世のなかの悪に敢然と立ち向かう男。食料品店でレジに並んでいる彼を見れば、母親たちは自分の赤ん坊を彼に押しつけてこういうだろう。娘をちょっと抱っこしててもらえない？　粉ミルクを忘れちゃって。すぐ戻るから。

いま、彼はここにいる。いま、彼はあなたのものだ。

あなたの行動には順序がある。

彼はリストを確認するような目つきであなたを一瞥《いちべつ》する。あなたがここにいる。腕は二本、脚は二本、胴体ひとつ、それに頭がひとつ。

それからため息をつく。この場になじむにつれ、背中の筋肉から力が抜ける。身を屈めて、季節によって電気ストーブか扇風機を調節する。

あなたは手を差しだし、タッパーウェアを受けとる。ラザニアか、シェパーズパイか、ツナのキャセロールか、なんであれそのとき入っているものから湯気が立ちのぼる。食べ物は熱々で、あなたは口の天井を火傷する。

彼はあなたに水を手渡す。グラスに入っていることはない。いつも水筒だ。割れて尖った破片になるものは持ってこない。冷たい水が歯にしみて、電気ショックのように感じられる。それでも飲む、いまが飲む時間だから。金《かな》くさい味がずっと口のなかに残る。

バケツを渡されると、あなたはするべきことをする。恥ずかしい気持ちなど、ずっとまえに捨てた。

彼は排泄物を持ちだし、一分ほどあなたを一人にする。すぐ外で、ブーツの足音と、ホースから水がほとばしる音がする。彼が戻ってくるときにはバケツはきれいで、石鹼水が張ってある。

彼はあなたが体を拭くのを眺める。あなたの体をめぐる序列では、あなたは借地人で、彼のほうが地主だ。彼から道具を渡される。固形石鹼、プラスチックの櫛、歯ブラシ、小さなチューブの歯磨き粉。月に一度はシラミ取りシャンプーも。あなたの体はつねにトラブルを引き起こそうとし、彼はそれを食い止める。三週間に一度、彼はうしろのポケットから爪切りを取りだす。あなたがきれいに爪を切るあいだ、彼は待つ。その後、爪切りを回収する。必ず回収する。何年もくり返されてきたことだ。

あなたはまた服を着る。次に起こることを考えれば意味がないようにも思えるが、これは彼が決めたことだ。あなたが自分でやったらうまくいかないのだ。ジッパーをおろし、ボタンをはずし、いくつもの層を剝いでいく人間は、彼でなければ駄目なのだ。

彼の体の見取り図は、べつに知りたくもなかったが、覚えてしまった。肩のほくろ。下腹の毛の筋。両手と、その指の握力。あなたの首筋に当てられた手のひらの、熱を持った圧力。

ことのあいだじゅう、彼は一度もあなたを見ない。相手はあなたではないからだ。相手はすべての女、女という概念なのだ。ここで大事なのは彼自身と、彼の頭のなかで沸きたっている衝動だけなのだ。

ことが終わったあと、彼は決して長居しない。彼には外の世界があり、果たすべき責任がある。家族が、維持すべき家庭がある。確認すべき子供の宿題がある。観るべき映画がある。幸せにしなければならない妻がいて、育てるべき娘がいる。彼のやることリストには、ちっぽけなあなたの存在より大事な項目がいくつもあり、先にそちらをすべてチェックしなければならない。

ただし、今夜はちがう。

今夜はすべてがちがっている。

今夜は、この男が——計算ずくのステップしか踏まない、きわめて慎重なこの男が——自分のルールを破るのを見ることになる。

彼は手のひらで木の床を押して身を起こす。彼の指には奇跡のようにささくれがない。へその下でベルトのバックルを留め、腹部のぴんと張った肌に金属を押しつける。

「聞いてくれ」彼はいう。

感覚が鋭利になり、意識の中心が注意を喚起する。

「おまえがここに来てもう長い」

あなたは彼の顔を探る。何もわからない。彼は口数が少なく、表情を抑えることもできる男だから。

「どういうこと？」あなたはたずねる。

彼は肩をすくめるようにしてフリースの上着に腕を通すと、ジッパーを顎まであげる。

「引っ越さなきゃならない」彼はいう。

またもや、あなたは疑問を発するしかない。「え？」

彼のこめかみに静脈が浮く。あなたは彼を苛立たせたのだ。

「新しい家へ」

「どうして？」

彼は顔をしかめる。何かいおうと口をひらきかけるが、すぐに思いなおす。

今夜はいわないことにしたのだ。

彼が出ていくときに、確実に視線を合わせるようにする。あなたの混乱を、すべての疑問に答えが与えられていないことを、しっかり呑みこんでほしいから。あなたを宙ぶらりんの状態にしておくことに満足を覚えてもらいたいから。

小屋のなかで生き延びるためのルールその1——つねに彼に勝たせること。五年のあいだ、あなたはずっとそうしてきた。

2 エミリー

エイダン・トマスがわたしの名前を知っているかどうかはわからない。もし知らなくても恨んだりはしない。週に二回チェリーコークを注ぐだけの女の名前を覚えるより、もっと大事なことはいくらでもあるだろうから。

エイダン・トマスは飲まない。アルコールはまったく。飲まない色男っていうのはバーテンダーにとっては問題だけど、わたしの愛情表現は酒を出すことじゃない。人々がカウンター席にいる一時間か二時間、世話を焼くのが好きなのだ。

エイダン・トマスはそれさえときどきしかさせてくれない。車が通りすぎるまで微動だにしない道路脇のシカみたいに、こちらが過剰な興味を示そうものならすぐに逃げだそうと身構えている。だから向こうから来るに任せるしかない。火曜日と木曜日。大勢いる常連客のなかで、わたしが会いたいのは彼だけだ。

今日は火曜日。

七時になると、ドアのほうが気になりだす。一方の目で彼を探し、もう一方の目で厨房を――うちの給仕長と、ソムリエと、頭痛の種でしかない料理長《シェフ》を――見張る。手はひとりでに動く。カクテルのサイドカーを一杯、スプライトを一杯、ジャックコークを一杯。ドアがひらく。彼じゃない。ドアのそばの四人席のテーブルについた女性だ。車を移動させなければならなかったのだ。ビターズ&ソーダを一杯。奥のテーブルの子供に新しいストローを一本。給仕長からの報告――四人席のテーブルに出したパスタがお気に召さなかったようで。冷めてるとか、からさが足りないとかいってます。はっきりしないクレームだが、客はまだいて、厨房の連中がフードウォーマーをうまく使えないせいでチップがもらえないなど、給仕長のコーラにとっては論外だ。コーラをなだめる。パスタをつくりなおして、お詫びに何か付け合わせを無料で出すようにと厨房に伝えてもらう。あるいは、四人席のテーブルのお客が甘党なら、ケーキ職人のソフィーに頼んでデザートを出してもらってもいい。なんでもいいから黙らせて。

レストランは要求のブラックホール、決して満足することのないモンスターだ。父はわたしにたずねもせずに、わたしがレストランを継ぐものと決めてかかった。そしてその後、心おきなく死んでしまった。シェフとはそういうものだからだ――湯気と混沌のなかにのみ存在し、事態の収拾はこちら任せ。

指を両方のこめかみに当て、不安を払いのけようとする。たぶん気候のせいだ——十月の一週めで、まだ秋になったばかりだが、日はどんどん短くなり、空気が冷たくなってきている。もしかしたら理由はべつにあるのかも。だけど今夜は、全部が自分のしくじりのように感じられる。

ドアがひらく。

彼だ。

わたしのなかに明かりが灯《とも》る。喜びが泡になって立ちのぼり、自分がちっぽけで、ほんのちょっとみだらで、かなり馬鹿になったような気分だけど、これはレストランの仕事が差しだしてくるもっとも甘美な刺激で、わたしはそれを受けとめる。週に二回、わたしはそれを享受する。

エイダン・トマスは黙ってカウンター席につく。ふつうの挨拶以上の話はしない。これはダンスで、わたしたちは自分のステップを熟知している。グラス、キューブアイス、ソーダガン、〈アマンディーン〉と昔の筆記体で書かれた厚紙のコースター。一杯のチェリーコーク。満足顔の男が一人。

「ありがとう」

手は忙しく動かしたまま、すばやく彼に笑みを向ける。シェイカーを洗ったり、オリーブやレモンスライスの瓶を並べたりする仕事のあいまに、彼のほうをちらちら盗み見る。暗誦できるほど熟知している、それでいていっこうに飽きない詩のようだ——青い瞳、ダークブロンドの髪、整えられた顎ひげ。目の下にしわがある、いままでの人生の証《あかし》として。誰かを愛し、失ってきた証として。それから、手だ——一方はカウンターの上にあり、もう一方はグラスを包んでいる。ゆるぎなく、力強い、物語を語る手。

「エミリー」

コーラがカウンターにもたれている。

「今度は何？」

「ニックが、サーロインステーキは売り切れだといってくれって」

わたしはため息をこらえた。ニックの癇癪《かんしゃく》はコーラのせいじゃない。

「どうしてそんなことを？」

「肉の切り方が正しくないから、調理時間がくるってしまうんだっていってる」

わたしはエイダンから視線を引きはがし、コーラに向きなおる。

「あの人のいってることが正しいとは思わないけど」コーラはいう。「ただ……そう伝えてくれって頼まれたから」

ほかのときならカウンターを出て自分でニックに対処しただろう。しかしいまは、この瞬間をニックに奪われるなどまっぴらだ。

「いいたいことはわかったと伝えて」

コーラはつづきを待つ。〝いいたいことはわかった〟だけでは、ニックの不平が止まらないのはコーラも承知している。

「サーロインステーキにクレームがついたら、わたしが自分で対処するから。約束する。わたしが責任を取る。サーロイン事件の女として名を残すかもね。今夜の料理は大絶賛の嵐だってニックに伝えて。それから、サーロインよりもデシャップ台の心配をしてくれっていっておいて。スタッフが冷めた料理を出さないように」

コーラは〝わかった、わかった〟というように両手をあげ、厨房へ戻ろうと向きを変える。

今度こそ思わずため息を洩らす。磨きかけのマティーニグラスに注意を戻そうとしたところで、視線を感じる。

エイダン。

半笑いの表情で、カウンターからこちらを見ている。

「サーロイン事件とはね」

やだ。聞かれてた。

わたしは無理やり笑い声をたてる。「ごめんなさい、お見苦しいところを」

エイダンは首を横に振り、チェリーコークをひと口飲む。

「謝る必要なんかない」彼はいう。

笑みを返し、今度は本当にマティーニグラスに気持ちを集中する。エイダンがチェリーコークを飲みおえるのが視界の隅に入る。わたしたちのダンスの再開だ。彼が勘定書きを求めてちょっと首を傾《かし》げる。さよならの挨拶の代わりにつかのま手をあげる。

そんなふうにして、わたしの一日のハイライトは終わる。

エイダンのレシートと、いつもとおなじ二ドルのチップ、そして空《あ》いたグラスを回収する。カウンターを拭こうとしてようやく気づく——リハーサルを積んだわたしたちのダンスにおけるひとつのつまずき、ひとつの変化に。

コースターだ。彼の飲み物の下にすべりこませた厚紙のコースター。ふだんならリサイクル用のごみ箱に捨てるところなのに、それが見つからない。

下に落ちた？　カウンターの外側に出て、ほんの数分まえに彼が座っていたスツールの足もとを見る。何もない。

ひどく妙だけど、間違いない。コースターがなくなっている。

3　小屋のなかの女

彼があなたをここへ連れてきた。

彼の家はちらりとしか見えなかった。彼の目を盗んですばやい一瞥《いちべつ》を投げただけ。何年ものあいだ、細部に固執しながらそのときのイメージを思い返してきた。小さな区画の中心にある家。青々とした草、柳《やなぎ》の木々。どの植物も刈りこまれ、どの葉も手入れが行き届いていた。小さな建物が敷地の周縁部にぽつぽつと立っていた、まるで大皿に盛られたティーケーキのように。独立型のガレージ、物置き、自転車用のラック。木の枝のあいだを縫うように渡した電気のコード。この男は落ち着いた素敵な場所で暮らしているのだと知った。子供たちが駆けまわれるような場所、花の咲きほこる場所で。

彼は足早に土の道を進み、丘を上った。家は遠くに消え、まわりはうんざりするほど木ばかりになった。彼が足を止めた。助けを求めてしがみつくべきものもなく、大声で呼べるような人もいなかった。あなたは小屋のまえにいた。灰色の壁に囲まれた、斜めの屋根の小屋。窓はない。彼は金属の南京錠を持ちあげ、鍵束からひとつの鍵を選んだ。

　中に入ると、彼は新しい決まりをあなたに教えた。

「名前は」彼はいった。膝をついているのに、それでもあなたの上にそびえるようだった。彼の手が顔の両脇に当てられているので、あなたの視界は彼の指にはさまれている。「おまえの名前はレイチェル《Rachel》だ」

　あなたの名前はレイチェルではなかった。彼はあなたの本当の名前を知っていた。あなたの財布を奪ったあと、運転免許証を見たのだから。

　けれども彼はレイチェルだといい、あなたはその事実を受けいれるしかなかった。彼はうなるようにrを発し、決めつけるようにlを発音した。レイチェルはまっさらな紙だった。レイチェルには過去も、戻るべき生活もなかった。レイチェルなら小屋のなかで生きていけた。

「おまえの名前はレイチェルだ」彼はいった。「誰もおまえのことを知らない」

　あなたはうなずいた。真剣みが足りなかったらしい。彼の両手が顔から離れ、あなたのセーターをつかんだ。彼はあなたを壁に押しつけ、腕で首を押さえこんだ。手首の骨があなたの気管を圧迫した。息が吸えず、酸素がまったく入ってこなかった。

「聞け」世界があなたの意識からすべり落ちはじめていたが、彼の言葉を聞かないという選択肢はなかった。「誰もおまえのことを知らない。誰もおまえを探していない。わかったか？」

彼は手を放した。咳をするよりも、息を吸おうと喘《あえ》ぐよりも、ほかの何をするよりも先に、あなたはうなずいた。本気であることを示すように、あなたは必死でうなずいた。

あなたはレイチェルになった。

以来、何年もレイチェルのままでいる。

レイチェルがあなたを生かしてきた。あなたがあなた自身を生かしてきた。

ブーツ、落ち葉、デッドボルト。ため息。電気ストーブ。すべてふだんどおり。彼を除いて。今夜、彼は急いでいる、鍋を火にかけたまま出てきてしまったかのように。あなたがまだチキンポットパイの最後のひと口を噛んでいるときに、彼はタッパーウェアを取りあげる。

「ぐずぐずするな」彼はいう。「夜が明けるだろうが」

こんなふうに急いでいるのは、欲望のせいじゃない。どちらかというと、あなたが何かの曲で、彼は退屈なパートを早送りしているような感じだ。

彼は服を着たままでいる。彼のフリースのジッパーが、あなたの腹部に傷をつける。髪の房が彼の腕時計の留め金に絡まる。彼は手首を引き、自分の体をあなたから引きはがそうとする。髪が引きちぎられる音がする。頭皮が燃えるように痛む。すべてに感触があり、すべてがリアルだ。たとえ彼が幽霊のようにあなたに覆いかぶさっていても。

彼にはここに、一緒にいてもらう必要がある。安心してくつろいでもらう必要がある。彼に話してもらう必要がある。

あなたはことが終わるまで待つ。終わって、自分が服を着るまで。

彼が出ていく準備をしはじめると、あなたは髪をかきあげる。昔よくデートのときにしたしぐさだ。バイカージャケットを着たまま肘をテーブルに載せて。シルバーのネックレスが白いTシャツに映えていた。

いまもそれが効く。あなたは自分自身の断片を覚えていて、それがときどき役に立つ。

「ねえ」あなたは彼に話す。「あなたのことが心配なの」

彼はあざわらう。

「本当に。つまり――どうしたのかなと思って。それだけ」

彼は鼻で笑い、両手をポケットに突っこむ。

「もしかしたら、助けられるかもしれない」あなたは思いきっていってみる。「出ていかなくてすむ方法が見つかるかも」

彼は鼻を鳴らすが、ドアへ進もうとはしない。あなたはここで持ちこたえなければならない。これが勝利への第一歩だと信じなければならない。

ときどき、彼はあなたに話をすることがある。頻度は低く、いつも不承不承といった様子だが、とにかく話す。自慢話のこともある。何かを告白することもある。そもそも、彼がわざわざあなたを生かしておく理由もそこにあるのだろう。彼の人生には誰かにいわずにはいられない物事があり、それを聞くことができるのはあなただけなのだ。

「何があったか話してくれたら、どうすればいいか思いつくかも」あなたはいう。

彼は膝を曲げ、顔の高さをあなたに合わせる。息はさわやかなミントの香り。温かくてごつごつした手のひらが、あなたの頬に当てられる。親指の先があなたの眼窩をえぐるように押す。

「おれが話したら、どうすればいいか思いつくって？」

彼の視線があなたの顔から爪先までをたどる。不快感をこめて。軽蔑するように。それでいていつも――ここが重要なのだが――ほんの少し好奇心もあるのだ。自分があなたに対してできることについて。やっても逃げきれる物事について。

「おまえが何を知っている？」彼はあなたの顎の線をなぞる。爪があなたの顎を引っかく。「自分が誰かもわからないくせに」

あなたにはわかっている。祈りのように、マントラのようにくり返す。あなたはレイチェル。彼があなたを見つけた。あなたが知っているのは、彼があなたに教えたことだけ。あなたが持っているのは、彼があなたに与えたものだけ。壁に釘づけにされた足首の鎖と寝袋が目に入る。逆さにした木箱には、何年ものあいだに彼が持ってきた品物が置いてある。ペーパーバックが三冊に、財布（空《から》っぽ）、ストレスボール（本物）。ばらばらで統一感がない。察するに、この男がカササギみたいにほかの女たちからかすめ取ってきたものだ。

「おれがおまえを見つけたんだ」彼はいう。「おまえは途方に暮れていた。おれが屋根を与え、おまえを生かしつづけている」彼は空っぽの容器を指差してつづける。「おれがいなければどうなるかわかるか？　無だ。おまえは死んだも同然だ」

彼はまた立ちあがる。拳《こぶし》の指を鳴らすと、ポキポキという音が一本ずつはっきり聞こえる。

あなたは小さな存在だ。それはわかっている。しかしこの小屋のなかでは、彼の人生のうちのこの部分においては、あなたは彼のすべてだ。

「彼女が死んだ」彼はいう。そして服のサイズを試すかのようにもう一度いう。「彼女が死んだ」

誰のことをいっているのか、あなたにはさっぱりわからない。彼がこうつけ加えるまでは。「義理の両親は家を売るつもりだ」

ようやくあなたにもわかる。

彼の妻だ。

あなたはいっぺんにすべてを考えようとする。上流社会で人々が口にするようなことをいいたいと思う。お悔やみ申しあげます、とか。と同時に、こうたずねたい。いつ？　どんなふうに？　そしてこうも思う。彼がやったのだろうか？　とうとうキレたとか？

「だから引っ越さなきゃならない」

彼はうろうろする。小屋のなかにいてできる範囲で歩きまわる。混乱している。彼らしくもない。けれどもあなたには、彼の感情のために割いている時間はない。彼がやったかどうか考えて無駄にするような時間もない。彼がやったとしても、どうでもいい。彼は人殺しなのだ。あなたはそれを知っている。

あなたがしなければならないのは、考えることだ。萎縮《いしゅく》した脳のひだを探ることだ、以前は日常的に起こる問題を解決していたはずの部位を。友人や家族を助けていた自分の一部を。だが脳が叫ぶのは、もし彼がこの家を、この土地を出ていくなら、あなたは死ぬ、その事実だけだ。連れていってもらえるように説得しないかぎり。

「お気の毒に」あなたは彼にいう。

あなたはいつでも何かを気の毒に思い、そのたびに謝ってばかりいる。彼の妻が死んだのも気の毒だ。社会の不公正が彼に降りかかるのを、本当に気の毒に思っている。彼があなたから離れられないのを悪いと思っている。いつもおなかを空《す》かしたり喉が渇いたり寒がったり、いや、それをいうなら詮索までする、こんなに手のかかる女から離れられないのだから。

小屋のなかで生き延びるためのルールその2――彼はつねに正しい。あなたはつねに申しわけなさそうにしていなければならない。

4　エミリー

　彼が戻ってきた。火曜日と木曜日に。四十三度のウイスキーとおなじくらいの信頼度で、あふれそうな期待を持たせてくれる。

　エイダン・トマスがグレーのトラッパーハットを取ると、帽子の下の髪は逆立った羽毛のようになっている。今夜はダッフルバッグを持っていた。軍の放出物資の店で買ったみたいな緑色のナイロン製。体の脇にどっしりと垂れ、ひもが肩に食いこんでいる。

　彼のうしろでドアがバタンと音をたてる。わたしはどきりとする。いつもの彼は慎重なしぐさでドアをしめるからだ。一方の手でドアハンドルを持ち、もう一方の手でドア枠を押さえて。

　下を向いたままカウンターまでやってくる。なんとなく足取りが重く、それはどうやらダッフルバッグのせいばかりではないようだ。

　何かが彼に重くのしかかっている。

彼は帽子をポケットに詰めこみ、髪を撫でつけて、ダッフルバッグを足もとに置く。

「わたしが頼んだマンハッタンはできた？」

心ここにあらずといった視線をちらりと向けて、ドリンク二杯をコーラのほうへすべらせる。コーラはすばやく離れていく。エイダンはコーラがいなくなるまで待ってから、顔をあげてわたしを見る。

「何にしますか？」

エイダンは疲れた笑みを向けてくる。

わたしはソーダガンを手に取っていう。「いつものですね」それからアイデアが浮かび、いい添える。「それとも、何かつくることもできますけど。ちょっとした元気づけが必要なら」

エイダンは気息まじりの笑い声をたてる。「そんなにわかりやすいかな？」

わたしは涼しい顔で肩をすくめてみせる。まったくたいした問題ではないとでもいうように。「そういうことに気がつくのも仕事のうちだから」

エイダンの目が虚ろになる。彼の向こうで、エリックが身振り手振りを交えて話をしている。四人席の客に本日のスペシャルの説明をしているのだ。客たちは目を見ひらき、聞きいっている。エリックはこういうことがとてもうまい。芝居っけがあるのだ。担当テーブルで好意を買い、少しの言葉でチップを料金の二パーセントから五パーセントに膨《ふく》らませる術《すべ》を心得ている。

やさしいエリック。わたしが彼のボスになっても友達のままでいてくれた。いつも助けてくれる。どういうわけか、わたしを、わたしがこの店を経営する能力を買ってくれている。

「何かつくってみましょうか」

わたしはロックグラスを手に取ってすばやく磨く。エイダン・トマスはわたしに向かって眉をあげてみせる。何かが起こっている。何か新しい、いつもとちがうことが。彼はそれをどう思っていいか確信が持てない様子でいる。わたしにとっては、これは自殺行為だ。彼はいつものチェリーコークがほしいだけなのに。

「すぐ戻ります」

精一杯、軽い足取りを保って動く。スイングドアの向こうでは、ニックが今夜のスペシャル四皿の上に身を屈めている——パン粉をまぶしたポークチョップ、ベーコンとエシャレットのグレービーソースがけ、チーズ風味のマッシュポテトを添えて。シンプルだが、風味豊かだ、とニックはわたしにいっていた。人は自分の皿に知っているものが載るのを好むが、家でつくれるものをここで食べたくはないだろう。ニックはまるでそれが自分の考えであるかのようにいう、こっちは歩けるようになるまえから父親に教えこまれてきたというのに。本物の食事を、納得のいく値段で、というのも父の口癖だった。われわれは街から来る人々だけに食事を出すわけじゃない。彼らが来るのは週末だが、店が平日にやっていけるのは地元の人々のおかげなんだ。まずは地元を大事にしないと。

厨房を出ていくエリックがそばを通りすぎる。左手でバランスを取りながら三枚の皿を持っている。スイングドアを抜けるときにエイダンがカウンター席にいることに気づき、エリックは足を止めてふり向くと、わたしに向かって小さくにやりとしてみせる。わたしは気がつかないふりをして倉庫へ向かう。

「ねえ、ランチで出してたエルダーフラワーティーはまだある?」

沈黙。みんな仕事をしているか、わたしを無視している。わたし、エリックとともに仲よし三銃士の一人であるユワンダなら知っているだろうけれど、いまはダイニングにいて、おそらくドイツワインの白――ゲヴュルツトラミネールとリースリングの長所と短所――について語っているだろう。探索をつづけていると、バターミルクランチ・ドレッシングが入ったバットの奥にピッチャーがあるのを見つけた。だいたい一杯分残っている。

完璧だ。

わたしは急いで戻る。エイダンは両手をカウンターに置いて待っている。大半の人とちがって、エイダンは一人になった瞬間にスマートフォンに手を伸ばしたりはしない。彼は一人で過ごす術を、一人の時間を引き延ばして静けさを見いだす方法を知っている。それが必ずしも居心地のいいものでないとしても。

「お待たせしてごめんなさい」

　エイダンの視線を感じながら、わたしはグラスに角砂糖を落とす。それからオレンジのスライスと、アンゴスチュラ・ビターズも一振り。氷を入れ、ついでエルダーフラワーティーを注ぎ、掻き混ぜる。スプーンを使って――ビニール手袋ほどバーテンダーのスタイルを台無しにするものはない――マラスキーノチェリーを広口瓶から取りだす。

「さあどうぞ《ヴォワラ》」

　わたしのおおげさなフランス語の発音を聞いて、彼は笑みを浮かべる。おなかのあたりがじんわりと温かくなる。グラスを彼のまえに押しだす。彼はそれを持ちあげ、においを嗅ぐ。この人がチェリーコークのほかにどんな飲み物が好きか、自分がまるで知らないことを、突然ひどくはっきりと自覚する。

「これは何かな？」彼がたずねる。

「バージン・オールドファッションド」

　彼はにやりとする。「古風《オールドファッションド》で、なおかつバージン？　筋が通ってる」

頬が熱くなってくる。即座に体の反応を否定したくなる。セクシャルな言いまわしに赤らむ頬も、カウンターに湿った指紋を残す汗まみれの手も。

わたしに気のきいた返しを考えさせる間もおかず、彼はひと口飲み、舌を鳴らしてグラスを置く。

「うまい」

一瞬、膝から力が抜けそうになる。肩が、顔が、指が、全身の筋肉が安堵でゆるむところを、彼に見られていませんように。

「気にいってもらえてよかった」

カウンターの左側を爪がたたく。コーラだ。ウォッカ・マティーニとベリーニを待っている。わたしはマティーニグラスを氷で満たし、ふり返って栓のあいているシャンパンのボトルを探す。

エイダン・トマスは飲み物の底の氷をくるくるまわす。すばやくひと口飲んだあと、またくるくるまわす。ここにいるのは、わたしたちの町のために多くのことをしてきたすばらしい男性だ。ひと月まえに妻を亡くした。その彼が、わたしのカウンターのまえに一人で座っている。お酒は飲まないのに。もし彼の人生の中心にぽっかりと穴があいているなら、きっとこの習慣をつづけることが何かしらの慰めをもたらしているのだろう。これが

——沈黙の共有、無言のうちに進むお決まりのやりとりが——彼にとっても意味のあることなのだろう。

この町の誰もが、エイダン・トマスとの逸話を持っている。子供なら、クリスマス・パレードの直前に助けられたことがあるだろう。エイダンは必要なときに必ず現われた。腰に工具ベルトを締めていて、ぐらぐらする橇《そり》を修理したり、トナカイの角をまっすぐになおしてくれたりする。

二年まえ、あのひどい嵐で年老いたマクミラン氏の家に木が倒れかかったときも、エイダンは車で急行して発電機を取りつけ、それが動いているあいだに電線をなおした。その後ひと月のあいだ、週末のたびに通って屋根の修理もした。マクミラン氏は支払いを申しでたけれど、エイダンは受けとろうとしなかった。

うちの家族とエイダン・トマスのエピソードは、わたしが十三歳のときのものだ。ディナーの真っ最中で父が調理にかかりきりだったとき、倉庫の冷蔵機能がきかなくなった。わたし自身は、細かいところは忘れてしまった。あるいは、当時わざわざ知ろうとしなかっただけかもしれない。だいたいいつもおなじことだからだ——モーターがいかれたとか、電気回路の故障だとか。父は厨房をきりまわしながら冷却設備をなおす方法を見つけようとしてキレそうになっていた。たまたま妻と食事をしていた素敵な男性が騒ぎを小耳にはさみ、助力を申しでた。父は躊躇したが、父にしては珍しく、もうどうにでもなれと思ったようで、男性を厨房へ案内した。エイダン・トマスはその夜の大部分を厨房で膝をついて過ごした。疲れきったスタッフをなだめて、工具を貸してほしいと丁重に頼みながら。

ディナータイムが終わるころには、倉庫がまた冷えるようになった。父の頭も冷えた。厨房で、父はエイダン・トマスとその妻に洋ナシのブランデーを勧めたが、二人とも断わった。エイダンはお酒を飲まなかったし、妻は妊娠初期だったから。

レストランのオーナーの子供にはよくあることだが、わたしはその夜も店の手伝いをしていた。案内カウンターに置かれたボウルにミントキャンディを補充していると、エイダン・トマスがダイニングにいるのが見えた。彼は食事を終えたお客さんがよくやるように、財布とスマートフォンと車のキーを出そうとコートのポケットを探っていた。父の笑い声が厨房から洩れ聞こえてくる。父はシェフとしての腕はなかなかだが、気の短さもなかなかで、完璧主義がこうじて怒りを爆発させることもたびたびあった。その父がリラックスして、自分の店のなかでほっとひと息つける稀な一瞬を楽しんでいる。父にとってはもっとも幸福感に近い感情だった。

「あれをなおしてくれてありがとう」

エイダン・トマスは、わたしの存在にたったいま気がついたかのように顔をあげた。二人のあいだで宙に浮いたままの言葉を取り戻して、呑みこんでしまいたかった。女の子には、早い年齢のうちに自分の声の響きが嫌いになることがある。

たいていの大人がするように、この人もおざなりな相槌でわたしをあしらってすぐに厨房に戻るのだろうと思い、それを待った。しかしエイダン・トマスはほかの大人とはちがった。誰ともちがった。

彼は微笑み、ウインクをした。そしてざらついた低い声で——この瞬間までわたしが意識すらしたことのなかった体のどこか深いところを揺さぶるような声で——いった。「どういたしまして」

なんということもない出来事だった。同時に、その後のすべてが決まるような出来事でもあった。彼が示したのは最低限の礼儀正しさであり、際限のないやさしさだった。目立たない少女のうえに光を投げかけ、影から引っぱりだして、はっきり目に見える存在に変えたのだ。

それはわたしがもっとも必要としていたことだった。自覚すらしていなかったけれど。

いま、わたしはエイダン・トマスを見ている。彼が途中まで飲んだところで動きを止め、グラスを通してわたしを見つめるのを。わたしはもう、男たちが光を投げかけてくれるのを待つ隠れた少女ではない。自分で放った光のなかへ歩みでた、一人前の女だ。

彼が手を伸ばす。何かが動く。世界が掻き乱され、ハドソン川の何千メートルも下で地殻プレートがぶつかりあう。彼の指がわたしの指をかすめ、彼の親指がわたしの手首の内側を撫でる。わたしの心臓は——この時点ですでに鼓動するどころではなく、どき、どき、どきと激しく打って手がつけられない。

「ありがとう」彼はいう。「これはとても……ありがとう」手をぎゅっと握られると、理解の追いつかない、とても貴重な衝撃が彼からわたしへと伝わってくる。

彼はわたしの手を放し、頭をうしろへそらしてグラスを空《あ》ける。彼の首から、細身で筋肉質の全身から、落ち着いた自信が漂っている。

「お代はいくらかな?」

わたしは空《から》になったグラスを取り、カウンターのこちら側でゆすぐ。忙しく手を動かしていれば、その手が震えているのを見られることはない。

「心配しないで。これは店のおごり」

エイダンは財布を取りだす。「払うよ」

「いいの、本当に。あなたが……」

あなたが今度一杯おごってくれれば、それでおあいこ。妻を亡くしてまもないタイミングでなければ、そういっていたところだ。そういう代わりに清潔な布巾をひらいて、彼が使ったグラスを拭きはじめた。

「じゃあ、また今度」

エイダンは笑みを浮かべながら財布をポケットに戻し、立ちあがってパーカーを着る。わたしはふり返ってグラスを背後の棚に戻す。腕が途中で止まる。そう、顔は燃えるようだし、動きはぎこちないけれど、たったいま特別なことが起こったのだ。賭けに出て、それがうまくいった。わたしは口をひらいたが、悲惨なことにはならなかった。

もしかしたら、もう少しだけ大胆になってもいいのかもしれない。

わたしはふり向いてカウンターにもたれ、玉ねぎのピクルスが入った広口瓶のふたをしめるふりをした。

「このあとはどこへ行くの？」二人のあいだに欠かせないいつものおしゃべりの一部とでもいうように、わたしはたずねた。

エイダン・トマスはパーカーのジッパーをあげてトラッパーハットをかぶり、ダッフルバッグを手に取る。バッグはチリンと金属的な音をたてて、彼の腰のあたりに落ち着く。

「たいしたところじゃないが、ちょっと考え事のできる場所へ」

5 小屋のなかの女

あなたは夕食を待っている。いや、生ぬるい水だけでもいい、なんだっていい、ジッパーをあげさげするときの軋《きし》む音だっていいから、早く来てほしいと思っている。

彼は現われない。

あなたは木立に隠れた小屋を思い描く。そろそろ秋になるころだろう。彼が二週間まえに扇風機を片づけ、電気ストーブを持ってきたから。あなたは目をとじる。この季節のことで覚えているのは、まず、日が短くなること。六時には日没だ。それから、暮れゆく空を背景に木々が葉のない枝を広げているところ。さらに思い描く――あなたから見えない遠くに彼の家がある。窓明かりの黄色い四角、庭に散ったオレンジ色の葉。もしかしたら温かい紅茶が入っているかもしれない。アップルサイダー・ドーナツがあるかもしれない。遠くから彼のトラックのエンジン音が聞こえる。彼はここにいる。この私有地のなかにいて、自分の人生を生きている。自分のニーズを満たしている。けれどもあなたのニーズは満たしていない。あなたは待ち、さらに待つ。それでも彼はやってこない。

瞑想をして空腹の発作をやり過ごそうとする。彼が持ってきた本をぱらぱらとめくる。とりたてて順序も気にせずに小屋に持ちこまれたものだ。スティーヴン・キングの『IT』。『ブルックリン横丁』のくたびれたペーパーバック。メアリ・ヒギンズ・クラークの『ダンスシューズが死を招く』。どれも古本で、ページの角が折られたり、余白にメモが書いてあったりする。あなたはずいぶんまえのある日に、これは彼の本なのかとたずねたことがある。彼は首を横に振った。これも戦利品なのね、とあなたは思った。あなたほど運がよくなかった人々から彼が奪った品々なのだ。

小屋の片隅にしゃがみこむ。彼がバケツを持ってきてくれないので、選択の余地はない。もし次にここへ来ることがあれば、彼は激怒するだろう。鼻にしわを寄せ、あなたのほうへ漂白剤のボトルを投げるはずだ。これでこすれ。完全ににおいがしなくなるまでやめるんじゃないぞ。

あなたはなるべく先の心配をしないようにする。生き延びるためには、不安は邪魔になるから。

彼が来なかったことはまえにもあった。けれどもこんなふうではなかった。最初の年の九カ月めのころ、あなたを小屋に閉じこめている男はどこかへ出かけるのだといった。そしてバケツと、グラノーラバーを一箱と、小さな水のボトルを一パック持ってきた。

「出かける必要があるんだ」彼はいった。出かけたいでも、出かけなければならないでもなく、出かける必要がある、と。

「何もするんじゃないぞ。動くな。大声を出すな。まあ、そんなことはしないだろうが」

彼はあなたの両肩をつかんだ。あなたは彼の手を自分の手で包みたい衝動に駆られた。あなたはレイチェル。彼があなたを見つけた。あなたが知っているのは、彼があなたに教えたことだけ。あなたが持っているのは、彼があなたに与えたものだけ。

彼はあなたを揺さぶった。あなたは揺さぶられるに任せた。「もし何かしたら」彼はいった。「おれにはわかるからな。おまえのためにならないぞ。わかったか？」

あなたはうなずいた。そのころにはもう、彼が信じるようなうなずき方を覚えていた。

彼は三日間いなくなり、戻ってきたときにはこのうえなく幸せそうだった。足取りに活気があり、腕や脚に微弱な電流が流れているようだった。そして深く、貪欲に息を吸った。こんなに空気がうまいのは初めてだ、といわんばかりに。

これはあなたが知っている彼ではなかった。義務と責任のために生きる男ではなかった。

彼はあなたを相手に、ここに来ている目的を果たした。エネルギーがみなぎっていて、少し乱暴だった。

その後、彼は言葉少なに語った。うまくいった、完璧だった、とだけ。彼女は気がついておらず、気づいたときには遅すぎたのだ、と。

そういうことはまたあった。前回の感謝祭の直前に。彼が残り物を持ってきたのでそれとわかった。毎年そうだったから。あなたがそういう形で時間の経過を追っていることを彼が知っているのかどうか、あなたにはわからない。彼はそんなことは考えたこともないのではないか。

全部で二回だ。彼があなたを生かしながら、ほかの誰かを殺したことが二回。あなたが例外でありつづけたあいだに、お決まりの行動が二回加わった。

どちらのときも、彼は準備をしていった。今回は何も置いていってくれなかった。あなたのことを忘れたのだろうか？　夢中になるようなべつのプロジェクトを見つけたのだろうか？

彼が来ないと、日にちを数えるのがむずかしくなる。彼のトラックの音が、朝出かけるときと夜戻ったときの合図だと思っているが、確信は持てない。眠るべきときと起きるべきときは体が教えてくれる。あなたは壁に手のひらをくっつけて日射しの温かさや夜の冷気を感じとろうとする。あなたの推測では一日が過ぎ、ついでもう一日が過ぎるところだ。二日めがそろそろ終わりそうだと思えるころには、口のなかが紙やすりのようになる。頭のまわりをコウモリがぶんぶん飛んでいる。指をしゃぶって唾液を出し、結露を求めて小屋の壁をなめる。渇きをやわらげることならなんでもする。このままではすぐに死体になるだろう。頭蓋骨と背骨と骨盤と脚をぺったりと木の床板につけ、肌はべたべたで、息が苦しい。

もしかしたら、彼はあなたの体力を過信しているのかもしれない。あなたは彼の意図とは無関係に死ぬのかもしれない。戻ってきて小屋のドアをあけた彼は、冷たく、動かなくなったあなたを見つけるのかもしれない。どのみち、いつ死んでもおかしくない身だ。三日めのように思える日に、南京錠がカチャカチャと鳴る。彼の姿はドアフレームのなかの影だ。一方の手にバケツを、もう一方の手に水のボトルを持っている。あなたは身を起こして座り、水をひったくってキャップをひねるべきだった。目の焦点が戻るまで飲んで、飲んで、飲みまくるべきだった。しかしそれができない。彼のほうがやってきて、あなたのそばに膝をつき、ボトルの口をあなたの唇に当てなければならない。

あなたは水を飲み、手の甲で唇をぬぐう。彼はまったく彼らしくない見かけだ。ふだんは身なりに気を使う男で、頬骨のあたりのひげや襟足はきちんと剃ってあり、髪はレモングラスのにおいがするのだ。歯は白く、歯茎も健康。実際に見たことはないが、毎朝、または毎晩入念にフロスを使い、仕上げにマウスウォッシュで口をゆすいでいるところが容易に想像できる。しかし今夜の彼は乱れて見える。顎ひげも不揃いで、視線を小屋の端から端へぼんやりと泳がせている。

「食べ物は？」

あなたの口から耳障りな声が飛びだす。彼は首を横に振る。

「彼女がまだ起きている。荷づくりの最中だ」

娘のことだろう、とあなたは推測する。

「じゃあ、ないの？　何もないの？」

勢いに任せていいすぎたと、あなたは自分でもわかっているが、三日も放っておかれたのだ。それに、全身の感覚を鈍らせていた渇きがなくなると、空腹による胸郭の内側の空虚さが、ひりひりとした背中の痛みが、体の不具合を示す無数の警鐘が、いっきに襲いかかってくる。

彼は両手をあげてみせる。「なんだと？　電子レンジにかけた冷凍食品を持ってドアを出ても、あの子が何も訊いてこないとでも思うのか？」

彼が持ってくる食べ物はいつも何かの一部だった。ラザニアひと切れとか、シチュー一皿とか、キャセロールからのひとすくいとか。なくなっても気づかれないような食事の一部。ピザひと切れ、チーズバーガーひとつ、鶏もも肉のローストを一本などよりずっと控えめなものばかり。彼はこれまで、つくるときには大量につくり、こっそり取りわけておいたものを運んでいたのだ。あなたのことを秘密にしておく方法のひとつとして。

彼はうめくような声を出しながらあなたの隣りに座る。彼があなたの上着のジッパーをおろし、首に手をまわしてくるのをあなたは待つ。ところが彼はそうせずに、自分のウエストバンドに手を伸ばす。金属のきらめきがちらりと見える。

あなたにも見覚えのある銃だ。五年まえに向けられたのとおなじもの。光沢のある長いサイレンサーのついた黒い拳銃。

爪先が、走りだす準備をするときのようにぴくぴくと引きつる。鎖がきつくなり、足首に冷たく、重く感じられる。まずは足を、ついで残りのすべてを地面に縛りつけるかのように、鎖はあなたの全身を押さえつける。

気持ちを集中して。彼についていかなければ。

深い呼吸の一回一回に合わせて、彼の胸は上下に動く。脱水からくる頭の霞《かすみ》が取れたので、彼のことがよりはっきりと読める。疲れてはいるが、疲労困憊というほどではない。ふらふらしているが、気分が悪いわけではない。そう、混乱してはいる、しかし満足してもいる。長距離走や登りのハイキングといった骨折り仕事のあとのように。

殺人のあとのように。

彼はポケットに手を伸ばし、死んだネズミを差しだすネコさながらに、何かをあなたの膝の上に落とす。

サングラスだ。重たいフレームと横のロゴから判断するに、デザイナーズブランドのもの。小屋のなかではなんの価値もないが、サングラスであること自体は問題ではない。問題は、使っていたもとの持ち主の女性がもうこれを必要としていないことだ。いまやあなたにも、彼の勝ち誇った気分が感じとれる。狩りの成功がもたらす際限のないスリルが。

彼女があなたに呼びかけてくる。こういうサングラスが買えるのは、どんな仕事をしている人なのだろう？　これをすっとかけるとき、彼女の指はどんなふうに見えただろう？　夏の日の午後に、幌をおろしたコンバーティブルの助手席でこれをかけていたのだろうか？　後れ毛が頬に当たったりしていたのだろうか？

それ以上そこに思いをはせることはできない。彼女のことを考えては駄目だ。あなたには、ショックを受けたり打ちのめされたりしている時間はない。

チャンスなのだ、彼が尊大になっているいまが。今夜の彼なら、自分にはなんでもできると思うはずだ。

「ねえ、聞いて」あなたはいう。

彼はサングラスを取り戻す。おそらく考えなおしたのだろう。あなたがレンズを割って、武器にするのではないかと思ったのだ。

「ずっと考えていたんだけど。あなたのお引っ越しのこと」

彼の手が止まる。あなたは彼のお楽しみを台無しにしようとしている。彼を現実の生活の苛立ちへ引き戻そうとしている。彼としては、ハイな気分がつづくかぎり、それに乗ったままでいたいのに。

「わたしのことも連れていってくれたらいいと思う」

彼は顔をあげ、小さく笑いを洩らす。

「何をいってるんだか。ぜんぜんわかってないな」

いや、わかっている。あなたは彼の表と裏を知っている。彼がほぼ毎晩あなたに会いにくることを知っている。確かに毎晩ここにいる。あなたは彼の慣れを承知している。彼が気にいっているのは正確にはあなたではなく、自分の思いどおりになる誰かだ。望むものを、望むときに差しだす誰か。

あなたがいなくなったら、彼はどうするのだろう？

「これからも会うことはできるっていいたかっただけ」あなたは彼にいう。「終わらせなきゃならないわけじゃない。そんな必要はない」

彼は腕組みをする。

「わたしがそこにいても、誰にもわからない」あなたはそういって、ドアのほうへ――外へ、彼があなたから取りあげた外の世界と無数の人々のほうへ――首を傾《かし》げてみせる。

彼は笑みを浮かべ、手をあなたの後頭部へ持ちあげると、自分は安全な男だといわんばかりの穏やかで落ち着いたしぐさであなたの髪を撫で、それから急にぐいと引く。ちょうど痛いと感じる強さだ。

「それにもちろん」彼はいう。「おまえはおれの面倒だけ見ていればいい」

彼の手の下で、あなたは凍りつく。

彼はするりと離れていってデッドボルトをあけ、小屋のなかに夜気を招きいれる。外側で、鍵がカチリとかかる音がする。彼は家へ、娘のもとへ、わずかなりと光や暖かさの残る室内へと帰っていく。

小屋のなかで生き延びるためのルールその3――彼の世界では、あなたは無色透明でいること。すべての出来事を彼とともに経験しなければならない。

6 ナンバー1

彼は若かった。初めてだと、あたしにはすぐにわかった。うまくなかったから。ぜんぜんうまくなかった。

キャンパスの彼の寮での出来事だった。彼のやり方ときたら――本当に下手くそ。あらゆるところに血がついた。あたしのDNAが彼に、彼のDNAがあたしにべったりついた。もちろん指紋も。

彼はあたしを知らなかった。でもあたしのほうは何週間かまえから彼の存在に気づいていた。長いこと大学周辺を――とりわけ土曜の夜なんかに――ぶらついていると、シャイな学部生が結局こっちにやってくることに確信が持てるようになる。どう頼んだらいいのか、いつ支払いをしたらいいのかもよくわからないまま。

あたしに金を払ったあと、大半の学生はさっさといなくなる。やがて世間の教えどおりに傲慢さを身につける。自分は立派な若者で、あたしは一回十五ドルでフェラチオをする女、というわけ。

彼からそんなことをされるとは思ってもいなかった。とても若く、とても脆《もろ》かったから。自分が何をしているか、まるでわかっていないようだった。

あたしが読書好きなことに、彼は驚いていた。男たちはあたしのことを、読書が好きな人間だとは思いもしない。だけどあたしは本が好きだった。考えさせられたフレーズのそばにメモを書き、感じいったページでは角を折った。あの晩、あたしはトラックのダッシュボードにペーパーバックを二冊置いていた。『IT』と、『ダンスシューズが死を招く』というタイトルのスリラー。両方ともよく覚えている、どちらも最後がどうなるかわからないままになったから。

彼はあたしがトップスを着るまで待った。彼の手はすごい勢いであたしの首をつかんだ。まるで肝試しだった。いますぐやらなければ、怖気づいてできないままになることがわかっているようだった。

あたしが目をとじると、彼の目は大きく見ひらかれた。彼の顔には驚きがあった。自分が本当にこれをやっているのだというショック、あたしの体が正しく反応していることへのショックがあった。これは現実なのだと――誰かの首を強く絞めたら、その誰かは本当に動かなくなるのだとわかったときのショックがあった。

彼に殺されているあいだに、こう思ったのを覚えている。これで逃げおおせたら、彼は何をやっても逃げきれると思うだろう。

7　小屋のなかの女

あなたは以前の自分の断片を思いだす。それが助けになることもある。

たとえば、マット。

行方不明になった時点で、マットはあなたにとって恋人に近い存在だった。ほかのすべての物事とおなじく、守られることのない約束のようなものだった。

マットについていちばんよく覚えているのは、彼がピッキングのやり方を知っていることだった。

小屋のなかで、あなたは何度もマットのことを思いだした。自分でも何回かやってみた。床板の一片を引きはがして、壁に目立たないへこみをつくった。木片では、鎖についた大きな錠には歯が立たなかった。仮に錠が壊れたら、何が起こるだろう？

そうなればあなたはおしまいだ。

あなたは以前の自分の断片を思いだす。それが助けになることもある。ときどきは。

翌日になると、あなたを閉じこめている男は温かい食べ物とフォークを持って戻ってくる。あなたは自分が何を食べているのか考える間もなく、大きく五口分の食べ物を次々に詰めこむ。スパゲティとミートボールだ。もう三口食べてからやっと彼が何か話していることに気づき、もう二口食べてからようやくフォークを置く力が湧く。あなたが生き延びるためには一回の食事よりも、彼の話の内容のほうが重要だ。

「名前をいえ」

耳鳴りがしている。あなたは容器のふたをもとどおりにしめる。残ったミートボールが呼びかけてくる。

「おい」

彼が小屋の向こう端から歩いてきてあなたの顎をつかみ、無理やり顔を上に向ける。彼を怒らせるような余裕はない。いつだってそうだが、とりわけいまは。

「ごめんなさい」あなたはいう。「話は聞いてたけど」

「いや、聞いてなかった。おれは名前をいえっていったんだよ」

あなたはタッパーウェアを床に置き、自分の手の上に座って、彼の指に押された顔をこすらないようにする。長く息を吸いこむ。これを口にするときには、彼に信じてもらわなければならない。言葉が呪文に、聖典を読みあげているように聞こえなければならない。真実のように聞こえなければならない。

「レイチェル」あなたは彼に向かっていう。「わたしの名前はレイチェル」

「それで?」

あなたは声を低くし、熱意をこめて流れるような抑揚で話す。何が必要か、どうやってそれを差しだせばいいか、彼は何度もあなたに教えこもうとしてきた。

「あなたがわたしを見つけた」彼にいわれなくても、あなたは先をつづける。「わたしが知っているのは、あなたがわたしに教えたことだけ。わたしが持っているのは、あなたがわたしに与えたものだけ」

彼は一方の足からもう一方の足へ重心を移す。

「わたしは途方に暮れていた」あなたは唱える。「あなたがわたしを見つけた。あなたが屋根を与えてくれた」次の一文は賭けだ。もし度を越してもたれかかれば、手品の仕掛けの糸が彼に見えてしまう。けれど、しりごみするなら、あなたの手は彼に届かないままだ。「あなたがわたしを生かしつづけている」あなたは証拠としてタッパウェアを再び手に取る。「あなたがいなければわたしは死んだも同然」

彼は結婚指輪の輪郭を指でたどり、何回かくるくるまわす。ついで指からはずし、またはめる。

外の世界を自由に歩きまわることのできる男が、物置き小屋にはまりこんでいる。男は一人の女性と出会い、彼女の手を取ってひざまずき、結婚してくれといった。男は自分のなかのある要素をコントロールすることを固く決意し、それでも彼女を失った。いまや彼の世界はばらばらに壊れてしまったが、瓦礫《がれき》のなかにはまだあなたがいる。

それに娘も。

「彼女の名前は?」

いったいなんの話だ? というように彼はあなたを見る。あなたは家のほうを指差す。

「なぜ気にする?」

この小屋のなかで真実を話すことが選択肢になりうるなら、こういうだろう。あなたにはわからないと思うけれど、少女だったことのある者には身に染みついているものがある。通りを行く女の子たちが目につく。彼女たちの笑い声が耳に入る。彼女たちの痛みを感じる。と、腕で抱えあげて終点まで運んであげたくなるのだ、自分が踏んだ棘で彼女たちの足が血を流すことがないように。

世界じゅうのどの少女も一部はわたしであり、どの少女も一部はわたしのものなのだ。あなたの娘でさえ。あなたの血を分けた子供でさえ。

あなたは彼にこういうだろう。わたしが気にするのは、彼女をつくりだしたあなたの一部がわたしにとって必要だから。あなただって自分の娘を殺したりはしない、そうでしょう?

あなたは黙って座っている。彼に、信じたいように信じさせる。

彼の左手が丸まって拳《こぶし》になる。それを額に押しつけ、彼は一瞬ぎゅっと目をとじる。

あなたは息もつけずにそれを見守る。彼がまぶたの奥で見ているものがなんであれ、それにあなたの命がかかっているのだ。

彼の目がひらく。

彼の意識があなたへと戻る。

「おまえのせいで彼女にあれこれ質問されるわけにはいかないんだよ」

あなたはまばたきをする。彼は苛立ちのため息をつきながら、外の世界へ――家のほうへ首を傾《かし》げてみせる。

彼の子供だ。子供のことをいっているのだ。

あなたは呼吸を再開しようとするが、息を吸う方法を忘れてしまっている。

「あの子には知人だと話す。友人の友人に予備の部屋を貸すのだと」

説明するうちに話が補強されていく。これが彼なのだ。最初はためらいがちでも、やがて自分がゆるがないことを納得する。そしてひとたび行動に移ると決してふり向かない。彼はすべてが自分の考えであるかのように話す。あなたがさりげなく提案し、種を植えつけたことなどなかったかのように。あなたを新しい家に連れていくのは真夜中だ。そうすれば誰にも見られない。あなた用の部屋があり、あなたは大半の時間をそこで過ごすことになる。ラジエーターに手錠でつながれるが、食事のときと、シャワーを浴びるときと、眠るときはべつだ。毎朝のように朝食を、ときには週末の昼食を、そしてほぼ毎晩夕食をともにする。ときどきは食事を抜かなければならないだろう。たとえどんなに仲のよい、または困窮している間借り人でも、家主やその娘とつねに一緒に食事をするのは不自然だからだ。

夜は、ベッドに手錠でつながれて眠る。彼はいままでどおりあなたを訪れる。そこは変わらない。

あなたは鳴りをひそめる。ずっと、このうえなく静かにしていなければならない。

彼の娘に話しかけるのは食事のときだけ、怪しまれないように最低限のことを話すときだけだ。食事をともにするのもそのためなのだ。接触を可能にし、未知の存在としての魅力をなくすため。そうすれば、彼女が変に興味を持つこともない。あなたは彼女の生活の一部になる——退屈な一部、わざわざ質問する必要もない一部に。

そして何より、あなたはごくふつうにふるまわなければならない。この点を、シャワーのルールと就寝時のルールと食事のルールを説明するあいまに、彼は何度も強調する。いかなる真実の片鱗も見せてはならない。もし見せれば、痛いめにあうことになる。

あなたはうなずく。うなずくだけで精一杯だ。あなたはなんとか思い描こうとする——あなたと彼と彼の子供がひとつの部屋にいるところを。ベッドやマットレスを。枕を。ブランケットを。家具を。朝食と昼食を。皿で出される食べ物を。本物のシャワーを。温かい湯を。会話を。外の世界につながる窓を。第三の人物を。この五年で初めて目にする、彼以外の誰かを。

彼は歩きまわるのをやめ、あなたのまえにしゃがむ。爪のまわりの皮膚が、嚙んだばかりのように剝けている。彼はまたあなたの顎をつかみ、顔をあげさせて目を合わせる。彼の目が全世界になる。

指があなたの首へおりる。親指が喉もとに当てられる。絞めることだってできるのだ。いまこの場で。紙をくしゃくしゃに丸めるのとおなじくらい簡単に。

「誰にも知られないようにする」キャンプ用ランタンの明かりのなかで、彼の顔が紅潮する。「そこがいちばん重要な点だ。わかったか？　知っているのは、おれとセシリアだけ」

セシリア。

その名を声に出していおうとするが、喉に引っかかって出てこない。あなたはそれを呑みこむ。彼の娘、彼の子供。どこか生々しく、それでいて尊い。病院で、紙のガウンに身を包んだ彼が、血のついたままの新生児を震える手で抱きあげる。一人の男が父親になったところだ。朝方の二時、三時、五時に起きてミルクを与えたりしたのだろうか？　睡眠不足でぼーっとした頭のまま、暗がりで哺乳瓶を温めたのだろうか？　遊園地で木馬に乗せたり、最初の誕生日のときにはロウソクを吹き消すのを手伝ったりしたのだろうか？　彼女が病気になったときには、ベッド脇の床で寝たりしたのだろうか？

もう父娘二人きりなのだ。スマートフォンは持たせているのだろうか？　彼女が泣いたとき――もし泣くとすれば――彼はかけるべき言葉を見つけられるのだろうか？　母親の葬儀で、娘の肩に手を載せるくらいのことはできたのだろうか？　そしてこんなふうにい い聞かせただろうか――愛する人が本当にいなくなることはないんだ、われわれの記憶が生かしつづけるのだから。おまえは母さんが誇りに思うような人生を送ればいいんだよ。

「素敵な名前」あなたはいう。

だけどそれをわたしに知らせるべきではなかった。

8　エミリー

　彼はわたしの名前を知っている。

　木曜日になっても、彼は姿を見せなかった。彼のことはもう失ったものと思ったのだけれど、その後、うれしい不意打ちにあう。金曜日の夜、わたしが予想もしていないときに、彼がカウンターに現われたのだ。

「エミリー」彼が呼びかけてくる。彼の口の端にのぼるわたしの名前には、彼をわたしに結びつける親密さがこもっている。

　わたしはハイと挨拶をして――自制する間もなく――昨日は来なかったのねといってしまう。彼は笑みを浮かべ、ごめんという。町の外で急を要する仕事があってね。だが、もう戻ってきた。

　そしてすべて世はこともなし、とわたしは自分に向かっていう。今度は声に出さずに。

　不意打ちの来店も、彼の口から出たわたしの名前の響きも、自分のなかだけにとどめておく。おかげでその夜も、翌日の土曜日も、夜にいたるまで持ちこたえられる。

土曜日のレストランは戦場だ。地元の人々と競うように予約を取って、街から大勢の人がやってくる。彼らは機嫌を損ねるまでは満足している。厨房から飛ぶように食べ物が出ていく――熱かろうが冷たかろうがおかまいなしに。必要なのは、とにかくテーブルというテーブルに皿を載せること。カウンターのなかで、わたしは二組めの腕を生やす。土曜日には誰もがカクテルを飲みたがる。マティーニが次から次へと出ていき、オリーブとシトラスツイストはいくらあっても足りない。レモンの皮と一緒に親指の皮を剝いてしまう。シェイカーを持ちあげるたびに手首が文句をいい、氷が音をたてるたびに手根管に響く。

レストランの数少ない利点のひとつは、ここまで店が混むと、こちらの感覚が麻痺するところだ。ごちゃごちゃ考えている暇はない。ニックがわたしの注文の大半を無視することも、誰に対しても――わたしに対しても――いやなやつであることも、とっくの昔に解雇しておくべきだったことも、でもべつのシェフを雇ってさらにひどいやつだったらどうしようという心配も、気にしている時間はない。問題は自分と目のまえのカウンターだけなのだ、最後のお客さんが帰って、コーラが入口のドアに鍵をかけるまでは。

すべてが終わると、わたしたちは飲みにいく。筋が通らないかもしれないが、たとえその晩はもう全員がお互いにうんざりしているとしても、行かなければならないのだ。なぜなら、土曜の夜が戦場なら、わたしたちは兵士で、みんなで生き残らなければならないから。それをする方法が飲みにいくことだから。

わたしが到着するころには、全員がすでにいつものテーブルについている。店のオーナーのライアンに手を振る。ライアンは悪い人じゃないけれど、ただ、自分のバーの名前を〈毛むくじゃらの蜘蛛《ヘアリー・スパイダー》〉とつけるセンスの持ち主だ。わたしはエリックとユワンダのあいだの椅子を引く。

「みんな事故だっていうけど、そうは思えない」コーラがしゃべっている。「あのへんの山道を見たことある？　転落するほうがむずかしいようなところなんだから」

ライアンが今週のビールを持ってきてくれる。パンプキンサワーだ。ひと口飲んで、おいしいと思っていることが伝わればいいなと思いながらうなずいてみせる。

「なんの話？」

ユワンダが教えてくれる。「先週行方不明になった女性のこと」

その話なら地元の週刊新聞で読んだ。三十代なかば、精神疾患も薬物濫用の履歴もなし。ここから六十キロほど北にアトリエを持つ画家で、ある晩姿を消し、それ以来誰にも見られていない。電話にもクレジットカードにも動きはない。

「うちの姉が警官の一人から聞いたんだけど、ハイキングに出かけて谷間に落ちたんだろうって」ソフィーはいう。「山歩きが好きだったみたい」

ユワンダが口をはさむ。「でも、その夜の七時前後に、近所のコンビニか何かの防犯カメラに写ってるんじゃなかった？」

ソフィーはうなずく。

「だったら」ユワンダがつづける。「店に寄って、それから山に出かけたってこと？　そんな遅い時間にハイキングに行く人なんている？」

エリックがビールをひと口飲んでいう。「夕焼けが見たかったとか？」

コーラが首を横に振る。「ちがうでしょ。まず、いまの季節、日没はそれより早い。七時じゃ見るものなんて何もなかったはず。それに、どうしてわざわざ山道まで行くのよ？　あの町なら知ってるけど、夕焼けくらいどこからでも見える」

わたしはライアンのパンプキンサワーをもうひと口飲み、あらためて香りに満足してからグラスを置く。よくわからないことがあった。「そもそもどうして山道が問題になっているの？」

コーラが、いささか分が悪そうな様子で下を向く。「繁みで彼女の靴が見つかったから」それからこう認める。「でも、よくわからない。ただ靴が片方あっただけ。どうしてそんなに遅い時間に、しかも一人でハイキングに出かけたのか。その説明にはなっていない」

エリックがコーラの腕をぽんぽんとたたく。「人はいつだっておかしなことをするものだよ」エリックは穏やかにいう。「そういうことは起こるものだ」

「エリックのいうとおり」わたしはいう。「事故は起こるものよ」

誰も異を唱えない。みんな視線を落として自分の飲み物や、テーブルについたグラスの跡を見つめる。親を亡くした人間が事故は起こるものだというなら、人はそれに反対したりしない。わたしの父は二年まえ、晴れた土曜日の朝に心臓発作で亡くなった。母はその後、茫然自失のまま運転し、自動車事故で亡くなった。

「ところで」少ししてニックが口をひらいた。「街からきたなんとかいうシェフが、マリガンの店だった建物を買ったと聞いたぞ。どうやらステーキハウスになるらしい」ニックはわたしのほうを向き、友好的なからかいと取れなくもない口調でいった。「もしかしたら、どこでサーロインを仕入れたらいいか教えてもらえるかもしれないぞ、丁重にたずねれば」

わたしはため息をつく。「ねえ、ニック、些細なことでいつまでもくよくよしないほうが健康的じゃない？　うちのシェフのどこがいちばん好きかって人に訊かれたら、わたしはいつも大局的にものを見るところって答えてるんだから」

その言葉は、エリックとユワンダから笑みを引きだした。ほかのみんなは聞き流すことにしたらしい。わたしでもそうするだろう、ニックがいて肉切り包丁がずらりと並ぶ厨房で週五十時間働かなければならないとすれば。

二時間後、エリックの運転でわたしの両親のものだった家へ帰る。いまはエリックとユワンダとシェアしている。自然と落ち着くべきところに落ち着いた取り決めだった、そうするしかなかったのだ。二人は自動車事故の翌日にやってきて、幼なじみにしかできないやり方でわたしの面倒を見てくれた。冷蔵庫に食料品を補充し、わたしがちゃんと食べているか、少しでも眠れているかを確認した。一度に二つの葬儀をするための計画に手を貸してくれた。わたしが一人でいられないときには一緒にいてくれて、一人の空間が必要なときにはそれを与えてくれた。そうこうするうちに、二人がずっとここにいればいいのではないかという話になった。家はわたし一人で暮らすには大きすぎた。売却するなら多少のリフォームが必要で、そんなのは論外だった。それで、ある週末に両親の所持品をすべて倉庫に運びこみ、その日の終わりにはソファに倒れこむことになったけれど、新たに安定した生活がはじまった。不完全で一風変わった暮らしではあるけれど、状況に見合った唯一の方法だった。

今夜は疲れているのに眠れず、寝返りをくり返す。行方不明の女性が頭から離れない。

メリッサ。残されているのはそのファーストネームと職業と町の名前、それに山道で見つかった片方の靴だけ。人々がわたしの両親に寄せた追悼の言葉のようだ。正確ではあっても、絶望的なほど説明不足なのだ。父の人生はほんの数語に要約できる——シェフで、父親で、懸命に働いた人だった。母の存在も、残り半分を埋めるパズルのピースのような説明をすればこうだ——店の経営をし、接客係でも経理係でもあり、すべてをひとつにまとめる接着剤の役割を果たす人だった。どれも本当のことだけれど、二人の人としての側面がまったく捉えられていない。父の微笑や、母の香水の香りは伝わらない。あの二人と一緒に暮らすのが、あの二人に育てられ、愛され、唐突に置きざりにされたのがどんなふうに感じられたかは語られていない。

思考を行方不明の女性へと戻し、情報の隙間を埋めようとする。彼女をまっさらなキャンバスのように使ってわたしの望む姿に描きあげるのは不誠実なことのような気もするが、彼女の話にはなんとなくこちらの思考を支配するようなところがあるのだ。

もしかしたら、彼女はほんの少しわたしと似ていたかもしれない。似ていた——ほら、まだわからないのに、もう亡くなった人のように過去形で考えている。もしかしたら、彼女も世界に魅了され、と同時に世界を怖れながら育ったかもしれない。もしかしたら、スラックスのほうが好きなのにスカートを穿くように強いられてきたかもしれない。もしかしたら、一人でいたいときにも、ちゃんと大人たちに挨拶するようにといわれていたかもしれない。もしかしたら、つねにほんの少し居心地の悪い思いをしていたり、ほんの少し自分が悪いように感じたりしていたかもしれない。もしかしたら、彼女もティーンエイジャーのころに反抗期を経験せずに育ち、どことなくすっきりしないまま二十代なかばになってしまったのかもしれない。

これは自分で自分に語っただけのストーリーだ。意味がないと文句をいう人がそばにいるわけでもない。贈る言葉としてはじめたものが、結局は自分語りになってしまった。これは本当のところ、彼女のことじゃない。全部わたしのことであり、暗がりのなかで思い返したわたしの人生の一部だ。視点人物はいまより若かったときのわたしであり、その彼女がいまのわたしをどう見るか、いまのわたしにどう呼びかけてくるか、どんなふうに答えのない問いを投げかけてくるかという話だ。

9　小屋のなかの女、思春期のころ

予兆は二〇〇一年、あなたの十歳の誕生日のころに現われはじめる。仲のいい友達のお母さんががんになる。いとこのアパートメントが荒らされ、高価な所持品が一夜にして消える。おばが亡くなる。何かあるたびに、教訓が少しずつ明確になる――自分が知っている人たちにも悪いことは起こるのだ。

悪いことはいつか自分にも起こるのではないか、とあなたは疑念を持ちはじめる。心の片隅では、自分だけは免《まぬが》れることを望んでいる。いままでのところは恵まれた人生を送ってきた。愛情たっぷりの両親はリバーサイド・パークで自転車の乗り方を教えてくれたし、兄から馬鹿にされるようなこともない。妖精たちがベビーベッドの柵の上から身を乗りだして、すばらしい幸運を与えてくれたのだ。どうしてその幸運が尽きるはずがある？

無傷の希望をたずさえたまま、あなたは子供時代を終える。ついで十代の日々がはじまり、道行きがやや困難になる。あなたの兄が睡眠薬をのむ。一回。それから二回め。あなたは悲しむことを覚え、両親の心の穴を埋めることを覚える。輝かしい子供を懐かしむ心の穴を。あなたは十五歳になる。誰かに本当の自分を見てほしい、本当の自分を愛してほしいと思うようになる。

スキー場で、初めて男の子とキスをする。その瞬間のことで覚えているのは、自分の胸に響く彼の心臓の鼓動と、彼のヘアジェルのにおいと、借りた部屋の壁に除雪機から飛び散る雪の輝きだ。家に帰ったあと、彼にはあなたに電話をかける気などないのだとわかる。あなたは失恋を知る。回復には、大人になってからの本物の失恋よりも時間がかかる。夏が来ると、あなたの傷も癒《い》えはじめる。

二年後、最初の恋人と出会う。彼は完璧だ。もしも十代の少女向けに恋人を通販で入手できるサービスがあったら、きっと彼を選んだだろう。もしも粘土の固まりに命を吹きこむ力を魔女からもらったら、きっと彼をつくりだしただろう。

あなたは彼の恋人でいるという大仕事を真剣に受けとめる。こういう方面で自分の価値を証明する最初のチャンスなのだから、すべてを正しくやりたいと思う。あなたは彼を、ウッドローン墓地にあるデューク・エリントンのお墓を見に連れていく。彼の誕生日には小さなプレゼントをいくつも買って――《ある愛の詩》の主題歌をかなでるオルゴール、マリファナキャンディ、『ライ麦畑でつかまえて』の木馬の表紙のペーパーバック――うしろのポケットに詰めこんだり、ジーンズのウエストのところに押しこんだりして隠した。そしてプレゼントを渡すときには、自分で探してみてと彼にいう。彼は両手であなたに触れる。

あなたにはセックスの経験がなかった。彼にはあった。彼はあなたより半年だけ年上だ。あなたは成長を焦ってはいない。経験がないのは恥ずかしいことだと知ってはいるが、無理して気持ちを変えようと思うほど恥じてはいない。

けれどもほかのことはしているし、どうすればいいか知っている人と一緒にいるのは都合がよかった。彼がシャツの下に手をすべりこませてくるのを許す。二本の指でブラのホックをはずすのも、ジーンズのボタンをぽんとはずすのも許す。その後、あなたが緊張すると、彼にもそれがわかる。彼はそこでやめる。いつもそこでやめる。

二カ月くらいのころに、関係を終わらせようかと考える。けれどもそうはせずに、結局すっかり恋に落ちる。七月のある晴れた日の午後、あなたはコロンビア大学のキャンパスで木の下に寝そべって、もう半年になるのだと気づく。あなたったらなんて運がいいの、とみんながいう。彼みたいな男があなたみたいな女の子と、こんなに長いあいだセックスを迫ることもなくつきあっているなんて。あなたは微笑んで、わかってる、という。

実際、あなたにはわかっている。彼が自分のものだなんて信じられない。ときどき、彼はあなたのそばで眠りこむことがある。あるいは、もしかしたら寝ているふりをしているだけかもしれないが、あなたにわかるのは彼がそこにいて目をとじているのだから、たとえ腕が痺れようと彼の頭の下から腕を引き抜くなど考えられないということだけだ。あなたは十七歳。愛は思ったよりずっと甘美だ。

ある晩、あなたの両親は資金集めのパーティーに出かける。彼が家にやってくる。二人で〝映画を観る〟つもりで、これは暗にいちゃつくことを示す合言葉だ。二週間まえには二人で《レクイエム・フォー・ドリーム》を〝観た〟。たとえ命がかかっているとしても、その映画の台詞はひとつも口にすることができないのだけれど。

その夜は《ファイト・クラブ》だ。あなたは観たことがない。彼のほうは、大半の男子とおなじく、いちばん好きな映画だという。それは問題ではない。《ファイト・クラブ》はどうでもいいのだ。大事なのはあなたの肌に触れる彼の肌であり、あなたの顔にかかる彼の息の温かさだ。髪に差しこまれ、腿の内側に入りこんでくる彼の指だ。あなたは大胆な気分になり、手ほどきしてくれる相手がいるのをとてもうれしく思う。雑誌にも書いてあった。自分が好意を持てて、好意を返してくれる相手、信頼できる相手を探しなさい、と。

あなたはスカートを穿いている。画面では、エドワード・ノートンがソファやステレオやお気にいりの服を失ったことを嘆き、あなたの恋人は下着のなかに指を二本差しこんでくる。ついですばやく、あなたが気づきもしないうちに、その指はあなたのなかに入ってくる。そうなるまであなたは考えてもみなかったのだ——スカートがそれを簡単に許すことを。とりわけ夏は、あなたと世界のあいだの境界となるタイツの層がないのだから。

恋人の指がすべきことをはじめる。あなたはなんとか対応する。深く息を吸って、体の力を抜くようにと自分にいい聞かせる。

ブラッド・ピットが地下室で、ファイト・クラブの最初のルールを説明している。あなたの恋人は下着を脚の下へ引きおろす。いままでこんなに無防備だと感じたことはない。笑いが咳のように胸からこみあげる。恋人はより激しいキスで反応する。

ここまでエスカレートすると、あなたにはどうすることもできない。エドワード・ノートンの顔がコンクリートの床にぶつかって裂ける。あなたと恋人は二人とも下半身に何もまとっていない。

いやならいやと伝えなさい、とみんないう。だけどその方法は教えてくれない。世界はあなたのために止まってくれない、だからスピードを落とさせるのはあなたの責任だ。それだけをはっきり申し渡され、その先のことを教えてくれる人はいなかった。愛する人の目を見つめて、それ以上はやめてと伝える方法を、誰も教えてくれなかった。

やさしい恋人が、いわなくても理解してくれれば理想的だっただろう。あなたの腕から力が抜け、震えて歯がかちかち鳴っていることに彼が気づいてくれればよかった。けれども、エドワード・ノートンは電子メールで同僚に詩を送り、あなたの恋人はコンドームに手を伸ばす。彼がリュックの内ポケットにそれを入れていたことを、あなたはまったく知らなかった。そういう手順に慣れているとは思ってもいなかった。

広告がいかに魂をぶち壊しにするかを説くブラッド・ピットのモノローグが聞こえる。あなたは恋人がなかに入ってくるところを見ている。あなたにとっては初めてで、こうなったのは怖くてノーといえなかったからだ。それに、彼があなたの目を見るのを忘れたからだ。

翌週、あなたは彼の留守番電話にメッセージを残す。よくよく考えたんだけど、わたしたち、もう終わりにしたほうがいいと思う、と。電話を切ったあと、あなたは泣く。何年か経ったら、あなたはフェイスブックで彼の名前を検索するかもしれない。彼のプロフィールには鍵がかかっていて、写真があるべき場所には灰色の四角があるだけだろう。あなたも友達申請はしないだろう。

さしあたって、あなたは大丈夫だ。もちろん大丈夫だ。

あなたはまたセックスをする。よくないこともある。退屈なこともある。それでも、自分で望むより頻繁に、気がつけばあの瞬間に戻っている。

初体験は忘れない。自分の体のなかで他人として生き延びる方法を教えてくれた男のことは、決して忘れない。

10　移動中の女

毎晩、いつになるのかとあなたはたずね、そのたびに彼は答えをはぐらかす。「すぐにわかるさ」と彼はいう。「急いでどうするっていうんだ？　ほかに行くところがあるわけでもなし」

まだ荷づくりが終わらないのだと彼はいう。いったいどれだけ荷物があるというのだろう？　裕福な男というわけではない。彼の服はこぎれいだが着古されている。以前、床にモップをかけなければならないとか、洗濯物を干さなきゃならないとか、家事労働に言及したことがある。すべての重荷が彼の両肩にのしかかっていて、楽にしてくれる人は誰もいない。家政婦を雇っていないのは確かだ。彼らはこの家に何年も住んでいるので、いまは書類の山やら脇へよけておいた小物やらをひっくり返して家族の歴史を掘り返すはめに陥っているのだ。旅立ちにあたり、何をあとに残し、何を持っていくか決める必要がある。ここを去って、どこかべつの場所に落ち着くために。

それから、ある晩、入ってくるなり彼はいう。「行くぞ」

一瞬、なんのことかわからない。ようやく理解すると、あなたは凍りつく。彼はあなたをぐいと引っぱって立たせ、鎖をはずしはじめる。鍵をあけ——ずっと鍵がかかっていたのだ——二回強く引く。鎖がとんと音をたてて足を離れる。ありえないくらい足が軽くなる。

鎖がなくなってあなたはバランスを崩し、壁にもたれて体を支える。彼はすでにあなたの腕を取り、できるかぎりすばやくあなたを外へ連れだそうとしている。

「さあ」彼はいう。「早く動け」

あとほんの何秒かのうちに、草の生えた地面を踏みしめ、まわりに壁のない空間に出ることになるのだ。

「待って」

あなたは小屋の奥へ踏みだす。彼の手があなたから離れそうになる。けれどもその手はまたすぐにあなたを見つけ、きつくつかむ。決して手放すことのない男の力で。だしぬけに左腕がねじれ、あなたの視界がかすむ。彼の重みがあなたの背中に圧力をかけてくる。

「ふざけるな」

あなたは喘《あえ》ぎ、空《あ》いているほうの手で本を指差す。ずっとまえに、彼はビニール袋を持ってきて、本を湿気から守るためにそこに入れた。自分の持ち物の扱いは心得ている、そう示したかったのだろう。木箱の上にはほかの小物もある。どれも彼が誰かから取ってきて、あなたに渡したものだ。

「わたしの持ち物を取りたかっただけ」あなたは食いしばった歯の隙間からいう。「ほんとにそれだけ。ごめんなさい」

「くそ、いい加減にしろ」

彼はあなたを、本が置いてある場所へ歩かせる。あなたの左腕はうしろにまわされ、腰に押しつけられている。あなたが彼の足につまずくと、彼はあなたを受けとめ、まっすぐに立たせる。

「行け」

あなたがビニール袋を拾おうと身を屈めると、彼の体も一緒に動く。あなたはほかのものと一緒にビニール袋を木箱のなかに落とす。

「いいか？」

あなたはうなずく。彼はあなたをドアのほうへ連れていく。別れを告げる暇もない。混じりあって区別のつかなくなった日々、ぬかるみと化した五年の歳月のなかから、つかめるだけの記憶をつかみとる。小屋で過ごした長い期間。最初は絶望に満ちた、荒廃した場所だったが、最後には勝手知ったる場所になった。

あなたはここで、生き延びる方法を覚えた。これから連れていかれる新しい家はわからないことだらけで、あらゆる場所に間違いの可能性が潜んでいる。

ドアのところで、彼はあなたを止める。金属のきらめきがちらりと見え、冷たくて固いものが手首に押しつけられる。手錠だ。彼は一方をあなたの手首に、もう一方を自分の腕にはめる。

「行くぞ」

彼の空いているほうの手がデッドボルトに伸びる。彼は顔を近づけていう。

「外に出ても何もするんじゃないぞ。絶対に。もし走ったり、叫んだり――車までおれと一緒に歩く以外のことをしたら、それなりの報いがあるからな」

彼はデッドボルトをはずし、手であなたの後頭部を包むようにして下を向かせる。拳銃が、ホルスターに入れられて彼の腰からさがっている。

「わかってる」あなたはいう。

彼はあなたの頭を放す。カチリと音がして、引っぱられ――あまりにも突然に、歓迎する間もあらばこそ――奇跡のような風があなたの顔に吹きつける。

「さあ、来い」

彼はあなたをまえへ引っぱる。あなたは最初の一歩を、それから次の一歩を踏みだす。外に出て、まっすぐに立ち、深呼吸をする。髪の房が頬を撫でる。外ではたくさんのことが起こっており、聞くこと、感じることを自然が要求してくる。木々の葉のあいだをくるくると舞う風、素足の下でうごめくかのような土。虫がぶんぶんと飛び、木の枝がぎしぎしと鳴る。草の露があなたの足首を濡らす。

また強く引かれる。駐車してあるトラックのほうへどんどん歩く。小屋の外観を目にするのはこれが二回めだ。縦に並ぶ薄板の壁は灰色に塗られ、ドアのまわりは白く縁《ふち》どりしてある。きちんとよく手入れされている。彼は自分の家の敷地内に雑草を生やしておくような男ではないし、変化を好むほうでもない。もし誰かが小屋を見ても、なんの疑いも持たないだろう。

左のほうへ目を凝《こ》らすと、遠くに家の輪郭が見える。高さも広さもそれなりにあるが、空《から》っぽだ。かつては一家が幸せに暮らした家だ、とあなたは想像する。天井には明かりがきらめき、廊下まで笑い声が響いて、ぴかぴかの家電に反響する。いま、窓は暗く、ドアはしまっている。思い出も消えてしまった。共有された暮らしの跡が壁から消され、廃墟と化してしまった。

あなたはさらにまえへ進む。忙しく、待ちきれない様子の男があなたをしきりに急《せ》かす。

今夜はあなたのためにあるわけじゃない。あなたのためのものなど何もない。

頭上には、そう、空がある。たぶん星も。月も。

見あげなければわからない。

首を伸ばしてちらりとでも上を見ようと思ったら、それなりの覚悟が要る。彼は気にいらないだろう。けれども五年も外に出ていないのだ。もし見るなら、いましかない。

彼はあなたのまえにいて、下を向き、自分の足を見ている。つまずきたくないのだろう。この男がいちばんいやがりそうなのは転ぶことだ。

あなたは彼と歩調を合わせ、遅れないように気をつけながら、ゆっくりと――ぐらぐら揺れる吊り橋に踏みだすみたいに――頭をうしろへ傾ける。

ずっとあなたを待っていたかのように、黒い空と無数の星がそこにある。あなたが一歩、また一歩と歩きつづけるあいだにも、空はあなたを呑みこもうとする。そこにあるのはあなたと暗闇だけ。あなたと、底なしの海と、まわりじゅうに鏤《ちりば》められた小さな氷山の気配だけ。あなたと、黒いインクと、そこに命を吹きこむようにちらつく白い塗料だけ。

いや、まだほかにもある。胸のなかにどっしりと感じられる、圧倒的な苦しさ。世界には、あなたと、おなじ空をおなじように見あげる無数の人々がいるのだ。あなたとおなじ女たちが、あなたとおなじ子供たち、男たち、老人たち、赤ちゃんたち、ペットたちがいるのだ。

空はあなたにこう語っている――かつてはあなたのそばにも人々がいた。母と父と兄がいた。ルームメイトがいた。血のつながった家族、一緒に暮らすことを選んだ家族がいた。一緒にコンサートに行く人、一緒に飲みにいく人がいた。食事をともにする人がいた。あなたを腕に抱え、空へと持ちあげる人がいた。

記憶を探り、思い出を取り戻す。無音の交流があなたを引き裂く。

ふくらはぎに引きつるような感触がある。何かが体の奥から湧きおこる。彼らを、彼に取りあげられた人々を、また見つけなければならない。いつか、彼らに向かって駆けだすことになるだろう。

「何をしている?」

彼が足を止めてふり返る。そして空を見ているあなたに目を向ける。あなたはすばやく首をもとの角度に戻す。

「なんでもない」あなたは彼にいう。「ごめんなさい」

彼は首を横に振り、あなたをまえへ引っぱる。

空があなたを落ち着かない気分にさせる。叫びだして胸を掻きむしり、思いきり走りだしたい衝動に駆られる。そんなことをすればこの身の終わりだと、よくよくわかってはいても。

ばかばかしい。だが、外の人々のことを考えるとこんなふうになるのだ。

小屋の外で生き延びるためのルールその1——確信が持てないかぎり、走ったりしないこと。

彼がまた足を止める。あなたはつまずきそうになって立ち止まり、なんとか彼に衝突せずにすむ。ちょうど、トラックの助手席側のドアのそばに立っている。彼がドアをあけ、あなたは木箱を後部座席に置く。最後にもう一度、木々の緑の葉を見やり、新鮮な空気をこっそり吸いこんでから、頭をさげてまえに乗りこみ、ポリエステルのシートに座る。手錠の彼のほうの輪がカチリと音をたててひらく。彼はあなたの両手をうしろにまわし、そこで手錠をかける。

「動くな」

彼は身を屈めてあなたのシートベルトを締める。軽微な交通違反で停車を命じられるようなリスクはおかさない人間なのだ。彼はトラブルに近づかず、まわりもそれをありがたく思う。

シートベルトを再確認したあと、彼は身を起こしてジーンズのウエストバンドのあたりを探り、ホルスターから銃を引き抜く。それをあなたの目のまえで振ってみせる。銃のまえでは、あなたの皮膚は無に帰したようになる。体がなんの助けも、なんの保護も差しだしてこず、ただ壊れるのを待つだけになる。約束してくれるのは際限のない痛みだけ。

「動くなよ。動いたら、厄介なことになる」

あなたはうなずく。信じる、とあなたは彼にいいたい。誓いの言葉のように。訓話のように。あなたのいうことをいつも信じてる。

彼は助手席側のドアをバタンとしめ、あなたと目を合わせたまま、銃をフロントガラスに向けながら運転席側にまわる。ドアがひらき、彼が座席に乗りこむ。銃をダッシュボードの上に置いて自分のシートベルトを締め、鋭く息を吸いこむ。

「行くぞ」

あなたに、というよりは自分に向かって彼がいう。

エンジンをかけ、銃をホルスターに戻す。あなたは彼がアクセルペダルを踏むのを待つが、彼はそうはせずにあなたのほうを向く。あなたの顎に力が入る。考えを変えたのかもしれない。最後の最後に、きっとうまくいかないと判断したのかもしれない。こいつが完全にいなくなったほうがいい、そのほうが簡単だと思いなおしたのかもしれない。

「向こうに着くころには……遅い時間だ。娘は寝てる。絶対に物音をたてるな。あの子が夜中に起きだしてあれこれ質問してくるようなことになるのはまっぴらだ」

あなたはうなずく。

「よし。目をとじろ」

あなたはわけがわからずに眉をひそめる。

「目をとじろっていったんだよ」

あなたは目をとじる。トラックが腿の下でガタガタと息を吹き返したあとで理由に思い当たる。彼は、いまいる場所やこれから向かう先をあなたに見られたくないのだ。彼があなたを連れてきた五年まえとおなじだ。ただしあのときは目隠しをされた。バンダナが手渡され、彼の地所に連れていかれるあいだ、巻きつけて目を覆うようにいわれたのだ。しかし当時は当時で、いまはいま。いままでは、彼はあなたを知っている。あなたがいわれたとおりにすることを知っている。

べつの状況だったら、あなたは危険をおかしたかもしれない。目をあけて、すばやくあたりを見たかもしれない。だが、今夜はそうしない。今夜は、生きたままでいることだけが重要だから。

トラックの揺れだけに気持ちを集中する。私道だろうと思われる段差を乗りこえて、なめらかな地面、おそらくアスファルトの道路に到達する。あなたはめまいを覚える。車酔いのせいではなく、さまざまな可能性のせいで。もし、シートベルトを延びるだけ延ばして身を乗りだし、彼の邪魔をしたらどうなるだろう？　ハンドル操作を誤らせたら？　もし、あなたが膝や足や体のほかの部分を使って自分でハンドルを動かしたらどうなるだろう？　二人でガードレールや谷間へ突き進んだら？　彼には銃を手にする時間がないかもしれない。たぶん。あるいは、もしかしたら彼はほんの数秒でトラックをもとの車線に戻し、人目につかない場所まで運転していって拳銃を抜き、あなたに対処するかもしれない。

結局、あなたはじっとしたままでいる。聞こえてくるのはトラックのエンジン音と、彼の指がときどきハンドルをたたく音だけ。彼がどのくらい運転していたかはよくわからない。十分？　二十五分？　最後にはスピードが落ち、停車する。キーがイグニションから抜かれ、カチャカチャと鳴る。

あなたは動かない。目もあけない。彼にいわれないかぎり、やらないほうがいいことがある。けれども、あなたにはすでにわかっている。着いたのだ。そう感じる。家が切々と呼びかけてくるような感触がある。

11　家のなかの女

運転席側のドアがひらき、とじる。数秒後には、彼はあなたのそばにいて、背中とシートのあいだに押しこまれたままのあなたの手を取ろうとする。左手首の手錠がはずれる。手探りと、カチリという音が感じとれる。目をあけろといわれたときには、二人はまた手錠でつながれている。

「行くぞ」

あなたはトラックから降りる動きが取れない。彼はため息をつき、ついで身を屈めてシートベルトをはずす。

「自分でできなかったのか？」

だったらキレるとでも？　わたしのことをうしろから拳銃で殴るとか？　まさかね。

彼がぐいと引き、あなたは草の上に降り立つ。彼が身を乗りだして後部座席から木箱を取りだす。まわりを見るチャンスだ——あなたが立っているのは小さな前庭の端、彼の世界と歩道の境目だ。トラックは砂利敷きのせまい私道の片側に停めてある。タイヤの跡はたったいま停めたときについたものだろう。道路は二方向に延びている。いま来た道と、知らない道。木と、呼び鈴のあるドアと、玄関マットが見える。キャスターつきのごみ箱がある。ひとつは緑色で、ひとつは黒。一階の下、坂になった地面とのあいだにはさみこまれるようにガレージのドアがある。家の反対側には小さなテラスがあって、金属製の椅子とセットのテーブルが置かれている。

何もかもがごく標準的で、郊外生活の見本のようだ。

彼はまっすぐにあなたを連れていく――家に。本物の家があなたの手の届くところにある。壁。窓。木の羽目板は小屋のものと似ているが、もっと大きく、長い。それから、屋根。玄関ドアには錠があり、彼のポケットから出てきた鍵がはまると、錠のなかで鍵がまわる音が鼓膜に届かないうちに――何がなんだかよくわからないうちに――あなたは家のなかにいる。

「来い」

彼はあなたを急《せ》かして階段へ向かう。家の一部がつかのま、漫然と目に映る。ソファ、テレビ、本棚の上の写真立て。オープンキッチン。家電製品がたてる小さなブーンという音。

「行くぞ」

あなたは彼についていく。一段上り、二段上り、それからつんのめる。顎が床に激突するまえに、なんとか手すりにしがみつく。あなたは自分の足を見おろす。つまずいたのだ。階段にはカーペットが敷いてあり、あなたにとってはやわらかい床が馴染みのないものになっていたから。

彼がふり返って、あなたを一瞥《いちべつ》する。あなたの胃が縮こまる。

けれども彼はまた階段を上りはじめる。あらためて熱心にあなたをまえへまえへと引っぱりながら。用意した部屋に早くあなたを入れたいのだ。コントロールしたがっている。彼の望みは、自分の計画どおりに物事が進むことだけなのだ。

二階に着く。廊下の奥の暗がりのなか、ドアに貼られたポスターが目に入る。あなたは目を凝《こ》らし、なんの絵か見さだめようとする。顔のない人形《ひとがた》が、べつの小さな人形を抱っこしている。オレンジとブルーの模様が暗がりのなかではっきりしてくる。目が見てとったものを脳が判断し――自分でも信じられないことに――キース・ヘリングだとわかる。瓦礫《がれき》のなかを、認識の閃光が駆け抜ける。小屋での生活に消されることのなかったあなたの一部だ。

彼の娘の部屋にちがいない。彼の部屋はあなたの左手、廊下のこちら側の端なのだろう。

彼はむきだしのドアのまえに立っている。彼の秘密を内に秘め、静かにとざされたドアのまえに。まるであなたに見られることすらいやがっているかのように。あなたのものとは完全に異なる世界を封じこめてあるかのように。

右手にもドアがある。まっさらな、飾りけのないドア。彼はべつの鍵を取りだし、丸いドアノブのまんなかに差しこんでまわす。なめらかに、音もたてずに。暗がりのなかでさえ、ひどくすばやい。

部屋はせまく、がらんとしている。あなたのすぐ右にツインベッドの片割れが置かれている。昔懐かしい、細い金属フレームのものだ。部屋の隅に小さな机とセットのスツール、その横に整理箪笥、そして向かいにはラジエーターがある。窓は遮光シェードで覆われている。あなたがいままでに見たことがあるなかでもっとも驚くべき部屋だ。すべてであると同時に何もなく、あなたのものであって同時にあなたのものでなく、家であると同時に家ではない。

彼がドアをしめる。天井から照明器具がさがっているが、彼はそれをつけようとはせず、床に木箱を置いて、自分側の手錠をはずし、ベッドのほうを身振りで示す。

「行け」

彼はあなたが横たわるのを待つ。そういう取り決めだった。昼間はラジエーターに手錠でつながれ、夜はベッドにつながれるのだ。あなたはマットレスに腰をおろす。体の下でスプリングが軋《きし》む。この五年で初めて、やわらかくて弾力のあるもののなかに体が沈む。両脚をマットレスに載せて伸ばし、上体を倒して、頭を枕につける。

心地よく感じてしかるべきだった。寝袋に入って木の床の上で眠ったたくさんの夜のあとなのだから、天使の歌声が聞こえてもいいくらいだった。しかし大ちがいだった。マットレスはあなたを呑みこもうとするかのように沈む。沈んで、沈んで、何も残らないほどだ。跡形もなく消え、ここにいたことすら誰にもわからないほど。

あなたは身を起こし、息をつく。

「ごめんなさい」

彼の手がすばやく肩をつかみ、あなたを押し倒す。彼の指が鎖骨の下に食いこむ。

「一体全体、何をしている？」

「何も……ごめんなさい。ただ……これじゃうまくいかないと思う」

肩を握る手に力がこもる。彼をなだめたいと思うが、胸が詰まる。刺すような痛みで胸郭に火がつく。あなたが何かを企んでいるわけではないことを、チャンスがあるように思えても逃げられなかったことを、彼に知らせなければ。あなたは息を吸おうとして、失敗する。

「ただ……ごめんなさい」

あなたは両手をあげてみせる。言葉にならなかったもの——あなたが無害であること、何も隠していないこと——を体が伝えてくれるといいと思いながら。彼はまだ拳銃を持っている。サイレンサーがあなたの膝の横をかすめる。呼吸に気持ちを集中する。ずっとまえ、以前の人生で、あなたは瞑想のためのアプリをダウンロードしたことがある。録画映像のセッションで、息を鼻から吸って口から吐くように、さあもう一度、もう一度、と英国人に促された。

胸が落ち着きはじめたように思えたちょうどそのとき、喉に喘鳴《ぜんめい》がこみあげる。それともこれは耳鳴りだろうか？　鼻から吸って、口から吐く。両手をあげて。目は拳銃に。

「もしよければ……床の上で眠りたいの」

彼は一方の眉をあげる。

「ただ、その……マットレスが……あまりにも小屋とちがいすぎて。馬鹿なことといってるって自分でもわかってる。ごめんなさい、本当に。でも、かまわない？　誓って、何かが変わるわけじゃないから」

彼はため息をつき、銃身でこめかみを掻く。つまり安全装置がかかっているということ？　それとも、銃の扱いにそんなに自信があるのだろうか？

　とうとう、彼は肩をすくめる。

「好きにしろ」

　あなたはマットレスからすべりおり、爆弾処理係さながらのゆっくりした慎重な動きで床に横たわる。胸のなかの固まりがほどける。馴染みがあるのはこれだ。小屋にいるみたいに。小屋のなかで生き延びる方法ならわかっている。ここでもおなじようにそれを身につければいい。

　彼はすぐ横に膝をつき、手錠のかかったあなたの手首を握って腕を頭上まで引っぱり、空《あ》いているほうの手錠をベッドフレームの湾曲した鉄のあいだにすべりこませる。手錠がはずれないか、彼が左右に強く引いて試すと、塗料の薄片が剝がれおちる。

　身をよじっても逃げられないのを確信すると、彼は立ちあがる。

「何か聞こえたら――ほんの少しでも聞こえたら――おれは不愉快に思うだろうな。わかったか？」

　あなたは床に頭をつけた状態で精一杯うなずく。

「おれの部屋は廊下をはさんだ向かいにある。何かしようとすれば、すぐにわかる」

　またうなずく。

「明日の朝、また来る。おなじ場所におなじ姿勢でいろ。すべていまとおなじ状態で」

あなたはまたうなずく。彼は何歩か歩いてドアノブに触れるが、そこで動きを止める。

「約束する」あなたはいう。「絶対に動かない」

彼はいぶかるように目を細くしてあなたを見る。いつまで経っても、あなたに向けられる彼の視線は不確かだ。信用してもらえたのだろうか？　今度はなんだろう？　これからの一時間で何が起こる？　これから一週間では？

「本当よ」あなたはつけ加える。「とても疲れているから。あなたが出ていった瞬間に眠りに落ちると思う」

それから空いているほうの手の人差し指で、部屋をぐるりと示す。

「ここは素敵ね。ありがとう」

彼がドアノブをまわしているときだ。壁の向こう側で耳障りな音がして、床板が軋む。廊下の向こう端から呼ぶ声。「パパ？」

恐怖に似たものが彼の目にひらめく。死体でも見るかのように、彼はあなたを見る。死体があって手に血がついている状況で娘がこちらに向かってくる、とでもいうような目つきだ。

しかし彼はすぐに落ち着きを取り戻す。リラックスした顔になる。まなざしが鋭くなる。

あなたのほうに向かって一方の手をあげてみせる。口出しするな。静かにしていろ。

彼はひとつづきのなめらかな動作で部屋を出ていく。彼女に見えただろうか？　それとも、暗すぎるか、離れすぎていて見えなかっただろうか？　あなたにとっては、見ないようにするのがいままでになくむずかしい。頭を持ちあげたり首を伸ばしたりしないようにするのが。彼の背後でしまるドアを見ながら、口をとじたままでいるのが。風がすばやく顔を撫でる。あなたは唇を吸いこみ、頬の内側を噛む。

くぐもった音が壁からもれてくる。「何も問題ないの」とか、「ああ」とか、「ずいぶん遅いよね」とか、「そうだな」とか、「テキストメッセージを送ろうとしたんだけど」とか、「聞こえなかったよ」とか。最後には、「ベッドに戻りなさい」。彼女は彼のいうことを聞いたにちがいない。すぐに音がしなくなり、あなただけが残されたから。部屋のなかのあなた。家具があり、暖房があり、たくさんの壁やドアのある本物の家のなかにいるあなた。あなたと彼と、廊下の先のどこかにいる誰か。

セシリア。力場のような、暗がりのなかの燃えさしさながらの彼女の存在を感じとることができそうだった。この五年で初めて起こった小さなハリケーンだ。新しい人物には果てしない可能性がある。

12 ナンバー2

婚約したんだ。

彼が最初にいったのはそれだった。わたしが店をしめたあとに。レジのなかの現金を要求してきたあとに。彼が求めているのは現金だけじゃない、とわたしが気づいたあとに。わたしの指輪を奪いながらそういったのだ。頭にあったのは宝石類だった、最近婚約したばかりだから、と。

相手はすばらしい女性だよ、と彼はいった。

彼のことをもうひとついうなら、ロープを結ぶのがうまかった。「ほら、見えるだろ？」わたしの両手をまえで縛ったあと、彼はいった。「8の字結びだ。引っぱってもほどけない。力を入れてもなおさらきつくなるだけだよ。だからほどこうなんて思わないほうがいい。露ほども思わないことだ」

彼がこっちを見ていないときに、ほどこうとしてみた。だが、これについては、彼は嘘をついていなかった。彼がつくった結び目は決してほどけなかった。

最後にわかったのだが、彼には準備ができていた。まえにもやったことがあるんだと思う。自信が、断固とした意志があった。わたしが彼の計画どおりに動かなかったときも落ち着いていた。最後にはいうことを聞くとわかっていたからだ。彼には世界が自分の思いどおりになるとわかっていた。

戦士のようだ——これが最後に思ったことだった。相手が身をよじるのをやめるまで終わりじゃないと、彼にはわかっているのだ。

13 家のなかの女

肩に揺れが感じられる。彼が身を乗りだして、あなたを揺り起こそうとしている。いつ眠りに落ちたのだろう？ 覚えているのは、硬材の床に横たわり、手錠をかけられた状態でそこそこ楽な姿勢を探そうとしていたことだけだ。

手錠をはずしてもらえるのを待つ。彼はあなたを引っぱって立たせる。あなたは目をこすり、脚を振って伸ばす。小屋では、彼が来るときにはいつも起きていた。彼はあなたが気づかぬうちに小屋に入ることもできた。そう考えると喉が詰まる。あなたが横たわって目をとじ、口をかすかにあけて、まわりで何が起こっているか知らず、彼に気づかずにいるうちに侵入することもできたのだ。

「行くぞ」

彼はあなたの腕をつかんでドアをあけ、廊下をはさんだ反対側に連れていく。彼の反対側の肘の下には、バスタオルと衣類一式がはさまれている。左手にあったもうひとつのドアをあけ——昨夜気づかなかったドアだ——あなたを引っぱりこむ。あなたはすばやくその部屋を判断する。バスタブがあり、シャワーカーテンがさがっていて、洗面台と便器がある。彼はシャワーのハンドルをひねりながら、一本の指を唇に当てていう。「あの子はまだ眠っている」声が低くて、水が流れる音に掻き消される。「だが、急げ。よけいな音をたてるな」

セシリア。昨夜の記憶が二人のあいだに漂う。娘の物問いたげな声と、彼の目に浮かんだパニック。三人で手をつないで崖っぷちに立っていたも同然だった。

あなたはジーンズと下着をおろす。セーターを、ついでTシャツを脱ぎ、最初につけていたブラジャーのホックが壊れたときに彼が買ってきた安っぽいスポーツブラをはずす。便器のふたを上げる。いま経験している現実に心を奪われるあまり、つかのま見られていることを忘れる。意識にのぼっているのは、土踏まずをこする綿のマットと、腿の裏に押しつけられる冷たいエナメルの便座だけだ。右手にトイレットペーパーのロールがある。白のダブル。彼は散歩中の犬が用足しをするのを眺めるかのような無関心な目をあなたに向けつづけている。

左手では、お湯がバスタブに当たって跳ね返っている。誰かがシャワーを浴びる音で起きたりしないのかと、セシリアについてたずねたりはしない。父親なのだから、何が子供の睡眠の妨げになるかは承知しているだろう。きっとセシリアはこういうことに慣れているのだ、とあなたは推測する。あなたの知るかぎり、彼は何年ものあいだ娘より先に起き、彼女が目覚めて最初のあくびをするよりまえにひげ剃りや歯磨きをすませてきたのだから。トイレから彼を見る。思ったとおり。着替えはすんでいる。ジーンズと清潔なフリースを着て、ワークブーツのひもも結んである。髪はとかされ、顎ひげも整えられたばかりだ。早起きをしてシャワーを浴びてから、あなたの面倒を見ているのだろう。もし子供が物音を聞きつけても、新しい同居人も父親とおなじく早起きなのだと思うだけだろう。

立ちあがってトイレを流す。バスタブに足を踏み入れようとしたところで、何かがあなたを止める。鏡に映った人影。女性だ。新しい、見知らぬ女性。いや、あなただ。

自分の姿を眺めるのに何秒かかかる。以前とおなじように黒くて長い髪。根本が灰色になりかけ、肩先まで届く白い筋も何本かある。皮膚を突き破らんばかりに浮きでたあばら。顔の輪郭。

「さあ、早く」

もっとよく見ようとしたのに腕をつかまれ、シャワーカーテンを脇へよけた彼に湯の下へと急《せ》かされる。

とても熱い。そういえば、以前は毎朝こんなふうにシャワーを浴びていたものだった。

しばらくそこに立っていると、湯が胸に当たって流れていく。顔を上に向け、湯が耳を、口を満たすに任せる。いまこの瞬間に完全に浸り、言葉にならない、この浄化されたような感覚を捉えようとする。五年もバケツの水で体を洗っていたあととあっては、この体験のどの部分を楽しむべきなのかさえわからない。背中に当たる火傷しそうなほど熱い湯か、顔を流れ落ちていく湯か、肺を満たす蒸気か。

目をあけたままにし、湯気のあいまから息を吸おうとする。やり方を覚えているだろうか？　それから石鹸をつかもうとして、足をすべらせる。彼があなたを支え、あきれたようにぐるりと目をまわす。シャワーカーテンは片側に寄せられたままだ。カミソリはない。彼を、またはあなた自身を傷つけるのに使えるものはいっさい置いていない。シャンプーのボトルすらない。彼の目に吹きかけることができるから。ここにはあなたがいるだけだ。裸の体と、石鹸がひとつあるだけ。

石鹸をシャワーの流れの下に持ってきて、腕、胸、脚のあいだから爪先にいたるまでこすりつけていく。

「まだか？」

もうすぐ、とあなたは答える。さらに石鹸を使って、顔と髪を洗う。その後、お湯を止めて彼のほうを向く。タオルを手渡され、体を拭く。黄色い明かりの下では体にリアルな存在感がある。小屋のなか、キャンプ用ランタンのかすかな光のなかでは、細かいところは見えなかった。腿の内側にできた稲妻のような皮膚線条も、上腕やすねのムダ毛も、脇の下の毛の房も。腕や肘関節のところにできた、淀んだ水たまりのような青や紫のあざも。胸にいくつかある傷跡も。肌のあちこちに書きこまれた暴力的な日々の痕跡も。

タオルを返す。彼はドアのフックを指差し、そこにかけて乾かせという。それから床に置いた衣類を身振りで示す。膝をつくと、スーパーの自社ブランドの真新しい下着が見つかる。それとおなじ黒いコットンのスポーツブラも。清潔なジーンズと、白いTシャツと、ジッパーのついたグレーのパーカーもある。どれも安価で主張のない、つまらない品だが、どれも新しい。どれもあなたのものだ。

服を身につけながら、新しいアイデンティティのおさらいをする。あなたはレイチェル。最近、町にやってきた。滞在できる場所が必要で、友人の友人が部屋をまた貸ししていると聞いた。彼が新しい歯ブラシを手渡しながら、シンクの端の歯磨き粉を指差す。おそらく彼のものだろう。

親切心ではない。最低限の衛生管理であり、身ぎれいにする機会というだけのことだ。あなたが病気になったり、歯が抜けたり、感染症にかかったりしないほうが、彼にとっても楽なのだ。小屋のなかでは、彼によけいな仕事を増やさない程度に健康であればよかった。いまは、娘に見られてもいいように、可能なかぎりふつうの見かけになる必要があるのだ。

「こっちに来い」

彼はあなたを鏡のまえに立たせ、洗面用タオルで鏡の曇りを拭く。あなたにとっては自分をよく見るチャンスだ。あなたは美人とはいえなかったけれど、調子のいい日に正しい角度から見れば、それなりの魅力はあった。漆黒の髪。短くしておろした前髪。月に一度の生理のときに吹き出物ができる以外は、肌もきれいだった。輪郭のくっきりした唇には、赤いリップスティックを使ってもよかった。目じりをはねあげるアイラインの引き方も、下まぶたの縁に白いペンシルを使うのも、見よう見まねで覚えた。目をできるかぎり大きく、丸く見せるために。

鏡のなかの女には、おろせる前髪はなかった。もうずっとまえに、すっかり伸びてしまったのだ。肌はどういうわけか、乾燥しているのに脂っぽい。額と眉のあいだと口のまわりには、以前にはなかったしわがある。こめかみから顎のラインにかけて、小さなぶつぶつができている。体重が減ったせいで顔も変わっていた。頬がこけ、つねに内側から吸っているように見える。

まえは筋肉質で健康だった。ランニングが好きで、オートミールを食べ、日曜日にはストレッチもしたし、ときにはピラティスに通ったりもした。できるかぎり歩き、空腹を感じたら食べ、満腹になったら食べるのをやめた。新陳代謝が阻害されることなく、うまくまわっていた。小さくて従順なマシンのような、手入れをすればそれだけの見返りのある体は奇跡のようだった。彼はそれを台無しにした。完全に破壊したのだ、ほかのものにするのとおなじように。

「じっとしていろ」

彼はハサミを持っている。あなたは凍りつく。

「長すぎるからな」彼はハサミであなたの髪を示す。思ったほど伸びていない。最初の一年で——一日一食しか与えられなかった一年で——体がより切迫した問題にリソースを割くことに決めたのだ。毛先が細くなり、長さは肩甲骨の下あたりでずっと止まっていた。

少しでもきちんとしているように見せたいのだろう。定期的に髪を切りにいっていた人間のように見せる必要があるのだ。

「動くな。おれの手がすべるような真似をしたら、残念なことになるだろうな」

ハサミが背中を横切るあいだ、金属が肌に触れても、あなたは震えをこらえる。何回かシャキシャキと切り落とされて、髪が肩までの長さに戻る。

ハサミを尻ポケットに突っこむと、彼はあなたの腕をぐいと引く。

いつだってそうなのだ、こっちへ、あっちへと引っぱりまわされ、何をするにも充分な時間をもらえず、急かされる。彼と向きあう。彼の青い目は、ときどき暗くなる。ひげは入念に整えられ、頰骨は驚くほど繊細で、脆《もろ》そうにすら見える。

おそらく、シンクの下の引出しにいいシャンプーを隠してあるのだろう。ポマードや、アロエのアフターシェーブローションは鏡のついたキャビネットのなかに。どれも高価なものではないが、身なりを清潔に整えるのに充分な品なのだろう。

熱い怒りが背骨を伝ってこみあげてくる。視線を室内にさっと走らせ、つかんで投げられるものがないか探す。たぶん、石鹼受けなら頭を割ることができるだろう。あるいは、手を使ってもいい。握りしめた拳《こぶし》で彼の胸を何度も何度もたたいたら、顔にパンチを当てたら、目のすぐ上の骨を殴ったら、唇を切って歯を赤く染めてやったら、鼻を脳みそのほうまで押しこんでやったら、どんなに気分がいいだろう？　しかしここであなたの腕を握る彼の手に力がこもる。栄養も休息もたっぷりとっているこの男は、どこに武器が隠してあるか承知している。この領域の主人なのだから。

「ごめんなさい」あなたはそういって、パーカーのジッパーをあげる。「準備できた」

彼はあなたの古い衣類を拾い、ついてこいという。そしてすばやく寝室のドアをあけ、衣類をなかに放りこむ。日の光のなかで、ドアが昨日よりもよく見える。ドアノブは丸く、中央に鍵がある。あなたがルームメイトと暮らしていたときのドアとおなじく、なかから鍵がかかるタイプだ。これではあなたを閉じこめておくことはできない。セシリアをここに入れないようにするためのものだろう。キーを持っているのは父親だけ。部屋に入ることができるのは彼だけだ。

部屋に戻ると、また手錠でベッドにつながれる。廊下の向こう端で、目覚まし時計がかん高い音をたてる。ちょうど時間どおりだったわけだ。

あなたは腰をおろして待つ。湿った髪が背中に貼りついている。ほどなく彼が戻ってきて、また手錠をはずす。今回、彼は部屋を出てからドアをしめ、あなたの手首を握る。あなたは彼について階段を下りる。足の下で家が息づいている。階段にはグレーのカーペットが敷かれ、壁は白く塗られている。手すりもおなじ。あなたは左に曲がり、オープンキッチンに足を踏み入れる。あなたの名前はレイチェル。あなたはレイチェル。右手にはリビングがある。玄関ホールはない。ドアがあるだけ——そのドアがあなたを手招きしている。ソファ、アームチェア、そこそこの大きさのテレビスクリーン。コーヒーテーブルには雑誌が数冊載っている。壁には写真が飾られ、隅の本棚にはペーパーバックが並ぶ。そして階段の下にドアがある。

あなたはそのすべてを綿密に調べたいと思う。引出しをひっくり返し、クロゼットの中身を全部出し、すべてのドアをあけたいと思う。しかし彼に引っぱられるままキッチンテーブルへ向かう。テーブルは木製で、いくつか傷がついているが、磨きあげられたばかり。そう遠くないところに勝手口がある。全体的に清潔ではあっても個性を欠いた家だ。まるで、口をひらいたらしゃべりすぎてしまう、と心配しているかのようだ。

彼が椅子を指差す。やはり木製で、勝手口からいちばん遠いところにある椅子だ。あなたは座る。テーブルには皿が三つ、空《から》っぽのマグが二つ、キッチンナイフが三つ並べてある。コーヒーメイカーの〈ミスター・コーヒー〉がカウンターの上でぷつぷつ音をたてている。彼が肩に手を置いてあなたを揺さぶる。あなたは彼のウエストのあたりを見る。ホルスターはない。

「わかっているな」

あなたはレイチェル。彼の友人の友人。ナイフを手に取って彼の喉に向けたりしない。ごく自然にふるまうこと。

彼は銀色の冷蔵庫をあけ、白いパンの入った袋を取りだして、スライスをトースターのなかに並べる。あなたの頭に、子供のころの朝食が思い浮かぶ。熱々の〈ポップタルト〉をペーパータオルにはさんで持ち、学校へ向かって歩きながら食べたこと。もう少しあとになると、軽食カートで買ったスクランブルエッグ・サンドを紙コップのコーヒーで流しこみながら歩いた。覚えているかぎり、両親とテーブルについて朝食をとったことはない。とくに平日は。

あなたは腰かけた場所から見えるものすべてを心に留める。カウンターの上のナイフスタンド、乾燥ラックにかかったトング。レードル、缶切り、長いハサミ。オーブンの取っ手にかけられたキッチンタオル。すべてが清潔で、どれもあるべき場所に収まっている。彼はすでに荷ほどきをすませ、この新しい場所でくつろいでいる。ここはもう彼の場所、彼のコントロール下にある場所なのだ。

彼は階段の手すりまで行って身を乗りだし、二階のほうへ首を傾《かし》げて呼びかける。

「セシリア！」

それから〈ミスター・コーヒー〉のほうへ戻り、ドリップが終わったか確認する。朝のルーティンをこなす、朝食の支度中のパパ、といったところ。

最初に足が見える。ライトブルーのソックスがぱたぱたと階段を下りてくる。ついで黒のスキニーパンツ、けばだった藤色のセーターが目に入る。階段を途中まで降りたところで、セシリアは身を乗りだしてキッチンを覗《のぞ》く。

「ハイ」あなたはいう。

その声はセシリアを、彼を、そして誰よりもあなた自身を驚かせる。彼の視線があなたから娘へと飛ぶ。自分がへまをしたのではないかと、あなたは心配になる。ひとこと発しただけでもうすべてを台無しにしてしまったのではないか、と。けれどもセシリアはテーブルへ進み、あなたの向かいの席につく。

「ハイ」セシリアがいう。

もう一度ハイと返すのも変なので、あなたは小さく手を振る。じろじろ見ないように気をつけるが、どうしてもセシリアの顔に目が行ってしまう。顔立ちの細部まで吟味せずにはいられない。

父親と似たところがないかざっと眺め、彼女がどんなふうに育ってきたかを探る。やはりいくらか父親に似ている――通りですれちがう見知らぬ人でも、二人に血のつながりがあることはわかるだろう――が、独自の特徴もある。顔は彼より丸く、やわらかい印象がある。そばかすの散った顔を、波打つ赤毛が縁《ふち》どっている。だが、目は父親とおなじだ。おなじブルーグレー。虹彩のまわりがわずかに黄色がかっているところもおなじ。

彼がトーストの皿をテーブルに置く。娘に背を向け、あなたに向かって眉をあげてみせる。しくじるなよ。

あなたも努力してはいるが、これをどうこなしたらいいのか、まるでわからないのだ。

この男のキッチンに座り、自分のなかにあるはずの愛想のよさを掘り起こして、それを彼の娘に差しだす。そのための準備など、どうやったって無理だった。

「わたしはレイチェル」あなたはいう。

彼女がうなずく。「セシリアです」

「初めまして」

セシリアは短く微笑む。父親はキッチンカウンターのほうへ行き、コーヒーサーバーを手に取って、テーブルに戻ってくると、娘のほうを向く。

「よく眠れたかい？」

セシリアは視線を空っぽの皿に落としたままうなずく。あなたは自分が彼女の年ごろのときの朝の様子をぼんやり思いだす。いつも疲れていて、何かを食べる気も起こらず、絶対にしゃべる気分になどならなかったものだ。セシリアの父親は自分のカップにコーヒーを注ぎ、サーバーをあなたのテーブルマットの端に置く。自分で注げということだろう。あなたは自分のまえにあったマグをコーヒーで満たす。マグを口もとまで運んで初めて、反対側に大きな黒い文字がプリントされていることに気づく——最高のパパ。

朝食のテーブルで、最高のパパは娘の髪の房に手を伸ばすと、それを鼻先まで持ちあげて上下に動かし、娘の小鼻をつつく。最初は反応がない。三回ほどつつくと、セシリアは父親の手を穏やかに払いのけ、仕方ない、といった様子で笑う。

「やめて！」

彼は笑みを浮かべる。半分は娘に向けて、半分は自分自身に向けて。気の置けない父と娘の図。

彼は娘を愛している。それはあなたの目にも明らかだ。

ただし、愛の問題は弱点になりうることだ。

二人の気が逸れているあいだに、あなたは目をとじて、何年ぶりかのコーヒーの最初のひと口を飲みこむ。その味のおかげでいっきに時をさかのぼり、自由だった最後の朝——彼があなたを捕まえた日——を思いだす。そのまえなら、ニュース編集室で夏季インターンとして働いたときの記憶だ。疲れた従業員たちが、午後になってもひっきりなしにマシンにポッドをセットしていた。そこで働いていたあいだずっと、コーヒーショップにもよく通った。ことコーヒーとなると、ひとつに決めなかったのを思いだす。思いつくかぎりあらゆる種類を試した。ふつうのドリップコーヒーから、エスプレッソにエクストラショットを追加してスチームしたミルクを注いだフラットホワイトや、ヘーゼルナッツシロップを入れたラテや、フォームミルク多めのカプチーノまで。ひとつにこだわるのはいやだった。目のまえに差しだされるものはすべて試したかったのだ。

目をあけると、セシリアはバター容器の裏の文字を読んでいた。ごくふつうにふるまうこと。あなたはトーストに手を伸ばし、自分の皿にひと切れ載せる。最高のパパのほうをちらりと見やり、無言の許可を待ってからバターナイフを手に取る。セシリアが読むのを断念し、あなたはトーストにバターを塗る。それから、なんでもないことのようにジャムを塗りかさねる。与えられた食べ物をどれだけ食べるか自分で決めるのはこの五年で初めてだったが、それを態度に出さないようにする。そして疑いを招かない程度に恭《うやうや》しく、ひと口齧《かじ》る。

歯茎の縁に鋭い痛みが走る。ジャムはとても甘く、喉の奥にくっつく。もう何年も歯科医にかかっていなかった。口のなかの乱雑ぶりについては考えたくない。虫歯。歯肉炎。フロスを通すと血の滲《にじ》む口。トーストは口内を痛めたが、それと同時に温かくてさくさくで部分的にバターが染みこんでいて、あなたはものすごい食欲を覚える。ひどく空腹で、満足した状態がどんなふうだったか思いだせない。もしかしたら、空っぽの胃と腰骨のあいだのどこかに空腹感がたまっていたのかもしれない。小屋にいたせいで取りそびれたカロリーをすべて取り戻すまで、食べるのをやめられないのかもしれない。

「ニューマン先生に提出する連絡帳は持った？」

その父親らしい声で、あなたの意識はキッチンへ――テーブルの上の両手へ、床についた足へ、目のまえの男とその娘へ、彼らの完璧な朝のルーティンへ――引き戻される。セシリアは、連絡帳なら持ったと請けあう。二人はさらにおしゃべりをする。もうすぐ受けるテストについての質問があり、それからセシリアが今晩絵画教室に行くこと、五時半に車で拾ってもらう約束などを確認する。

父親とはこんなふうにふるまうこともできるものなのか、とあなたは思う。どんなに昔の記憶を探っても、自分の父親が朝食をつくってくれたこと、娘の髪で遊んだこと、学校のスケジュールや先生の名前を知っていたことなどなかった。あなたの父親は朝早く仕事に出かけ、夕食のあとに帰宅した。いいスーツを着て、アタッシェケースを手にさげて、疲れてはいても満足そうだった。あなたや兄のために時間をつくってはくれた。運動会や学芸会、それに日曜日の午後には公園につきあってくれた。けれどもあなたは〝やることリスト〟のひとつの項目にすぎなかった。子供のころでさえ、もし誰からも思いださせてもらわなければ父親業などこの人の頭から抜け落ちてしまうのだろうと、あなたは思っていた。そうなれば、自分の子供時代など、ドライクリーニングに出したまま誰も引きとりにいかない衣類とおなじなのだと感じていた。

最高のパパはマグのコーヒーを飲み干す。その娘は、なんとか食べきろうとしていたトーストをあきらめて残す。二人は席を立つ。彼は娘に「五分で出るよ」と伝え、娘はわかってると答えて、階上《うえ》へと姿を消す。バスルームのドアがしまる音がキッチンに届くやいなや、彼はあなたのほうを向く。

「来い。早く」

彼は自分のまえを歩くようにと身振りで示し、階段を上る。彼の体があなたの体をかすめるほど、すぐうしろからついてくる。あなたは歩を進め、寝室へ戻る。ラジエーターのそばへ行けといわれるまでもなく、床に座って右手を持ちあげる。彼はポケットから手錠を取りだし、一方の輪をあなたの手首に、もう一方を金属のパイプにかける。そしてそれを上下に動かし、しっかりはまっていることを確認する。

「これから娘を学校へ送り、仕事に行かなきゃならない。これを見ろ」

彼はスマートフォンを取りだす。初めて見るものだ。あなたの記憶にある五年まえの電話よりも画面がかなり大きい。

「この部屋と、玄関と、ほかにもいろいろなところにカメラを仕込んだ。見えないように。カメラはこのなかのアプリとつながっている」彼は何回かタップしてから、画面をあなたに向ける。カメラからの映像ではない――それを見せるつもりはないのだろう。多くのことが明かされてしまうから。映っているのはネット上のデモ映像だ。

ごく小さな音で再生されている。ある家の玄関が映る。女性がドアをあけ、しめる。あなたにはそれが見え、それが聞こえる。画面右下の隅に赤いアイコンが出現する。あなたは一心に見つめる。家と、ドアと、本当は自分のものでない家に入るために雇われた女性を、あなたは一心に見つめる。そのテクノロジーを、そして彼の目と耳が自分に向けられているのだという脅しを吸収する。

顎に力が入る。小屋にいたときには彼の目は届かなかった、彼がいないあいだは。小屋では、あなたは本を読むことができたし、寝そべることも、座ることもできた。そうしたことをいつどのようにするか、彼に知られることはなかった。それはささやかではあるが大事な何かだった。自分のものといえる何かだった。

ここに来たらまえよりよくなるはずだったのに、と思いかけ、そんなふうに思ったことですぐに自分を罵りたくなる。彼はべつにあなたをよりよい状態に置こうとしたわけじゃない。よりよい状態などおとぎ話だ。

画面が暗くなる。彼はまたロックをかける。

「もし何かしたら——おまえが叫ぶとか動くとかして、誰かが調べにきたら、おれのところに通知が来る。それは気にいらない」彼はシェードに覆われた寝室の窓をちらりと見やってからつづける。「おれはこの近くで働いている。わかったか?」

あなたはわかったと答えるが、何かが彼を押しとどめる。あなたの横に膝をつき、手をあなたの顔に当てて無理やり上に向ける。目を見て確認したがっているのだ。あなたが彼を信じていることを。そしてそのおかげで彼のほうもあなたを信じられることを。

「おれがどんな仕事をしているか知っているか？」

本気で訊いているのだろうか？　あなたにその話をしたことがないのを、本当に覚えていないのだろうか？

あなたはノーの意味で首を横に振ろうとする。

「架線作業員だ」ぽかんとした顔をしてしまったにちがいない。彼はあきれたようにぐりと目をまわしてこうつづけた。「どういう仕事だかわかるか？」

わかる、とあなたは思うが、彼があまりに熱意をこめて訊いてくるので、わかっていないような気になってしまう。

「まあ、少しは」あなたはいう。

「送電線の修理と保守だ。上を見て、頭上のケーブルをいじってる人間が目についたことくらいあるだろ？」

ええ、とあなたは答える。思ったとおりだ。彼がその仕事をしているというのは納得がいく。一日じゅう電柱の上にいて、ゴムの層ひとつに隔てられただけの状態で、致死量になりうる電力と向きあっているのだろう。

「ここは小さな町だ」彼はつづける。「で、おれが仕事で高いところにいるときには、まあ、信じられないくらい遠くまで見える」

彼はあなたの顔を放し、天井を見透かすことができるかのように上を見る。あなたは木の梢を背景とした彼の姿や、そばを飛んでいく鳥を思い描く。彼はスマートフォンに戻る。そして今度はグーグルでイメージ検索をした結果を見せる。ケーブルからぶらさがった男たち。一方の足で十二メートルの電柱のてっぺんに立ち、もう一方の足は宙を泳いでいるところ。ヘルメットと分厚い手袋。滑車やフックがごちゃごちゃに置かれた現場。あなたは彼の視線を感じながら、そうしたものをすべて吸収する。彼はいくらかあなたに時間を与え、それからスマートフォンをしまう。

「上にいるときにはなんだって見える」彼の目がまた窓へ向かう。「大通りも、家も、路地も、人もみんな」視線をあなたに戻して、彼はつづける。「全部見える。わかるか？人々が気づいていなくても、おれは見てる。いつだって見ている」

「わかった」あなたはいう。声に手があるなら、その手もすぐに宣誓に加わるだろう。

「よくわかった」

彼は少しのあいだあなたを見おろし、それからドアへ向かう。

「待って！」

彼の指がさっと唇へ持ちあがる。あなたは声を落とす。「わたしの持ち物を取って」手錠をぐいと引き、自分はこっちにいて本はあっちにあるから届かないのだと示す。彼は本の束を取って、あなたの横にぽんと積みあげる。

「ありがとう」

彼は腕時計を確認して急いで出ていく。足音が聞こえ、ついで階下《した》から声がする。「準備はいいかい?」

セシリアはうなずいたにちがいない。玄関のドアがひらいて、とじる。トラックが動きだし、やがてエンジン音が遠ざかる。

二人がいないと家は静かだ。平穏な静けさではない。空虚で重苦しい静けさで、見知らぬ人の膝の上に座っているような居心地の悪さがある。部屋は広大なようにも、ひどくせまいようにも感じられる。四方から壁が迫ってくるような、床が縮んでいるような、構造が完全にとじているような気がする。

目をとじる。小屋を、頭の下の硬材の床を、木の薄板に囲まれた自分だけの世界を思い返す。両方の手のひらを目に当て、その手を横に動かして耳を覆う。体のなかを空気の流れが通りすぎていくのが聞こえる、ホラガイを耳に当てたときのように。

あなたはここにいる。

息をしている。

今朝はテストで、あなたは合格した。わかるかぎりのところでは、あなたは合格したのだ。

14

エミリー

エイダンの妻が亡くなり、理由はわからないながら妻の両親が彼を家から追いだしたあと、バーン判事がハドソン川のそばの集落に所有している小さな家を貸そうと申しでた。決して大きな家ではないが、小耳にはさんだところによれば、判事は格安の家賃を提示したらしい。この手の申し出はなかなか断われるものではない。バーン判事らしいやり方だ。バーン判事は自分のことを、町をまとめる接着剤のようなものだと思っている。判事はわたしが生まれるまえから、半径十五キロ以内のすべての結婚式を取りしきってきた。誰かが苦境に立たされれば、バーン判事が気づいてくれる。そしていつでも話を聞いてくれる。判事は誰でも助けるのだ、たとえ相手がそれを望まなくても。

そんなわけで、三日まえ、バーン判事は町のフェイスブックのページ上で資金集めの五キロレースを提案した。「エイダン――誰もが世話になっているなんでも屋で、町の公益のために働く男――は、つい最近妻と家を失い、いまも亡き妻にかかった高額の医療費を支払いながら独力で娘を育てている。誇り高い男なので、それを認めたり、不平をこぼしたりはしないが、いくらか助けがあってもいいのではないか」と判事は書いた。

人々はそのアイデアが気にいった。ボランティア消防隊員の一人が、町の中心部にスタートとゴールを置いてチャリティレースのコースを決めた。コメント欄を見ると、オーガニック食品店を営むガルシア一家が、紙袋入りのレーズンとか、皮を剝いたオレンジといった品を提供すると書いていた。わたしの母校の子供たちは水のカップを手渡す係を、父親たちはコースの警備係をやるという。みんな手伝いにとても熱心で、終わりが見えないほどだった。レースへの参加費は最低五ドルで、プラスの寄付が推奨されている。全額がエイダンとその娘のもとに届き、さまざまな請求や家賃、葬儀費用の残額その他をカバーすることになる。

一方、エイダン・トマスは沈黙したままだった。町が自分を助けることにまえのめりになっている様子を見てはいるのだろう。無礼に聞こえるようなことはいいたくないけれど、注目を寄せられることを心底いやがっているのではないか、とわたしは思っていた。

今日の午後までは。

フェイスブックでは友達ではないけれど、わたしはエイダンのアカウントを知っている。やりとりのある相手が三人くらいしかいなくて、そのうちのひとつは亡き妻のアカウントだ。だけどわたしには彼の写真がすぐにわかった——彼自身の写真ではない。もちろんちがう。宿屋のそばの丘から撮られた風景画像、凍りついたハドソン川の写真だ。

「みなさん、どうもありがとう」判事のポストの下に、エイダンはそう書いていた。「セシリアと私はこのコミュニティに心から感謝しています」

このコメントは二時間まえにシェアされたもので、すでに五十以上のいいねがついている。ハートマークや気遣いを示す絵文字を使ったり、腕を広げてハグをするアニメーションを貼ったりしている人もいた。

わたしは寝室に座り、ノートパソコンのトラックパッドの上に人差し指をさまよわせている。

脳内のシアターでは、おなじ映像がくり返しかかっている。あのバージン・オールドファッションドの夜の、グラス越しにわたしを見るエイダンの青い目。わたしたち二人だけのあいだに共有されているもの。

フェイスブックのページで「コメントを入力」の欄に文字を打ちはじめる。やめる。また打ちはじめる。またやめる。

熱心すぎるように見えるのがいちばんいやだった。

ちがう、それは嘘だ。

いちばんいやなのは、どうでもいいと思っているように見えることだ。

「〈アマンディーン〉は喜んですべてのランナーのサポートをします（応援団のサポートも）。ゴールのそばにホットココア・ステーションを設置するのはどうでしょう？」

ホットココアなら、毎年クリスマス・パレードのために出している。レースの日が来れば、それでわたしにもスペンサーを設置するくらいぜんぜんかまわない。少し早めにディスペンサーを設置するくらいぜんぜんかまわない。

コメントを読みなおしてから、〈送信〉を押す。

ディナーの仕事のための支度をしながら、更新の確認をするために画面を見る。ちょうど出かけようとしたときに、右上の隅にポンと通知がつく。

コメントが二つ。

ひとつはミセス・クーパーからだ。数年まえに夫と二人の子供と一緒に越してきた人。「なんてすばらしいアイデア！」と書いていた。いかにもミセス・クーパーらしい。いつも少々おおげさすぎるのだ。自分や家族がうまくなじめないことを心配しているせいだ。

二つめのコメントは彼から。わたしはそれを速すぎるスピードで読んでしまう。パニックが胸郭を圧迫する（間抜けなアイデアだと思われたらどうしよう、やりすぎだと思われたらどうしよう、充分じゃないと思われたらどうしよう）。それから、今度は時間をかけて、もう一度読む。すべての単語を味わいながら。

「ご親切に、ありがとう」

彼はここでシフトキーとリターンキーを一緒に押して、改行している。

「とてもうまいアイデアだと思う」

15　家のなかの女

あなたはラジエーターの横で身じろぎをして、苦痛のいちばん少ない姿勢を探す。背中を壁にもたせかければ、両脚を伸ばすことができる。

目をとじて耳を澄ます。外で、キツツキがこつこつと音をたてる。さまざまな種類の鳥が鳴いている。彼に捕まるまえ、あなたは鳥のさえずりについて学びはじめたところだった。種類別の鳴き声のちがいについて書いた本を見つけたのだ。理屈のうえでははっきりちがいがわかるのだが、その鳴き声がどの鳥のものか実際に聞き分けることができるようにはならなかった。小屋で何年も実践したのに。街生まれの耳には、鳥はどれもおなじただの鳥なのだ。

トラックが戻ってくるころには、シェードのまわりから洩れてくる四角形の光がすでに薄暗くなっていた。ドアがあき、しまる。キッチンから声が聞こえてくる。言葉の端々が聞きとれる。「宿題」「夕食」「ジェパディ」。誰かが階段を上る。トイレが流され、バスルームのシンクのパイプが音をたてる。食べ物のにおいが家じゅうに漂う。風味豊かで温かく――あなたの記憶が正しければ――バターのにおいだ。

毎晩夕食をともにするわけではない、と警告は受けていた。朝食も毎日ではない。おれが適切な時間に呼びにくる、といわれていた。けれども今夜は最初の晩だ。だから今夜、彼はやってくる。

すでに手順は心得ている。彼が手錠をはずし、急げという。あなたは立ちあがり、何回か膝の屈伸をしてから、足をこすって感覚を取り戻す。階下《した》では、朝とおなじようにテーブルがセットされている。違うのは、コーヒーのマグの代わりに水のグラスが置いてあるところだけ。彼はオーブンをあけ、なかで焼けているものを確認する。

「セシリア！」

テーブルに食べ物を載せ、子供に食事を与える、家のなかの男。父親。

何をぼんやり待っている？　とでもいうように、彼があなたを軽く押す。あなたは朝食のときに割り当てられたのとおなじ席につく。

セシリアが階段を下りてくる。あくびを噛み殺している。彼女の年ごろだったとき、どんなにくたびれていたかをあなたは思いだす。読むべき本や、覚えるべき数学の公式など、学ぶべきことはたくさんあった。指の先にある世界で、自分はどんな人間になりたいのか、そうなるための最善の道はどれかを――授業のあいまの休み時間まで――考えるという消耗する作業もあった。

セシリアはリビングのエリアで立ち止まり、リモコンをテレビに向ける。オープニングのテーマが部屋を満たす。金管楽器の音と歌うような決まり文句についで、朗々とした声が響きわたる。「クイズ番組、《ジェパディ！》のはじまりです」画面に照明を浴びた出場者が映しだされ、名前と住んでいる場所が紹介される。シルヴァー・スプリングスのホリー、パーク・シティのジャスパー、バッファローのベンジャミン。スーツを着てネクタイを締めた男性がステージに向かって歩く。

「《ジェパディ！》の司会者、アレックス・トレベックです」

腕の感覚がなくなる。脚と足が痺れてちりちりする。家だけならなんとかなる。セシリアにさえ――部屋のなかにいる余分な人物のエネルギー、彼女の若さ、謎に包まれた彼女の人生にさえ――なんとか対処できる。けれどもテレビは、懸賞金のためにクイズに答える人々は、アレックスが古くからの友人のようにホリーとジャスパーとベンジャミンに挨拶するところを見るのは、荷が重すぎた。外の世界の刺激が強すぎる。あなたなしでも世界はまわっているのだという証拠が多すぎる。

家のなかでは、父親が娘のほうへ歩いていき、一方の腕を娘の肩にまわす。あなたの父親がしたのとおなじように、と頭のなかで囁《ささや》き声がする。二人は友達同士のような間柄なのだと思いださせるために、父親があなたをそばに引き寄せたときとおなじ。

「夕食ができたよ」

セシリアは懇願するような目で彼を見あげる。

「最初のラウンドだけ。お願い」

父親はため息をつく。そしてあなたを一瞥《いちべつ》する。たぶん、気を逸らすのも悪くないと判断したのだろう。娘の意識をテーブルについた新しい女ではなく、テレビに集中させておいたほうがいい、と。

「音量を落としなさい。つけっぱなしにしておいていいから」

セシリアは眉をあげる。一瞬、彼とよく似て見える。滲《にじ》みでた疑念が、企みや嘘をつねに警戒している雰囲気がおなじだった。調子に乗らないほうがいいと思ったのだろう、彼女はリモコンをテレビに向けて、アレックスの声がかすかな雑音程度になるまで音量を落とす。それからいくつかのボタンをいじる。と、画面の下に字幕が出る。賢い子だ。

父親はキッチンタオルで手を包み、テーブルのまんなかにセラミックの器《うつわ》を置く。横にはスライスしたガーリックトーストが置かれている。セシリアは身を乗りだしてにおいを嗅ぐ。

「これ何？」

ベジタブルラザニアだよ、座りなさい、と彼はいう。セシリアは彼の皿に、ついで自分の皿に料理を取り、それからスプーンをクエスチョンマークのように持ちあげたままあなたを見る。あなたは皿を彼女に渡し、ガーリックトーストは自分でひと切れ取る。少しのあいだ、セシリアはあなたを観察するが、やがて父親がテレビを指差す。出題のカテゴリーは〈心臓の問題〉だ。八百ドルが懸かっている。アレックスがカードから問題を読みあげると字幕が現われる。「心臓のまわりに、生死にかかわる量の体液がたまる症状をなんという？」

父親が声に出して答える。「心タンポナーデ」疑問のように語尾をあげたりせず、淡々と事実を述べるようにいう。

バッファローのベンジャミンがおなじ答えを口にする。八百ドルがベンジャミンのトータル金額に加えられる。

「ずるいよ」子供がいう。「パパはそういうの勉強したんでしょう」

小屋の鍵を持つ——寝室への鍵を持つ——この男が医師でないことを、あなたは知っている。ただし、あなたの情報には抜けがあるのだ。かなわなかった夢か、変更された計画か何かがあるのだろう。それを探るうまい方法を考えつくまえに、バッファローのベンジャミンが二百ドルを狙って〈ニックネーム〉のカテゴリーを選ぶ。アレックスがヒントを読みあげる。「〝クワイエット・ビートル〟のあだ名で知られる人物は？」

あなたのなかで何かが呼び覚まされる。過去に知っていたもの。昔、歌った曲。父親の仕事部屋にあった棚から抜いてきたCD。《イッツ・オール・トゥ・マッチ》の最初のコードと、エレキギターの歪《ひず》んだ、むせぶような音。

父親と娘はわからないねという視線を交わす。そこにあなたの声。「ジョージ・ハリスン？」

バッファローのベンジャミンはジョン・レノンと答えてはずす。パーク・シティのジャスパーはリンゴ・スターと答える。シルヴァー・スプリングスのホリーは時間切れで答えられない。アレックスは申しわけなさそうな顔でいう。「ジョンでも、リンゴでもありません」言葉が字幕になって現われる。「正解は……ジョージ・ハリスン」

セシリアはすごい、というように、あなたに小さな笑みを向ける。父親のほうは、娘の視線が画面に戻るのを待ってから、あなたをじっと見る。あなたはかすかに肩をすくめる。何か？　ごくふつうにふるまえっていったのはあなたじゃない。彼はテレビに向きなおる。

画面では、ベンジャミンがまた〈ニックネーム〉のカテゴリーを選んだところで、今度は四百ドルが懸かっている。

「ロンドンのブリクストン生まれの芸能人で、〝細く白き公爵《シン・ホワイト・デューク》〟というあだ名で有名な人物の名前は？」

シルヴァー・スプリングスのホリーがブザーを押して口を引き結ぶ。あなたの記憶がさらによみがえる。ハロウィンの夜、顔に描いた稲妻。細いシルエットや薄い唇や催眠状態のような目に恋をしたときの胸のときめき。口に入れたラザニアをすばやく呑みこんで答える。「デヴィッド・ジョーンズ？」

画面では、ホリーが時間切れになるまで答えをためらい、すまなそうな笑みを司会者に向ける。司会のアレックスはほかの二人を待ってから説明する。「正解はデヴィッド・ジョーンズ……またの名をデヴィッド・ボウイ」

セシリアがまたあなたのほうを向く。

「どうしてわかったの？」

彼女に本当のことを話してはいけない理由はないと、あなたは思う。

「音楽が好きだから」

セシリアは椅子のなかで身じろぎをしていう。「そう。わたしも」

彼女の父親は食事の手を止めており、皿の端でフォークが揺れている。視線は、テニスの試合を見ているかのように、あなたとセシリアのあいだを行ったり来たりしている。

ほかにも思いだしたことがある。セシリアの年ごろだったとき、シェールについての発表をさせてくれた先生がいて、興奮したこと。ボブ・ディランの名前を口にしたら、相手が興奮で目を丸くしたこと。音楽が親密な関係への近道になり、十三歳のときの圧倒的な孤独に終止符を打てたこと。

あなたはセシリアに向かって微笑む。半分は彼の血が混じっていながら、父親が陰で何をしているか知らない少女。「誰を聴くの？」あなたはたずねる。

セシリアは考える。あなたも昔はこういう質問をされるのが大好きで、ただしそれと同程度に大嫌いでもあった。大好きなのは、アーティストの名前を舌先に載せて味わうことには決して飽きがこなかったから。ピンク・フロイドに、ボウイ、パティ・スミス、ジミ・ヘンドリックス、ストーンズ、エアロスミス、ビートルズ、ディープ・パープル、フリートウッド・マック、ボブ・ディランなど。大嫌いなのは、間違った名前を口にしてしまうのが怖かったから。あなたがロックの目利きなどではなく、所詮ただのティーンの女子にすぎないのだと示すような名前を。

セシリアは何人かの名前を挙げる。テイラー・スウィフト、セレーナ・ゴメス、ハリー・スタイルズ。あなたが姿を消したときに出はじめた人たちだ。あなたが不在のあいだに才能を開花させた人たち。

「いいじゃない」あなたはいう。まだ外の世界にいて、人と会ったり、新しい友達をつくったりしていたときも、上から目線にならずに、自分にもよさがわかっていることを示すのはとてもむずかしかった。

セシリアはうなずく。「あなたは？」

父親からの焼けつくような視線を感じる。だってふつうの人がすることでしょう。あとでもし何かいわれたら、そう答えるつもりだ。人は話をして、いちばん好きなものを相手と共有するものでしょう。

あなたはいくつかの名前を告げる。「ローリング・ストーンズ——二〇一二年にはライブを観たわ。それからビーチ・ボーイズ。ポインター・シスターズ。エルヴィス・プレスリーもだけど、エルヴィスはみんな好きよね。あとはドリー・パートン。子供のころ、ドリーのことがものすごく好きで、テーマパークの〈ドリーウッド〉に連れていってと両親にお願いしたものよ、毎年、な——」

教会で悪態をついてしまったときのように、決まり文句をいうのに吃音が出てしまったかのように、言葉が急に出てこなくなる。両親。彼がいるところで両親のことを——彼に娘を奪われた人々のことを——口にしたのは初めてだった。

あなたには自分の人生があった。大学生で、あと何週間かで卒業だった。書くべき論文があったし、やるべきことがあったし、友達がいたし、仕事があった。しかしそれでも、好むと好まざるとにかかわらず、あなたはまだ両親のものだった。週に一回夕食をともにすることがなかば義務と化していたし、テキストメッセージを送り、電話もかけた。人生を共有していた。

セシリアが咳払いをする。取り分け用のスプーンに手を伸ばし、あなたが落ち着くまで時間を稼いでくれる。あなたはなんとかまた口をひらく。「毎年、夏になると。一度も連れていってもらえなかったけど」

セシリアはスプーンひとすくい分のラザニアを自分の皿に落とす。もう一度あなたへとあげられたセシリアの視線には、かなりの破壊力がある。こんな目を向けられたのがものすごく久しぶりだったからだ。こんな、やさしさのこもった目。あなたの感情を大事に思っている目。

彼女がどう思っているかはわからない。おそらく、あなたが家族と仲たがいしたとか、ドリーウッドに連れていってくれる機会がないうちに死んでしまったなどと思っているのだろう。どんなストーリーが頭のなかにあったにせよ、気持ちはわかるよと、セシリアはあなたに伝えたがっているのだ。

「でも」セシリアはいう。「いまはもう、いつだって行きたいときに行けるじゃない」

あなたは自分の皿に残ったものを見おろしながらいう。「そうね。行きたければいつでも」

その後、もう階上《うえ》に行って歯を磨きなさいと父親からいわれると、セシリアはこっそり視線を寄こす。仕事の初日に隣りに座ってくれる人を見つけた新米の研修生のような目だ。親戚の葬儀で、受付のあいだの話し相手を見つけてほっとした、いとこのような目。

そういう目なら知っている。以前にも見たことがある。孤独で、傷ついている人の目だ。

16

セシリア

ときどき、喉の奥がすごく圧迫されるように感じることがある。そうなると、叫んだり、何かを殴りたくなったりする。人は殴らない、絶対に。ただものに当たるだけ。

もしパパが知ったら、あの独特のやり方で首を横に振るだろう。あれをやられると、ちょっと死にたい気分になる。ママはパパによくこういっていた。誰にでもそんな高い水準を求めては駄目。セシリアはまだ子供なんだから。これからたっぷり時間をかけて、あなたみたいになるのよ。

耐えきれなくなると、丘の上の墓地に行って、そばの森に入る。そこで一本の木に狙いを定めて、靴を履いた足で蹴りつける。最初は弱く、それから一回ごとにだんだん強く。パパは知らない。もちろん知らない。見つからないように、学校と絵画教室のあいだにやってるから。いまのパパにはやるべきことが山ほどあるんだし。

まず、ママのことがあった。それからレイチェルのことがあった。

レイチェルのことは引っ越すまえに聞いた。パパは友達の友達の友達とかいってた。なんでもいいけど。レイチェルが誰であろうとべつにどうでもよかった。すでにあんまり好きじゃないと思いはじめていたこの新しい家に、彼女が一緒に住むことだけが問題だった。

助けが必要なんだ、レイチェルはひどいめにあってね、とパパはいっていた。ひどいめって、正確にはどんな、とあたしは訊いた。詳しいことは話さないほうがいいと思う、だが彼女は傷ついていて、ほかに頼る人もいないんだよ、とパパは答えた。だから判事の家の予備の部屋をまた貸しして、食事も一緒にとることになる、とかなんとか。

パパにはいわなかったけど、あたしだってひどいめにあったばかりで、知らない人とごはんを食べたい気分じゃない。でも仕方ない。

「彼女はとても大変な思いをしてきたんだ」パパはいう。「だから詰め寄って質問を浴びせたりしないこと。行儀よくして、礼儀正しく接して、干渉しないこと」

それなら問題ない、どっちみち、どこの馬の骨とも知れない女の人とすごく仲よくなりたいわけじゃないから、といいたかった。だけど、まあ、あまりいいことではないだろう。うちのパパはいい人なのだ。いまやってること、つまりレイチェルを助けようとするのはいいことだ。ママが――パパの妻が――亡くなってまもないとなればなおさら。だからパパにはオーケイといっておいた。ベストを尽くすよ、と。

あたしだって馬鹿じゃない。配偶者が亡くなってすぐ、家のなかに見知らぬ他人を住まわせるのがちょっとふつうじゃないってことくらいわかる。だから最初は、レイチェルは絶対愛人か何かだと思ってた。あたしは映画を観るほうだし、テレビも相当見る。妻が死んだあとの夫が何をするかは知っている。まえへ進むのだ。確かに、パパがこんなに早くまえへ進むとは思っていなかったけど、それはあたしが口を出すようなことじゃない。

だけどその後、二人がお互いのそばでどうふるまうかを見て、それがまったくの勘ちがいだったとわかった。あたしは両親がどんなふうに手を取りあっていたか覚えてる。ママがパパを「ハニー」と呼んだり、二人が——喧嘩のあとでさえ——見つめあったりしていたところも。パパとレイチェルのあいだには、そういうことがいっさいない。火花も、ときめきも、何もない。

そもそも、パパとレイチェルのあいだを疑ったのはフェアじゃなかったかも。パパがそんなに早くママのことを忘れるはずがないし、誰かをママの代わりにするとも思えない。パパはママを愛してた。あたしたち二人とも、まだママをすごく愛してる。

レイチェルのことでいちばん驚きなのは、そんなに嫌いでもないと思えたことだ。確かにちょっと変わってるけど、それは悪いことじゃない。正直にいえば、あたしだってある意味では変わってる。でも、レイチェルはあたしに話しかけるときの態度がほかの大人とはちがった。あたしのこと、あたしが好きなもののことを訊いてきた。ママのことはいわない。あたしのことを壊れものみたいに扱わない人がそばにいるのは新鮮な感じ。

レイチェルがうちに来るまえ、彼女が来ても何も変わらないよとパパはいっていた。でもはっきりと変わった。悪い変わり方じゃない。彼女はあたしたちと暮らして、あたしたちと食事をする。もちろん、変わったことはいろいろある。パパはどうして変わらないなんて思えたんだろう。パパはいろんな物事をコントロールできてると思うのが好きで、時間を止めて所定の位置に落としこみたがってるようにも見える。物事はつねに変化するのに。

たとえばこれもそう。ママが死んだあと、あたしはしばらくものが食べられなくなった。いまはもう食欲が戻ってる。もっと悪いことに、またまえみたいに夕食を楽しいと思いはじめてる。三人でテーブルについて、《ジェパディ！》を見たりして、少しのあいだ、こういうのもなんかいいなと思う。

それに、レイチェルが来てから、あのかわいそうな木をまえほど蹴りたいと思わなくなった。

木にとっては感激ものだろうけど、あたしは？　こんなふうにいうのは死ぬほどつらい。ママが死んだのはほんの何カ月かまえなのに。それがもう平気だなんて、どういう娘よ？

悲しみにけりをつけたりするべきじゃない。まだ傷ついているべきだと思う。あたしはあの、うちにいる女の人が好きだけど、ちょっと嫌いでもある。落ちこんだ気分からあたしを引っぱりあげてしまったから。

だけどまあ、彼女とパパがヤッてなくてほっとしてる。

17　家のなかの女

家が暗くなると、彼はあなたを見つけにくる。

ここでの手順は、小屋のときとほぼおなじだ。彼はため息をつく。ついで頭のてっぺんから爪先まで、あなたを確認する。あなたが食事を終えるまで、あるいは、バケツを使い終わるまで待つ必要はもうない。彼は手錠をはずし、ベッドにあがれと身振りで示す。が、すぐに考えなおして、床に戻れという。あなたは戸惑いつつも従う。

少しのち、あなたにもわかる。スプリングが軋《きし》む音や、ベッドフレームが壁にぶつかる音を娘に聞かせたくないのだ。

18 家のなかの女

昼の時間はあなたのものだ。

あなたはペーパーバックを読む。いまではほとんど覚えている。試しに『ブルックリン横丁』の最初の章を暗誦してみる。以前の生活で取りいれていた瞑想の手順を思いだし、体感時間を縮めたり、引き延ばしたりしようとする。

二人がいないと家はとても静かで、耳がちゃんと聞こえているか確かめるためにときどきハミングをしてみる。

ランナーとしての生活から体得したスキルがある。マラソンのときの要《かなめ》だ——終わりについて考えないこと。ゴールを思い描いたりしないこと。ただ動きつづけ、いまこの瞬間だけに存在すること。それを実行する唯一の方法は、一度に一歩ずつだ。心地よく感じなくていい。楽しくなくてもいい。重要なのは、最後まで生き延びることだけだ。

あなたはあたりを見まわしてカメラを探す。一人で寝室にいるときも、食事どきのキッチンでも。彼が本当のことをいっているのか、つくり話をしているだけなのか、確かなところはわからない。見えるところには何もないけれど、本と本のあいだにはさんだり、吊り天井の隅やキッチンキャビネットの奥に隠したりするのは簡単なのでは？　彼にはすべて見えると、あなたは信じている。

週末の朝には、二人はリュックにランチを詰めこんで出かける。夕方になるまで、あなたが耳にするのは鳥のさえずりくらいだ。セシリアは疲れて帰ってくるが、午後をどう過ごしたかを進んで聞かせてくれる。ハイキングをしたとか、探検をしたとか、図書館や博物館を歩きまわったとか。あなたはセシリアの言葉から情報を掘りだそうとする。雪道のハイキングの話が出るということは、山が近いにちがいない。たぶんここは州の北部なのだろう。確かなところはわからない。セシリアが近くの町の名前を口にすることもある。しかしぴんとくる名前はない。どこでもありうる。

セシリアのほうも、いろいろと訊いてくる。彼女が出かけているときに、あなたが何をしているのか知りたがる。あなたはセシリアの父親がでっちあげた嘘を口にし、リモートで働いている、テック企業で顧客サービスの仕事をしている、という。そしてその嘘に肉づけするように、レイチェルの生活を、セシリアにとってのあなたをつくりあげる。午後は読書をして過ごすとか——完全な嘘ではない。父親の口から聞いたのとおなじ店の名前を挙げ、外出したかのようにほのめかす。レイチェルに友人や家族を付加するのは思いとどまる。自分の頭では、捏造《ねつぞう》した人物たちの全人生を記憶しておくのは無理だからだ。セシリアは頭がいい。もし齟齬《そご》があれば気づくだろう。

家のなかのものに触れることは許されていないけれど、目にも力はある。視線はどこにでも行ける。母親と買物に行った子供のころとおなじ。目だけで触れなさい。キッチンのあちこちを眺め、リビングを覗《のぞ》きこむ。本棚にはメディカルスリラーが並んでいる。ソファに腰をおろし、頭を傾けて、本のタイトルを読みとろうとする。何を探しているのだろう？　パターン？　テーマ？　彼のありようや彼の行動を説明する何かが、『検屍官』と『アンドロメダ病原体』のあいだに押しこまれているとでも？

そう、それはまさにここにある。壁を伝って脈打つ、硬材の床の下の静かなうなりのように。彼にまつわる真実は、この家の中心に包みこまれている。

室内のすべてが何かしらのストーリーを語る。それは本当のことかもしれないし、そうでないかもしれない。メディカルスリラーは、亡くなった妻が集めていたペーパーバックで、夏の休暇のときに読まれたものだろうか。それとも、人体への邪悪な執着を示す警告だろうか。幼いセシリアの写真も並んでいる。モーテルのプールで泳ぎを習っているところ。三年生を〝卒業〟したところ。ハロウィンに魔女の帽子をかぶり、顔が隠れてしまったところ。ふつうの家庭生活のしるしだろうか。あるいは、体裁を保つためにここに据えられた、彼の劇場の小道具なのか。

この家は――彼を知っているのだろうか？　それとも彼の本当の姿を隠すために、映画のセットさながらにひとつひとつ組み立てられたべつの世界なのだろうか？

目につくものがある一方で、ないものに気づくこともある。固定電話がない。デスクトップのコンピューターがない。おそらくどこかにノートパソコンはあるのだろう。パスワードに守られたうえ、引出しに入れて鍵をかけてあり、在宅での管理業務をこなすときだけ取りだされるようなものが。スマートフォンは各人のポケットにしまいこまれているはずだ。ただ、セシリアはずっと持っていることを許されてはいない。学校と絵画教室に行くとき、彼から離れるときにだけ持たされるのだ。帰宅するとすぐに彼が手を差しだし、セシリアはスマートフォンを渡す。セシリアは十三歳。ごくたまに、このルールに文句をいうことがあるけれど、彼はソーシャルメディアで時間を無駄にしてほしくないのだという。絶対に、あとで父親に感謝することになるはずだ、と。セシリアはため息をつくが、食ってかかったりはしない。

視線がペーパーバックへ、写真へ、コーヒーテーブルにきちんと積まれた自然科学雑誌へと戻る。答えを探して。一人の人間の姿を、彼が生きているしるしを探して。彼のストーリーを求めて。

夜になると、あなたは夢を見る。小屋から引きずってきた幻影のようなものだ。両脇に木々の並ぶ田舎道を、あなたは懸命に走っている。うしろから彼の呼吸音が伝わってくる。あなたを脅かす彼の足音が迫ってくる。

あなたはびくりとして目を覚ます。夢のなかでも、彼はあなたを追っている。しかしあなたは走っているのだ。少しのあいだ、それがとてもリアルに感じられる。あなたは暗闇のなかで、できるかぎり長いあいだその感覚に——走るときの体の勢い、両脇のすばやい腕の動き、喉を出入りする熱い空気の心地よさに——しがみつく。

ある晩、ベジタブルポットパイを食べながら、あなたは驚くべき発見をする。例によってセシリアの目はテレビに向けられており、画面ではアーカンソーのニックが四百ドルを賭けて〈標語《モットー》〉を選ぶ。

「アメリカ海兵隊の精神を表わす、ラテン語の二語は?」アレックス・トレベックが出題する。

「つねに忠誠を《センパー・フィデリス》」

二人が同時にいう。あなたと完璧なパパ。彼がゆっくり顔を向ける。娘のまえでは初めて、彼はまっすぐあなたの目を見る。

「どうして知っている？」

はっきりした意図を感じさせる口調だ。この言葉には、彼にとって何か大きな意味があるのだろう。

あなたは本当の理由を話したくない。二〇一二年に海兵隊主催のマラソン大会に参加したときの記憶は自分だけのものにしておきたいと思う。ペンシルヴェニア駅発ユニオン駅行きの夕方の列車のことも、ひと晩だけホテルに泊まって、四時のモーニングコールで起こされたことも。あのときは、ナイロン素材のウェアに身を包んだ人で混みあったバスに乗り、夜明けまえのぼんやりした頭で国防総省《ペンタゴン》の建物まで歩いたのだ。軍服を着た男たちにランニングベルトを調べられ、カフェイン入りエナジージェルや、解熱鎮痛剤〈アドヴィル〉の分包や、栄養バーの入ったポーチをざっと確認された。国歌が流れ、ついでスタートのピストルが鳴らされる。三万人の参加者がいて、あなたのタイムは四時間二十分だった。コースの両脇にはヴァージニアの森が広がり、息詰まる熱気のなか、果てしなく延びたハイウェイの先にゴールがあった。ゴールにはまた軍服姿の男たちがいて、彼らの手で完走のメダルが授与された。疲れきった脚、汗まみれの体、首からさがったストラップ。隣りにいたランナーが、目のまえの海兵隊員に向かって例の二語を縮めていっていた。

〝センパー・ファイ〟

こうしたことはひとつも明かしたくない、とあなたは思う。自然とわかってしまう機会が訪れないかぎり、かつて自分が走れたことを知られたくないのだ。

まあ、いまは駄目だ。いまは走れる体ではない。小屋の外で生き延びるためのルールその2——いずれ準備はできる。そのときまで、じっと座っていること。よく食べること。《ジェパディ!》を見ていること。夕食の席での質問をうまくかわすこと。

父と娘が答えを待つなか、あなたはまことしやかな嘘を求めて頭のなかを探る。

「フィットネスクラブのインストラクターが元海兵隊員だったの」あなたはいう。「その彼に教えてもらった」

父親は当惑した様子で一方の眉をあげ、ポットパイをもてあそぶ。これは彼らしくない。ふだんならためらったりしないのに。食べるか、触れもしないかのどちらかだ。

セシリアはいわくありげに身を乗りだし、顎で父親を示しながらいう。「この人も海兵隊員だったんだよ」彼が遮ろうとして「セシリア——」といいかけるが、娘はつづける。

「大学を中退して軍役に就いたの」

あなたのフォークが皿に当たってカチリと音をたてる。

海兵隊員。

「へえ」

言葉がこれしか出てこない。

「衛生隊員《コーマン》だ」彼が低い声でつぶやくようにいう。自分について、一部を明かすことを余儀なくされた形だ。あなたのマラソンとおなじく、秘密にしておきたかったことなのだろう。

コーマンとは何か、何をする人なのか、あなたは知らない。彼は大学を中退してなったそうだから、おそらく医学の学位は必要ないのだろう。

おのずと見えてきた輪郭はこうだ。ある男が、医師になりたかったがなれなかった。渦巻く思考――脳内をめぐり、くり返されるたびに深まる強迫観念――が邪魔になって講義から気が逸れてしまったせいだ。娘がいったように、軍役に就くために中退したのではない。中退して、その後軍役に就き、衛生隊員になったのだ。名誉ある除隊だったのか、不名誉な処分だったのかはわからないが、彼はここに――どこであれ、いまあなたがいる場所に――たどりついた。仕事も、妻も見つけた。家庭と家屋を持つ人間になった。あなたの知る男になった。

あなたはフォークを置き、テーブルマットの上に手を休める。大学を中退して軍役に就いたの。

いくつかの記憶が浮かびあがる。友人の祖父の葬儀で、アーリントン墓地に行ったときのこと。七月四日の独立記念日を祝うバーベキューで、グリルの向こうに立っていた父親と、赤いワンピースを着ていた母親。星条旗と自由と復讐について歌ったカントリーソング。ニューヨーク大学の講座で、軍用犬を連れた退役軍人がクラスのマスコット的存在だったこと。会話のなかで、感謝の念を示すべきときに人々が口にする決まり文句。

父親は大学をやめて国のために軍役に就いた、そう聞かされて育ったセシリアが当然耳にするはずの決まり文句。

あなたはもう一度フォークを手に取る。彼をまっすぐ見つめることができず、肩のあたりを凝視しながら、あなたはそれを口にする。

「祖国への貢献に感謝します」

彼はうなずく。あなたは口が酸で満たされたような気分になる。

19　家のなかの女

金曜日の午後、激しい生理痛にみまわれる。ふだんは痛まない。ここ何年か、生理そのものがなかった。最初は、ストレスのせいで止まったのかと思った。彼は無謀なことはしない。コンドームを使う。しばらくは、体のサイクルがもとどおりになるだろうかと心配だった。その後、体重がぐっと落ちたので、そういうことかと思った。おそらく、小屋のなかでの暮らしではこのほうが楽だと体が判断したのだろう。

すぐに出血しはじめるだろう。ナプキンかタンポンを買ってきてもらう必要がある。彼に頼まなければならない。そう思うと、体がより強くよじれるような気がする。

彼のことは今朝すでに怒らせていた。バスルームで服を着るときに、きつくなったジーンズのウエストバンドを指差して、ボタンが腹部を圧迫するのだといった。ここのところ食事の回数が増えたから太ったのだ、と。「もし可能なら」そういいかけて、あなたはいいなおす。「本当にごめんなさい、だけどもうワンサイズ大きいものを買ってきてもらうことはできる？　いつでもいいから」彼はため息をついた。そして、あなたが彼を困らせるためにわざとやったのだ、といわんばかりの目を向けてきた。

これ以上何かを要求できる立場ではない。これからしばらくのあいだは。

手錠をはめられた腕の湾曲部に頭を置いて、胎児のような姿勢で横たわろうとする。不便なことだらけだ。腹部の鈍痛はなかなかおさまらない。限界を試され、さらなる痛みに耐えてみせろとけしかけられているかのようだ。

夕食の席で、彼はポケットからスマートフォンを取りだす。家のなかではこういうことがよく起こる。何もない場所から電話が現われたり、テレビがいきなりかん高い音をたてはじめたり、あなたがキッチンにいるときに車が通りすぎたり。そういうことが起こるたび、指先がちりちりする。

「今週末は買物に行くよ」父親が顔をあげて娘を見る。「何か要るものは？」

セシリアは少し考え、四色ボールペンと、それからシャンプーがもうないかも、という。

彼はうなずき、電話をタップする。

「ほかには？」

彼の視線はまだ娘に向けられている。セシリアは首を横に振る。

あなたの下腹部は燃えるように痛んでいる。食事のあいだ座っているのさえひと苦労だ。記憶にあるよりずっとひどく、痛みが体の中心から外へ広がっている。顎に力をこめ、歯ぎしりをする。何かが起こりそうな気配があり、それを止めるためにできることは何もない。助けが必要だった。ナプキンかタンポンが要る。

彼が電話をポケットにしまおうとしているときに、あなたはいう。

「もしできれば、タンポンかナプキンを買ってきてもらえると……すごくうれしいのだけど」あなたはそういって、ふつうにプライバシーのある人間が、たったいまその一部を手放したとでもいうように含み笑いを洩らす。

彼の額にしわが寄る。少しのあいだ、彼の指が電話の上を漂う。娘のまえでは紳士的にふるまおうとしているのだ。そうあるべきだから。食器を手渡したり、みずからあなたの皿に食べ物を取り分けたりもする。けれどもたったいまあなたが口にした言葉は――どうやら気にいらないようだ。メモをタイプせずに電話をポケットに戻し、立ちあがると、テーブルを片づけはじめる。セシリアが手伝おうとする。

「階上《うえ》へ行きなさい」彼は娘にいう。「ここはやっておくから」

彼は耳をそばだて、娘の寝室のドアがしまるのを待つ。手の届かないところに逃げようと思う間もなく彼の指があなたの腕にかかる。あなたはテーブルから引き離され、キッチンの壁に釘づけにされる。そして唾を呑みこむこともできないくらい強く首を絞められる。小屋のなかへ戻ったかのようだ。完全に彼の支配下にある世界へ、光が差しこむことのない、四面の壁のどこにも窓がない場所へ。一日一回の食事へ。レイチェルが知る唯一の世界へ。

「いい考えだとでも思ったのか？　おれに買物を頼むことが？　使い走りをさせることが？」

あなたは首を横に振ろうとするが、動けない。話すこともできない。ごめんなさい、そんなつもりじゃなかった、ということもできない。

「次から次へとあれこれ持ちだしやがって。新しいズボンだ？　タンポンだ？」

あなたの喉からうがいのような音が洩れる。彼は押しやるようにして突き放す。あなたはじっと動かない。椅子にへたりこんで頭を膝のあいだにはさみ、息を整えることができたらどんなにいいかと思うが、いまはそのときではないとわかっている。キッチンにいるこの男は、まだ気がすんでいない。

「おまえをここに連れてきたのは間違いだったかもしれない」

あなたはうなじをさすりながら、うなずいたり首を振ったりする。かつてパソコンに向かって一日を過ごしたあとによくやったように。

「ごめんなさい」あなたはいう。「そんなつもりでは……でも、あなたのいうとおり。本当にそのとおりよ」

彼は窓のほうを向き――窓のシェードはつねにおろされている――あなたに背を向けている。あなたに何ができるか考えて怖れたりはしない。うしろから飛びかかられ、首を絞められるなどとは考えもしない。この男は、あなたを怖れる理由などひとつもないと思っている。

「わたしが考えなしだった。ごめんなさい」

相手の腕に触れようと手を伸ばしかけ、すぐにその手を引っこめる。危険な行為だ。間の悪い接触は命取りになりかねない。

「ねえ」代わりに提案する。「階上《うえ》へ行きましょう」

彼が勢いよくふり返り、あなたは一歩下がる。あなたの言葉は彼をさらに苛立たせただけに終わる。

「階上《うえ》?」彼はいう。激怒の滲《にじ》む囁《ささや》き声だ。指がまたあなたの腕を捉える。「いい考えだ。まったくな」彼が天井に視線を向けるところを見て、ようやくあなたも理解する。「娘が階上《うえ》に行ったばかりなんだぞ。まったく、天才的な思いつきだよ」

セシリア。自室でまだぱっちり目を覚ましていることだろう。いずれきっと、この子のおかげですべてが駄目になるかもしれない、とあなたは思う。

彼はあなたを椅子に押し戻す。「黙ってそこに座ってろ。できるだろ？　少しでいいから黙ってろ」

あなたは固く口を引き結んで座る。彼は少しのあいだあなたのほうへ身を乗りだしたままでいる。それから身を起こして遠くを見つめ——あなたはふくらはぎに彼のブーツが当たる衝撃を感じる。キッチンテーブルの下は見えないが、彼の足があなたの脚に当たったのだ。あなたは身をすくめる。唇を嚙んで、かすかな悲鳴を押し殺す。彼はめったに蹴らない。絞めつけたり、ひねったり、引っぱったりといったことは気安くする。しかし蹴るというのは、ほかに何も思いつかないときに彼が切るカードだ。小屋にいた最初のころ、あなたを見て——目に浮かぶ罪悪感や、体がドアのすぐ横にあったのを見て——南京錠をいじっていたことを知ったときのように。あの晩も蹴られたし、ほかにも何回か蹴られたことがあった。彼は必ず足で蹴った。決して手はあげなかった。

彼はあなたから目を逸らしてキッチンカウンターのほうを向く。彼にはときどき、あなたを見ていられなくなることがある。この男のなかにはまだ羞恥の感覚があるのかもしれない。埋もれ、抑えこまれ、無視されてはいても、変わることのない羞恥の感覚が。その感覚がもっと頻繁に彼を支配すればいいのに、とあなたは思う。彼を焼きつくせばいいのに、と。

その後、娘が眠りに落ちたあと、彼は寝室にやってくる。

腹部の痛みはおさまらないが、まだ出血してはいない。

彼が出ていったあと、新たな痛みの波があなたを内側から揺さぶる。溺れかけた人が水に浮かぶ木片にしがみつくように、あなたは必死でベッドフレームにつかまる。

頰の内側を嚙んでしまい、金属の味がする。

抗《あらが》っては駄目。痛みに身を任せ、吞みこまれたほうがいい。

あなたはここにいる。

息をしている。

生きている。

痛みの波がおさまると、べつの衝動が起こる。あなたは空《あ》いているほうの手をふくらはぎへ伸ばし、あざのあるほうと無傷なほうを比べる。骨は折れていないとわかり、爪先を動かして脚をほぐす。

20

エミリー

五キロレースの日、わたしは朝六時に起き、父の古いホンダ・シビックを運転してスタート地点へ向かう。エリックとユワンダは朝寝坊を決めこんでいる。「二日酔いがひどすぎて、とてもじゃないけど人が走るところなんか見にいけない」エリックはグループメッセージにそう書きこんでくる。「だけどきみは楽しんでくれ。寡夫《かふ》の彼によろしく」

町の広場に着く。ボランティアの人々は日の出とともに集まって、コースを整備していた。だいたい一・五キロの地点に最初の給水所と、ガルシア家のオレンジスライスを配る場所が設置されると聞いている。わたしのまわりでは、ナイロンのウェアに身を包んだランナーたちがストレッチをしたり、その場で足踏みをしたりしながら、いままでに参加したことのあるレースやこれから走りたいレースについて話している。バーン判事が人混みのなかを歩きまわって、みなに挨拶をしていた。

わたしはポケットのなかで指を絡めて手を温める。最初の計画ではレースがはじまるまえにホットココアのステーションを設置するはずだったけれど、エリック同様、昨夜はわたしも何杯か飲んだので、そんなに早くベッドを出られるような体調ではなかった。いまはここで、人々がぶらぶらしているのを眺めながら、わたしもそのへんを歩きまわってエイダンを探してみようと思っている。

彼は白いピックアップトラックでやってくる。遠目で見ても、ずるいくらい素敵だ。古いトラッパーハットをかぶってスキー手袋をはめ、スノーブーツを履いていても。コートのファスナーが完全に上までしまっておらず、フランネルのシャツとあらわになった首が見える。見ているこちらが身震いしてしまう。そばに立っている彼の子供はパステルカラーのパファージャケットにくるまり、白いニットキャップをかぶって、両手をポケットに突っこんでいる。度がすぎるくらい真剣な顔をしている。内気なのか、悲しんでいるのか、その両方なのか、よくわからない。もしかしたら、十代の女の子はみなそんなふうに見えるもので、わたしがいまになってやっとそれに気づいただけかもしれない。記憶にあるかぎり、女の子でいるのは大変だった。母親を亡くしたばかりならなおさらだ。

七時ごろになると、ようやくバーン判事がマイクをつかむ。マイクがハウリングを起こし、鳥が怯えてまわりの木々から逃げだす。人々は笑い、判事は苦心していったんマイクを切り、またスイッチを入れる。

「みなさん、おはようございます」どうにかマイクを操って、判事はいう。「スタートまえに、少しお話をさせてもらいたい」群衆が静かになる。「今日、私たちはこのうえなく特別な一家をサポートするためにここにいます。私はこのコミュニティの一員であることを大変誇らしく思っています。ここはみなが助けあうことのできる場所なのです」

ひとしきり拍手が起こる。判事は少し待ってからつづける。「今日ここにいるすべてのみなさんにお礼を申しあげたい。ボランティアのみなさんにも、観客のみなさんにも、そしてもちろんランナーのみなさんにも」さらなる拍手。沈黙が戻るまで、また少しの間。「ご存じのとおり、このレースは資金集めのイベントです。非常に喜ばしいことに、みなさんからの惜しみない寄付のおかげで、私たちの隣人であり友人でもある人物のためにすでに二千ドルが集まっています」

歓声があがる。わたしは顔をしかめる。エイダンのほうをあえて見る気になれないので、彼の反応はわからない。この町が助けようとすれば、彼は施しを受けたような気分になるに決まっているのに、わたしは何を期待していたのだろう。わたしたちの都合ではなく、もっと彼の身になってことを進めるべきなのに。

バーン判事はあたりを見まわす。「さて」判事が話そうとすると、マイクがまたうめきをあげはじめる。「われらが主賓はどこにいますかな？」

ああ、もう。

彼が誰にも見つからず、判事がそのまま先をつづければいいのにとつかのま思ったが、ミセス・クーパーが告げ口をした。

「ここです、判事！」

エイダンは判事のほうへ歩いていき、マイクを手に取る。ハウリングは起こらない。電子機器の扱いを心得ているのだ。

「人前で話すのはあまり得意ではないのですが」そういっているのを聞くと、わたしのコートのなかに彼を隠して、この人混みからこっそり逃がしてあげたくなる。「お礼をいわせてください。私たち、セシリアと私がこのコミュニティにどんなに感謝しているか、伝えたいのです。この子の母親がいなくなって、私たちはとても寂しい。日を追うごとにますます彼女が恋しくなります。今日のことを知ったら、彼女もきっと心を動かされるでしょう」

人々は涙を誘われ、またひとしきり拍手が起こる。エイダンはさらに何回かありがとうといい、それからマイクをバーン判事に返す。

判事が咳払いをしていう。「さて、あまりよくないニュースがあります。レースに登録した人は、これから走らなければなりません」かすかに笑いが起こる。「どうぞ怪我のないように。このすばらしい一日を楽しんでください。もし寒くなったら、ゴール付近でホットココアが待っているのを思いだしてください」

わたしのことだ。

判事の甥で、この夏に警察学校を卒業した男が、スタートの合図として銃を鳴らす。スピーカーは《ワン・ヘッドライト》を歌うジェイコブ・ディランのハスキーな声を吐きだす。ランナーたちが出発する。

わたしはレストランまで歩き、正面ドアの鍵をあけて明かりのスイッチを入れ、ダイニングを生き返らせる。店内に動きはなく、ひっそりしている。わたしだけのものだ。

店の奥から折りたたみテーブルを引っぱりだす。イベントで使うためにパントリーにしまってあるものだ。ゴールは一ブロック離れたところにある。施錠し、テーブルを運んで、ゴールのさらに向こうに設置する。ランナーたちが息を整えてからわたしのところへ来られるように。

しゃがみこんで安全装置を確認していると、声が聞こえる。

「ハイ」

驚いてすばやく顔をあげたせいで、テーブルの横に頭をぶつける。頭頂から鋭い痛みが走る。

くそっ。

ぶつけた場所を、彼が指で押さえる。時をさかのぼって衝突を防ぐことができるかのように。

「ごめん」彼はいう。「驚かすつもりはなかった」

わたしは頭をマッサージしながら立ちあがる。彼は横から腕を取り、わたしの体を支えてくれる。

「大丈夫？」

わたしは脳を奥まで調べ、何か、なんでもいい、おおまかなものでもいいから、この場をしのぐための文字列を探す。

「ハイ」なんとか言葉を口にする。「わたしなら大丈夫。ほんとに」そういって笑みを浮かべ、それを証明するかのように、頭をさするのをやめる。

エイダンは肩越しにふり返る。彼の娘はバーン判事の横に立っている。判事のほうは彼女をなんとか会話に引きこもうとしている——思うに、たぶんわが町の歴史におけるすばらしい一ページの話でもしているのだろう。

「引き受けてくれてありがとう」彼はこれからホットココア・ステーションになるはずの

場所を身振りで示しながらいう。「土曜のこんな朝早い時間なのに」

わたしはうなずく。「たいしたことじゃないわ。店からすぐの場所だし」

エイダンは折りたたみテーブルに手を置く。「何か手伝わせてほしい。きみがあんなふうに頭をぶつける原因をつくったんだから、それくらいはしないと」

「そんなのいいのに」

「頼むよ」

エイダンはちらりと判事をふり返ってからつづける。「ここにいられてうれしいんだ。本当に。ただ……なんていったらいいか」

「人混みが苦手なんでしょ」

エイダンは唇を噛む。「そんなに見え見えかな？」

胸郭のなかで何かがはためくような感覚がある。

「考えてみれば」わたしはいう。「副料理長《スーシェフ》を務めてもらえたら助かるかも。とりわけ――あなたもいっていたように――さっきあんな怪我をしたことを思えば」

「わかった」

エイダンは手をわたしの腰のうしろに当て、レストランのほうへ導いていく。「セシリア」娘のほうへ向かって声をかける。「ちょっと手伝ってくる。少しのあいだ、一人でぶらぶらしていてくれるかい?」ふり返ると、彼女が納得していないような顔でうなずくのが目に入る。

レストランの正面に着くと、ポケットをまさぐって鍵を探す。自分の動きをひどく意識してしまう。鍵がなかなかいうことを聞かない。「大丈夫?」と彼がたずねる。ええ、と答え、さらに少しのあいだ不器用に鍵をいじる。ようやくドアがひらき、目のまえに空《から》っぽのダイニングが現われる。テーブルは今夜のために準備してあり、フォークやナイフやワイングラスが、見えない客のためにきらめいている。土曜日の営業はディナーだけ。ブランチは日曜日だ。

「関係者オンリー版の〈アマンディーン〉へようこそ」

エイダンは店内を見まわす。「へえ、客がいなくなると、こんなふうに見えるのか」

彼と目が合う。前回、彼と部屋で——じつのところ、この部屋で——二人きりになったときには、わたしはティーンエイジャーで、彼には妻がいた。

「ついてきて」

ここはわたしの世界だ。彼の面倒を見るのも、彼を好きに使うのもわたし。コートを脱いでエイダンをキッチンへ案内し、明かりのスイッチを入れると、清潔なキッチンステーションが目のまえに現われる。あらゆるものの表面がきちんと磨かれ、どの器具もあるべき場所に収まり、すべての容器がラベルを貼られて片づいている。ステンレスはどれも輝き、タイルはどれも混じりけのない白さだ。エイダンは小さく口笛を吹く。

「ああ、そうね」わたしはなんでもないことのようにいう。「あなたがまえにここに入ったのはずいぶん昔だものね」

「あれ以来、このなかには招かれなかったから」

だから戸口のヴァンパイアみたいに固まっていたのね、といいたくなる。が、ヴァンパイアのことは頭のなかだけにとどめておく。

「ここは……信じられないくらい清潔だな」彼がそうつづける。

彼からオスカー像をもらいでもしたみたいに、わたしは微笑む。「うちの料理長とわたしのあいだにひとつだけ共通点があるとすればこれだから――一日の営業が終わっても、キッチンが設置された日とおなじくらいきれいになるまでは帰らないところ」

エイダンはいちばん近くの調理台に指を走らせてうなずき、ついでまたあたりを見まわす。

「それで、何をしたらいい？」

「そうね、まず、手を洗ってもらおうかな」

彼をシンクへ案内する。わたしたちは黙って石鹸で手を洗い、順番にお湯で手をすすぐ。

清潔な布巾を手渡すと、彼は指を念入りに拭く。

「次は？」

「こっちよ」

エイダンはわたしのあとからパントリーに入ってくる。わたしはココアパウダーと、バニラエッセンスとシナモンを集める。

「〈グラニュー糖〉のタグのついたプラスチックの容器を見つけられる？」わたしはたずねる。「このへんにあるはずなんだけど」

二人で目を凝《こ》らす。「ここだ」エイダンがいい、棚のいちばん上にあった密封容器に手を伸ばす。フランネルのシャツがぐいっと引きあがり、暗いパントリーのなかでほんの一瞬だけ素肌が見える。わたしはあえて目を逸らす。

「よくできました」

すべてきちんとコントロールできているかのように、わたしはいう。この人とずっとパントリーに閉じこもっていられるなら腎臓を差しだしたってかまわない、なんて思っていないかのように。

次は冷蔵室だ。四リットル弱の牛乳の入った容器を両手にひとつずつ持つと、彼もおなじようにする。

「あなたのその恰好」わたしはいう。

「牛乳がすごくぴったりね」

彼は小さく笑う。その笑い声が、焼きたてのチョコチップクッキーの最初のひと齧《かじ》りのように、雨の一日を過ごしたあとの温かいお風呂のように、ドライマティーニの最初のひと口のように感じられる。わたしが笑わせたのだと思うととくに。

二人でキッチンに戻り、牛乳の容器を置く。隅にしまってあるステンレスのディスペンサーを取りにいく。エイダンが手を貸してくれようとするけれど、大丈夫だから、と伝える。空っぽのディスペンサーはそんなに重くないのだ。「心配しないで、あなたの仕事は十五リットルのホットココアが入ったあとだから」彼はまた笑い声をあげる。彼のそばにいるとこんなにもくつろげて、あまりにも居心地がよくて、一緒にいないときの自分がどれほど気を張っているか思い知らされる。

隣り合わせで作業をし、彼がわたしの動きを真似る。二人で牛乳を大鍋に入れて煮立てる。ココアパウダーと砂糖、バニラエッセンス、シナモンを加える。小走りでパントリーに戻り、取ってきたものを差しだして「においを嗅いでみて」という。彼は身を乗りだして嗅ぐ。「アンチョチリパウダーよ」わたしがそういうと、彼がたずねる。「本当にこれを入れるの？」ええ、父のこだわり、父のレシピなの、とわたしは彼に話す。一度試したら病みつきになるんだから、と。

「信じるよ」と彼はいう。その言葉に、必要以上に心を動かされる。

彼に見られながら、ココアにチリパウダーをひと振りして掻き混ぜる。もう少しバニラエッセンスを入れようと手を伸ばしたところで、何かが――彼からわたしのほうへゆらめくもの、周辺視野で動くものが――わたしの動きを止める。

「これは?」

彼の腕がわたしの喉もとへ、声帯の下の小さなくぼみへと伸びてくる。彼の指はそこで、今朝わたしがなんの気なしに首にさげたロケットをとらえる。喉からおなかに電流が走る。

「ああ、これは母の形見」そういって、彼にデザインが見えるように持ちあげる。優雅なドレス姿の三人の女性が――宝石商が母に語ったところでは、三人の女神が――手を取りあっていて、そのうちの一人は何か遠くにあるものを指差している。たぶん空だろう。デザイナーの頭のなかでは、この女性たちはただそぞろ歩きに出かけようとしているだけかもしれないけれど、わたしには彼女たちが何かの儀式をしているように、呪文か何かを唱えているように見える。

「仕事のときはつけないことにしてる。ちょっと……重たいから」わたしはエイダンにいう。「母がこれを好きだったのは、彼女が持っていたほかのどんなアクセサリーともちがうから。わたしがこれを好きなのは、母が楽しい人でもあったことを思いだせるから」

彼はまたロケットに触れ、重さを量るかのように二本の指で持ちあげる。

「すばらしい記念品だね」

エイダンはペンダントを放す。わたしたちがそれぞれに抱える死者の思い出がキッチンのなかに浮かぶ。少しのあいだそれが漂うに任せてから、わたしはまた沈黙を破る。「あなたはキッチンにいる時間は長いほう？　家で、ってことだけど。それともテイクアウトが多い？」

料理はするよ、そんなに凝ったものじゃないけど、と彼はいう。それから、身振りでまわりを示しながらつづける。「ここで出されるような料理は無理だ」家庭での料理担当で、実用的な料理しかしない。娘にきちんとしたものを食べさせたいんだ、と彼はいう。キッチンにいるのは苦にならない、食事の支度をしているとリラックスできる、と。「料理はまえまえからおれの雑用リストにあった。あんなことがなくても――」彼は口をつぐむ。牛乳が煮立っている。わたしは鍋の中身を見つめ、液体を出たり入ったりするレードルに気持ちを集中する。「まあ、わかるだろうけど」彼はそういい添える。

わたしは顔をあげて彼を見る。表層を一枚脱ぎ捨て、その下にあるものを相手に見せるには、少々努力が必要だったけれど、その価値はある。わたしたちのあいだには共通の認識がある。これは贈り物だ、この人がここにいて、つかのまわたしだけのものになったのは。口に出していえないことが、彼に聞こえればいいのに。

手の甲に刺すような痛みが走る。煮立ったホットココアが鍋からはねたのだ。「おっと」火を落とし、さっき二人で使った布巾で手を拭く。「できあがり」

彼のほうを向いていう。「味見したい？」

「ここでノーというほど馬鹿じゃない」

イメージが頭にぱっと浮かぶ――レードルを彼の口もとへ運び、垂れた滴をキャッチできるように一方の手を下に添え、レードルを傾けて、彼が飲むのを見つめる。やりすぎだ。大胆すぎて鼻につく。レードルはあきらめて、カウンターの上の棚から白いコーヒーカップを取りだす。ココアは濃く、父がつくったのとおなじ、完璧な色をしている。わたしたちがつくったものだ。二人でこれをつくったのだ。

「どうぞ」

カップを受けとるときに、彼の指がわたしの指をかすめる。胃がきゅっと締まる。彼がひと口飲み、目をとじる。わたしは期待をこめて見つめる。再びひらいた彼の目にはきらめきがある。

「ああ、くそっ」彼はいう。「失礼。ココアがこれほどうまいとは、知らなかった」

彼がもうひと口飲み、わたしは微笑む。言葉は要らない。つけ加えるべきものなどない。

完璧な瞬間だった。一歩下がったままこの瞬間を味わうのが唯一の正解だということは、わたしにもわかる。

彼は空《あ》いたカップを自分で洗うといい張る。わたしがやるから大丈夫、どのみち使った器具類を洗わなきゃならないし、と話すと、「心配ご無用」といってそれも洗ってくれる。わたしはシナモンやチリを片づけ、空《から》っぽになった牛乳の容器を捨てる。二人でホットココアをステンレスのディスペンサーに移し、持ちあげる。彼がうめき声を洩らす。

「ね？」わたしはいう。「いったでしょ、重くなるって」

お互いに体の動きを合わせながら、キッチンからダイニングへと注意深く運ぶ。ドアまでたどりつくと、彼が体をもたせかけてドアを押しあける。風が吹きこんで彼の髪を乱し、日射しが彼の顔を照らす。

「やあ、来たね！」

バーン判事が見守るなか、わたしたちは折りたたみテーブルの上にディスペンサーをセットする。それから紙コップとナプキンを取りに、店へ駆け戻る。エイダンもついてくる。

「来てくれなくても大丈夫だったのに」わたしはいう。

「わかってる。だけど、おれももうこのココア・ミッションの一員だから。ここまできたら最後まで手伝うよ」

ゴールのそばへ戻ると、ミセス・クーパーが近づいてくるところだった。濃紺のレギンスを穿き、白のタンクトップを着た彼女の動きはしなやかで、一歩ごとにポニーテールに結った髪が揺れている。

わたしは手で口を囲って声をかける。「あと少しよ、ミセス・クーパー！」無理に演じているような応援だ。けれども、エイダンとキッチンで過ごしたことで気分が上向いていたので、演技くらい喜んでするつもりだった。ミセス・クーパーが小さく手を振ってくる。それから一分もしないうちに、彼女はトマス一家のための五キロレースの正式な優勝者になる。

バーン判事が拍手をして祝福の言葉をかける。メダルも冠もない。ホットココアが約束されているだけ。わたしはそれを紙コップに注ぐ。

エイダンが隣りに現われる。注ぎ口の下にカップを置くと、彼がハンドルを押し下げてくれる。何もいえずにいるうちに、ランナーがもう二人やってくる――高校の同級生だったセスと、街で働いている彼の父親のミスター・ロバーツだ。二人でもう二杯注いだ。

すぐに、ランナーたちがひっきりなしにやってくるようになる。わたしたちは一定のリズムで動いた。わたしは紙コップの係で、彼はハンドルを動かす係。称賛の言葉とともにコップを手渡す――よくがんばったね。あなたはすごい、わたしなら無理だったかも。エイダンは手近の作業に集中している。コップの束を出し、ディスペンサーがまだ熱いかどうか触って確認する。これがうちの店のカウンターに座っていた男だなんて。関心を向けられることが大の苦手で、背を丸めて座り、決してこちらの目を見ようとしなかったのに。彼の子供は通りの反対側のベンチに座っていた。ヘッドフォンのコードがポケットから耳まで延びている。父親と似たところのある娘だ。

四十分も経つと、ゴールに来る完走者はまばらになる。ミセス・クーパーはバーン判事と話しこみ、三週間後にポキプシーでひらかれるいとこの結婚式の司会をしてもらえないかとたずねている。エイダンとわたしは黙ったまま次のランナーを待っている。完走者がいちばん多かった時間帯にわたしたちのあいだにあった勢いはもうない。忙しく手を動かしつづけるほどの作業量はもうなかった。

「で、仕事のほうはどう?」わたしは会話を試みる。

彼は笑みを浮かべる。「悪くない」

「秘密にしてたことを話してもいい?」

もちろん、と彼はいう。

「じつは、架線作業員が何をする人かよく知らないの。送電線に関する仕事だっていうのはわかるんだけど。知っているのはそれくらい」

笑い声があがる。「みんな知らないんだよ」彼はあきれたようにぐるりと目をまわしてつづける。「当の作業員のなかにもちゃんとわかっていない者もいる」

基本的には、人々の家に電気が届くようにしておく仕事だ、と彼はいう。「上のほうで送電線をいじっているのはそのためだ。不具合があればなおし、なければ保守点検をする。嵐がやってきて電線がいかれたら、それをなおす。人々の家に行って、設備を新しいものと取り換えることもある」

わたしはうなずく。「あなたは高いところが怖くないのね」

彼は首を横に振っていう。「怖くないどころか、上にいるのは好きだよ。とても……穏やかなんだ。いってる意味がわかるかな」

わかる、とわたしはいう。プロジェクトに取り組みながら、比喩でなく文字どおり頭が雲のなかにあっても、誰にも邪魔されない――彼にとってはまさに適所だ。

「それに」と彼はつけ加える。「上から見るといろいろなものがよく見える。川も、山も……これを見てくれ、このあいだ見えたものなんだが」

彼はポケットからスマートフォンを取りだし、こちらに身を乗りだす。松の葉と、洗濯洗剤と、洗ったばかりの髪のにおいがする。目をとじて、この組み合わせをよく覚えておきたいと思う。夜に思いだしたり、次回洗濯するときやハイキングに出かけたときにこのにおいを探せるように。でも、彼が見せたがっているものがあるのだから、気持ちを集中しなければ。彼の親指が画像をフリックしていく。丘陵や屋根の上、ベジタブルラザニアのレシピのスクリーンショット、山道を歩く彼の娘の画像がちらりと見える。

彼の指が、探していた画像の上で止まる。大きな猛禽だ。翼をひろげ、教会のうしろの橅《ぶな》の木の上空を舞っている。

「すごい」

今度はわたしのほうから近寄る。鳥の画像を見たい、という口実があるから、身を寄せあうことが目的ではないふりができる。彼の力強い腕も、引き締まった腹部も、白鳥のように長く細く優雅で誇らしげな首も、どれも関係ないのだというふりができる。

「とても……威厳がある」わたしはいう。

「おれもそう思ったよ」

彼は鳥を見つめ、ついでわたしに視線を向ける。まるで、この写真を何週間も大事に持っていたのは、自分とおなじくらいよさをわかってくれる誰かを見つけるためだったとでもいうように。

「アカオノスリだ」彼はいう。「少なくとも、インターネットによれば」

「すごく大きいのね。小さい犬くらいなら捕まえられそう」

彼はうなずく。

画面上に二本の指を走らせ、ノスリを拡大する。

「見て」わたしはいう。「自分の領地を見わたしているみたい。獲物を探して。とても美しい」

二人のあいだに何かが垂れこめている。わたしたちのうちどちらもどう言葉にしたらいいかわからない、深い真実のようなものが。

「すみません」

ミセス・クーパーの夫のボブが、紙コップを手に、テーブルのまえに立っている。

「ごめんなさい」そういって、ホットココアを注ぐ。エイダンは電話をしまう。

歩いてゴールする参加者が増えてきた。高齢者用ホームの三人組が、手を取りあいながら一緒にゴールラインを越える。わたしたちはもう少し待つつもりだったが、いまの三人が最後だとバーン判事が請けあう。最後にひとしきり完走を祝う言葉が交わされ、その後徐々に人がいなくなる。

捨てられた紙コップを集め、テーブルに飛び散ったココアを拭く。エイダンがレストランまでついてきて、ディスペンサーと折りたたみテーブルを運ぶのに手を貸してくれる。

そんなことしなくてもいいのに、とはいわない。彼の手伝いが必要ないふりをするのはもうおしまい。ディスペンサーを洗い、テーブルをパントリーにしまいおえると、エイダンは言葉を探す。

「今日は一緒にいてくれてありがとう」彼はいう。「本当に……なんというか。楽しかった」

「こっちこそ、お礼をいわなきゃ」温かい瞬間――あまりにも長いあいだ抱えてきた秘密が、とうとう解き放たれたような軽やかさがあった。「あなたほど理想的なスーシェフは見つからなかったかも」

彼は微笑み、そろそろ子供を探しに行かなければ、という。行って行って、早く、とわたしはいい、彼の不在が大きくのしかかってくることなどないかのように手を振って追いだす。

店の施錠をしてから、歩いてシビックに戻る。上着は後部座席に置いてある。顔をあげると、体に緊張が走る。車のキーが手のひらに食いこみ、脇の下が汗でちくちくする。

車の反対側、助手席側の窓の向こうに人影が見える。誰かがわたしの車のドアフレームにもたれている。ほんの少しまえにわたしが駐車場を横切ったときには誰も見えず、何も聞こえなかったのに。

「ごめん。また怖がらせてしまったみたいだね」

体じゅうの筋肉がゆるむ。

「ううん、こっちこそごめんなさい。あなただってわからなかった」

エイダンはポケットからスマートフォンを取りだし、ちょっと振ってみせる。「おれの番号を知らせておきたいと思って。きみに何か必要になったときのために。テキストメッセージをくれても、電話をかけてくれてもいい」

手術で患者の胸腔をひらく外科医のような集中力で、ジーンズのうしろのポケットから自分のスマートフォンを引っぱりだす。わたしがロックを解除し、連絡帳をひらくのを待ってから、彼は一連の番号を読みあげる。

「これでいいね」わたしが番号を打ち終わると、エイダンはいう。

そしていったん離れかけてから動きを止め、シビックを見る。

「悪く取らないでほしいんだが、この車はきみより年上なんじゃないか?」

彼は目をきらめかせながら歪んだ笑みを浮かべる。嘲《あざけ》っているわけではなく、からかっているのだ。

「年上に近いかも」わたしはいう。「父が乗っていた車なの。ドライブベルトの軋《きし》みを聞いたらきっと驚くと思う。トランスミッションについてはいいだしたらきりがないし」

「調子が悪い？」

「最悪。マニュアルだし」

彼は同情して鼻にしわを寄せる。

「まあ、全体的にはそんなに悪くない」わたしはそういって、シビックの屋根をぽんぽんとたたく。「いろんな経験をしてきた車なのよ」

彼はうなずく。スマートフォンを見おろすと、画面にまだ彼の番号が表示されていたので、〈新しい連絡先〉をタップする。名前も打ちこんで保存したときには、彼はいなくなっている。

ジーンズのまえのポケットにスマートフォンをしまう。家へ向かって運転しているあいだずっと、腿に当たる電話の画面が温かく感じられる。

21 家のなかの女

出血がはじまったあとに迎えた朝は土曜日だ。血のついた下着を爪先でバスルームの隅に押しやる。彼から新しい下着を手渡され、トイレットペーパーを当てて穿く。いまのところそれが最善の選択肢だ。彼はちらりと見て、すぐに目を逸らす。

朝食の席で、例のあれは今日なのかと、セシリアがスクランブルエッグを食べるあいまに訊く。父親はレースのことかとたずね、セシリアがそうと答えると、父親もそうだという。セシリアはうめき声をあげる。

「大丈夫だよ」父親がセシリアにいう。「そんなに長くはかからないから」

朝食後、あなたは自室に戻される。彼からはなんの説明もない。あなたも訊かない。彼がいなくなるのを待ってから、体を丸める。生理痛は腹部の端から鈍くなってきてはいるが、痛いことに変わりはない。まだ、体を二つ折りにしたくなる。

何時間かのち、玄関のドアがひらき、乱暴にしまる。それからまたすぐにひらく。

「セシリア！」

怒りのこもった悲鳴のような声を聞いて、あなたは笑みを浮かべる。セシリアは僅差で先にドアにたどりつき、父親の顔のまえでドアをたたきつけるようにしめたのだろう。娘が父親に対して包み隠さず、爆発的な怒りをぶつけているのだ。

逆上したような足音が階段を上ってくる。今度はもっと近くで、またドアがバタンとしまる――セシリアの部屋だ。彼の足音が――どっしりとした、断固とした足取りで、急いではいるが慌ててはいない――それにつづく。

「セシリア！」

彼が娘の部屋のドアをノックする。あっちへ行って、というくぐもった声がする。沈黙、ついでため息。彼は廊下の反対端へ戻り、階段を下りる。

あの子。彼の子供。この瞬間、あなたは彼女をとても好きになる。

その日の後刻、彼がキッチンで忙しく立ち働く音が聞こえる。その後、夕食のために手錠をはずされる。彼とセシリアはマカロニ&チーズを見つめながら黙って食べる。食事がなかばまで進んだところで、彼があらためて話しかけようとする。

「友人を手伝っていた。それだけだ」

セシリアは食べ物を咀嚼《そしゃく》しつづける。

「セシリア。おまえに話しているんだよ」

セシリアは顔をあげ、睨《にら》むような目を向ける。「そっちだってあたしのこと無視してたでしょ」セシリアはいう。「行きたくなかったのを、無理やり引っぱっていったくせに。おかげで午前中いっぱい丸潰れで、しかもそのあいだずっとパパはあたしのことなんか忘れてた」

問題になっているのは、彼が朝食の席でいっていたレースのことなのだろうと、あなたは見当をつける。そんなに時間はかからないと彼はいっていた。セシリアは皿の中身をフォークで突き刺す。あの顔つきなら知っている——視線は下に向けられ、顎にぐっと力が入り、額にはしわが寄っている。セシリアは涙をこらえているのだ。あなたは彼女を引き寄せてぎゅっと抱きしめたいと思う。そしてあやすように前後に揺するのだ。たぶん母親がそうしていたように。

「パパにわかる？」セシリアがたずねる。「あの判事の人が、どれほどクッソ退屈だったか」

言葉に気をつけなさい、といったようなことを彼はいう。セシリアは聞いていないし、謝りもせず、皿を脇へ押しやって立ちあがる。彼は娘の腕をつかむが、彼女はそれを振り払って怒濤《どとう》のように階段を駆けあがる。あなたはすっかり目を奪われ、息をするのも忘れる。彼が爆発するだろうと思う。きっと彼女を追いかけるだろう、と。そして必要なら髪をつかんでキッチンへ引きずり戻すだろう。誰が主《あるじ》か思い知らせるつもりだろう。

だが、彼は動かない。視線は娘のあとを追い、それから空《から》っぽになった彼女の椅子に着地する。彼は少しのあいだ椅子を見つめ、ついでポケットからスマートフォンを取りだす。そしてロックを解除し、何かを確認してから、またもとのポケットにしまう。ため息。貧乏ゆすり。じりじりしている。何かを待っていて、それがまだ来ないのだ、とあなたは推測する。

夕食後、彼はあなたを部屋へ連れ戻す。数時間後にまたやってくるつもりだろう、娘が眠り、家が静かになったら。しかしいまのところは、彼に害を及ぼすことのできない部屋のなかにあなたを戻し、手錠でラジエーターにつないでおきたいのだ。

あなたがまえを歩く。それが彼の好む方法だ。よく見えるように、つねに自分のまえを歩かせる。彼が部屋のドアをあけ、あなたを室内へ押しやる。

足が何かやわらかいものを踏む。それが何かは暗くてわからないが、彼に見られないほうがいいことはわかる。

「いまのは何?」あなたはそうたずね、夢中で聞き耳をたてるかのように首を傾《かし》げる。うまいやり方ではないが、これしか思いつかなかったのだ。彼は足を止め、耳を澄ます。あなたはやわらかい何かを足でベッドのほうへ押しやる。自分の狙いが正しいことを祈りながら。

「何も聞こえないが」

「鳥か何かだったのかも。ごめんなさい」

彼はため息をつき、再びあなたを室内へと押し、ドアをしめる。彼が明かりをつけても、やわらかいものはどこにも見あたらない。

夕食後のルーティンが終わるのを待つ。階下《した》から彼とセシリアの話し声が聞こえるときもあるが、今夜は沈黙があるだけだ。

睨むようにしてベッドの下を覗《のぞ》くが、何も見えない。隠したものがなんであれ、輪郭すらはっきりしない。

パイプのなかを水が流れていくのが聞こえる。トイレが流された音。セシリアが歯磨きをして、ベッドに入る支度を進めているにちがいない。彼女の寝室のドアがしまる。今日はこれで最後だろう。

あたりが静まりかえるのを待つ。ドアノブがかちゃかちゃと音をたてる。娘の父親が部屋に入り、背後のドアをしめる。誰かに対してせずにいられないことを、彼はあなたに対してする。

いつもどおりの手順のあと、あなたは夜の定位置であるベッドのそばに横たわる。腕をつかまれ、ベッドのフレームに手錠でつながれる。何回かチェーンを引いて確認したあと、彼は出ていく。

あなたは彼が眠るのも待つ。足音が廊下を進み、彼の寝室のドアがぴしゃりとしまるまで待ち、その後さらにもう少し待つ。ようやく、これ以上待ってもおなじだろうと思えたところで、一方の足をベッドの下でごそごそ動かす。

何もない。顔を向けて目を凝《こ》らす。懐中電灯が必要だ。手錠をはずす必要もある。姿勢を変え、腰の角度をいろいろと試す。手錠の輪で手首が圧迫される。体が痛み、ひとりでに引っぱられたり、不自然な角度に曲がったりする。最後には、何かが触れる。

それを踵《かかと》で自分のほうへ押し、爪先で動かす。静かに動き、ひと休みしては、彼の寝室で動きがないか耳を澄ます。家は静かなままだ。問題の品をようやく指でつかむ。

目がさらに暗闇に慣れるのを待つ。目の焦点を合わせ、黒いシェードのまわりを四角く縁《ふち》どる月光に仕事をさせる。手のなかにあるものは、ビニールに包まれている。明るい緑と青の幾何学模様が見える。しなやかで、やわらかく、ふかふかといってもいい。以前は毎月目にしていたロゴがついている。

生理用ナプキンだ。三つか四つがゴムバンドでまとめてある。

ありがたいことにメモがついている。紫色のペンを使い、大きな丸っこい字で書いてある。あなたは一語一語解読する。「これが役に立つといいけど。もっと必要なら知らせて。セシリア」

彼女の耳にも入っていた、いや、しっかり聞いていたのだ。それで今夜の夕食のあと——怒ってテーブルを離れたあと——自分で使っているもののなかからいくつか取ってきたのだ。そしてメモをつけ、包みをドアの下からすべりこませた。父親からこの部屋に近くなといわれているはずなのに、それをものともしなかった。彼がまだ買物に行っていないことをセシリアは知っている。あなたに助けが必要なことも知っている。そこで助けることにした。父親よりもあなたを選んだのだ。

ナプキンを胸にぎゅっと押しつける。使うつもりはない。使えない。彼に気づかれたら、出どころを詰問されるだろう。だから当面は下着にトイレットペーパーを当てつづけるつもりでいる。彼があきらめて——あきらめることがあるとして——いちばん安いタンポンの箱を買ってくるまでは。

いまのところは、ナプキンが胸郭の動きに従って上下するのを感じている。気にかけてくれる人がいたのだ。あなたが何かを必要としているのを耳にし、いいつけにそむいて与えてくれた。いまのこの感情に、この五年で初めて受けた本当の親切に、あなたは浸る。

それからすぐに凍りつく。ビニールの包みを握る指に力が入る。カメラだ。忌々しいカメラ。あらゆる場所に取りつけたと彼がいっていたカメラ——この部屋と、玄関と。彼の言葉は信じるしかない。おれは見てる。いつだって見ている。

何も悪いことはしていない、とあなたは自分にいい聞かせる。しかしそれは問題ではない。いつもそうだ。

悪い選択肢しかないなかで、ナプキンを出したままにしておくのは最悪の選択だ。そんなことをすれば、彼は間違いなく見るだろう。隠したところで、可能性の世界に迷いこむだけ。もしかしたら彼は録画映像を見ないかもしれない。もしかしたら見つからないかもしれない。もしかしたら、あなたもセシリアもうまく切り抜けられるかもしれない。

本がベッドのそばに積んである。『IT』の分厚いペーパーバックに手を伸ばし、二つの章のあいだにナプキンを押しこむ。メモはべつの本に隠すことにして、ぼろぼろの『ブルックリン横丁』にはさむ。証拠は拡散するほうがいい。ナプキンを見たら彼は怒るだろうが、メモについては——受けいれることすらできないだろう。娘が自分にそむいたのだから。そうなればあなたはおしまいだ。すべてがおしまいだ。

あなたはしばらくのあいだ、眠らずにいる。期待で胸がざわつき、認識に圧倒されている。

友人を手伝っていた。

彼は娘にそういっていた。

友人。社会生活を営む人間が、他者と親しくなる。誰かに心を寄せる。口では友情というが、それは愛だ。結局のところ、愛なのだ。

そしていま、ここ何年かで初めて、あなたにもそれがどんなふうに感じられるかわかる。紛れもなくわかる。誰かが助けてくれるのが、誰かが好きになってくれるのが、どんなふうに感じられるか。

22

ナンバー3

彼はもうすぐ父親になるらしい。

それがわかったあと、妊娠のごく初期のころに、彼はお酒をやめた。

きっぱりやめたよ、と彼はいう。ふらふら歩きまわったり、しゃべりすぎたりする危険はおかせないからな。いままでもそうだったが、子供が生まれるとなればなおさらだ。

男の子？ 女の子？ わたしはたずねた。

女だ、と彼。

いつかその子もわたしとおなじ年になるのよ、とわたしは思う。

あれができなかったらどうしよう？

どういう意味？ とわたしは訊く。

娘が生まれたあとのことだよ。あれができなかったらどうしよう？

「あれ」というのは父親になることなのか、それともあなたがいまからわたしにしようとしていることなのか、ともう少しで口にしそうになった。

その答えはあとでわかった。彼が自分自身に何かを証明しようとして、「あれ」をしたときに。

わたしに対してしたことは、彼の人生の大きな謎で、その謎は彼にもまだ解けていなかった。

もし彼がチャンスをくれていたら、心配しないで、といったのに。あなたは「あれ」をずっとつづけると思うよ、と話しただろうに。

23

エミリー

すぐにテキストメッセージを送るつもりはなかった。一日か二日、できれば三日くらい待ちたかった。

ディナーの営業から帰宅してすぐベッドに横たわり、スマートフォンのロックを解除してアカオノスリのことを調べた。探していたものを見つけ、タイプしはじめる。が、すぐに指を止め、ためらった。それからタイピングを再開した。

「ハイ！　エミリーです（ココア・ステーションの共同経営者）。今日は本当にありがとう。ところで、アカオノスリは十キロ近い犬をつかんで飛べるって知ってた？」

文末にびっくり顔の顔文字をつけた。親指がデリートキーの上をさまよう。エイダンは顔文字を使う人だった？　それについては判断材料がなかったし、ここで間違えるわけにはいかなかった。削除、削除。

一回、二回とメッセージを修正し、さらに何回かなおすうちに意味の通らない文章になってしまった。「ハイ」を「ヘイ」に——よりくだけた感じに——変えた。「(ココア・ステーションの共同経営者)」をはずした。さらにいくらか悩んだ。迷惑だったらどうしよう？　番号を教えてくれたのが、ただの社交辞令だったら？　「きみに何か必要になったときのために」といっていたけれど、それが「電気に関して何か修理が必要になったら有料で引き受けるよ、それがおれの仕事だからね」という意味だったら？

わたしは目をとじた。目をあけたときには息を止めていた。そして息を止めたまま〈送信〉を押した。メッセージは小さなヒュッという音とともに彼の電話へ飛んでいった。

十五分経った。返信はない。〈既読〉にもならない。〈送信ずみ〉の通知があるだけ。メッセージを送ったことを後悔しているのかどうかさえわからない。不安で脳みそが消耗する。

バスルームに行き、メイクを落とす。制服を脱ぎ、糊のきいたボタンダウンのシャツと黒のスラックスをタイルの上に放置する。湯気が室内を満たす。

彼のことは考えない。自分にそういい聞かせながら、シャワーの水流の下に入り、髪を手でうしろへ梳《す》く。指を胸へ、ウエストへ、脚のあいだへとすべらす。彼のことは考えない、だけど考えてる、いつだって。切ない思いを胸に抱えている。ときにはあえてそれに呑みこまれてみるのもいいかもしれない。

何もかも忘れさせてくれる、敏感な場所をさする。シャワーの下で、いまこの瞬間、わたしは恋に悩む小娘ではない。自分の体を、どうしたら気持ちよくなれるかを熟知している大人の女だ。胸郭が広がってはしぼむ。手のひらが壁を押す。映像がひらひらと舞う蛾のように、すばやくすり抜けていく。グラニュー糖の容器に手を伸ばしたとき、持ちあがった彼のシャツ。キスしたいと思った場所――彼の首もとの、鎖骨のすぐ上。テーブルの上の彼の手が、わたしの手の隣りで漂っているところ。彼の手がわたしをつかんで、わたしに触れて、彼のイメージどおりにわたしの形を変えるところ。わたしの全身が彼の体に絡まるところ。身を震わせ、彼の名前を囁《ささや》く。タイルを打つ水音がわたしの声を掻き消してくれるだろうと、頭のどこかでかすかに意識している。

目をあける。と、また一人に戻る。石鹼で体を洗い、髪も洗ってすすぎ、泡が排水口に吸いこまれていくのを見つめる。シャワーから出ると、電話を確認するまえにたっぷり時間をかけるようにと自分にいい聞かせる。タオルで体を包み、髪をとかしはじめるが、すぐに耐えられなくなる。いったい何をしているのだろう、スマートフォンはすぐそこにあるのに。いもしない観客のためにクールなふりをしようとしているだけ？　よろよろとバスルームを出て、自室に戻る。スマートフォンはベッドの上に、画面を下にして置いてある。手のひらに汗をかきながら起動して、親指でホームボタンを押す。

「十キロの犬？　驚きだね！　それから、どういたしまして。お役に立ててうれしいよ」

シンプルな〝A〟という署名のうしろに、ニコニコマークの顔文字がついている。

ベッドに入ってもまだ、心臓の鼓動が耳のなかに響いている。

24
家のなかの女

あなたはナプキンについて彼から訊かれるのを待っている。腕をつかまれて揺さぶられ、切迫した声で答えを要求されるのを待っている。彼は朝食のためにあなたを階下《した》へ連れていき、次には夕食のために連れていく。あなたは待ちつづけるが、何も起こらない。ばれていないのか？　見なかった？

カメラなんかないのだろうか、それともただチェックしなかっただけ？

あるいは、試されているのだろうか？　気づいていながら、暴くタイミングを待っているとか？

しかし彼の注意はあなたに向けられていない。セシリアが見ていないと思うと、いや、ときには見ているときでさえ、彼はスマートフォンを取りだしてテーブルの下でチェックしている。急いでしまうまえに、すばやく数語をタイプすることもある。

夕食の時間が半分も過ぎないうちに、彼はそんなことをもう五回もやっている。ローストチキンをテーブルのまんなかに置いて子供に声をかけた直後や、大きなナイフとフォークでチキンを几帳面に切り分けたあとや、チキンのムネとモモのどちらがいいかとあなたにたずねた――おおげさにたずねてみせた――あとなどに（ちなみにあなたはモモを頼んだ。できるだけカロリーがほしいからだ。脂肪分の少ないタンパク質でおなかをいっぱいにするような余裕はない）。そしていま、セシリアが皿に視線を落としたり、水のピッチャーに手を伸ばしたりするたびに、彼の視線はさっと画面に向かう。

夕食後、セシリアは映画を観てもいいかとたずねる。明日は学校だから朝起きなきゃならないんだよ、と彼はいう。セシリアは、ちょっとだけお願い、まだ週末だよ、宿題は終わってるし、という。父親はため息をつく。

彼は自分がどれほど恵まれているかわかっているのだろうか？　十三歳の現代っ子が、日曜の夜に映画を観たいというだけだなんて。彼女の年齢のころのあなたは、友達の家を次から次へと泊まり歩き、ハドソン川の向こうのショッピングモールへ行かせてくれと交渉し、つねに自分の行動半径を――家の外で、親抜きで行動できる範囲を――広げようとしていた。

「しょうがないな」彼はいう。「だけど十時にはベッドに入りなさい」

セシリアはあなたのほうを向く。「一緒に観たい？」

あなたは息を詰めて、彼が介入してくるのを待つ。こんなふうにいうだろう。セシリア、レイチェルは今夜は忙しいと思うよ。彼のポケットがぶるぶると音をたてる。彼はスマートフォンを取りだし、画面を確認すると、タイプしはじめる。

「もちろん」あなたはいう。

セシリアはテーブルの片づけを手伝う。その後、あなたはどうしていいかわからない。ふだんなら、父親がセシリアを階上《うえ》に追いやって歯を磨かせ、戸棚から予備を探してペーパータオルホルダーに補充するのを任せるとか、あなたを寝室に連れ戻すあいだ娘の意識を逸らしておける雑用をさせる。だが今夜、あなたはとどまっている。今夜は映画を観る夜だ。大いなる未知の領域であり、へまをする可能性が山ほどある。

リビングルームまで二人についていく。二日まえに蹴られた場所が燃えるように痛むのを無視して、脚の痙攣《けいれん》を隠す。彼は肘掛け椅子に腰をおろす。セシリアがリモコンを探しているあいだに、ソファに座るようにと彼が身振りで示す。セシリアはあなたの隣りのクッションの上で体を丸める。リモコンを画面に向け、テレビ番組の選択肢をスキップしてストリーミングサービスを選ぶ。ロゴはおなじでも、あなたには見覚えのない画面だ。彼に捕まったときが、ちょうど動画配信サービスが拡大し、各社が独自の番組をつくり、放映内容が充実しはじめたころだったのだ。いま、セシリアは無数のドラマシリーズや映画をざっと確認している。古いものもあり、あなたの知らないものもある。〝オリジナル〟のラベルがついたものもある。

「これでいい？」

カーソルは、配信会社がティーン向けロマンティックコメディと説明する作品の上で点滅している。ヤングアダルト小説のベストセラーシリーズが原作で、タイトルは原作とおなじらしい。

「おもしろそう」あなたはいう。

セシリアははにかんだ笑みを浮かべてソファの背にもたれる。彼女の年齢だったころ、自分が好きなものをちょっと恥ずかしく思っていたことがあったのを、あなたも思いだす。

全力で画面に集中しようとする。ものすごく久しぶりだ。こういう音も、色も、たくさんの人や名前が出てくるのも。ついていくのに脳が苦労している。ひとつのサブストーリーからべつのサブストーリーへ飛ぶと、五分まえに何があったか忘れてしまう。心臓の鼓動が速まる。ストレスから、拳《こぶし》を握りしめてしまう。パニック発作に近い。

視界の端で青い光が灯《とも》る。彼のスマートフォンだ。彼は完全に映画を無視している。小さな画面のほうへ首を曲げ、親指が画面上をあちらからこちらへと弾む。池の水面にいるアメンボのように。

大きな画面では、主人公の本命の恋人が何かおかしなことをいったらしい。セシリアがくすくす笑う。それからふとわれに返り、あなたのほうを向く。画面のなかのユーモアをあなたもおもしろがっているかどうか確認しているようだ。切実な承認欲求を抱えた女の子。あなたはナプキンのこと、紫のインクで書かれたメモのことを思い返す。これが役に立つといいけど。もっと必要なら知らせて。あなたは思いやりのある唯一の行動を選ぶ。つまり、笑う。

セシリアはまた小さく笑い、視線を画面に戻す。ソファの彼女の側の空気がゆるみ、セシリアの体の右側があなたにもたれかかってくる。

彼女はここにいる。味方。仲間。しかしあなたは彼女の隣りで、小屋にいたときよりも深い孤独を感じる。

本命の恋人がまた何か気のきいたことをいう。セシリアが肘で突《つっ》いてくる。あなたはまた笑う。笑うことを自分に命じる。セシリアのために。

セシリアがあなたを変えた。意図せぬまま、やわらかな心であなたの世界に入りこみ、あなたからしなやかでタフな部分を奪った。小屋で生き延びる助けになった部分を。セシリアはそれを剝ぎとり、代わりにもとのあなたを引きだそうとしている。人を愛することのできる人間だったあなたを。他者に心をひらくことのできたあなたを。

脆《もろ》く、たやすく傷つくあなたを。

25 家に入るよりまえ、小屋に住むよりもまえの女

あなたは高校時代を通じてものを書き、校内新聞の編集をする。進学先には、コロンビア大学よりニューヨーク大学を選ぶ。生まれも育ちもニューヨークだが、街に飽きることはない。友人たちは街を出て、大陸の反対側へ向かう。カリフォルニアの夏を目指して。シリコンバレーを目指して。大麻が解禁になったコロラド州を目指して。あなたはとどまる。いまいる場所に充分満足しているから。

ランニングをはじめる。長いあいだには体を壊すことになる——骨が削れ、筋肉が固くなり、腱が蝕まれる——とわかってはいても、ランニングが好きになる。胸郭のなかに火がついたような感覚、肺が体内で荒れくるう嵐の排気口のようになる感触が気にいる。あなたが走るのは、健康的なやり方で自分を破壊する方法をほかに知らないからだ。

まわりの女性たちものを書いている。経済破綻の時代、半端仕事しかない時代、改革の時代だ。若い女性たちは、いずれ何かにつながるようにとウェブサイトで記事を書き、

家賃を払うためにバーテンダーとして働く。彼女たちは疲れた顔をして、睡眠不足でかすむ目と痛む腰を抱えて講義に現われる。

さまざまなことが起こる。署名記事を書いたり、夏季のみのアルバイトをしたり、企業でインターンをしたり。クラスメートのうちの三人が、雑誌の発行を業務のひとつとするコングロマリットでインターンをすることになる。映画やテレビドラマのネタにもなった、誰もが羨《うらや》む企業だ。

文芸誌に短篇を寄稿する者もいる。そういう人は賞を獲ったり、作家仲間からの称賛を集めたりする。あなたも努力をつづけるが、みんながんばっている。誰もがあなたより優れている。あなたはただニューヨークで育ち、たくさん本を読んできたというだけの人間だ。成績は悪くない。何もかもが、悪くはない。

大学四年の後半のセメスターの初日にニュースが飛びこんでくる。クラスメートの一人が出版契約を結んだという。いろいろな噂が囁《ささや》かれる。ゼロ五つ、いや、たぶん六つだ、などと契約金に関する憶測が飛び交う。当のクラスメートにとって幸せなことだ、と思う者もいれば、ひもを手繰《たぐ》ってもつれを探すかのようにあら探しをする者もいる。本の主題が弱いとか、契約は祝福であると同時に呪いでもあるとか。こんなに大きくて派手な成功を収めるには早すぎる、先は下る一方だ、想像できる？　とか。

あなたには想像もつかない。かなり悪くない生活を送り、かなり悪くない成績をおさめ、完璧に悪くない文章が書けても、本を出版するなど、あなたには想像のとっかかりすらない。

廃刊になったティーン向け雑誌から派生したウェブサイトがある。当時、この雑誌は革命的だった。少女たちに、きちんと頭脳を持った相手として語りかけていたからだ。あなたはこのウェブサイトが好きで、毎日読んでいる。そのなかに、〈わたしはこれを乗りこえた〉というタイトルのコーナーがある。タイトルどおりの内容だ——自分が乗りこえたクレイジーな出来事をみなが詳しく語るコーナーなのだ。「乗った飛行機にパイロットがいなかった」、「二年の昏睡状態から目覚めた」、「わたしはカルトをたちあげた」など。

昼休みにこうしたエッセイを読み、その後講義に出て、クリエイティブ・ライティングの教授から熱心な指導を受ける。彼女はあなたの母親と同年代か、もしかしたら少し上で、人あたりはいいが、紙面では容赦ない。著書は五冊、雑誌に掲載された署名記事は数えきれない。あなたは愛に近い感覚で彼女を尊敬している。

あなたの書くものは悪くない、と教授はいう。だけど控えめで、妙に堅苦しい、現実のあなたはそんなことはないのに、ともいう。あなたは繊細で愉快で、ひょうきんだ、と。

彼女があなたのことをひょうきんだといった、その事実が一瞬だけあなたを満足させる。

なんとかします、とあなたは教授にいう。文体をなんとかします。

教授は首を横に振る。文体の問題じゃない、と彼女はいう——書く内容の問題なのだ、と。あなたは大事なことを書いていない。何かを隠している。隠しているものがあるかぎり、読者にはあなたをどう判断していいかわからない、という。

あなたはまた女性たちが書いたエッセイを読む。〈わたしはこれを乗りこえた〉——「親友が兄と駆け落ちした」、「出生時に取りちがえられた」、「隣人がじつはスパイだった」。

あなたは自分が乗りこえてきた物事を考える。ウェブサイト上に載ったところを思い描けるものがひとつだけある。何日ものあいだそれを避け、その後腰を据えて一気に書きあげる。発掘してくれと要求してくる骨のように、言葉が自然と浮かんでくる。〈わたしはこれを乗りこえた〉——「自殺しようとした兄が遺書にわたしのことを書いた」。

しかし自分が語るべきストーリーではないようにも感じる。自分に起こるよりまえに、兄に起こった出来事なのだ。一回、二回と薬を飲んで生き延びたのも、遺書を書いたのも兄なのだから。

それはあなたが見るはずのものではなかった。二回めのときの夜にたまたま目にしてしまったのだ、帰宅して、両親がまだ病院で書類に記入しているうちに。

「この世界にどうやって自分の居場所を見つけたらいいというのだろう」兄はそう書いていた。「誰もがつねにぼくを彼女と比べるなかで」

彼女というのはあなたのことだった。あなたの兄は問題を抱えていた。自分を失うことなく人を愛する方法を知らなかった。兄の思春期が大荒れだったせいで、あなたのほうはできるかぎりいい子でいるしかなかった。あなたは世間から褒《ほ》められる生き方を知っており、兄は知らなかった。あなたからしたら、兄の頭脳は天才的で、貴重な岩石が生成される火山のようなものだった。あなたは自分を退屈な人間だと思っていた。兄がそれとはちがう見方をしているかもしれないとは夢にも思わなかった。

そのエッセイは何週間もあなたのパソコンのなかに居座る。どう扱ったらいいか、あなたにはわからない。教授にメールで送ってみようかとも思うが、どうしても〈送信〉を押す気になれない。そのエッセイは取り散らかっていて、自己中心的で、未熟な感じがする。いつか後悔するたぐいの文章に思える。

出版契約を結んだクラスメートがフェイスブックに写真を上げる。ペンを手にして、紙束の上に手首を載せた彼女の写真だ。「びっくりするようなニュースがある」と彼女は書く。「正式に契約が結ばれて、『小さな青い家』が映画になるの！　まあ、たぶんね。いつか。すべてがうまく運べば。だけど権利が売れたおかげで、大きな大きな最初の一歩が踏みだせる。感謝しかない」

　さまざまなことが起こる。あなたは自分にも何かそういうことが起こってほしいと思う。ノートパソコンに保存されたエッセイを見つけ、例のウェブサイト宛てに短い電子メールを打つ。ついで添付、送信する。

　エッセイは次の週に掲載される。兄は、最初は何もいわない。その後、ある日曜日の夜、ローストチキンとレモンポテトの夕食のために家族全員が自宅に戻ったときのことだ。両親はリビングにいて、あなたと兄の二人がキッチンで皿を洗っている。

「あのさ」兄が皿を洗いながらいう。「見たよ。あの記事」

　不意打ちだった。あなたは母親の布巾でワイングラスを磨くことに集中する。

「悪くない」兄はそういう。あなたは二つ年上の兄を、背は高いが虚弱だと見なしている。がっしりした繊細な子供で、過敏なところがある、と母はかつて学校の教師に説明した。顎の線に、歪んだ笑み。父親似の歩き方。母親似の目。

　兄はべつの皿を手に取り、また洗いはじめる。「だけど」兄は十代のころと変わらない、苦々しい口調でいう。「おれの考えの正しさが裏づけられたようなものだな」

　その後、コートを着て地下鉄に飛び乗る時間になると、兄はさよならという。ふだんなら、ハグしてきたところだ。兄は馬鹿騒ぎのやり方も、走ることも、パンチを当てる方法も教えてくれた。兄の愛は、息を切らして遊ぶ時間のなかにあった。服に泥汚れを、髪に草の葉をつけて遊ぶなかに。あの晩、兄はあなたの肩を軽くたたいた。「気をつけて帰れよ」そういう兄は、落ち着いた様子でいる。あなたから自由になったのだ。

反対側のプラットホームから手を振る兄を見て、あなたは悟る。あなたは永久に兄を失ったのだ。

26　家のなかの女

気がつけば、あなたは日曜日の映画の実験をもう一度やってみたいと思っている。欲しているのは映画自体ではなく、それに伴うもろもろの事柄だ。セシリアがソファで隣りに座ることとか、キッチンと寝室を往復するあいだにはさまる、ちょっとした日程の変化とか。夕食と夜の静けさ——彼があなたに対してすること——のあいだの凪のような時間もそうだ。

だから、セシリアがリビングのあたりをうろうろしはじめ、問うような視線を向けてくると、あなたは彼女の父親がいるほうを確認する。彼はスマートフォンを見ている。あなたはセシリアにうなずいてみせる。あなたからの無言の支援を確保したところで、セシリアは交渉を開始する。「映画を丸一本見せてくれなくてもいいから」セシリアは父親にいう。「テレビドラマでいいの。エピソード一回分だけ。たったの二十分」

あなたは懸命に父親の視線を捉えようとする。最初は控えめに、ついでためらいなく彼のスマートフォンに目を向ける。潜在意識に訴えるメッセージだ。自分にとっても都合がいいと、彼に自分で気づいてもらわねばならない。娘の視線が画面に釘づけになっていれば、好きなだけテキストメッセージが打てる。

彼が折れる。エピソード一回分だけだよ、という。取引成立だ。

ある晩、テレビ放送からストリーミングのプラットフォームに切り替えている途中に、セシリアはミュージカルについて報じているニュース番組で手を止める。それが建国の父を主題にしたものであることが、あなたにもわかる。「あなたもファン？」興奮気味の笑みを浮かべて、セシリアがたずねる。テレビでは、二人がその公演について話している。「歴史もの」「全国ツアー」「最高傑作」といった言葉が耳に入る。このミュージカルは、セシリアだけでなく、広く世間一般にとって重要なのだとあなたは察する。「そうね」あなたはいう。「それは、もちろん」

以前は劇場が大好きだった。最後に観劇したのは彼に捕まる少しまえ、人生がほつれを見せはじめてはいたけれど、まだ修復可能だと感じられていたころだった。ルームメイトのジュリーがオフブロードウェイのチケットを持っていて、あなたにも一緒に来るようにといい張ったのだ。「もう三日もアパートメントから出てないでしょ」ジュリーはいった。「きっといい気晴らしになるから」あなたは折れた。まあ、それは正しい決断だった。

セシリアはまだミュージカルについてしゃべっている。新しいキャストをどう思う？彼女はいろいろと知りたがってたずねる。いちばん好きな歌はどれ？　これを聞いて父親が顔をあげ、早くテレビドラマを流しなさいという。

毎晩のように、椅子に座る彼の指の下で、スマートフォンの画面が光っている。観ているドラマが終わると、彼はセシリアに寝る支度をしなさいという。あなたにとっては、おやすみといって部屋に戻れという合図だ。数分後には彼が手錠を持ってやってくる。その後、また戻ってくる。いつも必ず戻ってくる。

最近、以前よりもいろいろな物事が遅くなった。彼の夜ごとの訪問も、ベッドフレームに手錠がかけられるのも。もしかしたら、そのせいで気づいたのかもしれない。以前はその時間には眠りに落ちていたのに、いまは目覚めていて、否定しようもなかったから。

毎晩、おそらく朝方だろうと思われる時間に、廊下をこっそり進むような足音がする。最初は誰かがバスルームに行こうとしているのだと思うが、どうもおかしい。あなたは毎晩耳を澄ます。ドアがひらいて、しまる。誰かが一カ所からべつの場所へ移動する。そして静かになる。その後またおなじことが起こる。足音、それにつづくドアの開閉。

頭のなかに、ある仮説が生じる。セシリアが怯えているのかも。悪夢を見たり、夜驚症があったりするのかもしれない。それで彼がなだめにいく。しかし声がまったく聞こえない。誰もパパと呼んだり、寝ながら悲鳴をあげたりしない。ただ足音と、ドアの音と、沈黙だけ。

抗《あらが》ってはみるものの、どうしても考えてしまう。彼が毎晩のように彼女の部屋に入っていくのだ。胃に錨がおりる。叫びたい、壁にものを投げつけたい、家に火をつけたいとあなたは思う。思わず吐きそうになる。

確かなところはわからないが、辻褄は合う。彼が相手を損なわずに愛する方法を知っているとは、どうしても思えないからだ。

彼女を腕のなかに包みこんで、大丈夫だから、といってあげたい。安全な場所を、新しい世界を約束してあげたい。見つからなければ自分でそういう場所をつくるしかないが、とにかくそこへ彼女を連れていこう。

もしかしたら、間違っているのかもしれない。これはあなたが思うようなことではないのかもしれない。目を覚ましたまま横たわり、自分が間違っていたと証明されるのを待つ。べつのシナリオを信じようとする。たぶん、彼女が暗闇を怖がるのがわかっているから、呼ばれなくても部屋に行くのだろう。彼は父親なのだし、父親というのは娘に必要とされるタイミングを承知しているものだ。

しかしあなたは彼がどういう男か知っている。そして以前に見聞きした外の世界のことを覚えてもいる。だからこれがどういうことかはわかる。どれだけ必死に探っても、どんなに過去をふり返ってみても、彼のような男が毎晩娘の部屋のなかへ消えていくまっとうな理由など思いつかない。

27

セシリア

突然、パパに友達が増えた。

まず、レイチェルが来た。それはぜんぜんかまわない。レイチェルのことは理解できた。彼女には居場所と、親切にしてくれる人が必要だったのだと思う。

でも、今度の新しい女の人は？　そうは思わない。

彼女のことは名前さえ知らないし、知りたくもない。町で見かけたことはあった。パパが好きなレストランで働いている。たぶんそれで知り合ったんだと思う。だけど、だからといって、あの馬鹿げたレースをやってた午前中のあいだずっと、パパが彼女と過ごさなければならなかった理由にはならない。

もしあの場に行くことを無理強いされてなかったら、そこまで気にしなかったと思う。だけどあたしが参加しなきゃならないというなら、パパはあそこにいたあいだに一回か二回くらいはあたしに話しかけるべきだった。そのくらいのルールはあっていいと思う。

パパはルールについては理解している。いつだってルールを好む。人の持ち物に勝手に触らないこと、ほかの人の問題に口を出さないこと。パパのものなんて触りたくないよ、とあたしはよくいっていた。気を悪くしないでほしいんだけど、パパの持ち物なんて興味ないし。だけどある日、ママがあたしに話してくれた。あなたのパパのああいう態度は海兵隊にいたときに身についたものなの、あそこの人たちには境界の意識がなくて、彼の持ち物もしょっちゅう盗まれた、だからいまは縄張り意識が強いのよ、わかるでしょう、と。まあ、それはかまわない。海兵隊で働いた人なら、少しくらい奇癖があっても許されると思う。

だけどあのレースについてはまだ怒ってる。レイチェルのためにも怒っていた。ちょっと変かもしれないけれど、でもそうだった。パパが妙な女友達とどうにかなるつもりなら、そういう人はもういた。レイチェルが先だった。

だから彼女にナプキンをあげる気になったのだと思う。パパからは、何があってもレイチェルの寝室に近づかないようにと厳しくいいわたされていたけれど、あのレースのあとにはもうパパのルールなんかどうでもよくなった。だから自分がやりたいようにやっただけ。

べつに、それで感謝されたわけでもないけど。ひとこと、ありがとうといってもらえればうれしかったのに。

そんなわけで、レイチェルがいて、レストランの女がいて、それにあのテキストメッセージの量。

十代の女子はいつもテキストメッセージを打ってると思われがちだけど、そんなふうに思う人はここ数日のパパがどんなふうだったか見るといい。いつもタイプしてばかり。あたしから見えないと思うとき、とくに。

たぶんレストランの女だと思う。もしかしたら第三の女かも。いまの時点ではわからない。十五年のあいだ、パパの目はママだけに向いていた。意地悪ないい方をするなら、パパはいまその埋め合わせをしているところだ。

だけどあたしは意地悪じゃない。それに、本当にそんなことを信じているわけでもない。ただ、約束がちがうとはいえる。ママだって、いまのパパの行動を見たらうれしくはないと思う。そんなことを考えるのは悲しいけれど、でも本当のことだ。

ママは死ぬ少しまえ、あたしに対してちょっとしたスピーチをした。パパが医者か誰かと話しにいくのを待ってから。あのころ、パパはたくさんの医者と話をしていた。それで何かが変わったわけじゃないけれど。ママの病状を少しでもよくするようなアイデアは、医者たちにももうないようだった。

二人きりになると、ママはベッドの上の自分の隣りをぽんぽんとたたいていった。

「こっちに来て」

死が迫ったママのこんなにそばに座るのは、なんだか変な感じだった。もうまえまでのママとはちがうように感じられた。体重もものすごく落ちていた。化学療法をやめてから髪はまた生えたけれど、まえより細かったし、白い筋が交じっていた。ハグをして体に触れると骨しかないみたいだった。

ママは腕をあたしの肩にまわして、ぐっと引き寄せた。「怖くはないの」ママはそういいながら、天井を見あげていた。まるであたしと視線を合わせるのを避けるかのように。「まあ、ときどき怖いと思うこともあるけれど、あなたのことは大丈夫だと思ってる。最良の人のもとに遺していくのだから」ママはぐっと唾を呑みこんでつづけた。「一緒に、三人で一緒に過ごせた時間には本当に感謝してる」

これは別れの言葉なんだ、と思った。別れの言葉なんか聞きたくなかった。あたしの望みは、ママが家に帰ってきてくれることだった。それは無理だとわかってはいたけれど、それでも望まずにはいられなかった。

本当のところは、がん患者の娘になんてなりたくなかった。毎朝目覚めて、ママはもういないんだと思いだすのもいやだった。学校が一緒のキャシーって女の子は、一年まえに兄を白血病で亡くしていた。彼女は何週間か学校を休んで、出てきたときにはみんなからちっちゃな壊れものみたいに扱われた。

あたしはちっちゃな壊れものになんかなりたくない。

でも、こっちに準備ができていようといまいと、ママは別れの言葉を告げていた。いつもよりちょっと強くハグをしてつづけた。「いずれ、あなたたち二人だけになる。でも大丈夫。いい？　わたしは大丈夫だって、あなたに知っておいてほしい。パパがあなたを大事にしてくれる。あなたもパパを大事にする。パパがいてくれて、わたしたちは本当に幸運なのよ」

ママはあたしにまわしていないほうの手で目をこすった。あたしも泣きたい気分だったけれど、すごく短いあいだに悲しいことがたくさんありすぎて、そういうとき、人はもう泣くことさえできなくなる。

ママはまだ天井を見ていた。「あなたたち二人は、お互いにちゃんと相手を守ってね。パパにもそういってある。いい？」あたしはうなずいた。「おばあちゃんとおじいちゃんもいてくれるから」ママはいった。「パパがあの二人といつも仲がいいわけじゃないのはわかっているけれど、あなたはあの二人を頼ることもできる。それは覚えておいてほしい」ママはあたしをじっと見つめ、あたしはまたうなずいた。「だけどあなたとパパ、二人はチームなのよ。いつでもお互いがいる」

いつでも、かどうかはわからない。だけどほかの部分では、ママのいうとおりだった。この三週間後にママは死んで、あたしとパパの二人だけになった。

家のなかのことはそんなに変わらなかった。意地悪く聞こえないといいのだけど。ただ、ママが病気じゃなかったときも、パパが家事の大半をやってたというだけ。料理も、掃除も。まえまえから食事をつくってくれて、いろいろな場所に車で送ってくれていた。

それで、パパは変わらず料理をした。あたしは掃除を手伝った。パパは仕事に戻り、あたしは学校へ戻った。年度はじめだからね、とパパはいった。ふだんの日課をこなせば、それが助けになるかもしれない、と。

あたしが少しでも楽に過ごせるようにしてくれてるのはわかる。だけどパパが平気で持ちこたえているのがすごくいやだった。家のなかが乱雑になったりはしなかった。お葬式のあと、みんながキャセロールを持ってきてくれたけど、あたしたちには必要なかった。パパはできるかぎりあたしの生活を維持してくれた。まるで、『悲しみに沈むティーンの子供に対処するには』みたいな自己啓発本を読んで、全部の章を暗記しているみたいに。

あたしはパパに立ち止まってほしかった。何もかも乱雑なままにして、二人でぼろぼろになりたかった。ただ淡々といつもの生活をつづけて、ママの不在を難なくやり過ごすのは、冒瀆《ぼうとく》のように思えた。あたしの内面が家のなかに反映されてほしかった。混沌としていてほしかった。

その後、ママが死んでから一ヵ月くらいのとき、学校にあたしを拾いにきたパパから——バスに乗ってもいいし、友達の家の車に乗せてもらえるからってずっといってるのに、ぜんぜん聞きいれてもらえなかった——引っ越しをしなきゃならないと聞かされた。ママの両親に放りだされたのだと。そんないい方はしなかったけれど、要するにそういうことだった。

祖父母については、どこまでが本当なのかわからない。パパの両親はあたしが生まれるまえに死んでいて、たいして話も聞いたことがなかった。ママの両親はあたしのことはかわいがってくれるけど、パパのことが大好きというわけではなかった。理由はよく知らない。ママはよく、大事な娘を奪われたから怒ってるだけよ、と冗談めかしていっていた。パパのほうはときどき、お金のせいだといっていた。ママはいくらかお金を持っていたのに、パパはぜんぜん持っていなかったからだって。ママはいつも、そんなふうにいうのはやめて、といっていた。パパの腕をぴしゃりとたたいて、こんなふうにいった。あの二人だってあなたのことが好きなのよ、ただそれをどう態度に表わしたらいいかわかっていないだけ。

ママが死ぬまえ、病状が再度悪化したときに、パパと話していたのを立ち聞きしてしまった。あたしは眠っているはずだったのだけれど、水を飲みにいったのだ。二人の声がキッチンから聞こえてきた。「そうすべきだといっているわけじゃないの」ママが話していた。「ただ、二人からそういう申し出があったことをあなたにも知っておいてほしかっただけ。もしあなたが……一人では無理だと感じたら……二人があの子を引きとることもできる」

パパはすごく怒った。「くそ、信じられない」ダイニングテーブルを強くたたく音が聞こえた。翌日に見たら、パパの席の横のところに大きな跡が残っていた。「あの子はおれの娘だ。二人が訪ねてくるのはどれくらいだ？　年に一回？　二回？　その程度でおれたちから、おれからあの子をさらっていけるとでも思っているのか？」パパはキッチンを歩きまわっていた。あたしは二歩下がって、確実にパパから見られないようにした。「あの二人に、何ひとつまともにできない役立たずだと思われているのは知っているが、あの子はおれの子供だ。おれがあの子を育てたんだ」

椅子がキッチンの床をこすった。ママが立ちあがって手をパパの腕に置き、落ち着かせようとしているのだと思った。「動揺させるつもりはなかったの。ごめんなさい。ただ知っておいてほしかっただけ。もういいわ。この話はやめましょう」

その後何があったかは知らない。最後に祖父母に会ったのはお葬式のときだった。式が終わったあとに二人が近づいてきた。パパは礼儀正しかった。背筋をぴんと伸ばして、両肩は二度と動かないんじゃないかと思うくらい固まっていた。みんな口数が少なくて、こういう状況でふつうに人が期待するような言葉を交わしただけだった。なんとか持ちこたえられそう？　とか、彼女は本当にすばらしい人でしたとか、どうか安らかに眠ってほしいとか。あたしたちはみんな、とても愛していた人を失ったけど、だからといって突然お互いを好きになるわけではなかった。

それで、祖父母はあたしたちを出ていかせた。もしかしたら、お葬式のあとの何週間かのあいだに、自分たちが望むような絆が結ばれることはないから関係を整理すべきだと気づいたのかもしれない。もしかしたら、おせっかいを焼かないでくれとパパがいって、だったら家も返してもらおうと二人が思ったのかもしれない。そこに住むわけではないにしても。あたしたちのところとは離れたずっと北のほうにべつの家があるのだから。この家は売りたかっただけなのだ。いずれにせよ、結果はおなじだった。あたしが生まれてからずっと住んでいた家を出ていかなければならなくなった。ママとの思い出が詰まった家を。

あの家にいれば、いまでもママが見えた。あたしが小さかったころ、ソファに一緒に座って土曜の朝のアニメを見たところも。バスルームの鏡のまえで、髪をポニーテールに結ぶやり方を教えてくれたときのことも。ハリー・ポッターの最初の三巻を読んでくれて、その後あたしがあとの四巻を自分で読むあいだ、隣りで寝そべっていた姿も。木のスプーンとかスパチュラをマイクに見立てて、ミュージカルの《ハミルトン》に出てくる曲をキッチンで歌い、どちらが歌詞を間違えずに《マイ・ショット》や《ノンストップ》を最後まで歌えるか競争したことも。

新しい家には、ママの姿はない。ここにはいない。ここには来たこともない。

いまではまた、あたしとパパだけ。

まあ、あたしとパパと、レイチェルと、リストにはほかにも次の人がいるのかもしれない。どうやらパパは募集をはじめたみたいだから。

ここに考えをまとめておく。

パパは複雑な人間なんだと思う。楽な人生を送ってきたわけでもない。子供のころの話をぜんぜんしないのは、相当ひどかったせいだと思わざるをえない。医者になりたかったのに、海兵隊員になった。それは祖国に対する義務を果たそうとしたからだけど、理由はほかにもあったのかも……よく知らないけど……医者になるのは大変で、それができるのはお金があって、いい家族がいる人だけで、パパにはどっちもなかったから、とか？

そんなことがあったにもかかわらず、パパは独力でいい人生を築いた。そしてママと一緒に、あたしのためにもいい人生を築いてくれた。あたしたちが――パパとあたしが――口喧嘩すると、いつもママが仲裁に入ってこういっていた。「あなたのパパは、父親業を愛しているのよ」それは本当だ。あたしにもわかってる。あたしのパパでいることを愛している。車でいろいろなところへ連れていってくれるし、服を買ってくれるし、食事をつくってくれる。あたしが何を考えているか、気にかけてくれる。いろんなことを教えてくれる。自分が知っていることを、あたしにも知ってもらいたがっている。

ただ、どうやらあたしだけじゃ足りないのだと思う。二人でいられればよかったのに、あたしが失敗したせいで（何を？ よくわからないけど）、パパは隙間を埋めるためにこういう女の人たちを補充しなければならないのだ。

もしかしたら、そんなのは馬鹿な考えなのかも。だったらごめん。

パパもママを失ったのだ。

そんなわけで、あたしとパパと、パパの女の人たちがいるわけだけど、まわりをうろつく人が増えるほど、あたしは寂しくなる。

たぶん、それがあるべき姿なのかもしれない。あたしはそこから学ぶべきなのだろう。一日の終わりに、本当に頼るべき人間は自分しかいないのだと。

28
エミリー

彼はすでにわたしの生活の一部だ。どうしてそうなったのかよくわからないけれど、事実だし、彼のほうもそれを当然と思っているように見える。

アカオノスリについてのわたしのメッセージが、すばらしい形で膨《ふく》らんだ。わたしたちはずっとテキストのやりとりをつづけていて、いまでは一日じゅう話をしている。職場では、スマートフォンをエプロンの前ポケットに入れておき、注文が途切れたときにカウンターの下で確認する。お手洗いでも、エリックの車の後部座席でも確認する。歯を磨きながら、ベッドに入るまえ、それに朝いちばんにもチェックする。彼からの最新のメッセージが頭の奥で絶えずくり返される。

最初はアカオノスリからべつの猛禽の話に移り、最後にはハドソンバレーのほかの動物の話になった。その後は世界を広げて、仕事のこと、町のこと、食べ物のこと、天気のことも話すようになった。彼がおもしろい鳥の写真を送ってくることもある。レシピを交換したりもする。彼は毎朝わたしが元気かどうかたずね、毎晩おやすみをいう。レストランの仕事がどんなふうか、わたしがどうやって持ちこたえているか知りたがる。過酷な仕事だと聞いたよ、大丈夫だといいけど、という。わたしは最近見た夢の話をする。暗い廊下の両脇にドアがつづいていて、すべて鍵がかかっていたのだ。彼はネットでその意味を調べる。「とじたドアは、誰か、あるいは何かがきみの道に立ちはだかっていることを示しているらしい。一方、ひらいたドアは人生における新しいステージ、プラスの変化を表わす。本当にすべてのドアがしまっていた？」

　単語はどれもきちんと打つ。数字もきちんと綴るし、〝OK〟を略して〝K〟と書いたり、〝ところで《バイ・ザ・ウェイ》〟を略して〝btw〟と書いたりもしない。文章の最初は正しく大文字ではじめ、最後はピリオドで終える。顔文字の使用は控えめで、稀にニコニコマークを使うときには特別な意味がこもっている。

　彼があえて持ちださない話題があって、わたしもたずねたりしないだけの分別はあった。妻のこととか、娘のこととか。何かを訊くときは曖昧ないい方をする。「どう、元気？今日はどんな感じだった？」ドアはあけてある。もし彼が話したければ、話すだろう。

　いつもどおり、火曜日と木曜日にはカウンター席にやってくる。わたしは彼のためにバージン・オールドファッションドをつくる。ちょっとでも時間があれば、話をする。じかに会っているときには、どちらもそんなに多弁にはならない。むしろテキストメッセージで育てた親密さに体のほうが追いつこうとしている。

すぐにメッセージが返ってくるとはかぎらない。一、二時間、あるいは三時間くらい返信がないこともある。そのあいだ、わたしは二人分のメッセージを読み返し、誤解された可能性のある言葉はないかと探す。自分がすべてを台無しにしてしまったのだとちょうど納得しかけるころに、彼が返事を書いてくる。親しげに。オープンに。

レストランでは、オリーブやきれいなスプーンやスナック類をキッチンへ取りにいくときは走り、戻るときはゆっくり歩いて、彼を、スツールに腰かけたすばらしい男を観察する。

彼がいると気分が上向く。顔をあげ、いつもより背筋を伸ばして歩く。声が高くなり、物怖じせず、きちんと文末を下げて話す。二人のあいだに秘めた交流が確かにあることは、わたしの幸運のお守りで、いつも心の支えになっている。

わたしにはこれが必要だ。この余分な活力、この小さな奇跡が本当に必要なのだ。

町は行方不明の女性のことでいまだに動揺している。このエリアからいなくなったからだ。みんなが、彼女を知っていた誰かしらと知り合いなのだ。彼女はまだ見つかっていない。誰も口に出していわないが、みんなわかっている。わかるのだ。発見されるときには──もし発見されるようなことがあったとして──彼女は生きてはいないだろう。

人々はほんの少しお互いに親切になった。町の通りで、いろいろな店のなかで、レストランのなかでも。やりとりに柔和さがあった。もちろんそれもキッチンの入口までのことだけれど。でも、みんな努力はしている。ニックでさえ、彼なりのやり方で努力していた。そんなに忙しい時期でないことも助けになっている。感謝祭が目前で、町から人がいなくなりはじめているのだ。地元の人々は週末休みを長めに取り、親戚を訪ねたりして、いつのまにか休暇モードに入っている。まもなく一年でいちばん慌ただしい時期がはじまるのだが、いまのところは落ち着かなくなるほど静かだ。嵐のまえの静けさ、といったところ。

今夜は、ディナーの営業を早めに終えた。その晩最後のお客さん──子供たちを十時まえに寝かせようとする両親──を見送ってドアに鍵をかける。エリックが残った皿を片づけ、コーラは明日の営業のためにすでに清潔なテーブルクロスと磨かれた銀器をセットしている。ニックもキッチンで忙しく立ち働き、汚れた鍋やトングやスパチュラを集めている。ソフィーは残ったエネルギーのすべてを注いでケーキ型をごしごしこすっている。わたしはダイニングをまわって、使われたグラスを集める。

エプロンのポケットがぶるぶる震える。球根の形のワイングラスを置いて、電話を確認する。

「ラストオーダーに間に合わなかったかな？　そうだとしても問題ないけどね。チャンスがあるなら、バージン・オールドファッションドを逃す手はないと思っただけだから」

今日は金曜日だ。火曜日でも木曜日でもない。彼はふだんのスケジュールに従って、昨日も来たところだった。なのにいま、もっと多くを求めている。

キッチンを見やる。エリックとソフィーはもうすぐ皿を洗い終わりそうだ。ニックは布巾を手にして二人を手伝い、あらゆるものを拭いているところ。コーラはチップを勘定している。

「間に合わなかったわね」わたしは返信を打つ。「だけどこっそり店に入れてあげられるかも。そうね……二、三十分もらえる？　閉店後のドリンクを飲ませてあげる」

彼から返事が来る。「光栄だよ」最後にニコニコマークがついている。

指のあいだにワイングラスを三つはさんで、キッチンに入る。

「みんな」ニックとエリックが顔をあげる。「あとはわたしがやっておく。まだ磨かなきゃならないグラスが山ほどあるんだけど、それは苦にならないから。どうぞ、先にあがって」

十五分後、店にはわたしだけが残る。彼のトラックが外に停まる。エプロンのポケットがまた震える。

「問題なし？」

深呼吸をしてから返信を打つ。「問題なし」ドアの鍵をあけに行くと、両手を上着のポケットに入れた彼がそこで待っていた。トラッパーハットから髪が突きでている。顎は厚手のウールのマフラーに隠れ、かろうじて微笑んでいることがわかる程度に顔が見える。

「入って」

彼は今日もまたダッフルバッグを持っていて、歩くたびにそれが腰にぶつかる。上着のジッパーをおろすときに身震いし、いつものスツールに腰をおろすまえに両手をこすりあわせる。ダッフルバッグは従順な犬さながらに彼の足もとに落ち着く。わたしは彼の飲み物をつくりはじめる。沈黙がおりる。心地のいい、お互いしゃべりつづける必要のない二人のあいだにだけ生じるたぐいの沈黙。

ドリンクを掻き混ぜ、仕上げにチェリーを飾る。

「今夜はどうだった？」彼がたずねる。

「まあ、ご想像どおり。そんなに忙しくなかった。だけど来週は——狂騒のはじまりってやつね。あとはもうそれが年末までずっとつづく」

グラスを彼のほうへすべらせる。彼はひと口飲んで、おいしいというしるしに首を傾《かし》げる。

「こっそり入れてくれてありがとう」

「お得意さまのためなら、いつだって何かしら方法はあるのよ」

ビターズと、スライスに使ったオレンジを片づける。彼は自分の隣りのスツールを身振りで示す。

「こっちに来て座ったら？」

わたしはダイニングを見まわす。馬鹿みたいに緊張している。彼は唇をなめていう。

「なにもバーテンダーの掟を破らせようというわけじゃない。ただ――夜の営業のあいだずっと立っていたんだろうと思って」彼はカウンターにもたれてつづける。「それに、誰に見られるわけでもなし、この……罪を」

わたしは声をたてて笑う。あなたのいうとおりね、と彼にいう。カウンターをまわって、彼の隣りのスツールに腰かける。ふだんの位置――彼が座り、わたしは立っていて、二人の世界を隔てる壁のようなカウンターがある――を離れると、いままでになく近づいたような気がする。一週間ほど電子の世界で演じていた役柄が、そのまま実体化したように感じる。

彼はドリンクをわたしのほうへ押す。「もしよければ、ひと口飲んで。自分だけ飲んでいるのは失礼な気がするから」

遠慮しておく、といおうかと考える。だけど飲み物を勧める彼の態度には、どこか傷つきやすそうな雰囲気があり、断わることができない。グラスを手に取ろうとするわたしの指が、彼の指をかすめる。頭をうしろに傾けると、氷のキューブが歯に当たる。

カウンターに向かって座り、飲み物を共有する――どこかで見たような光景だ。映画にあった。スパイがマティーニを飲んでいると、カクテルドレスを着た女が彼の手から飲み物をもぎ取るのだ。

「知ってる?」わたしはいう。「誰かのグラスから飲み物をもらうと、その誰かの思考が読めるんだって。秘密も全部わかっちゃうの」

彼は小さく笑う。「そうなの?」

わたしはうなずき、グラスを置く。彼がじっとわたしを見つめる。わたしは目を逸らすなと自分にいい聞かせる。

「そんなことができたらすごいな」彼はいう。

二人のまわりに力場ができる。お互い相手のほうへ、相手のなかへと押されるように感じる。わたしは身を引く。背筋を伸ばし、咳ばらいをして、ほつれた髪を耳にかける。

「休暇には何か楽しい計画があるの?」

その質問が唇からすべりでた瞬間に後悔する。ひどく陳腐で、取るに足りない。それに、大きな喪失を経験したばかりの人に対して不適切でもある。

彼はドリンクをひと口飲んで、それから首を横に振る。

「今年はない。おれとセシリアだけで過ごす。州外に親戚がいるんだが、ちょっと……複雑でね」

「ああ、わかるわ、本当に」

彼はグラスの底の氷をくるくるまわす。「そっちは？」

「仕事。感謝祭期間中だけでも三回営業する」

彼は同情してしかめ面になる。

「べつにかまわない」わたしはいう。「休暇が大好きってわけじゃないから」それからこうもいってみることにする。亡くなった人を悼《いた》んでいるとき、まわりの人々はこちらが死者のことを話すとは思わないものだけど、彼なら理解してくれるだろうと思ったから。「両親が生きていたときも、あまり休暇を取ったりはしなかった。いつも忙しくしていた」

話さずにおいたこともある――うちの両親は、ネグレクトというほどではないにせよ、わたしが生まれて最初の十年間、親業が理解できるのを待っていた。そしてある日ようやく気づいたのだ、あるがままを受けいれるしかなく、物事は自分たちのありようによって決まるということに。父はちょっと離れたキッチンから愛情を示すような男だった。父の気遣いは、自分のレストランに来る見知らぬ人々のためのものだった。わたしは昔からバーテンダーになるつもりだった。近くから人々を愛するチャンスがあると思っていたから。もちろん、たいていの人がバーテンダーに望むのは放っておいてもらうことなのだが、そんなことは知らなかった。

わたしはスツールから立ちあがり、エイダンの空《あ》いたグラスを回収する。彼は一方の手でわたしの腕をつかんでわたしを止める。それからわたしの指をグラスからそっとはずし、自分の指を絡める。

「だったら、おれたちは似たような境遇にあるみたいだね」

わたしはうなずくことしかできない。わたしの手に触れている彼の手のひらは熱く、脈動が伝わってくる。彼が指をほどくと、すぐに肌の触れあった状態が恋しくなる。彼の手が、わたしの顔へとあがる。彼は指を三本使って、ポニーテールからほつれたわたしの髪の筋を払う。

それから許可を求めるように眉をあげてみせる。わたしはうなずきながらかすかに顔を近づける。きっと一生覚えているだろう――最初に身を寄せたのはわたしのほうだ。わたしが彼を招いたのだ。一瞬、自分は完全に勘ちがいをしていたのではないかと思う。彼があとずさりして、カウンターに二十ドル札を置き、出ていくのではないかと思う。しかしそうはならず、彼の手にそっと頰を包まれる。親指をほんのかすかに震わせながら、彼はわたしの口の端を見つめる。

唇が重なる。足もとに新しい世界が広がる。いまは金曜の夜で、わたしは人のいなくなったレストランでエイダン・トマスにキスをしている。起こるべくして起こったことのように感じる。いままでの人生で経験してきたつまらない物事もこの瞬間につながっているとわかったいまでは、すべてを忘れ、すべてを許し、すべて価値あるものと思うことができる。

彼はまだスツールに座っている。両手で彼のうなじを包む。彼の手がわたしのウエストをつかむ。

彼の舌がわたしの舌を見つける。上唇をごく軽く嚙まれると、背骨から足首まで震えが駆け抜ける。こんなキスは高校生のとき以来だった。すべてが初体験で、体が隅から隅まで解かれるべき謎に満ちていたあのころのよう。舌があって、唇があって、歯がある。ほんの少し混乱していて、飢餓感が強い。だけど求められていると感じさせてくれる。賛美され、愛されていると感じられる。

彼がスツールから立ちあがると、さらに体が押しつけられるようになる。つかのま唇を離す。この瞬間を吸収し、すべてを取りこむために必要な時間だけ。彼が額をわたしの額につける。ため息が二人のあいだに洩れる。彼から出たのか、自分から出たのかはわからない。わかるのはそのため息が温かく、震えを帯び、切望に満ちていることだけ。

彼の手がすべりおり、わたしの腰のくびれのあたりで宙を漂う。わたしのほうから隙間を埋め、彼をより近くへ、より深く引き寄せる。口に出していえなかったことを体が伝えてくれる。わたしがどんなに彼を欲しているか、この瞬間をどれほど待っていたか。わたしの名前、わたしの目の色を知られるまえから、わたしはずっと彼のものだった。

彼にキスをする。唇は腫れ、彼のひげが当たって肌がちくちくする。荒い息で胸が膨らんでぶつかり、手はボタンをはずし、生地を押しのけ、一心に素肌を求めて服のなかを這う。

無理やり体を引き離して、彼の手をつかむ。「こっちよ」そうつぶやいて、キッチンを抜け、パントリーまで彼に先だって歩く。

彼は何も訊かずについてくる。大事なのはそれだけ。いままでもずっとそうだった。

二人とも体を棚にぶつけながら、安定した場所を探す。小さく壁がむきだしになった場所へ、不器用に体を移動させる。彼が手伝ってくれる。体でわたしを押しながら、平らな場所に釘づけにする。わたしは一方の足で床を踏みしめたまま、もう一方の脚を彼のウエストに絡みつける。

「すごいな」彼が囁《ささや》く。「すごくやわらかいんだね」

わたしは声をたてて笑う。彼がエプロンのひもを解く。いままでほかの誰かにされたどんなことよりもセクシーな行為だ。彼は手をシャツのなかにさまよわせ、手が下腹部に到達するとかすかに力をこめる。わたしは恥ずかしさをかなぐり捨ててうめき声をあげる。

指でどんなに探っても、探しているものが見つからない。手探りしているのを感じた彼が手助けをしてくれる。ようやくわたしにも聞こえてくる、新しい世界へのドアをひらく音、彼のベルトのバックルがカチリとひらく音が。彼のジーンズがどさりと床に落ちる音が。

29
家のなかの女

遅い。遅すぎる。今夜は夕食もなかったし、彼はいま行方不明だ。もしかしたら、また見捨てられたのかもしれない。あなたのことをしばらく放っておいたほうがいいと、彼は判断したのかもしれない。何年ものあいだあなたを生かしつづけたのは彼であること、彼がいなければあなたは飢えて死ぬしかないことを思いださせるために。

その後、ドアノブがまわる。彼だ。決してあなたを忘れることのない男だ。

彼は手錠をはずす。それからまず靴を脱ぎ、ズボン、セーター、下着のシャツがそれにつづく。あなたは心を体から逃がす。ずいぶん昔に列車に乗ったときの思い出を頭のなかで再生する。薄暮の空を背景に木々が飛ぶように過ぎ去っていった様子や、沈みかけた太陽が枝と枝の隙間から伸ばす光を思い描く。

現実が急に戻ってくる。あなたはいつもの部屋の硬材の床の上、彼の体の下にいる。彼の左肩があなたの顎に当たると、彼の肌に刻まれた四本の赤い筋が目に入る。半月型の跡が長く尾を引いている。こういう跡のことなら知っている。自分の手のひらに爪を食いこませたり、脚の白い肌に何かの形を彫ったりしたときとおなじ跡だ。痛みのおかげで一時的にほかの何かを忘れることができる。これは、誰かが体のいちばんやわらかいところに爪を立てたときにできる跡だ。

彼がこういう傷をつけたところを見るのは初めてだ。小旅行のあとでさえ、例のことがあったあとでさえ、彼はいつも無傷で戻ってきた。

彼が再びズボンを身につけているときに、あなたは観察する。彼は急いで出ていこうとはしない。気楽で陽気な雰囲気をまとっている。機嫌がいい。

「それで、今日は」あなたは囁《ささや》く。「いつもより遅いんじゃない？　ちがう？」

彼の口の端があがる。「なぜ訊く？　行かなきゃならない場所があるとか？」

あなたは無理やり笑う。「まさか。ちょっと思っただけ。どこにいたの？」

彼は一方に首を傾《かし》げていう。「おれがいなくて寂しかったのか？」

あなたの返事を待たずに、下着のシャツをすばやく着ながら彼はいう。「ちょっとした使い走りをしていただけだ。どうしても知りたいならいっておくが」そして鼻の頭をこする。

彼は嘘をついている——もちろん嘘に決まっている——が、あなたには読める。例のあれではない。目に独特のきらめきがないし、体に電気が流れてもいない。彼女はまだ生きていると思われる。彼の背中を引っかいたのが誰にせよ、その誰かは無事なのだ。

つかのま、あなたはほっとする。それからすぐに、また喉が詰まる。その人がいるなら、あなたは必要だろうか？　それとも、彼はただ獲物と遊んでいるだけ？

彼が立ち去ったあとも、その考えが頭に残る。男の体にしがみついて背中を引っかき、自分の存在を刻みつけるというのは、特定の状況でしかしないことだ。

気にいらない。まったく気にいらない。

くだんの女のためにも、自分のためにも好ましくない。

外に新たな人物がいる。危険にさらされている新たな人物が。

そして彼女は、あなたの息の根も止めるかもしれない。

小屋の外で生き延びるためのルールその3――彼の世界にいるしかないなら、特別な存在でいなければならない。唯一無二の存在でいなければ。

30　家のなかの女

赤くなった引っかき傷を見た翌朝、あなたのまぶたは重く、頭はぼんやりしている。一方、彼は身のこなしが軽い。それに得意げな目をしている。肌のつやもいいと断言できる。もしかしたら、やっぱりもう相手を殺したのだろうか？

とりあえず朝食だ。三人とも口数が少ない。セシリアの目が泳いでいる。シリアルを食べるというよりはただ突《つつ》いているだけ。彼はテーブルの下でスマートフォンをいじっている。まもなくあなたは寝室へ戻る。彼がやってきて手錠であなたをラジエーターにつなぎ、立ち去る。すべて正常。すべていつもどおり。

トラックが私道を出ていく。腰に鈍痛がある。できるだけ寝そべるような恰好になろうと、体の位置を調節する。それを感じたのはそのときだ。

手錠だ。手首につけた輪ゴムのように役立たずになっている。座りなおし、左手で金属を払いのける。輪がはずれ、腕から取れる。

いとも簡単に。

あなたは自由だ。

自由なのだろうか？

何かが引っかかる。何かが周辺の空気中を漂い、脳の奥を引っかく。すぐそこにあるのに、手は届かない。脚が震えだす。踏んばって立ちあがらなければ。立って走りださなければ。

いまが走りだすべきときなのだろうか？

まえまえから、そのときが来たらはっきりわかると思っていた。

怖いのか？

臆病風に吹かれているのだろうか？

あなたのような女性は勇敢なはずだ。ニュースで、雑誌の記事で、そんな話をよく見聞きしてきた。行方不明になったあと、家に無事帰りついた女たちの特集。最低の男の監視下で働き、逃げだす方策を見つけた女たち。彼女はとても勇敢でした、と書かれるのは残念賞のようなものだ。あなたを助けられなくて悪かったけれど、いまあなたが自由に歩いていることを褒《ほ》めたたえるふりならできる、というわけだ。

想像力を働かせる。

頭のなかで、あなたは立ちあがる。これが自由の感触なのだろうか？　寝室のドアまで歩く。勇気が要るが、覚えているだろうか、あなたは勇気ある女性なのだ。勇気がある、それを忘れてはいけない。想像のなかでドアをあけ、外を覗《のぞ》く。彼はいない。誰もいない。それは知っている。彼と娘はさっき出かけたばかりだ。階段を何段かおりる。そのとき、カチリとスイッチが入ったように、あなたは走りだす。リビングへ、玄関のドアへと走る。最後にもう一度あたりを見まわし、それからドアをあける。

次は？

ドアをあけたあとには何が起こる？

想像をつづけなければ。あなたは外にいる。一人で。自分がどこにいるのか、通りの名前も、町の名前も、州の名前もまったくわからない。いちばん近くの隣人がどこにいるのかわからないし、彼らが在宅しているかどうかも不明だ。そもそも他人なのだ。あなたには、他人を容易に信用することができない。もうその発想すらない。信用して命を預けること、助けてもらえると信じることができない。

それなら隣人のことは忘れよう。一人で走りつづければいい。どこまで？　町の中心まで？　警察署まで？　食料品店まで？　そういう場所にも他人は大勢いるが、少なくともそこは誰かの家ではない。まわりに人混みがあり、目撃者がいる。

で、そのあいだ、彼はどこにいる？

彼の子供は？

それにカメラだ。

あなたはカメラのことを思いだす。

しかしナプキンは見つからなかった。あのときは何も起こらなかった。

カメラは本当にあるのか？

確かなところはわからない。

雲の上にいる彼の仕事はどうだろう？

あなたを見おろしながらできる仕事。

いつでも急降下してあなたに襲いかかることのできる仕事だ。

もしかしたら走っても大丈夫かもしれない。誰かの家を探すか、店を探すか。ひらかれるドアと、話を聞いてくれる人をあてにして。

そのあいだ、彼は？　スマートフォンに通知があるだろう。アプリで動画を見る。あなたの姿が見え、あなたがたてる音が聞こえる。彼は家へ急行する。激怒している。あなたが彼を、彼の信頼を裏切ったから。もう引き返せない。

あなたが安全な場所へ到達するまえに、彼はあなたを見つける。そして森まで運転し、五年まえにすべきだったことをあなたにする。暗転。こんなふうに終わるなんて、あなたには信じられない。この五年間あなたが生きていたことを、誰も知ることはない。あなたを助けられたかもしれないとは、誰も思わないのだ。

あるいは、彼は画面を見ないかもしれない。帰宅して初めて、あなたがいなくなっていることに気づく。そして何が迫っているか知る。警察のサイレン、逮捕、刑罰。ここで黙ってそれを受けいれるつもりはない。彼は銃を頭へ持ちあげて、撃つ。

べつのシナリオもありうる。彼は子供をトラックに乗せる。いますぐここを出なければならない、荷づくりをする時間はない、と話す。彼は延々と移動をつづけ、決して見つからない。彼とセシリアの情報はＦＢＩのウェブサイトに埋もれたままになる。

それとも、彼は銃を持っていくだろうか。そのうえで娘をトラックに乗せ、人里離れた場所まで運転する。たぶん、自殺するまえに娘を殺すだろう。家に来たあの最初の晩に見たではないか、娘に呼ばれ、身の破滅がもたらされそうになったとき彼の目に浮かんだ恐怖を。夜の音、廊下を進む足音も聞いている。あの娘は父親のことを頼りになる人間だと思っている。そのイメージを生かしつづけるためなら、彼はなんだってするだろう。

彼に死んでほしくはない。頭が混乱してはいても、死を望んでいないことはわかる。それに、彼の子供にも死んでほしくない。

その瞬間が来れば確実にわかると、ずっと思っていた。

いまがその瞬間でないなら、いつがそうなのだ？

いまがそのときでないなら、いつ逃げだす？

母と父と兄。

ジュリー、あなたにはもったいない友人。マット。

五年のあいだ、彼らはあなたを待っている。

あなたに生きていてほしいと思っている。

あなたも生きていたいと思っている。

その瞬間が来れば確実にわかると、ずっと思っていた。

いまはそのときではない。

あなたは寝室で、あぐらをかいてラジエーターの横に座っている。

つまり、次のチャンスが来ると思っているということだろうか？　自分がべつのチャンスをつかめると信じている？　よりよい、より安全なチャンスを？

あなたの命の問題だ。あなたは初日に自分の命を救い、以来毎日救いつづけてきた。誰も助けに来なかった。いままでずっと一人でやってきたし、逃げだすときも一人だろう。

いまはそのときではない。

それなら、残された可能性はどこにある？

あなたは自分が信じられない。唇を嚙む。デリケートな唇の表面を強く、より強く、どこかが切れるまで嚙む。金属の味がする。温かい。怒りが膨《ふく》らみ、あなたを呑みこもうとする。叫びたい、金切り声をあげたい、泣きわめきたいと思う。精神の力で激しい雷雨を呼び起こしたい。無感覚になりたい。すべてを超越したい。自分がばらばらに引き裂かれてたくさんの破片になるような感覚を止めたい。

べつの問題もある。

もし帰宅した彼が、手錠がはずれているのを目にすれば、自分が油断したことに気づくだろう。表面上はあなたを責めるだろうが、心の奥底ではわかるはず。そうなれば、彼は自分を過信するのをやめるだろう。またもとどおりに用心深くなるだろう。

彼には不注意で、気の散った状態でいてもらいたい。彼の自信に傷をつけてはいけないやるのだ。

最大の裏切りであり、信念にもとづく行為でもある。

あなたは立ちあがらず、指で手錠の輪を包み、金属の端を合わせて押す。

手錠がカチリとはまる。

31　ナンバー4

彼の娘が初めて歩いたらしい。

すぐにおれのことなんか必要としなくなるんだろうな、と彼はいった。

わたしにどうしろというのだろう？　そんなことない、と断言しろとでも？

わたしにも子供が三人いる。

どんな嘘をついてもいいが、子供たちのことだけは駄目だ。

だからわたしは彼にいった。

たぶんそうね、いつかまったく必要とされなくなるはず、と。

その言葉は彼を傷つけた。

明らかに、いってはいけない言葉だった。しかしわたしの武器はそれしかなかったのだ。

何があろうと彼の行動は変わらない。それは確実だと思う。彼にはそうする必要があったから。もっといえば、彼はそうしている自分を見る必要があったのだ。それが起こりつつあったとき、わたしには彼が見えた。自分自身を確認している彼が。わたしの車のルームミラーで、自分の姿を一瞥《いちべつ》する彼が。

まるで、自分にまだそれができることを確認したがっているようだった。信じるために、見る必要があるとでもいうように。

彼の娘についていったことは後悔していない。おそらく一分か二分、自分の命を縮めたのかもしれないが、あの一発を当てたことは後悔していない。

さっきもいったとおり、わたしの武器はそれしかなかったのだ。

32

エミリー

行方不明の女性の捜索が打ち切られた。地元紙の四面に載った記事によれば、捜査はまだ継続中だそうだが、これが何を意味するかは誰もが知っていた。もう探すべき場所もないし、手がかりもないということだ。捜査員たちは何も見つけられなかった。

わたしたちはそれぞれの生活をつづける。利己的に。愚かに。ほかに何ができる？　休暇がすぐそこまで迫っている。みんながハッピーでいるべきなのだ。

感謝祭は過酷だ。わたしは《ハンガー・ゲーム》に出てくる子供たちのようにシフトの準備を整える。ただし、わたしの武器は履きやすい靴と、ポニーテールにするための髪留めの予備と、たっぷりのヘアスプレーと、オリーブオイルでこすらなければ落ちないマットなリップだ。

それだけの準備をしても、六時からの営業が終わるころには足が休憩を求めて叫んでいる。カウンターの奥の鏡を一瞥《いちべつ》すると、頬はまだら、額はてかてか、完璧にセットした髪は過去のものになっているとわかる。アップルマティーニとエスプレッソマティーニのつくりすぎで両腕が痛む。腰が重い。歩くたびに鋭い痛みが脚を駆けあがる。

痛いのはかまわない。父のレストランに最初の一歩を踏みだしたときから、痛みは想定の内にある。子供のころからチップを集め、伝票を運び、水のグラスにおかわりを注ぎ、熱くなった皿で手を火傷してきたのだから。痛みは受けいれることができる。

わたしを粉砕するのはそのほかのことだ——台無しにした時間や、みすみす起こしてしまった不公正。エリックが四人分の食前酒をこぼしたとき、励ます気になれない。カクテルのサイドカーが、「弱すぎる」といって突き返されてくる。それに、シャーリーテンプルの大失敗だ。午後に、ニックがレシピを放って寄こした。ハードセルツァーとクレームドカシスとレモンツイストだ、それで大人のためのシャーリーテンプルになるだろ？　夜の営業のまえに、そのカクテルのレシピを試す。うまくいったので、メニューに載せる。

コーラがそのドリンクについていいだしたのは、夜の営業の遅い時間帯になってから、カウンターの上にその飲み物が三つ並んでいるのを見たあとだった。

「それ、わたしのアイデアだったの」コーラはいう。

「え？」

「そのドリンクのレシピ。わたしが思いついて、昼食のときニックに話したの」

コーラは怒ってさえいない。ショックと受容のあいだのどこかで身動きが取れなくなっているようだ。ニックがコーラのアイデアを盗んだのだ。アニメの悪役みたいに。コメディドラマのいじめっ子みたいに。ニックは造作もなく盗み、わたしはまったく気がつかなかったのだ。

「ごめんなさい」わたしはコーラにいう。

「大丈夫」大丈夫ではないけれど、わたしはボスだから、コーラは大丈夫なふりをする。そしてわたしがもう一度謝るまえにいなくなる。

仕事と個人は正反対の概念だと、みんな思いたがる。でも、ほんの少しでも仕事を大切に思ったことのある人なら、そんなのは戯言《たわごと》だというだろう。わたしたちがここでやっているのは、どれもこのうえなく個人的な物事だ。わたしが間違いをおかせば、誰かが不快を我慢するはめになる。それが仕事かどうかなんて関係ない。一日の終わりには、すべてが代謝して悲しみに変わる。

感謝祭は原爆のきのこ雲のようにわたしたちを呑みこみ、そのあと早い時間に終わる。家族の休暇だからだ。十一時過ぎまで外にいたい人はいない。レストランは静まりかえる。わたしたちは少しのあいだ、カオスのあとの身の処し方がわからずにふらふらとさまよう。

ため息をつき、首を揉み、鼻をかみ、ボトルの水を飲む。それから、ハリケーンのあとみたいな片づけがはじまる。

「誰か、これを持って帰りたい人は?」

ソフィーがクッキーの袋詰めの入ったダンボール箱を掲げている。半分はチョコトリュフ・クッキー、半分はラベンダー・ショートブレッドだ。夜の営業中ずっと、伝票とともに客に渡しつづけたものが、だいたい十袋くらい残っている。

誰も何もいわない。ただでもらえるものを遠慮するような質《たち》ではないけれど、みんな今夜はもうレストランのことは忘れたいのだ。夜の仕事の名残りを家に持ち帰りたくないのだろう。

ソフィーは室内を見まわす。

「誰か、持っていってよ。無駄にするのはいやだけど、自分で食べる気もないから」

ソフィーの視線がわたしのところで止まる。

「ボスはどう?」

ソフィーにノーとはいえない。

「じゃあ、もらっていく」

箱を手に取り、ソフィーにお礼をいう。片づけが終わると、エリックとユワンダには先に帰ってと伝える。

「いったいどこに行くのよ？」ユワンダが知りたがる。「もう夜中の十二時よ」

ドラッグストアでちょっと買いたいものがあるとかなんとか、小さな用事をでっちあげる。ユワンダは疑わしそうな目を向けてくる。もっと突っこまれるだろうなと思う——ドラッグストアは十時までよと指摘するとか、感謝祭の夜にあいてるわけないでしょうとか——が、ユワンダはあまりにも疲れている。それに、両親が亡くなったあと、ときどきわたしが一人になりたいと思うのを知っているし、そういうときに疑問を投げかけたところで役に立たないのも承知している。

「気をつけて運転してね」

シビックのなかでスマートフォンを取りだす。パントリーでの夜のあと、エイダンとのテキストメッセージのやりとりは丸一日止まった。まるで、呆然として話もできないかのように。その後、ちょうどベッドに入ろうとしていたときに、彼がこう書いてきた。「きみのことを考えてる :)」

「ほんとに？」わたしはメッセージを返した。「ああ」とエイダン。わたしは「こっちもおなじ :)」と返し、その後はまたいつもどおりのやりとりに戻った。エイダンは火曜日にレストランにもまた顔を出した。わたしはその日、まだその時間じゃないと知りながらもちらちらドアに目をやったりして、ぴりぴりした状態で過ごしていた。ようやく彼が入ってきたときには、体のなかが空洞になった気がした。二人の目が合うと、彼が微笑んだ。わたしも笑みを返した。つかのま二人だけの世界になった。このうえなく甘美な秘密を抱えた幸せな愚か者が二人。

パントリーでの行為をくり返したりはしなかった。ただ、意味深な視線を交わしたり、伝票をつかむときにちょっと手首に触れてきたり、誰も見ていないときに腰をぎゅっと抱かれたりすることはあった。そして閉店の直前に奇跡が起こった――ダイニングに誰もいなくなるまでエイダンが待っていたのだ。目をつぶって、と彼はいい、わたしの手を取った。いわれたとおりにすると、彼は何かひんやりしたものをわたしの手のひらに載せ、手を握らせた。「いいよ。目をあけて。見て」

指をひらくと、シルバーの小さなネックレスがあった。細いチェーンから、ピンククォーツのはめこまれた無限大記号がさがっている。「まあ」わたしは囁《ささや》くようにいった。

「どこで買ったの?」

彼はそれには答えずに、うしろを向いてといった。

「つけていても仕事の邪魔にならないといいんだが」

大丈夫、完璧、とわたしは彼にいった。エイダンはわたしの髪をまとめてそっと横に寄せた。彼が留め金をしめるあいだ、わたしはじっとしていたけれど、彼の指がうなじをかすめると震えが走った。

今度はわたしの番だ。貴金属ではないけれど、ソフィーのクッキーはいまあげられるなかでは最高のものだ。

スマートフォンを起動して打ちこむ。「ヘイ。ちょっとしたサプライズがあるんだけど」

〈送信〉ボタンを押して、シビックをスタートさせる。判事の貸家は町の中心から遠くない。レストランからも、メインストリートを車で十分くらい走れば着く。もう向かいはじめてもいいだろう。五分後、ポケットが震える。スピードを落として、スマートフォンを確認する。

「何かな？」返信にはそう書いてあった。

片手でタイプする。「すぐわかるわ。いま配達中だから：）」

車に少しガソリンを入れておこうと思ったところで、スマートフォンがまた震える。

「いつ着く？」

「たぶん……あと二分くらい？　もうすぐあなたの家のある通りに入るところ（笑）」メッセージを見なおし、（笑）を消してから送る。すぐに、相手が返信を打っていることを示す三つのドットが現われる。

「わかった。そこにいて。こっちから行く。眠っているセシリアを起こしたくない。母親がいない初めての感謝祭だからね」

わたしは頭をヘッドレストに強くぶつける。どうしてそれを考えなかったのだろう？今朝は、いつもどおり「おはよう」「いい一日を」みたいなメッセージを送りあった。その後は感謝祭の狂騒でずっと忙しくて、見たいと思ってもあまり頻繁にスマートフォンを確認することができなかった。トイレ休憩のときになんとか送れたのは、「ハッピーな感謝祭を！」という短い――いま思えば、馬鹿げた――メッセージだけで、それを打つあいだもエリックがトイレのドアをばんばんたたいて、ウォッカが、グレイグースがどうのと叫んでいた。

「もちろんそうね」わたしはテキストメッセージを返す。「連絡もせずに向かったりして、本当にごめんなさい。角を曲がったところで待ってる」

返事はなかった。ああ、もう。何を考えていたんだろう、まえもって知らせずに顔を出そうだなんて。

このまま帰るには遅すぎる。彼がもうこっちへ向かっているはずだ。通りをそのまま車で進み、左に曲がって、エンジンを切る。

いくらもしないうちに、彼がシビックに向かって小走りに近づいてくる。わたしは車を降りる。彼はコートを着ておらず、ベージュの分厚いセーターだけの姿だ。帽子も手袋もない。

彼がやってくると、わたしは彼のむきだしの首もとと両手を指差して小さく笑う。「大慌てで飛んできたのね」

反応を示すまえに、彼はあたりをうかがう。まるで二人きりであることを確認するかのように。それから唇をわたしの唇に合わせる。最初はそっとついばむように。そのあとはもっと長いキスになる。「急いで会いにきたんだよ」彼の両手がコートのなかにすべりこみ、わたしの腰の上に落ち着く。体がやさしく車に押しつけられる。わたしは両腕で彼の肩を包み、彼のなかに溶けこむ。

つかのま、感謝祭のことを忘れる。レストランのことも、売上のことも、弱すぎたサイドカーのことも、アイデアの盗用のことも。それから、将来のことを考えると喉が詰まったようになることも、五年後、十年後、二十年後の自分を思い描こうとすると肺に冷水が注ぎこまれたようになることも忘れる。

身を切られるような思いではあったけれど、わたしは体を離し、クッキーの箱を彼に渡す。

「ソフィーから、ほんの気持ち。わたしたちの大事なお客さまにって」

彼は袋をひとつ、街灯の明かりのなかに持ちあげる。「クッキーか。おいしそうだね。ありがとう。ソフィーにもよろしく伝えてほしい」

どういたしまして、それから、こんなふうに突然やってきて本当にごめんなさい、とわたしは彼にいう。もっとわきまえているべきだった、考えなしだった、あなたの邪魔になっていないといいのだけど、と。

「その心配はないよ」そういって、彼は箱をホンダの屋根の上に置く。「そろそろ戻らないと」そうはいうものの、彼は動かない。何かが彼を引きとめている。何か強い衝動が。最初に想像したよりも、この瞬間が長引くことを望んでいるようだ。

彼がまたわたしに触れる。頭のうしろを手で包み、そっと髪を引く。下唇をすばやく甘嚙みされて、下腹に火がつく。

呼吸が深くなる。痛む腕が許すかぎり強く、彼の体を自分に押しつける。彼がほしい、彼のすべてがほしい。わたしのすべてを奪ってほしい。彼はわたしのセーターを、シャツをまさぐる。焦る指が肌に到達する。彼の冷たさとわたしの温かさがぶつかる。わたしは目をとじる。

たぶん、彼は聞こえるより先に感じとっていたのだろう。唇が離れ、手が遠のく。そしてその二つがはっきり意識にのぼるより早く――彼が離れるのを寂しく思う間もなく――

それが届く。

夜の闇をまっぷたつに切り裂くような、かん高い悲鳴が。

33 家のなかの女

感謝祭についてセシリアにどう嘘をついたらいいか、彼はあなたに話す。「家族には会いにいかない、というんだ」ある晩、彼はそう指示する。「両親は旅行しているといえばいい。ずっと懸命に仕事をしてきたから、いまは連休のたびにクルーズ船に乗っているんだ、と」

セシリアは、あなたの感謝祭の予定についてはさほど気にしない。それよりも、一年のいまごろの時期には母親と何をしたか話したがる。毎日の夕食をつくるのは父親だが、感謝祭は――ママの仕事だった、という。ターキーに使うマリネ液には特別なレシピがあったし、マッシュポテトにはほんのちょっぴり皮を残し、二人でトフィークッキーを焼いてご近所に配ったという。

セシリアが思い出を語るあいだ、父親のほうは歯を噛みしめている。体を固くし、緊張して肩を張っている。彼は父親であり、いまは唯一の親なのだ。

感謝祭の夜、彼はできるかぎりのことをしようとする。テーブルをセットし、いつものペーパータオルではなくきちんとしたナプキンを、セシリアがずっとまえにつくったターキーの形の枠に押しこむ。オレンジ色のロウソクと、赤い縁《ふち》どりのある金色の紙皿も用意する。

彼はターキーの代わりにガチョウを焼く。職場の同僚が自分で捕まえたのだという。それを冷凍したものを、数日まえに売ってもらったのだ、と。あなたの喉の奥に苦いものがこみあげる。皿に盛られたばらばらの白い肉を突《つつ》く。無理やり嚙んで呑みこむ。それをくり返す。森で捕まって殺された生き物を食べるというのは、あなたにとって自然にこなせることではない。

にんじんのローズマリーソテー。フィンガリングポテト。缶詰のクランベリーソース。どれもセシリアの好みに合わせて。セシリアはかわいい娘であり、彼はセシリアに愛してもらいたいのだ。従順に、盲目的な崇拝を向けてほしい、彼女を幸せにするために自分がしていることを全部見てほしいと思っているのだ。

夕食のあとは、映画の時間だ。セシリアは、祝日向けの名作は好きではない。あなたもそうだ。誰も、幸せな大家族の映像を見たい気分ではない。

セシリアは〝おすすめ〟にざっと目を通し、クリスマスのロマンティックコメディに決める。イギリスの若い女優が、先の見込みのない仕事で行き詰まったり、妹と仲たがいしたりといったままならない人生を送る女性を演じるものだ。そこに新しい男性が登場する。明らかに、彼女を救いだすためによみがえった天使だ。ロンドンへの冒険に連れだし、彼女が経験するチャンスを逃してきたとっぴで魅力的な物事をいろいろと見せる。

「ねえ、もしかして、あなた」若い英国人女優が天使のあとについて暗い路地を歩きながらたずねる。「ほんのちょっとシリアルキラーっぽいって誰かにいわれたことない？」ハンサムな天使はノーと答える。「そんなことをいわれたのは一回だけだね」この台詞に、セシリアはくすくす笑う。父親は反応しない。もしかしたら聞いていなかったのかもしれない。またテキストメッセージを打っているのかもしれない。わからない。あなたは画面に集中しているから。

頭のなかは、彼に捕まったあとの最初の感謝祭へ戻っている。どうやらこのまま長く過ごすことになりそうだとわかったのが、だいたいそのころだった。小屋で過ごす時間を月単位ではなく、年単位で考えるべきなのだと思った。家族のことは考えないようにした——体裁を保とうと、きちんと夕食の席につく両親の姿とか。兄はメイン州から実家に帰っただろうか、それとも祝日など完全に無視しているだろうか、とか。

あなたはいつだって大きな全体の一部だった。父、母、兄をひとつにまとめるようなこともたびたびあった。喧嘩のあとの家のなかの空気を軽くしたり、学校でよい成績を取ってきて報告したり、家族で出すクリスマスカードのネタになるような明るいニュースを持ち帰ったり。あなたがいなくても大丈夫だろうか？　それとも、つらい喪失のあとによくあるように、家庭が崩壊してしまっただろうか？

「ちっ」

彼がスマートフォンから顔をあげる。険しい目をしている。

「ちょっとのあいだ、出かけてくる」映画にかぶせるように、彼はいう。「家にいなさい」

表向きはセシリアに向かって話しているが、じつは自分に対する言葉だとあなたにはわかる。彼の電話が震える。彼は下を向き、すぐにまた顔をあげる。「すぐ戻る。受けとるものがあるだけだから」

彼は急いでタイプし、それからスマートフォンを椅子の肘掛けに置いて、足をブーツに押しこむ。セシリアは映画を止める。「どうしたの？」

ブーツの片方を履き終え、もう片方を手にして、彼は視線をあげる。「なんでもない。ただ、渡したいものがあるといわれただけだ」

彼の表情は、あなたをこの家に連れてきた夜に廊下の向こう端から娘の声が響いてきたときとおなじだ。こういう彼を見ることはめったにない。彼はいま、二つの生活がぶつかり合うのを避けようと必死になるあまり、警戒を怠っている。

「すぐに戻る」そういって家の鍵をつかむ。「遠くまで行くわけじゃない」わざと、ゆっくりと、彼はあなたに向けてつけ加える。「すぐそこの角まで行くだけだ」そして家の西のほうを漠然と示す。「ほんの数分で戻ってくる」

セシリアは映画に戻りたくて仕方ない様子で短く手を振る。あなたは小さくうなずいてみせる。

彼は歩くというより飛ぶようにドアへ向かい、最後にあなたを一瞥《いちべつ》してから外へ出る。外から鍵をかける音がする。役に立たない用心だ。外からの侵入者を防ぐことはできるが、家から出ようとする者の妨げにはならない――あなたはそれを強く意識する。

頭のなかが攪拌《かくはん》される。さまざまな思考が、かぼそい音をたてる蚊のようにまわりを飛んでいて、それがあなたには速すぎる。あなたはひとつずつ順につかめるように、意識を集中しようとする。

彼は出かけている。長くはかからないといっていたが、とにかくいない。いまは二人きりだ。あなたと、セシリアと。プレッシャーが胃にのしかかり、ソファの上で身じろぎをする。そのときだ、それが見えたのは。

彼のスマートフォン。

ひどく慌てて出ていったせいで、肘掛けに電話を忘れていた。

あなたはあたりを見まわす。トラックのキーはドアのそばにさがっている。だが、彼は？

彼はどこにいる？

もし一歩踏みだしたら――キーを取ろうと駆けだしたら――彼に見えるだろうか？

セシリアはあなたにもたれて丸くなっている。あなたは必死に意識を集中しようとする。どろどろのコーンミールのなかを歩くように、糖蜜のなかを泳ぐようにしか考えられない。彼女を置いていけるのか？

胸の奥に大きな固まりが生じる。

彼女のためにとどまったのだ。彼がきちんと手錠をかけなかった日。隠しカメラがあるからとか、確信が持てないからとか、怯えているせいだと自分にいい聞かせはしたものの、自分で自分を説得することもできたはずだった。勇気を奮《ふる》うことはできたはずだった。

この子だ。この子のためにとどまったのだ。いまになればそれがわかる。

どんな方法で抜けだすにせよ、彼女も一緒でなければならない。彼女の身の安全を守りたい。彼女から目を離したくない。

この子の父親は出ていく直前に、西のほうを指差した。この家に連れてこられた最初の晩、あなたは反対方向からやってきたはずだ。考えろ。道路についての記憶、通ってきた道についての記憶、どちらから来たかについては、自分を信じなければならない。東へ向かって運転し、おなじ道をたどればいい。目をつぶれといわれたけれど、感触はあった。トラックの動きがなめらかだったから、下はアスファルトだったのだろう。

彼がしくじるのをずっと待っていた。確信が持てるまで慎重に待ってきた。

いまがそのときだ。

いま逃げなければ——彼がいなくて、彼のスマートフォンと車のキーが自由になって、おおまかな逃走の計画もあるいまをのがしたら——いつ逃げる？

耳鳴りがしはじめる。ここまで考えるために何分無駄にしただろう？　二分？　三分？

いまやらなければ。

い、い、い、い、い、い、い、い、い、い、い。クリスマスまでには家に帰れるかもしれない。これが効いた。これが、思いきるのに必要な最後の考えだった。リモコンをつかんで一時停止を押す。セシリアは眉をあげる。何か問題でも？　というように。

セシリアをどうやって説得したらいいかわからない。二人一緒に出ていかなければならないと、どう説明したらいいのか。あなたが知っていて彼女は知らないことがあると、どうか信用してほしいと、どう話したらいいのか。

あなた自身も、あなたを信用しなければならない。

「ちょっと車で出かけようと思うんだけど」あなたはいう。

セシリアは眉をひそめる。「いま？」

「そう」あなたは唾を呑みこむ。車で出かけることなど日常茶飯事のような、すぐそこの角に車を停めてあるかのような、明瞭で安定した口調を心がける。「ちょっと……思いだしたことがあって。行かなきゃならないの」口にするとじつに当然のことのように聞こえる。行かなきゃならないの行かなきゃならないの行かなきゃならないの。「長くはかからない」

セシリアは肩をすくめる。こういうことに慣れているのだ、大人が夜中にこっそり抜けだし、自分にはわからない理由で姿を消して、しごく当然のように戻ってくることはよくあるのだと、あなたは気づく。

そして彼女に話す。

「一緒に来てほしいんだけど」

セシリアの額にしわが寄る。苛立ったときの彼、あなたから話しかけたときや、何かを頼んだときの彼にそっくりだ。彼女、セシリアは、父親似の娘なのだ。

「一緒に来て」あなたはいう。

セシリアは画面のほうへ向きなおる。「無理、パパに訊かないと。それに、その、映画も観たいし」

とてもやさしくて、礼儀正しい子だ。相手の感情を思いやって遠まわしに話す。明らかな事実を――夜によく知らない他人と姿を消すことなんかできない、と――口にせず、いいわけを探している。

「大丈夫」あなたはいう。「お父さんは気にしないと思う」

セシリアは顔をしかめる。あなたが嘘をついていることが、彼女にはわかる。

あなたはいい張る。「大丈夫だから」彼女を納得させられるだけの根拠を思いつかず、考えている時間もない。もう彼がいつ戻ってきてもおかしくない。

行かなければならない。

「さあ、早く」

あなたは立ちあがる。セシリアは動かない。十三歳なのだ。十歳でも、六歳でもなく。大人にいわれたからというだけで従うはずもない。

さらに促す。「行きましょう」

セシリアはかすかにしりごみする。あなたのせいで苛立ち、怯えている。放っておいてほしいと思っているのだ。

しかし引きさがっている場合ではない。説明はあとでもできる。いますぐ彼女が知るべきなのは、あなたが彼女の味方であり、ついてくれれば人生が好転するということだけだ。

「心配することなんか何もない。ただちょっと車で出かけるだけだから。いいでしょう？ちょっとドライブするだけ」

相手を安心させたいところだが、声に険しさが滲《にじ》みでてしまう。だんだん我慢がきかなくなっている。

いっそ一人で逃げてはどうか？

彼女が救いの手を拒否するならば、ふり返ることなく自分だけを救えばいいのでは？

最後にもう一度だけやってみよう。

彼女の隣りに座りなおす。そして、半分は彼から受けついだ彼女の目をじっと覗《のぞ》きこむ。

「聞いて」低い声で話す。息は熱く湿っていて、ガラス窓があれば曇るところだ。「なんてことない。ほんのちょっとの外出だから。彼抜きですごしたって、かまわないのよ。それを望んでも問題ない」

セシリアは体を丸め、すねの上で腕を交差させる。「自分が何をいってるか、あなたにはわかってない」

夜に起こっていることについてのあなたの憶測を、彼女に話したいとは思わない。間違いかもしれないし、自分が何も知らないことはあなたも承知している。

できるかぎり声をやわらげていう。「あなたとおなじ年齢だったころ、わたしも両親と過ごすのが好きだった」喉が疼《うず》く。彼女がここにいるせいで、あなたは岩にへばりつくフジツボのように動けない。あなたはこの家から自分の身を引きはがさなければならない。彼女も彼から引きはがさなければ。牡蠣《かき》の殻をはずすように。貝をぱきりとひらき、身を剝がすのだ。

「わたしも両親を愛してた」あなたはそう話す。「いまでもそう。わたしも自分の親を愛してる。だけどそれでも自分はべつの人間だと思っていてかまわないの。彼のもとを離れたっていいのよ。ほんの少しのあいだ」

彼女は顔をあげてあなたを見る。頰は紅潮し、怒りで目が暗くなっている。父親似の娘。「わかってない。あなたにはなんにもわかってない」あなたにきつく当たるのは、彼女にとっても負担が大きい。気を揉んでいるように指をより合わせる。関節が白く、肌が赤くなるまで。「どんなふうか、あなたにはまるでわかってない」彼女が天井を見あげると、あなたの心は粉々に砕ける。この子は涙をこらえているのだ。「誰にもわからない」そう話す声は、墜落する飛行機のように震えている。「誰にも理解できない」

「聞いて」いわなければ。とにかくやってみなければ。「わかってるから。お父さんがあなたに何をしているか、わたしは知ってるの」

彼女はぽかんとした顔であなたを見る。「え？」

彼女を騙《だま》すことなどできそうにない。賢明で、ひどく忠実なこの少女を。この子は愛し、愛されたいだけなのだ。あなたはそんな彼女を追い詰めてしまった。心を決めることを強《し》いて、そのせいで嫌われた。彼女を責めることはできない。

体のすべての細胞が外の世界に引かれている。そしてそのおなじすべての細胞が、彼女へと引き戻されている。

どうしてもできないのだ。そうできればいいと思っても、彼女を置いていくことはできない。

あなたが彼女のために決めなければならないのだ。

「さあ」立ちあがって彼女の腕をつかみ、引っぱる。「行きましょう」

声に支配者の重みをもたせようとする。手に力をこめすぎないように気をつけて、肩が痛くない方向に引っぱる。彼女を傷つけたくはない。いまも、これからも。

部分的には成功だった。彼女をソファから立たせることはできた。しかし彼女は抗《あらが》い、反対方向に身を引く。

「何するのよ？」

パニックではなく、怒っている声だ。あなたは左手で彼女の反対の腕をつかみ、倍の努力をする。

あなたは自分で思っていたよりも力が強い。ここのところの食事のおかげかもしれない。筋肉がついたのか。脆《もろ》い状態でいることに飽き飽きしたせいか。いちばんありそうなのは、血中を流れるアドレナリンのせい、そして外の夜気に引かれていたのと、すぐに車で走ることになるアスファルトの道路に呼ばれていたせいだ。

力を集めて、もう一度彼女の腕をぐいと引っぱる。間違いが、誤算が起こる——彼女の足首がコーヒーテーブルにぶつかってどすんと音をたてる。彼女が裏切られたといわんばかりの顔をして、あなたは思わず目を逸らす。この子を傷つけてしまった。いちばん、本当にいちばんしたくないことだった、この人生でも、この先の人生でも。

あなたが謝る間もなく、傷ついた動物のような声が家じゅうに響きわたる。まるであなた自身の五年分の怒りと痛みがすべて電流となってあなたの皮膚から彼女の皮膚へ流れたかのように。彼女は叫んで、叫んで、叫びつづける。口を大きくひらき、目をしわが寄るほどぎゅっととじて、より大きく、長く、聞いたこともないほどの怒りをこめて叫ぶ。あなたは彼女を止めたいと思うが、それでもこの瞬間、彼女のすぐそばにいる。もうすぐ息切れしそうだと思うと、彼女のなかで何かがひらき、新たに空気が流れこんで、また叫びはじめる。彼女の叫び声はあなたを震えあがらせるが、つかのま、ひそかにあなたを自由にもする。彼女が発しているのは二人分の叫びだ。

34

エミリー

わたしたちは互いにすぐそばに立っている。少しのあいだ、わたしが意識できるのは、彼の手がわたしの髪から、胸がわたしの胸から離れたことだけだ。引きはがされたあともまだ、胸が息で膨《ふく》らんでいる。彼の呼吸は荒く、冷えた大気に白い息が飛ぶ。

現実が冷たいシャワーのようにわたしを打つ。あの叫び声。まるでホラー映画だ。カーテンがひらいて黒い人影が現われ、肉切り包丁がかすかに光を反射したときのようだ。

わたしたちは人けのない通りのまんなかに立っている。叫び声の原因がなんであれ、二百メートルも離れていない。わたしは凍りつく。

「あれは何？」

声が震える。彼の体は叫び声がしたほう——いま気づいたが、彼の家だ——に向いていた。彼の顔にも緊張がうかがえる。が、すぐに何かわかったようで、安堵した顔つきになる。

「おそらく娘だ」

わたしは顔をしかめる。どうしたらそれがいいニュースになるのだろう？

「あの子はよく悪夢を見る。夜驚症なんだ。きみがメッセージをくれたとき、あの子は眠っていた。覚えてる？」

もちろんだ。わたしはホンダにもたれる。安堵のあまり脚が震えている。彼の十三歳の娘が悪夢を見て目を覚ましたのだ。

「あの子の様子を見にいかないと」彼はいう。

ほっとしたせいでこみあげてくる笑いを押し殺す。心臓が、胸のなかでヘリウム風船のように浮かんでいる。

「もちろんそうね」真剣な口調に戻す。「行って」

車のロックを解除して運転席にすべりこむ。彼はドアがしまるまで待ってからすばやく手を振り、小走りで家に戻りはじめる。ルームミラーで見ていると、彼が走るスピードをあげたのがわかる。懸命な父親の姿。

わたしはすばやく車をバックさせる。どすん、と音がして、ブレーキペダルを踏む。またもや心臓が喉もとまでせりあがる。何かにぶつかった？　何も見えなかったけれど、たぶんリス？

それとも、人？

誰かにぶつけてしまった？　このあたりの道路はありえないほど暗い。判事でさえ以前から文句をいっており、予算を割いてもう少し街灯を増やしてくれと申し立てているほどだ。

車を停め、吐きそうになりながら、まえのタイヤを確認する。

安堵の波がまた押し寄せる。クッキーの箱だ。彼が車の屋根に置いて、慌てていたせいで忘れていったものだ。

わたしは運転をつづける。叫び声がなんでもないことはわかっていても、真っ暗な通りに一人で停まっているような気分じゃない。家へ向かってまっすぐ車を走らせる。

35 家のなかの女

セシリアが叫びはじめた瞬間、あなたは手を離す。指をひらく。彼女を自由にさせる。やめてと懇願し、シーッ、シーッというが、もう遅い。彼女は叫びつづけ、やがて彼が入ってくる。怒りの空気をまとってまっすぐ二人に向かってくる。

この五年でいちばん大きなミスだ。即座にそれがわかる。目がくらむほどはっきりと。彼の目に見えているのは——叫び声をあげている子供、彼の大事な一人娘が、突然叫ぶのをやめたところ。そして彼女のそばで身を屈めているあなたが、空《むな》しく腕をあげているところ。

彼の背後でドアが大きな音をたててしまる。一歩、二歩、三歩で充分だ。彼はあなたと子供のあいだに割って入り、あなたの一方の手首と彼女の一方の手首をつかむ。

セシリアが説明しようとして、訥々《とつとつ》と言葉が出てくる。いいの、大丈夫、何かが見えた気がして、びっくりして叫んじゃったけど、なんでもなかった、あたしは怪我してないし、誰も怪我してないし、レイチェルはただ助けようとしてくれてただけ。

彼女は直感的にそうすべきだと悟ったのだ。あなたを助けようとして、嘘をついている。

彼は長く息を吐き、セシリアの腕とあなたの腕を放す。彼は胸を大きく上下させ、ゆっくり呼吸しようとする。

それから微笑む。完全に見せかけだ。笑顔の下でまだ怒りが脈打っているのを感じとることができる。鼻孔がひろがり、目の焦点が定まっていないことからもそれがわかる。

「大丈夫なのか？」彼は静かな声でたずねる。父親らしい声。

彼女はうなずく。

彼はあなたのほうを向く。おなじ質問への答えを待っているかのように。上辺だけ。すべて彼女のためだ。

あなたもうなずく。

彼は娘に注意を戻す。

「ちょっと自分の部屋で休んだらどうだい？」

わかった、と彼女はいい、ふり返らずに走っていく。彼女はもう、できることはしたのだ。

階上《うえ》で、セシリアの部屋のドアがしまる。

「ごめんなさい」あなたは囁《ささや》く。「彼女がいったとおり、何かが見えたといって怖がって――」

「黙れ」

「ごめんなさい」あなたはそういい、もう一度くり返す。「本当にごめんなさい」

彼は聞いていない。

「いったい何をしやがったんだ？」

彼の手があなたにかかる。あなたをつかみ、揺さぶる。彼に会うまえは、自分より力のある人間が持つ圧倒的な存在感を、完全には理解していなかった。握りしめられた誰かの拳《こぶし》をまえにして、自分がなくなるような感覚を味わったことなどなかった。その場でむち打ちを起こしそうなほど強く肩を揺さぶられたこともなかった。

「誤解だったの」あなたはいう。「わたしはただ――」

「黙れといったんだよ」

彼はあなたを壁に押しつける。無言で。痛烈に。

できることならセシリアとおなじように寝室に駆けあがりたい。彼の人生から姿を消して、しばらく自分のことを忘れてほしいと思う。しかしそれはできない。なぜなら部屋は彼のもので、世界も彼のもので、彼はあなたに消えてもらいたいと思ってはいても、同時にここに、自分の目の届くところに置いておきたいとも思っているからだ。

彼の腕が喉に食いこむ。ぐいぐい押され、目のまえに黒い点が踊りはじめる。いままでにもやられたことがあるが、彼はいつも最後の瞬間に離した。今回は離さない。息ができない。まるで最初から息の仕方を知らなかったかのように。何度も何度も試すが、気管の壁が押しつぶされているせいで、何もそこを通過できない。異様な音が出る。うがいのような音。泣きだそうとしているかのような音。最期の瞬間の音。死につつある人間がたてる音。

十秒経った。まえに一度、ポッドキャストで聞いたことがある。意識を失うまでに――体が永遠に機能しなくなり、再起動できるチャンスがなくなるまでに――十秒あるという。あなたは腕にも、脚にも、動いてと頼んだりしない。腕と脚が勝手に動いただけだ。ほんのつかのま彼の手がゆるむまで、あなたには何が起こったか理解できない。ようやく気管がひらいて空気が入ってくるのを感じるより先に、自分の喘《あえ》ぎが聞こえる。あなたはむせる。喉を詰まらせる。もう一度息を吸う。

命を取り戻すことに夢中で、ほんの一瞬、彼がそこにいることすら忘れる。

彼がそれを思いださせる。

たったいま、あなたは彼を押しやったのだ。ほんの少しだが、抵抗した。そして彼はそれが気にいらなかった。まったく気にいらなかった。

彼はまたあなたを捕まえる。一方の腕をウエストにまわし、片手であなたの口と鼻をふさぐ。咳を無理やり止める。再びあなたから空気を盗む。

「黙りやがれ」彼があなたの耳に囁く。彼はうしろにいて、全体重をあなたの背中にかけてくる。「黙れっていってるんだよ」

この男が望むのは、いままでずっと望んできたのは、あなたが話すのを、動くのをやめることだ。あなたを停止させたいのだ。

小屋の外で生き延びるためのルールその4——

あなたにはわからない。

なんであれ、あなたはそのルールを破ってしまった。

あなたはやっとの思いで頭を数センチ左に動かす。一瞬、彼と目が合う。この男は、ずっとまえにあなたを殺しておくべきだったのだ。彼にも、あなたにも、いまになってそれがわかる。このうえなくはっきりと、否定の余地なく。あなたはトラブル以外の何ものでもなかったのだ。

彼の左腕があなたの首にまわされる。後頭部を押される——おそらく彼の右手で。チョークホールドだ。彼にチョークホールドをかけられている。

あなたは動けない。考えることもほとんどできない。自分が息をしているかどうかもわからない。そういう知識はあなたのものではない。自分のものといえるのは、かすんだ視界と、力の抜けつつある四肢と、耳のなかでどくどくと打つ脈――ギターをつま弾くように心臓が収縮するたびに流れる血液――だけだ。

その音があなたを満たす。

音は徐々に速度を落とす。

音と音の間隔が、だんだん遠くなる。

生きようとする最後の試みが起こる。光の大波が押し寄せ、背骨が彼の胸にぶつかる。

その後は無だ。

すべてが暗転する。

36

セシリア

あたしが小さかったとき、パパが読み方を教えてくれた。毎晩のようにクイズをした。iとnをつなげるとどんな発音になる？　oが二つだったら？　eが二つは？　もう少し大きくなると、単語を教えてくれた。食べ物に関する言葉とか、自然に関する言葉、植物に関する言葉、それに建築用語、医療用語、電気用語。一度、車に乗っていたら、道路脇をたくさんの七面鳥が通りすぎたことがあって——あたしは確か、六歳か七歳だったと思う——あれは七面鳥の群れ《ギャング》だよ、七面鳥の場合にはギャングっていうんだ、と教わった。

あたしは〝群れ〟に凝《こ》るようになった。動物の群れがそれぞれどう呼ばれるのか、ひと通り知ろうとした。蜂の群れ《スウォーム》、コブラの群れ《クイヴァー》。パパはインターネットで拾ったリストを印刷して、毎日ひとつずつ新しい言葉を教えてくれた。コウモリの群れ《コロニー》、群棲《キャンプ》、大群《クラウド》。熊の群れ《スロス》。ラクダの一群《キャラヴァン》。ジャガーの群れ《シャドウ》。車でどこかに送ってもらうときにはいつもそれでゲームをした。パパがハヤブサの群れは？　と訊くとあたしはキャストと答える。クロカラスはすごくゴージャス。キツネザルは？　コンスピラシー。カラスは？　マーダー。これはあたしのお気にいりだった。カラスの群れ《マーダー》。カラスはすごくゴスっぽいから、マーダーがよく似合うのだ。

パパとあたしは喧嘩もした。

もちろん喧嘩くらいする。パパなんだから。でも、パパがあたしを愛してるのは知っている。

女の子のなかには、こんなふうに愛されるのがどんな気分か知ろうとしない子もいる。学校でほかの子の話を聞くと、その子たちのパパはいつも背景のようなものなのだ。遅くまで仕事をしていて、何かの試合とか休暇のときも、本物の親じゃなくてゲストみたいに登場する。

あたしはよく知っている。確かに知っているといえるのは、一生のうちでもこのことだけかも。何がどうなっても、あたしが年を取ってから死んでも、若くして死んでも、病気でも健康でも、幸せでも惨めでも、結婚してもしなくても、もし誰かに訊かれたら——将来有名になるとかして、突然みんながあたしのことを知りたがるとしたら——確信をこめていえることがひとつある。

父はわたしを愛してくれました、とあたしは世界に向けていうだろう。

37 危機に瀕した女

彼はあなたを森へ連れていく。

こんなふうに——ぬいぐるみのようにぐにゃりとしたあなたの体を引きずって、リビングへ運ぶ。怪我はあるが、息はしている。それがあなたの問題なのだ。絶対に息が止まらないところが。

彼は一方の腕をあなたの背中の下にすべりこませ、もう一方の腕で膝の裏をすくう。たぶんそうやってトラックまで運んだのだろう。あるいは、ジャガイモの袋のように肩に担いだのかもしれない。あなたは繊細な小物や何かとはちがうのだから。自分が何かは承知している。すんだらチェックマークをつけるべき雑用であり、解決すべき問題なのだ。

あるいは、もしかしたら彼に突《つ》かれて目をひらき、意識が朦朧《もうろう》としてはいても、身を起こす程度のことはできたのだろうか。そして二人でよろよろと足を引きずりながらトラックに向かったのだろうか。あなたは腕を彼の肩にまわし、彼はあなたの手首をぎゅっと握り、反対の手をあなたのウエストにまわして。飲みに出かけたあとの友人同士のようだったかもしれない。あなたがだらしなく酔っぱらったところを、彼が安全な場所まで運んでいるように見えたかもしれない。

ドアがひらく。あなたの顔に冷たい空気が当たる。風が木々の枝をさらさらと鳴らす音は聞こえるが、何も見えない。葉の一枚さえ見えない。誰かに頭のなかの明かりのスイッチを切られたようだ。脳内に割れた電球が散らかっている。声にならないすすり泣きを洩らす。もしこれから死ぬのなら、最後にもう一度木々を見たい。木の根に支えてほしいし、葉がやさしく揺れるのを聞きながら眠りに落ちたい。

彼はあなたを助手席に降ろす。あなたの頭はぐらりとうごいて窓にもたれ、肌に当たるガラスがつららのように感じられる。彼はあなたの体をまっすぐにして、胸のまえからシートベルトを通す。そんな必要があるのか、とあなたは訊きたい。もしトラックがスリップし、あなたがフロントガラスを突き破って外に飛びだしたとしても、誰が気にする?あなたが死んでも彼は指一本動かさないだろう。

だが、彼は物事を運任せにするような人間ではない。シートベルトを締めるとあなたの側のドアをばたんとしめ、反対側にまわる。

もしこれで死ぬのなら、あなたが生きているところを最後に見た人物は彼になる。あなたがまばたきをし、唾を呑みこむところを最後に見た人物。あなたの胸が呼吸に合わせてメトロノームのように上下するところを最後に見た人物。

もしあなたがしゃべれば、彼はあなたの声を最後に聞いた人物にもなる。

心の重荷を降ろすためにいっておきたいことがあるだろうか？　手遅れになるまえに、誰かに聞いてもらいたいことがあるだろうか？

彼はトラックをスタートさせる。

わたしにも母親がいた。こんなふうに話すこともできる。父親もいた。あなたの娘とおなじように。わたしにも父親がいた。兄もいた。生まれたのは夏の嵐の晩で、母親は妊娠によって疲れ果てていた。わたしがようやく外の世界に出てきたときには、ほっとしたらしい。幸福も感じていたが、安堵のほうが大きかった。わたしの誕生で、体に大きな不快感のある時期は終わりを告げた。

あなたは知らないだろうけれど、わたしは自分の人生を愛していた。もちろん、完璧な人生ではなかった。快適ではあったが、つねに楽なわけではなかった。最初の恋人はわたしを傷つけたし、お返しにわたしも彼を傷つけた。留守番電話に逆上した感嘆符のようなメッセージを残し、若い恋を終わらせた。兄は自分で自分を二回傷つけ、その後、わたしも兄を傷つけた。

わたしは外の世界で自分の居場所を探していた。それが見つかったような気がしたこともあったけれど、誰かに取りあげられてしまうのではないかと心配になった。見知らぬ人がわたしを傷つけた——あなたではない。まえにもそういう人がいた。わたしを傷つけたのはあなただけではないのだ。あなたはそれを知らないだけ。訊かれなかったから、話さなかった。だけど、あなたがわたしを見つけるまえから、どんなことになるかわかっていた。知りもしない、会ったこともない誰かがわたしの一部を永遠に自分のものにしようと決めたらどうなるか、わたしにはわかっていた。

それがあなたのミスのひとつだった。初めて会った日に、わたしが驚くだろうとあなたは思った。わたしの身に降りかかる初めての悪運は自分だと、あなたは思いこんだ。けれどもわたしには、どういうことになるかわかっていた。わたしはキティ・ジェノヴィーズ事件があった街で生まれたのだ。キティの悲鳴を聞いた人々のうち、ある者は通報できず、ある者は混乱してしまい、ある者は通報しても役に立たないと思い、みなが傍観者になった。キティ・ジェノヴィーズ事件の教訓はこうだ——世間が気にかけてくれないなら、自分も他人を気にかけることなどできない。

わたしが生まれて初めて歩いたのは公園で、その公園では一九八六年八月のある朝、十八歳の女性の死体が発見されていた。彼女が知り合いの青年とバーを出た何時間かあとのことだった。その公園から通りをはさんだ向かい側は一九八〇年にあの有名なシンガーが射殺された場所で、犯人はポケットにわたしが十代のとき好きだった小説のペーパーバックを入れていた。

だから、そう、あなたがわたしを見つけたとき、驚きはしなかった。当然のようにわたしが見つかった。誰に出会ってもおかしくなかったけれど、あなたは偶然わたしを見つけた。

トラックが停止する。エンジンが止まる。

わたしが生まれたのは一九九一年。ある日、ウィキペディアでその年に何が起こったか調べてみた。星占いのようなものだ。自分がどういう星のもとに生まれついたのか知りたかった。

もしかしたら、あなたは覚えているかもしれない。その年にはニューヨーク・ジャイアンツがスーパーボウルで勝った。ディック・チェイニーが軍用機の購入に関する五百七十億ドルの契約を破棄した。キラージェットとか、ステルス爆撃機とかいったたぐいの、敵を殲滅するために設計された機械だ。この話がどこへ向かっているか、あなたにわかるだろうか？

この年、例の女が――あなたも知っているはずだ、シャーリーズ・セロンが映画でこの女の役を演じた——七人の男を殺したと自白した。暴力を振るわれたから、と女はいった。レイプされそうになって、選択の余地がなかったのだ、と。

混乱の時期だった。湾岸戦争が背景にあった。大陪審がマイク・タイソンの起訴を決定した。警察がジェフリー・ダーマーを逮捕した。ヨーロッパではソビエト連邦が崩壊した。世界は悲惨な状況で、混沌としていた。当時、わたしはそういう世界を愛していたし、いまの世界も愛している。あなたがわたしから奪えなかったのはこれだ。わたしは他人を愛することをやめ、自分自身を愛することもやめた。家族を愛することも、大きな負担を感じるようになったときにやめた。けれどもわたしたちがみんなでつくりあげたこの大きくて不条理で美しい集合体としての世界を愛することはやめなかった。

地球上に人間の生命が存在する率は統計上ありえないほど低いのだが、なぜあなたがそんなにむきになるのか、なぜそれをあなた個人やあなたの信念への攻撃のように受けとめるのか、わたしにはわからない。

ため息と、シートベルトをはずすカチリという音が聞こえる。外の足音がトラックをまわってやってきて、助手席のドアがあく。彼はあなたを車から降ろす。いまは見えないけれど、あなたは森を覚えている。ものすごく高い木々ややわらかい草の繁る森は、彼に捕まるまえはお気にいりの場所だった。

ここの地面はやわらかくない。あなたがどさりと落ちると、頭が何かにぶつかって——木の根か、切り株か、もしかしたら岩か——割れるように痛む。感じとれるのは、頭が燃えるようで、頭皮から血があふれていて、頭全体がひどく痛むということだけだ。

こんなふうに痛くする必要なんかないのに。

しかしルールを決めるのはあなたではない。いままでもずっとそうだった。

ここで最期を迎えるのだ、地面の上で震えながら。すぐにすべて終わるだろう。彼がすべきことをして、あなたは死ぬ。ようやく。

生きていることにどれだけのエネルギーが必要か、いまになってわかった。さまざまな要因が自分に不利に働いているときに心臓を動かしつづけ、肺に空気を送りつづけることに、自分がどれほど疲れているかも。

もうあきらめる頃合いだ。

拳銃がカチリと音をたてる。体の横の草がかさかさと鳴る。彼の手があなたの後頭部を支える。そばにある彼の体の温かさと、こめかみに当てられた金属の縁《ふち》の冷たさを感じる。

これが実行の方法なのだろうか？　拳銃は見せるためのものだと、ずっと思っていた。

彼は手でやるのだろうと想像していた。手で圧迫して、観察し、喘《あえ》ぎを聞きながら待っているうちに、体から最後の息が抜けるヒュッという音がして息が止まるのだろう、と。

もしかしたら、それをする忍耐力もなくなるほど彼を怒らせてしまったのかもしれない。彼のほうも、できるかぎり早く終わらせたいと思っているのかもしれない。

彼が身動きする。熱い、疲れたような息があなたの耳にかかる。彼が何か囁《ささや》くが、あなたには聞こえない。あなたはその瞬間を待つ。バン、という音や、まぶたの裏に打ちあがる花火、頭蓋骨をまっぷたつに割るような鋭い痛みを想像する。まだかまだかと待つが、その瞬間は来ない。

どさりと音がする。彼は両手であなたに触れている。

ひとつの考えが頭のなかを突き抜ける。

彼は銃を落としたのだろうか？

彼の指が後頭部を、頭皮が裂けたあたりを探る。痛みが強風のように頭のなかを吹き抜ける。痛みは体へ広がり、寒気と吐き気とうめきをもたらす。爪先の感覚がなくなり、手と腕の感覚がなくなり、ついですべての感覚が消えた。

あなたは暗闇に落ちていく。

38　女の過去

兄と疎遠になったあと、あなたは大学で心理学の講義を受ける。教授は昔、心的外傷後《PT》ストレス障害《SD》のある退役軍人の治療をしていた人だ。ある日、教授はこんな説明をする——心的外傷《トラウマ》とは、自分自身の死に直面したあとに生じるものである。自身の死のありようを目撃し、それがあまりにも真に迫っているために、二度ともとの自分に戻れなくなるのだ、と。

あなたには理解できなかった。実際に経験するまでは。

ある土曜日の夜、あなたはジュリーに説得されて出かけることにする。ジュリーには新しいガールフレンドがいる。ダンスフロアに出ると、ジュリーはあなたのまえでその恋人にキスをする。あなたの友人が——親友であり、一緒に暮らすことを思い描ける唯一の人物が——初めて恋をしている。あなたはその認識を、大事な贈り物のように受けとめる。

あなたの指が痺れる。何が起こっているのか、すぐにはわからない。そういうものなのだ――スリップしているのだが自分ではわからず、気づいたときにはもう遅い。あなたは奇妙な静けさに包まれ、見えないベールで人混みから隔てられて、ダンスフロアの上に浮かぶ。すべてのライトのまわりで青い光の輪が揺れている。何分かは穏やかな気持ちでいられるが、その後、妙な気分になる。

ダンスフロアからこっそり抜けだし、持っていた飲み物をいちばん近くのテーブルに置く。自分の飲み物を放置したりはしなかった。しかしずっと手に持っていたわけでもなかった。グラスにはふたがないし、あなたは踊っていた。あなたがあけたドアのほんのせまい隙間から見知らぬ他人が入りこんできて、あなたに害をなしたのだ。

あなたは外に出る。必要なのは冷たい風、朦朧《もうろう》とした状態から引っぱりだしてくれる極北の風だ。北東からの強風に頬をはたかれれば、自分が生きていることを思いだせるだろう。しかしその夜の空気は温かくべたついていて、脳内が糖蜜で満たされる。

タクシーを拾う。自分にそれができたことにショックを受けつつ、安堵もする。

タクシーのなかでは意識が途切れ途切れになる。痛むところはないが、全身の調子が悪い。「すみません」あなたは運転手に話しかける。「お願いがあるんですが」運転手はちらりとルームミラーのなかのあなたを見る。運転手の顔は覚えていない。この先、思いだすこともないだろう。

お願いです、わたしの友人に電話をかけてもらえませんか、とあなたは頼む――誰かがわたしの飲み物に何か入れたんです。自分でいっていても信じられない。タクシーの運転手は道の端に車を寄せて停め――停めたはずだとあなたは思う――自分の電話をあなたに手渡す。

あなたはジュリーの携帯番号をできるかぎりすばやく打ちこむ。番号が脳みそから完全に抜け落ちてしまうまえに。急げ、と体が命じる。機能停止のまえにすべての数字を打ちこめ、と。機能停止、とあなたは思う。体が答える、そう、機能て――そこですべてが暗くなる。

目が覚めると、医療ドラマさながらに、ERのベッドの上にいる。ジュリーの心配そうな顔が上のほうに浮かんでいる。「わたしの声、聞こえる？」ジュリーがそうたずね、あなたは自分が少しまえから目覚めていたことを知る。ただ思いだせないだけで。記憶があるべき場所にブラックホールがあり、そこは決して埋まらない。あなたの人生の映画には、スクリーンが暗いままの場所が数分あるのだ。何かを奪われたような、何かとても価値のあるものを取りあげられたような気分になる。

手袋をした手に肩をぐいと引っぱられる。身を起こさなければならない。そして看護師が電極を胸につけられるように、シャツを持ちあげなければならない。それから血液検査のために腕を出さなければならない。「血液検査は受けたくありません」あなたはいう。「調子のいいときでも、血を抜かれると気を失うんです」しかし彼らはあくまで検査をしようとする。あなたが拒否すればするほど、彼らは話を聞かなくなる。意識を失って酒くさい息を吐きながらストレッチャーで運ばれてきた人間は何をいっても相手にされないのだ。「同意しません」あなたはいう。「この検査を受けることには同意しません」医療スクラブを着た男性が、あきれたようにぐるりと目をまわしてみせる。

吐きそう、とあなたはジュリーにいう。ビニール袋が現われる。すでに中身が入っている。少しまえにも吐いたらしい。胆汁をたっぷり吐く。胃は空《から》っぽなのに、腹筋が締めつけてくる。声にならない、恐ろしい音が喉から洩れる。嘔吐があまりにも激しいので、明日には腹筋が痛むだろう。

嘔吐のあいまに、何が起こったか説明する。言葉を変えて何度もいう。薬を飲まされました。飲み物に混入されました。誰かがわたしの飲み物に何か入れたんです。数時間後、退院の準備ができると、診断書を手渡される。「急性アルコール中毒症」と書いてある。

誰もあなたのいうことを信じない。

ジュリーがウーバーで配車を依頼する。アパートメントに戻ると、シャワーを浴びれば気分がよくなるよ、とジュリーがいう。「体からERの名残りを落とすの」あなたは体を洗うが、疲労がひどくて髪を洗う気になれない。

「あとは明日」あなたはジュリーにいう。「髪は明日洗う」

頭が枕に触れる。ここに矛盾がある——すべてがノーマルで、すべてが例外的。生きていられて本当に運がよかった。自分のベッドで眠れてラッキーだ。

翌日はぼんやりしている。頭痛とともに目覚め、ビーグルを齧《かじ》り、散歩に出かける。あなたと世界のあいだには大きな溝がある。そこにあるのに、触れることができない。この世界にどう身を置いたらいいのか、もうわからなくなっている。

このときのあなたはまだ知らないが、あなたはばらばらに壊れ、二度ともとに戻ることはない。

このときのあなたはまだ知らないが、これが人生最大の悲劇というわけでもない。

こうしたことを、彼は予期していなかった。森の近くで出会ったあの日、彼はあなたに驚いてほしかった。誰かがあなたを傷つけたいと思う可能性があることに、ショックを受けてほしかったのだ。

あのクラブで起こった出来事があなたを変えた。彼と出会ったときに残っていたのは、あなたの一部分、生き延びる術《すべ》を知っている部分だけだった。

39　家のなかの女

冷たく固い表面が背中に当たる。頭上でかすかな金属音がする。後頭部が燃えるように痛い。まぶたが重い。全身がひとつの大きな傷になったかのようだ。

すべてがぼやけている。黒い壁と、もっと黒い何かの形――家具だろうか？　箱。

積みあげられた箱。椅子の輪郭。作業台がある、と思う。それから、道具類のかかったペグボード。

頭上から音が聞こえる――声、ついでべつの声。

あなたは家のなかにいる。家の奥深いところに。

地下室。きっとそうだ。

ほんの少し身動きをして、顔をしかめる。どこもかしこも痛む。

だが、生きている。

40
家のなかの女

何日が過ぎたのか、あなたにはわからない。彼が子供になんと話したのかもわからない。それを知ることはあなたの仕事ではない。万事それらしくふるまうことにも、彼の嘘を補強することにも、それに沿った演技をすることにも、もうほとほと疲れてしまった。

これが、お互いについてのもっとも正直な感想なのではないか。

彼はやってくるが、ひとこともロをきかない。水を、ときにはスープを持ってくる。食べさせてくれる。水のカップやチキンスープをすくったスプーンをロもとまで運んでくれる。腕を曲げたところであなたの体を支えて。あなたがむせると、彼は肩甲骨のあいだをたたいてくれる。

ときどき、彼の望みはこれだけなのではないかと思う。誰かを完全に、絶対的に自分のものにすること。誰かが自分を、自分だけを必要とすること。

森のなかで決定的な行動に出なかったのは、それが理由にちがいない。彼はあなたのなかに、死よりも興味深いものを見つけたのだ。苦痛と、それを延々と感じつづけ、表現する能力だ。彼はあなたがもとどおりの姿に戻るのを楽しむだろう。復元するのが自分自身であるかぎり。

小屋の外で生き延びるためのルールその5——少なくともあなたが彼を必要とするのと同程度に、彼にもあなたが必要でなければならない。

ある朝、セシリアが学校に行ったあと、彼はあなたをバスルームへ連れていき、バスタブにもたれさせる。お湯が滝のように頭にかかり、耳や口に入る。血の味がする。彼はあなたの髪にシャンプーをかけ、頭皮をそっと撫でるように洗う。それでもひりひりする。あなたが顔をしかめると、彼はいう。動くな、動くな——じっとしているほうが早くすむ。

その後、あなたは吐く。彼は肩をつかんであなたの体を便器のほうへ向け、一方の手で髪を集めてうしろで押さえる。二日酔いのあなたにつきあう友人のように。病気のあなたを看病する母親のように。胃の筋肉がぎゅっと収縮し、息が切れる。胃のなかに何も残っていないのに吐きつづけ、騒々しく痛々しい嘔吐の音が便器に響く。あなたは彼の手をつかむ。反射的な行動で、彼がそっと握り返してきて初めて、自分がそれをしていたことに気づく。

そうやって二人で乗り切る。

彼はあなたを寝室に連れ戻し、ベッドの上に横たえる。もう硬材の床の上ではない。マットレスに体が沈むに任せる。頬に当たるシーツがやわらかい。もし必要なら、上掛けに呑みこまれてもいいし、崩れ落ちてくる部屋の下敷きになってもいい。そういうことが起こっても身を任せるだろう。

もう闘いは終わりだ。

彼が手のひらをあなたの額に当てる。熱を出していたからだ。視界がぼやけ、身を起こそうとするたびに、体の下の地面が口をあける。医者とか、誰でもいいから診てもらいたいと彼に話す。心配ない、と彼はいう。安静にしていればよくなるから、と。

脳が興奮状態になっている。怪我をしているし、彼がここにいるし、ひどく寒い。新しいブランケットを重ねがけしてもらっても、それでも寒い。悲しみが内側からあなたを凍りつかせる。あなたは泣きだす。自分のために泣き、セシリアのために、彼女の死んだ母親のために、彼がいま狙っている女性たちのために泣く。悲しみが次から次へとぶつかってくる。やがて彼がどうしたのかとたずねる。

「あなたの妻」すすり泣きのあいまにいう。「かわいそうな人」なんとか言葉にできるのはそれだけだ。彼は動きを止め、あなたに厳しい目を向ける。

「おれの妻がなんだ？」

あなたは説明しようとする。悲嘆の大波のなかに彼を引きずりこもうとする。「まだ若かったのに」あなたはいう。「二人とも。妻も、子供も。子供がすごくかわいそうで」本心だった。セシリアの喪失感は、あなた自身の母親の不在とおなじくらい鋭く心に響いている。だいたい、母はまだ健在なのだろうか？　生きているとして、娘が生きているという希望をいまも持ちつづけているだろうか？

「がんだった」彼はいう。「あれはいやなものだ」

がん？　本当に？

熱のせいでかすむ目を細くひらいて彼を見る。彼がやったのかもしれないと思っていた。たぶん彼が殺したのだろう、と。だが、彼は本当のことをいっている。あなたと彼がこんなにも歩み寄り、互いに率直になったのは初めてだ。

彼があなたの脚にかかったブランケットを撫でつける。「ときには、ただ運が悪いだけのこともある」彼はいう。「一度ははねのけたんだが、五年まえに再発した」

あなたは怖がるのをやめる。一日を生き延びるためにあれこれ画策することにうんざりしている。

だから彼に話す。その夜遅く、彼が戻ってきたときにあなたはいう。

「このあいだ、あなたはうっかりしてた。手錠を確認しなかったでしょう」

彼はベッドのあなたの隣りに座っている。タイレノールのボトルが彼の手のなかでかたかた鳴っている。

「手錠がかかっていなかった」あなたはつづける。「完全にひらいてた。出ていくこともできたのよ。だけどそうしなかった」

彼はタイレノールを置き、ため息をつく。彼の息が顔に、首に、胸にかかる。彼はあなたのほうへ身を乗りだして耳もとで囁《ささや》く。

「知っている」

瞬時に納得する。悲惨な光景があなたを貫く、射入創と射出創が感じられるほどはっきりと。衝撃ではっきり目覚める。思考の形状が完全に取り消され、直線も曲線も角もすべてが音をたてて崩れる。

彼はしくじったわけではなかったのだ。

一度はねのけたんだが、五年まえに再発した。

その情報が、夜じゅうあなたのなかを駆けめぐる。

情報は、あなたに届くまでに時間がかかるが、ひとたびあなたを捉えると、感染症のように全身に広がる。

五年。

あなたは考える。

彼があなたを見つけたときだ。

彼はあなたを殺すつもりだったが、殺さなかった。

彼の身にさまざまなことが起こっていた。彼には止められない物事が。

死が彼の身近に、彼が築いた家庭に迫りつつあった。そして彼にできることは何もなかった。

錨が抜けたように感じたにちがいない。

コントロールが必要だった。彼が求めているのはそれだ。一人の女の生死を決めること。

すべてを決め、逃げおおせること。

彼はあなたを捕まえた。あなたはトラックのなかにいた。

彼はあなたを殺すつもりだったが、殺さなかった。

41　番号のつかない女

あなたは彼を探す。飲み物に薬を入れた人物だ。男を想定している。見つかる確率がどの程度かはわからないが、とにかく探そうと思う。ノートパソコンに向かい、「薬物混入に関する統計」「薬物混入の加害者」「他人の飲み物に薬を入れる人々」などを検索する。探しているものは見つからない。あなたのようなめにあった人々は、自分の身に何が起こったか報告しないのだ。

街なかにいるすべての人が容疑者だ。コーヒーショップで正面の席に座る男。ヨガのインストラクター。バスの運転手。それに大学の教授。疑念を向ける余地のない人など、誰もいない。

あなたは夜に眠れなくなる。毎晩、七時ごろになると影が降りかかってくるからだ。ベッドに入るまえには、ドアに鍵がかかっていることを確認する。その後、もう何回か確認する。クロゼットのなかを見る。バスルームも確かめる。ベッドの下を覗《のぞ》く。何度も探さずにはいられない。脅威が影のようにつきまとうから。

ほかの人々の話を聞いたり、読んだりする。ポッドキャストがあり、謎を解き明かすオンラインのスレッドがある。あなたはさまざまなケースを知る。友人と出かけて、帰宅しなかった学生の話。妻が行方不明になり、明らかに夫が怪しいのに捕まらなかった、という話。春休みに出かけた女子学生の話。車をぶつけ、現場に警察が到着するまえに姿を消した女性の話。

もしかしたら、あまりにもたくさんの話を吸収したせいで、結局あなたのほうが吸収される結果になったのかもしれない。

集中力がなくなる。教授の話が背景になりさがる。講義中に居眠りをし、夜には天井を睨《にら》む。成績が急激に落ちこむ。あなたは飲酒の習慣をいきなりきっぱり断ち切る。友達と出かけなくなる。恋人に近い存在だったマットに、テキストメッセージさえ送らなくなる。すべてを停止する。

その後しばらくは、あなたと、ジュリーと、亡霊のような脅威の影だけがいる生活になる。ジュリーは決してあなたを見捨てない。「あなたのことが心配」席で居眠りしてメディア法の教室から追いだされたあと、ジュリーがいう。

「大丈夫」あなたはいう。

「いいえ、大丈夫じゃない」とジュリー。「だけど、大丈夫じゃなくてもかまわないのよ」
「ただ息抜きが必要なだけだと思う」
それもいいかもしれない、とジュリーはいう。それで、あなたは息抜きをする。指導教官と話をしてから、木々と空気と静けさを求めて——街と正反対のものを求めて——オンラインで検索をする。

見つけたのは小さなキャビンだ。農場ふうの建物で、寝室はひとつ。決定的だったのは、所有者であるヨーロッパ系の女性がすべての窓にシャッターを取りつけていたことだった。その女性は鍵や頑丈な防犯システムの信奉者だった。これなら安全に過ごせるだろう。

シャッターのついたその家はマンハッタンから二時間のところにある。あなたは乏しい貯《たくわ》えの残り——夏季アルバイトと、名前さえ覚えてくれようとしない編集者たちのためにコーヒーや食品のお使いに行くようなインターンの仕事でつくった四年分のお金——を使い果たして、車を借りる。ある日曜日の夕方、スーツケースにレギンスやらふわふわのセーターやらひねりの効いた本やらを詰めこみ、車で州北部へ向かう。到着後、衣類をヨーロッパ人女性の引出しに入れる。ようやくひと息つける。

街を出るのは脳に対するメッセージのようなものだ。その週は早い時間にベッドに入り、鳥の歌声とともに起きだす。ある程度は学業もこなすが、大半の時間はお茶を飲み、おかしな本を読んで過ごし、たくさん昼寝をする。自然に関する本を見つけ、鳥の鳴き声について学ぶ。新しい世界があると信じられるようになる。

森のなか、通りからそう離れていないところに、お気にいりの場所がある。朝、日の出のあと、日射しが温かくなるまえに、あなたはそこまで歩く。

そこは空《あ》き地のようなもので、草が生え、木々に丸く囲まれている。緑色の場所があり、それから少し茶色い場所があり、また緑になり、青い場所もある。つねに静かで、ときどきかすかな物音がするくらい。風が木々の葉のあいだをしゅっと吹き抜ける音、草の葉のあいまを駆け抜ける音。キツツキやリスがたてる音。鳥の声も聞こえるが、どんなにがんばっても鳴き声から識別することはできない。

あなたは腰をおろし、目をとじているのが好きだ。レギンスを通して湿気が染みるように伝わってくるのも、地面に体を支えられている感覚も好ましい。雑音が入らないように調整すると、自分が確かにこの世界のなかにいると感じられる。

ある朝、その空き地から家へ向かって歩く。厳密にいえば森のなかではないが、町の中心というわけでもない。田舎道だ。歩道が必要なほどの交通量はない。誰にも姿を見られることのない場所だ。もし悲鳴をあげたとしても――このことはあとで何回か頭に浮かぶのだが――誰にも聞こえなかっただろう。

その日は車が停まっている。サイレンのついた車。それを見ると条件反射が起こる。サイレンを聞くと、ハンドルを握っている人間が責任者だとつい思ってしまうのだ。

肩越しにちらりとふり返る。警察車輛ではなく、白いピックアップトラックだ。警官はそういうことをするものだ、とあなたは思う。いつだって覆面パトカーに乗っている。

フロントガラスの向こうで、ハンドルのまえに座った男が、道の脇で止まってくれと身振りで合図をしてくる。あなたは立ち止まる。子供のころに習った安全規則が記憶の表面に再浮上する――トラックからは距離を置くこと。

男が降りてくる。あなたは相手をじっと見つめる。頭のなかで男を評価する。味方か敵か、協力者か攻撃者か。握手をすべきか、それとも逃げるべきか。

清潔そうな男だ。微笑むと目の端にしわができる。白い歯に、パーカー、ジーンズ。髪は切ったばかり。手もきれい。

この瞬間、あなたは彼を信用する気になっている。怖れてはいない。

男が近づいてくる。いい香りがする。あなたには、邪悪なものがよい香りをさせるとは思いもよらない。だいたい、コロンをつける悪魔などいるだろうか？

あとになって、食虫植物のことを考える。そうした植物がいかに光を発して昆虫を惹きつけるか。ご馳走にありつくまえに、いかに蜜でおびき寄せるか。

銃が――黒い拳銃と黒いサイレンサーが――目に入るまでに少し時間がかかる。見えたとたんに、感触も知ることになる。人生で初めて、肩甲骨に武器を押しつけられる。

「動くな」男はあなたに向かっていう。「逃げようとしたら痛いめにあわせる。わかったか？」

あなたはイエスという意味でうなずく。

「財布は？　スマートフォンは？」

あなたは所持品を男に差しだす。銃で脅されて金品を奪われそうになったらどうするかは考えたことがあり、命が助かるなら何もかも差しだそうと決めていた。

「銃は？　ペッパースプレーは？　ナイフは？」

あなたはノーの意味で首を横に振る。

「これから確認するが、もし嘘をついていることがわかったら、おれとしてはおもしろくない」

男はあなたの体をぽんぽんとたたく。あなたはじっとしている。これが最初のテストで、あなたは合格する。嘘はつかなかった。

「アクセサリーは？」

「いま身につけているものだけ」

男はあなたがネックレスをはずすのを待ち、受けとってポケットに入れる。べつの世界線なら、これで終わりだ。これで男はトラックに戻り、あなたはゆっくり歩いて遠ざかったあと、走りだして家へ帰り、街に戻る。そこで何があったか聞いてくれる人を見つける。

しかしあなたの世界線では、銃を持った男はあなたのスマートフォンを地面に放り、ブーツで踏みつけて壊す。それから銃を振ってトラックのほうを示す。

「乗れ」

人生が悲劇になった瞬間はここだ、とあなたは思う。以前から予期していた瞬間。人生が自分のものでなくなり、犯罪小説に変わる瞬間。

脚が鉛になり、胸郭が凍りつき、脳は可能性のリストをざっと読む――逃げる、悲鳴をあげる、従う。しかし大部分では何も感じていない。地面がぱっくり裂けたりはしない。あなたはあなたのままだ。変わったのはまわりの世界のほうだ。あなた以外のすべてが変わる。

逃げる、悲鳴をあげる、従う。逃げるのは論外だ。走りで勝てたとしても、銃を持った男から逃げることはできない。捕まる可能性が少しでもあるならなおさらだ。悲鳴をあげるのは？　悲鳴が誰かの耳に入ることが前提だ。いまいるのは静かな道で、見える範囲にほかの人はいない。悲鳴をあげても無駄だろう。

従う。男の望みがなんなのか、この時点ではわからない。従えば、解放してもらえる可能性がある。

あなたはトラックに乗る。

男は落ち着きはらって運転席に戻る。世界が自分に従うことに慣れた男ならではの動きで。

彼は腰のまわりにストラップで留められたホルスターらしきものに銃を押しこむ。あなたはまっすぐ彼を見たりしない。目を合わせるのは致命的な考えのように思える。フロントガラスを通してまっすぐまえを見る。自分のまわりに焦点を合わせようとすると、頭の奥に引っかかるものがある。何かが見えた。ほんの数秒まえ、トラックに乗ろうと身を屈めたときに。視線が後部座席を捉えると、見えたのだ、シャベルとロープと手錠が。それに、ロール状のごみ袋も。

男がボタンを押すと、両サイドのドアの鍵がかかる。

あなたのなかで、希望がいっせいに潰える。

男は黙ったまま目を道路に向け、運転に集中している。決まった手順に沿って行動する男。まえにもやったことがあるのだ。

話せ。あなたにできるのはそれだけだ。逃げることも、悲鳴をあげることもできないが、しゃべることならできる。できるはずだと、あなたは思う。

ぐっと唾を呑みこみ、言葉を探す。平易でありながら個人的な、あなたから彼への架け橋になるような言葉を、落ち葉の下に埋められる事態から逃れられるような言葉を見つけなければ。

「あなたはこのへんの人？」

これが思いついたいちばんましな言葉で、相手からは何も引きだせない。

道路から目を離し、彼を見る。若い、とあなたは思う。外見も悪くない。食料品店で出くわしたり、コーヒーショップに並ぶ列で見かけたりするような男だ。

「ねえ」あなたはいう。「こんなことしなくてもいいんじゃない？」

彼はまだあなたを無視している。

「自分を見てよ」あなたはいい張る。それからおずおずと、消え入りそうな声でつづける。

「で、わたしを見てよ」

彼は目を向けようともしない。

あなたは被害者たちの話を、ポッドキャストを、ニュース記事を思いだす。長く複雑な、すべて大文字で書かれたセンセーショナルなタブロイド紙の見出しを思い浮かべる。いくつかの話には助言が含まれていた。加害者に対して、自分の人間的な側面をアピールするといい。鍵が指のあいだから突きでるように握りしめ、武器として使う。目を突き刺す。鼻を殴る。睾丸を蹴る。悲鳴をあげろ。悲鳴をあげるな。相手の不意をつけ。相手の不意をつくな。

こうした話のなかに絶対出てこないのは、一日の終わりに加害者があなたを殺したいと思うなら、いずれにせよ殺すということだ。あなた次第で相手が翻意するわけではない。あなたは窓の外を見ながらこう思う。惜しかった。わたしの身によくないことが起こり、死ぬかと思ったけれど生き延びて、もう少しでやり過ごせるところだった。だが、最初からやり過ごせるはずがなかったのだ。

死にたくないが、死ぬのが当然のように思える。

体のなかで大きなうねりが起こる。もしかしたら、怖れる気持ちがなくなったのかもしれない。いままでにない恐怖に襲われたせいで、リミッターがはずれて向こう見ずになったのかもしれない。あなたはしゃべりつづける。もうどうにでもなれ、とでもいうように、くだらないことをたくさん話す。自分の意志でできるのはしゃべることだけなので、懸命にしゃべる。

「このへんは気候がとてもいいのよね」あなたはいう。「このあいだの夜、映画を観たんだけど、ハッピーエンドだと思ったらちがったの。そういうのっていやじゃない？」

彼は一方の眉をかすかにあげる。

「だいたい、映画なんてそんなにたくさん観るわけじゃないんだけどね」あなたはつづける。「まさにいまいった理由で。せっかく二時間も三時間もかけたのに、がっかりするとか、悲しい気分になるだけなんていやなんだもの」

彼の指が、ハンドルから見えない埃を払う。長い指に、力強い手。どれも悪いニュースに思える。

「黙れ」彼はいう。

黙らなかったら？　殺すの？

あなたは窓の外に視線を戻す。彼が運転しているのは、あなたには見覚えのないまっすぐな道で、目に入るのは木々と土ばかりだ。

しばらくすると、シカが出てくる。遠くから近づいてくるのが見えると彼はスピードを落とし、シカが道を渡るのを待つ。信頼できるドライバーだ。いまはぶつかったりエンストを起こしたりしている場合ではないからだろう。そうなれば、自動車協会から助けを呼ぶしかないが、助手席で震えている女のことをどう説明するというのだ？　それに、うしろに積んだ道具は？

シカが遠ざかるのを見つめる。シカが助けにきてくれるはずもない。だが、あなたはそのうしろに黒い鳥を見つける。少なくとも十羽はいて、木の幹を突《つ》いている。

「あれはマーダーって呼ぶのよね」あなたはいう。

トラックは鳥のそばを通りすぎる。鳥はビーズのような目をあなたに向ける。あなたのせいで、いままで知らなかったものの存在を信じざるをえなくなった、とでもいうように。

彼がアクセルペダルから足を離し、トラックが停まる。彼は顔を向けてあなたを見る。初めて、本当にちゃんとあなたを見る。

青い目、とあなたは思う。どうして青い目なのよ？　どうしてみんなが持っている青い目のイメージを台無しにするの？

「いまなんていった？」彼がたずねる。

あなたは鳥のほうに首を傾《かし》げる。

「カラスの群れの呼び方よ。フロックでもフリートでもなくて、カラスの群れはマーダーっていうの」

彼の喉ぼとけが上下する。たったいまあなたがいったことは、彼にとって何か意味があったにちがいない。いいことなのか、悪いことなのかはわからない。何か価値のあることなのかもしれない。

このときのあなたはまだ知らないが、この男には家庭がある。娘と妻がいて、妻はがんが再発したばかり。

やはりまだ知らないが、この男は何も信じることができなくなっている。殺しをするようになってから初めて、自分が信じられなくなっている。

彼は道路に顔を向ける。黒いウレタンハンドルを握る指の関節は真っ白だ。

トラックの外で、一羽のカラスが飛び去る。

トラックがまた走りはじめる。ぐっとアクセルを踏んだかと思うと、右に進路を変える。トラックは急停止する。彼は反対にハンドルを切り、道路を横切ってからアクセルペダルを踏む。その運転のせいであなたの体は揺れ、シートにぶつかる。

Uターンしたのだ。

なぜUターンなんかした？

これが何を意味するのか、あなたにはわからない。

彼は片手をハンドルから離し、グローブボックスのなかを引っかきまわしてバンダナを見つける。

「これをつけろ」彼はいう。

あなたは動かない。

「目隠しをするんだ」おれの気が変わらないうちに早くしろ、とでもいうように、彼はいらいらと口にする。

あなたはバンダナで目を覆う。

彼はずっと運転をつづける。四十分か六十分か、あるいは二百分でもおかしくない。彼の呼吸が聞こえる。ゆっくりとした呼吸で、ときどきため息が交じる。ハンドルを指でとんとんとたたく音もする。足の下ではペダルがうめきをあげている。

ぐっと曲がったかと思うと、まっすぐな道が延々とつづく。その後、トラックはスピードを落とす。ブレーキの音が聞こえ、ギアが軋《きし》りながらこちらへあちらへと動く。エンジンが静かになる。

頭のうしろをぐいっと引っぱられ、バンダナが顔からすべり落ちる。あたりを見まわそうとするが、彼があなたの顎をつかんで自分に視線を集中させる。

「急ぐぞ」彼はあなたにいう。また拳銃を手にしていて、それをあなたの顔のまえで振りたてる。「ここから降りて、一緒に歩くんだ」

それから、ルールだ。「もし何かしようとしたら——ほんの少しでもしたら、トラックに戻るぞ」そこまでいって、彼は待つ。いまいったことが聞こえたか？　とでもいうように。

あなたはうなずく。彼はトラックを降りて、後部座席からいくつかの道具を取り——あなたに見えた範囲では、手錠とロープだ——反対側にまわってあなたを降ろす。「まわりを見るな。地面だけ見ていろ」彼の手が、あざになりそうなほどきつくあなたの左腕をつかむ。

トラックから離れ、長くうねった土の道を歩かされる。あなたはあたりを盗み見る。手に入るものはなんでも手に入れておくことをすでに学びはじめている。家と、それに見合った建物が家を囲んでいる土地がちらりと見える。隣家はない。家の庭は美しく、手入れが行き届いている。もっと見ていたいと思うが、彼には目的があるらしく、どんどん丘を上る。彼はあなたを小屋に連れていく。

あなたの背後でドアがしまる。このときのあなたはまだ知らないが、これがはじまりだ。あなたの世界が新しい形をとって凍りついた瞬間だ。

この時点では、小屋を整える作業が進行中で、床に道具が散らばり、隅のほうには肥料の袋が転がっている。折りたたみ椅子とテーブル、それに雑誌の山がある——ポルノか、銃器関連か、はっきりとはわからない。おそらく両方ごちゃ混ぜに積んである。

ここは彼の場所なのだ。あとになればわかることだが、彼が準備をはじめていたのは、遠い将来にもしかしたらという程度の、完全に理屈のうえだけの可能性に備えてのことだった。あなたのような、閉じこめておきたい人間が来たときのために。防音処理を施してあった。床にはゴムのマットを敷き詰め、壁に触れて感じられたすべての隙間をコーキング剤で埋めてあった。しかしまだ途中のようだ。あなたを閉じこめるつもりはなかったのだ。あなたのことは、ほんのはずみによる決断であり、衝動買いのようなものなのだ。

翌日には戻ってきて、やりかけの仕事を終わらせるのだろう。壁に鎖を打ちつけて、あとは道具を片づけてスペースをあけ、あなたの居場所にするだろう。しかしいまのところはあなたの両手をうしろにまわし、手錠をかける。足首をロープで縛り、ドアハンドルのまわりに結びつける。

「少しのあいだ家に行かなければならない」彼はいう。「家にいるのはおれ一人だ。悲鳴をあげても、その声が聞こえるのはおれだけだし、そうなれば厄介なことになるぞ。おれのいうことは信じたほうがいい」

あなたは信じる。

彼が外に出てドアがしまったとたんに、あなたは試してみる。手首をくねくね動かしたり、足首をひねったり、工具類に手を伸ばしたりする。しかし彼は手錠のはめ方もロープの結び方も心得ているし、物置き小屋で縛りあげたばかりの女から工具を遠ざけておく程度の知恵もある。

みんなが探してくれるのを信じるしかない。写真がソーシャルメディアにまわるだろう。両親とジュリーが――彼らのことを思うと喉が詰まる――ポスターを貼ってまわり、インタビューに応じて、無事に帰ってきてほしいと訴えるだろう。

これは一時的なもので、いずれ世間が見つけてくれると信じるしかない。

けれども、あなたにわかっていて、彼が知らないことがある。彼の有利に働く事情がある。知人はみんな、最近のあなたはあなたらしくなかったというだろう。姿を消すまえには引きこもっていた、と。講義中に居眠りをして、成績はガタ落ちだった。荷づくりをして、大好きだった街と旧知の人々から遠ざかった。そんなふうに話すだろう。

こうして新しいストーリーが生じる。何日かが過ぎ、何週間か、何カ月かが過ぎる。最初は自分の頭のなかだけで考えていた人々も、慣れてくるにつれお互いに噂しあうようになるだろう――もしかして、意図的に姿を消したのではないか。車でどこかに行って、自殺したのではないか。谷に飛びこんだり、水に身を投げたりして。あるいは、どこかべつの場所で人生をやりなおしたのかもしれない。つきまとう悪霊からようやく自由になっているのかもしれない。

死者が生き返るのを待つ人はいない。

最後には、人々はあなたを探すのをやめるだろう。あなたの写真を見せてまわるのをやめ、徐々に忘れていくだろう。人々はあなたの話をするのをやめ、やがてあなた以外に覚えている人はいなくなるのだろう。

42 家のなかの女

熱が下がり、吐かなくなる。彼は相変わらず食事を運んでくるが、食べさせたりはしない。彼の興味は薄れつつある。

まわりのものがちゃんと見えるようになる。後頭部のぎざぎざも消えつつある。傷が治りはじめているのだ。目覚めたときに枕に血がこびりついているようなこともなくなる。

ある晩、彼は手ぶらで現われる。もう階下《した》に戻ってもいい頃合いだ、と彼はいう。夕食ができている、と。

あなたは立ちあがる。床が水でできているように、荒々しい海であるかのように感じる。船に乗っているように体が揺れる。さあ、早く、と彼はいう。あなたは片手を壁について体を支える。まだ無理かもしれない、とあなたは彼にいいたい。体重も落ちたし、まだすごく倦怠感があって。しかし彼は自分の思いどおりにする。あなたはよろけながらも階下《した》へ行かなければならない。

彼女がいる。

セシリア。

彼女はおずおず笑みを浮かべようとする。自分たちの仲はどうなっているのだろう、と思っているにちがいない。もしかしたら、自分のせいであなたが困ったことになったのを感じとっているかもしれない。最後に一緒にいたときのこと、父親がリビングに踏みこんでくるまえにあったことは、あなたとおなじくはっきり覚えているはずだ。

彼はセシリアに何を話したのだろう？　混乱状態の話を手探りで読み解く。彼は娘の悲鳴を聞いて、彼女が怖がっているか、怪我をしたものと思った。できるかぎりすばやく娘のそばへ行こうとして、二人のあいだに割って入った。そして彼女をつかみ、あなたのこともつかんだ。セシリアは、そのあとのことは見ていない。しかし何かしら目にしたことから、筋の通る話を考えたはずだ。

彼は娘のまえでは怒りを隠した。隠そうとした。たとえ感じとっていたとしても、彼女はそれに――彼が癇癪《かんしゃく》を、予測のつかない感情の激発を起こし、その後、はじまったときとおなじくらいすばやくすべてが沈静化することに――慣れているように見えた。落ち着くのをただ待っていれば、彼が戻ってくるのだ。自分の知っている父親が。信頼しているパパが。

彼が飛びこんでくるまえ、彼女はあなたに怒ってもいた。しかしいまは埋め合わせをしようと、テーブルの向こうから手を差しだすかのように笑みを浮かべている。ひどく孤独なせいで、あなたへの怒りが持続しないのだ。

しかしあなたは笑みを返さない。どうしてもそんな気になれない。

あのとき、出ていけたのに。

なんでもないふりをしながらも、その考えが頭にこびりついて離れない。出ていけたのに。逃げることができたのに。自分自身を救うことができたのに。あのときは体力も戻りつつあった。それがいまはこうだ。

この子を置いて出ていくことはできないと思いこんでいたのだが、彼女のほうが助けられることを拒み、すべてを台無しにしてくれた。

いま、あなたは彼女を憎んでいる。

湧きおこった敵意の激しさは自分でも驚くほどだが、その感情は確かにここにある。野火のように身の内を暴れまわるたぐいの憎しみだ。感情がとめどなく高まり、彼に気づかれるのではないかと心配になる。すぐ隣りに座っているのに、この新たな力を、あなたが全身から発しているこの熱を、どうして感じずにいられる？

もっとも恐ろしい考えが頭をよぎる。女の子を憎むなど、不自然なことに感じられる。

まえの人生では、どんな女性のこともつねに善意に解釈してきた。そういう主義だった。客観的に見て非難に値するとしても、そういう女性をみんなと一緒になってたたく気にはなれなかった。〝このクソ女〟とか、〝腐れアマ〟とか、〝クソ売女が〟、などという言葉は絶対に使わなかった。こういう言葉にはどことなく邪悪なところがあると思い、口にしたくなかったのだ。

しかしいま、彼の子供を見ていると、彼女さえいなければここを出ていたはずなのに、と思わずにはいられない。外に出られたはずだった。トラックをスタートさせていたはずだった。エンジン音が彼の耳にも届いただろうが、聞こえたときにはもう遅すぎる。あなたは延々と運転して、やがて何かしら見つけたはずだった——コンビニとか、ガソリンスタンドとか、防犯カメラが設置され、人目のある場所を。

夕食の席で、セシリアは塩を取ろうと手を伸ばす。塩はあなたの手から左にほんの数センチのところにあるが、あなたは動かない。彼女もあえて頼もうとはしない。目を見張らせるような派手な残酷さというものがある一方で、こういうやり口もあるのだ——否定できる可能性を多分に残した小さな嫌がらせも。あまりにも些細なことなので、何か文句でもいおうものなら彼女のほうがおかしいように聞こえる。被害妄想のように、自己中心的であるように聞こえる。しかしあなたにはわかっているし、彼女にもわかっている。それに、自分が卑小な存在であるように彼女に感じさせるのは気分がいい。あなたがどれほど彼女に失望したか知らせ、もう彼女のことなどどうでもいいと思っていることをわからせるのは、本当に気分がいい。

セシリアはテーブルに視線を落としたまま、立ちあがって塩を取る。あなたは自分のスープを見つめている。彼女の父親とおなじようなエネルギーが自分にもあることを意識している。ときどき、他人を傷つけて、それに喜びを感じている部分があなたにもあるのだ。

まあ、あなたは自分が完璧な人間だなどといった覚えはない。

セシリアはしばらくのあいだスープを搔きまわしていたが、やがてスプーンを置き、父親のほうを向いて、自分の部屋に戻ってもいいかとたずねる。おなかが空《す》いてないの、と彼女はいう。あまり体調がよくなくて、と。父親はうなずく。彼女が重い足取りで階段を上るのを、あなたは見送る。今夜は映画はなしだ。ソファで過ごす時間も、失恋ストーリーもなし。

この家は、オオカミの罠のようにあなたを取り囲んでいる。この視点からの語りでは、オオカミはあなただ。

夜、あなたは眠れない。怒りの矛先が自分自身に向かう。彼女を置いて出ていくことはできないと決めたのはあなただ。気を取られたのはあなた自身だ。そうやって、残してきた人々を裏切ったのだ。母親。父親。兄。ジュリー。マット。彼らの人生のなかで、あなたはひとつの大きな未決事項であり、あなたにはその状態を終わらせるチャンスがあった。疑念や、何があったのかわからない状態を、テーブルにできた空席を、クリスマスツリーの空《あ》きスペースを、解消するチャンスがあったのに。

彼らはまえへ進むための道を見つけただろうと、あなたは想像する。人生を永遠に止めておける人などいない。しかしそれでも引っかかりは残るだろう。そしてその引っかかりが不意打ちをしかけてくるのだ、ある暑い月曜日の朝、オフィスのまえの通りを渡ろうとしているときに。映画を観て過ごす土曜日の夜、油っこいポップコーンの大カップに指を突っこんだときに。自分の暮らしを大事にしよう、生きているこの時間を楽しもうとするときに、いつも頭の片隅にある疑問に苦しめられるのだ――彼女に何があったのだろう？

彼らはあなたが死んだと思っているにちがいない。となると、必然的に、自殺したと思われているのだろう。こう考えるたびに、声にならない叫びがあなたの体を引き裂く。相対的に見れば、腹立たしいほど近くにいるのに。おなじ星の上の、おなじ国の、おなじ地面に存在しているのに。それでもあなたは失われたのだ。まるでユリシーズだ。あなたは何かに取り組んでいた。そして旅に出て、いまは家に戻れずにいる。

まさにいま、彼らに真実を話していられたはずだった。すべてをすぐに理解してはもらえないだろう。こういうことがどんなふうに進むか、あなたは知っている。記事や本を読んできたから。映像を観てきたから。もとの世界に戻るのが容易でないことは承知している。人々は間違った質問をしてくるだろう。彼らにはわからないのだ。しかしわかろうとはする。

いまこの瞬間に、彼らと一緒にそういう作業をしていられたはずだったのだ、この少女さえいなければ。あなたと、この子と、あなたの思いやりが存在しなければ。あなたの柔弱で愚かな心が——五年もの歳月をこんなふうに過ごしたあとなのに——少女を見て、この子を置いて出ていくことはできないと、あなたに語りかけたりしなければ。

次の晩、彼はまたしてもあなたを階下《した》に連れだす。テーブルで、その単語があなたを捉える。彼が絶対に教えようとしなかった二語が。

彼は一度座ろうとして立ちあがり、ジーンズの尻ポケットから封筒を引っぱりだしてテーブルの上に落とし、腰をおろす。

あなたは即座にそれを見る。彼のほうもすぐに自分のミスに気づく——たぶん、あなたが見るとは思わなかったのだろう。あるいは単に忘れていたか。もしかしたら、あなたがまだ怪我でぼうっとしていると思ったのかもしれない。彼は封筒をもう一度手に取り、まえのポケットに押しこむ。

住所は読みとれなかった。町の名前も見えなかった。けれども見えたものはほかにあった。

輝ける新たな情報が、探索すべき世界が、消火栓から噴きでる水のように頭のなかを満たす。彼の名前が。

エイダン・トマス。

彼は一度もいわなかった。あなたもたずねなかった。彼があなたに知られたくないと思っているのはいうまでもなかった。それに、名前ひとつわかったところで、小屋のなかでいったいなんの役に立つ？　しかしいまはちがう。いま、あなたは家のなかにいて、あなたを捕らえている男には名前がある。

エイダン・トマス。

後刻、暗闇のなかで、あなたは声に出さずに一音節ずつ口を動かしてみる。エイ－ダン・ト－マス。エ－イ－ダ－ン－ト－マ－ス。あなたはそれを味わうように、一音ごとに床を指でとんとんとたたく。これははじまりで、終わりだ。誕生で、死だ。神話の最後の単語で、真実の物語の最初の単語だ。

まえの人生で、ポッドキャストを聴いたり、ネット上のフォーラムをあさったりして、奇妙な犯罪に親しんでいたときに、さまざまな事件の詳細や、見解や、ニックネームを知った。黄金州の殺人鬼。ユナボマー。サムの息子。グリム・スリーパー、グリーンリバーキラー、ブッチャーベイカー。いつもおなじような話だ――こうした男たちには名前がなく、顔もない。逮捕され、名前がついて、職業や経歴が判明するまでは。警官が日付と場所を走り書きしたボードを手渡し、顔写真《マグショット》を撮るまでは。

名前はつねに、彼らを現実に縛りつける最初の枷《かせ》になる。

あなたはその二語を、七文字を、つかんで離さない。海でブイにしがみつくように。エイダン・トマス。

小屋のなかの男の存在は、あなたとともにはじまり、あなたとともに終わった。しかし何年ものあいだ、エイダン・トマスはあなたなしで存在してきた。クレジットカード上に、納税申告書の上に、社会保障カードの上に。結婚許可証の上にも、娘の出生証明書の上にも。彼は独自のやり方で自分の世界を歩き、あなたとは無関係だった。

いつかまた、エイダン・トマスはあなたなしで生きることになるだろう。

43

エミリー

悲鳴の翌日、わたしは彼にテキストメッセージを送った。「何も問題ないといいんだけど」——ちょっとためらってから、文末に〝:)〟をつける。いつもわたしたちがしてることでしょう、とわたしは自分にいい聞かせる。わたしたちはキスをする。相手の体に手を置く。秘密のプレゼントを交換する。メッセージの末尾にニコニコマークをつける。

電話をエプロンに押しこんで、腿に当たるようにする。営業時間中ずっと、電話が震えるのを待っていた。何も起こらない。心のなかで賭けをする。ドリンクを一杯つくったら、彼から返信が届くはず。ドリンクを二杯つくったら。五杯つくったら。トイレ休憩を取れば、いろいろなことがリセットされて、彼からの返信も来るはず。わたしがスマートフォンを見るのを五分我慢したら来るはず。もしかしたら十分かも。いったん電源を落として、再起動したら来るかも。

彼からは返信がなかった。

いつも必ず送ってくるのに。

男の人にはそういうときもある、とわたしは自分にいい聞かせる。どんな人にもそういうときはある。ずっと仕事で忙しかったのだ。もしかしたら、送電線が故障したのかもしれない。近くの町で大勢の人が電気なしで過ごしているかもしれないのに、わたしが心配するのはメッセージのことだけ。もしかしたら、娘に必要とされているのかも。彼女が病気とか。彼自身が病気とか。つまるところ、どんな人でもたまにはメッセージに返信しないことくらいあり、だからといって何か悪いことが起こっているとはかぎらない。ちょっとしたハプニングくらいよくあることだ。

でも、彼はちがった。彼は特別だったから――いまも特別だから。

あれから一週間近く経つのに、レストランでも、町なかでも、彼の姿を見かけていない。二人のあいだに何が起こったかはわかっている。彼の手がわたしの肌に触れ、彼の息を口に感じた。シルバーのチェーンが首のまわりにひんやりと当たっている。彼からもらったプレゼントだ。本当にあったことなのだ。証拠があるのだから。

ディナーの営業時間。木曜日だ。彼の姿を探す。いつ現われてもおかしくない。彼は部屋の向こうから微笑みかけ、心配だった気持ちは消え去るだろう。きっと、完璧に納得のいく説明があるにちがいない。たずねる必要さえないような。あったことを話してもきみは信じないだろうな、と彼はいうだろう。トラックが故障して、スマートフォンが盗まれたんだ。トイレに落として壊れたんだ。テキストメッセージをくれようとした？

ドアがあいて、しまる。バーン判事が来る。ミセス・クーパーが来る。学校時代の先生が来る。彼以外のみんながやってきて、その夜は馬鹿みたいに忙しく、少なくとも電話に気を取られている場合ではないので、そのせいでかえって着信があるにちがいない。

着信はない。

エリックが家まで運転してくれる。エリックはルームミラーを調節して、後部座席にいるわたしをちらりと見る。「どうしたんだい、ベイビーガール？」エリックがたずねる。

「今夜はずっと静かじゃないか」

「疲れてるだけ」わたしは口角をきゅっとあげて笑い、頭を倒して寝るようなしぐさをしてみせる。エリックはうなずき、道路に視線を戻す。

額を窓にもたせかける。痛いくらいに冷たい。皮膚の感覚がなくなるまで額を強く、強く押しつける。痛みと、それにつづく空《むな》しさを喜んで受けいれる。

わたしたちはエイダンの家から通り二本くらいのところにいる。そこまで走ったらわたしを降ろして、とエリックにいえたらどんなにいいか。ノックするか、呼び鈴を鳴らせば、彼はシェードを引いてちらりと外を見るだろう。顔をぱっと明るくして、「立ち寄ってくれてうれしいよ」というだろう。そして両腕をわたしの体にまわすだろう。わたしは彼の香りを吸いこみ、全身で祝福を受けとめる。

家に着くと、エリックとユワンダにもう寝るからと伝える。世間は連休だからね、とわたしはいう。連休前後はいつもものすごく消耗するの。頭がぼーっとするっていうか。

ベッドにもぐりこんでスマートフォンを取りだす。まだなんの反応もない。マットレスにたたきつけるようにして電話を置き、ため息をつく。それからまた手に取って、彼からのいちばん新しいメッセージを読み返す。「わかった。そこにいて。こっちから行く。眠っているセシリアを起こしたくない。母親がいない初めての感謝祭だからね」

とくにいいメッセージというわけじゃなかった。ニコニコマークもないし、おやすみでもおはようでもなく、今日はきみのことを考えながら過ごすよでもない。きみの仕事が順調に運びますようにでも、素敵な夢をでも、きみが元気でやっているといいんだがでもない。

テキストのやりとりをスクロールして、最初のメッセージまでさかのぼる。「ヘイ！エミリーです。今日は本当にありがとう」からはじまって、アカオノスリについての会話や、とじたドアと暗い廊下の悪夢の話まで。

本当にあったことだ。全部ここにある、履歴が全部。彼はわたしが好きなのだ。人生が混乱しているときなのに、わたしが入るスペースをつくってくれた。

またテキストメッセージを送ったっていい。彼からの連絡を待つ必要はない。それはわかっている。やろうとはしてみたけれど、完璧なメッセージを書こうとするたびに、毎回〝削除〟で終わることになった。どう、元K——削除。あなたが大丈夫か、確かめたくて——削除。お邪魔じゃないといいんだけど、ただちょっとあなたの——削除、削除、削除。

手でシルバーのネックレスを探り、ペンダントトップを握りしめる。金属が体温とおなじくらい温まるまで、ずっとそのまま握っている。

間違いなく見たし、実際にあったことだ。彼はいろいろなものを与えてくれた。誰に強制されたわけでもなく、自分でそうしたいと思ったからそうしたのだ。

わたしのことが好きだからそうしたのだ。

金曜日は〈毛むくじゃらの蜘蛛《ヘアリー・スパイダー》〉に無理やり出かける。従業員のために、と自分にいい聞かせて。みんなは気にもしていないと思うけど。

彼からはまだなんの音沙汰もない。

もし彼がわざとこういうことをしたいなら——わたしの心を掻き乱したいなら——まさ

にうってつけの方法だ。

今夜は一杯だけにする。エリックはもう少しいたいだろうし、わたしはそういう気分になれないだろうから、自分で運転して帰る。

シビックに向かっている途中で、幻覚が起こる。

いや、確かに見たと断言できる。彼の白いトラックが脇道の奥に停まっていて、〈ヘアリー・スパイダー〉のそばの繁みの向こうにかすかに見えたのだ。

ふり向いて、バーの入口を見る。

彼の姿はない。

もう一度確認する。やっぱりいない。

ホンダのエンジンをかけ、ミラーを調節して、停めてあった場所から出ようとすると――

――なくなっている。

彼のトラックがなくなっている。

肩に力が入る。窓越しに外を見つめる。シートのなかで身をひねり、首をまわして、繁みを透かして見る。何もない。

いったい何が……？

まるで、何かを待っていて、それを見たとたんに立ち去ったかのようだった。自分で自分を笑う。あまりにも突拍子のない考えだったから。でも、そんなふうに思えるのだ。

まるで、わたしを待っていて、姿が見えたとたんに立ち去ったかのように。

44
家のなかの女

胸のなかに熔鉱炉があり、すべての酸素を吸いこんでしまうような状態にも、あなたは慣れつつある。消耗させられることには変わりない。きちんとコントロールしておかないと、みんな——あなたも、彼も、彼の子供も——呑みこまれてしまう。あなたが間違いをおかす可能性もある。彼から教わったことがひとつあるとすれば、それは、熔鉱炉に乗っ取られると人は間違いをおかすということだ。

小屋の外で生き延びるためのルールその6——自分自身を燃やし尽くしてはいけない。

夕食の席で、あなたはある音を耳にする。彼のほうが先に気づく。つねに周囲に注意し、すべての場所に目と耳を向けているからだ。ついであなたが気づき、それからセシリアが気づく。三人で額にしわを寄せ、座ったまま裏口のドアのほうへ首を傾《かし》げる。ドアを引っかくような音、何かが——誰かが——むずかるような声。

セシリアが音のするほうを指差す。「外から音が聞こえるよ」

「動物か何かだろう」彼がいう。

セシリアは首を振って立ちあがる。二本の指でシェードを引く。

「セシリア、やめなさ——」

彼が席に戻りなさいという間もなく、セシリアはドアに向かい、ノブをひねってドアをあける。つかのま、あなたと彼のまえでドアがひらき、冷たい風が二人の体のあいだを旋回する。彼があなたを一瞥《いちべつ》する。勘弁してよ、とあなたはいいたい。本当にわたしが逃げると思ってるの？　いま？　ここで？　まだ後頭部に触ると痛い、分厚いかさぶたがあるっていうのに？　前回何をされたか、その記憶もまだ生々しいというのに？

セシリアが戻ってくる。あなたは喘《あえ》ぎを呑みこむ。彼女のシャツは——血に濡れて真っ赤だ。体の正面で何かを抱えている。彼女の胸もとで、黒い固まりが震えている。

父親がひるむ。「セシリア、何をそんな——」ここで彼は思いだす、自分は悪態をつくような男ではないのだと。少なくともあなた以外の人のまえでは。とりわけ自分の子供のまえでは。「いったい何をしているんだ？」

セシリアはしゃがみこみ、黒い毛皮のボールをキッチンの床にそっと置く。犬だ。怪我をしている。左脚の大きくひらいた傷口から、タイルへと勢いよく血が流れる。

顔が熱くなり、指の感覚がなくなる。あなたは昔、犬が大好きだった。子供のころ、ニューファンドランドとバーニーズ・マウンテン・ドッグの雑種を一頭飼っていた。とても大きくて、愛情たっぷりで、いつもよだれを垂らしていた。

この犬は小さい。立てたとしても三十センチくらいのものだろう。尖った耳と長い鼻面が見える。小さなテリアが、喘ぎながら、大きな茶色の目を必死に動かしてキッチンのあちこちに視線を向けている。

「セシリア、ドアをしめなさい」

彼はそういいながら急いで向かい、自分でしめる。彼の第一の仕事はつねにそれだ——外の世界からあなたを隔てること。それから娘の横に膝をつき、犬のほうへ身を乗りだす。娘は父親を見あげる。幼い子供のようなまなざしだ。大きく見ひらいた目を向け、何があってもなんとかしてくれる父親に無限の信頼を寄せている。

「助けてあげなきゃ」彼女はいう。

あなたも立ちあがり、キッチンテーブルの反対側まで歩く。彼があなたに向かって一方の眉をあげてみせる。もう充分だろう、そこで止まっていろ、といわんばかりに。

あなたは腕組みをする。セシリアがいい張る。「助けてあげなきゃ。きっと車にはねられたんだよ。それでハイウェイの端っこに置きざりになってたんじゃないかな」あなたの脳が電気ショックを受けたようになる。ハ、イ、ウ、ェ、イ、？　セシリアの声が震える。「ねえ、早く。きっとこの子はここまで何キロも歩いてきたんだよ。なんとかしなきゃ」

何キロも。数字は？　五キロ？　十キロ？　二十キロ？　歩ける距離？　走れる距離？

あなたの右のほうで父親がため息をつき、親指と中指でこめかみを揉みながらいう。

「してやれることがあるとは思えない」

セシリアは首を横に振る。「助けてあげられるでしょう。獣医に診せるとか。この子は首輪をしてないよ」また声を震わせてつづける。「誰にも面倒を見てもらえないんだよ。このまま放っておくなんてできない」

彼は手で顔をこする。犬はまだ血を流している。血は彼の靴の下に届いている。きっとあとでこすり落とすのだろう。そういうものを服や皮膚から落とし、体の隅々まできれいにするのはお手のものなのだろう。しなければならないことだから。

「セシリア」

彼は犬を見おろす。彼のような人々はこんなふうにはじめるのだ、とあなたは思いだす。小さいときにテレビで見たし、大人になってからはポッドキャストで聞いた。それは子供のころにはじまる。ティーンエイジャーになってからのこともある。だいたいセシリアくらいの年ごろだ。子供と大人のあいだのころ。蝶を密閉容器に閉じこめる。家族で飼っているペットがいなくなる。木の根もとでリスの死体が見つかる。彼らはそうやって練習する。そうやって様子を見て、下の暗闇に足を踏みだすのだ。

「もう手遅れだ」彼は娘にそういう。

まだ大丈夫だよ、手遅れじゃない、見て、この子はまだ息をしてるよ、と彼女はいう。

だが、彼は聞いていない。立ちあがって、手をウエストバンドのほうへ動かす。あなたはそれがそこにあることに気づいていなかった。ホルスターに入った拳銃。ふだん、家のなかでは持ち歩かないのに。リビングでの危うい一件のあと、あらためて用心することにしたのだろう。

セシリアが顔をあげる。「何をしているの?」

おなじ質問が、あなたの喉につかえている。まさか、彼がそんなことを考えているはずがない。あなたの目のまえでならやってみせるだろう。だが、自分の子供のまえで?

彼は拳銃に指を絡める。あなたは体のすべての筋肉を緊張させる。「思いやりのある行動がそれしかないこともあるんだよ」彼はいう。「その犬は苦しんでいる。助かる道はない」

セシリアは両手を犬の上に置く。素手で傷を圧迫しようとする。手に、指に、肘にまで、大量の血が付着する。「この子はまだ息をしてる」それを裏づけるかのように、犬の胸郭が持ちあがる。「お願い、パパ。お願い」

涙が一粒、彼女の頬を転がり落ちる。セシリアはすぐにそれをぬぐう。目の端と顎に血が付着する。

彼はまたため息をつく。手はまだ拳銃の上にある。「おれだって、おまえとおなじくらいこんなことはしたくないと思っている。だがな、動物が怪我をしたときにはこうするしかないんだよ。そうは思えないかもしれないが、それが思いやりのある行動なんだ」

彼は娘の横に膝をつく。「それは外に連れていく」

本当にそんなことになるのだろうか？ あなたはみすみすそれを許すのか？ この犬が――この愛らしい、丸いおなかと白い歯とちっちゃな前足の犬が――射殺されるのを黙って見ているつもり？

セシリアがまた犬を抱きあげる。子犬は、あなたにあいだに入ってほしいとでもいうかのように、くんくんと鳴き声を洩らす。

「それを降ろしなさい、セシリア」彼の声は低い。あなたを捕まえた日に出したのとおなじ、猛獣が喉をごろごろ鳴らしながらあげるうなりに近い声だ。

たぶん、だからこそあなたは行動を起こす気になったのだろう。自分自身の問題のように受けとめたから。この件が――どこから見ても――彼があなたを殺そうと思ったときに感じたことをなぞっているように思えたから。

「この子はまだ息をしている」

彼の顔がぱっとあなたのほうへ向けられる。よくもそんなふうに口が出せるなとでもいたげに睨《にら》みつけてくる。あなたは肩をすくめる。ちょっといってみただけ。彼はホルスターをもてあそぶ。

あなたはさらにいい募る。「この子はまだ死んでいない」

セシリアが顔をあげてあなたを見る。目が合うのは、リビングでのあの夜以来初めてだ。彼女を助けようとしたのに、悲鳴だけが返ってきたあのとき以来。喉もとを締めつけられるような気がするのだ——怖れを抱きながらも、気性が激しく、頑固な少女を見ていると。父親の意志に逆らおうとする彼女を見ていると。

恥ずかしさが、腹の底から濃く熱くこみあげる。あなたは忘れていた。セシリアを憎むこと、彼女の存在を一片もあまさず見くだすことに忙しくて、彼女やその父親について知っていることの多くを忘れていたのだ。夜に廊下から聞こえる足音や、彼女の人生が彼にがっちり握られていること。彼がしていること、それでいて彼女から隠していること。そういったことをすべて忘れていた。

そして彼女はいまここで、血まみれの動物を腕に抱えてキッチンのタイルの上にうずくまっている。まだ十三歳で、やさしくて思いやりがあって、この犬を助けたがっている。

母親がほんの数ヵ月まえに亡くなり、人生がひっくり返るような経験をしたばかりだというのに、それでもこの少女はよいおこないをしたいと願っている。もしかしたら、何か愛することのできるものがほしいのかもしれない。ずっと寂しかったのだ。あなたもそれは知っている。たぶん仲間がほしいのだろう、抱きしめることのできる相手が。愛を返してくれる相手が。彼女を傷つけることのない相手が。

あなたはまえへ進みでて、セシリアとその父親のあいだに割って入る。落ち着いて、と思いつつ彼と目を合わせる。それから屈んで犬の傷を近くでよく見る。ひどい傷だ。それに、犬というのはこんなにたくさんの血を失って生き延びられるものなのだろうか？　よくわからない。だが、やってみる価値はある。

あなたのなかで何かが燃えたつ。この家のなかにも復活の可能性があることをどうしても信じたかった。この壁に囲まれた場所で、傷ついたものがやりなおせる証拠がほしいのだ。

これを、彼が勝者に見える状況に変えられないかと、頭を猛烈に回転させる。

「あなたならこの子を助けられるでしょう」そういってみる。

彼はあなたを睨みつける。あなたが身のほど知らずな反抗に出たと思っているのだ。しかしあなたには、これをどういう方向へ向ければいいかもうわかっている。

「こういう状況にどう対処したらいいか、習ったんじゃないの？」あなたはつづける。

彼は顔をしかめる。小さなお楽しみまであとほんの少しのところにいるのに、あなたが邪魔になっている。しかしあなたの左でセシリアが活気づく。彼女はまた顔をあげ、意図して見ひらいた目で父親を見あげる。

「そうだよ、パパ。海兵隊にいたときに」

彼はあきれたようにぐるりと目をまわす。まだ納得していない。

できるだけまっすぐに、あなたは彼の視線を捉え、ついで娘のほうへ首を傾げてみせる。視線を犬のほうへ動かし、それから彼に戻す。これはチャンスなのよ、とあなたは彼にいいたい。このあいだの喧嘩のことを覚えているでしょう？　夕食のテーブルがずいぶん荒れていたし、彼女はものすごい勢いで階段をあがっていった。あなたの娘は成長しつつある。だけどあなたはまだ彼女のヒーローでいたいんでしょう？

犬を救って、ヒーローになればいい。娘のためじゃない。犬のためでもない。あなた自身のために行動するのよ。

彼は屈みこむ。あなたはほとんど信じられないような思いで見守る。彼は空《あ》いているほうの手でシンクの下のキャビネットをあけ、なかを探って救急箱を引っぱりだす。それから犬を床に置くようにと、セシリアに身振りで示す。彼はホルスターから手を離し、セシリアは犬を放す。父親はすばやく正確な手つきで救急箱をあけ、消毒液の瓶を取りだす。

あなたは脚を突《つ》かれる。「片手でこいつの顎の下を押さえてくれ。もう片方の手で腰を押さえるんだ。こいつが絶対に動かないように」あなたは一瞬ためらうが、すぐにいわれたとおりの場所に手を置く。彼は消毒液の瓶を振る。「何があっても、そいつがおれを噛まないように押さえてくれよ」

うっとりするようなお言葉ね、とは思うものの、あなたは犬を、セシリアを、自分自身を応援しており、自分たち二人と一匹が面倒なことにならないよう願っている。手を犬に近づけて消毒液を傷にスプレーするとき、彼の指はかすかに震える。彼は顔をしかめながら裂けた傷口に包帯を当てる。「ここを押さえてくれ」あなたは傷口をぎゅっと押さえる。出血が止まるのを三人で一緒になって待つ。セシリアが手伝おうとするそぶりを見せるが、離れていなさい、といわれる。

自分には奇跡を起こすことができる、とあなたは自分にいい聞かせ、手の下の犬を意志の力で生き延びさせようとする。子供が見ている。彼女の目のまえでこの犬を死なせるわけにはいかない。もう絶対に彼女を失望させたくない。

出血がゆっくりになる。もうしばらく待って、ほとんど止まったと思えると、彼が傷に包帯を巻きはじめ、テープで留める。犬が喘ぐ。きっと痛みはあるだろうが、生きている。

この子は生きている。

階下《した》から古い枕を取ってくる、とセシリアがいいだす。犬のベッドにできるでしょう、と彼女はいう。ここにいなさい、おれが取ってくるから、と父親はいう。

階下《した》。

森のあとに彼があなたを連れていった場所だ。工具類がある場所。彼がすばやく跳ねるように立ちあがったところから察するに、心底娘を行かせたくないのだろう。

あなたは彼の子供とキッチンにとどまる。二人で犬のまわりをうろうろする。彼女はあなたを見て唇を嚙む。いいたいことがあるのに、どういったらいいかわからない様子だ。あなたが自分の考えを言語化できずにいるうちに、彼女の父親がソファ用の古いクッションのようなものを持って戻ってくる。彼はそれをキッチンの隅に置く。セシリアはまた犬を抱きあげ、クッションの上にそっとおろす。犬はうめき声を、ついで長いため息を洩らす。しかし最後には、前足を鼻の両脇に置いて落ち着く。

彼がため息をつく。「これで夜を乗り切れるか、様子を見よう」セシリアは犬の頭をぽんぽんとたたきにいき、それから異を唱えようとする。「まだできることが……」そういいかけるが、残りはいわずに終わる。おそらく獣医のところへ連れていこうといいたかったのだろう。出血が止まったのだから、専門医ならできることがあるかもしれない、と。

最初は傷の縫合だろう。しかし彼女は父親のことをよくわかっていた。自分の勝利を受けいれ、あとのことは放っておくしかないのだ。

彼は立ちあがり、消毒液と残ったガーゼを救急箱にしまってから掃除をはじめる。

彼の背後で、手があなたの手を取る。あなたの息が詰まる。セシリアがあなたの指をそっと握っている。ありがとう。無言のしぐさでも、あなたにはドラムの音さながらに大きく響く。ありがとう。

彼女の父親が忙《せわ》しなくモップとバケツを使いはじめるのを待つ。集中して、淡々と、なんでもないことのようにキッチンの床から血を落としはじめる。

セシリアの脈がかすかに手首に伝わってくる。つかのま動けずにいたあと、あなたは彼女の指を握り返す。

45
移動中の女

彼が部屋に入ってきて手錠をはずす。「行くぞ」

「何ごと?」あなたはたずねる。

彼は手を振ってあなたを促す。「さあ早く。丸一日かけられるわけじゃないんだ」

あなたは立ちあがる――自分が誤解していた場合に備えて、ゆっくりと。しかし彼は取り乱したりしない。それどころか、もっと早く動けと思っているようだ。あなたの手首を引っぱって、階段を下りろと急《せ》かす。

いまは日中だ。しかも月曜日。セシリアは学校にいる。彼もふだんなら仕事をしているはずだ。戻ってくるのは早くて夕食の時間だろうと思っていた。

犬だ。犬の様子を確かめに戻ったのだ。そしてそのあいだに、これもすると決めたのだろう……これがなんであれ。

彼はセーターの裾を持ちあげ、ホルスターに入った拳銃を見せる。そしてあなたがうなずくのを待ってから、ドアをあける。

「トラックに乗れ」彼はいう。

彼はあらゆるものに目を向けている。あなたに。ピックアップトラックに。あなたのまわりに。木や家や鳥に。腕をあなたの肩にまわしてトラックまで連れていき、助手席側のドアをあけ、すぐにしめて、小走りに反対側へ向かう。二人とも乗りこむと、彼がほっとして雰囲気が変わるのがわかる。

「何があるの？」

答えは明らかだろう、といわんばかりに彼は舌を打つ。「ドライブだよ」

胃がぎゅっと縮む。彼がどういう意味でいっているのか、あなたにはわからない。彼はキーをまわしてエンジンをかけ、私道を出ることに集中している。無表情で、何を考えているかまるで読めない。

ああ、もう。

彼は目をつぶれとはいわない。トラックが道路へ出るのを待ってから——田舎道だ、両脇に木が繁り、家が、人の住む本物の家が建っているが、見えるところに人はいない——あなたはたずねる。

「わたし……外を見ていいの？」

「好きにしてかまわない」まるでそれがいままで口から出たなかで最大の駄法螺《だぼら》ではないかのようだ。

目が窓に釘づけになる。集中しろ。すべてが——木に繁るすべての葉が、家々のすべての窓が——決定的な手がかりになる。リビングでのあの夜以来、情報を処理するのは乾燥した穀物のなかでペダルを漕ぐ作業のようだった。何もくっつかずに、すべてがすべり落ちていった。だが、それでもやってみなければ。

やってみなければ。

彼はゆっくり運転し、建ち並ぶ家を次々通りすぎていく。近隣は住宅街で、彼のまえの家とは正反対だ。森に隠れたあの大きな家、まわりに誰もおらず、何エーカーもの土地が目隠しになっているようなあの土地とはまるでちがう。

彼にとって自然な環境とはいいがたい。人目にさらされすぎていて、ひどく煩《わずら》わしい。こういう男をこういう場所に置いておくと、一触即発の火薬庫のようになるのがおちだ。

木や電線のほかには、ほとんど何も目につかない。前庭に人の姿はない。大人は職場、子供は学校にいるのだろう。右手を牛の群れが通りすぎていく。一メートルほど先に、食肉工場〈ブッチャー・ブラザーズ〉の看板がある。その看板の隣りには、古びた、気味の悪い井戸があった。前世紀のおとぎ話に出てきそうな井戸だ。

集中しろ。

いままでのところ、車は左、左、右と曲がった。左、左、右。それが隠しコマンドであるかのように、必死に覚える。左、左、右、それからまっすぐ進んで〈ブッチャー・ブラザーズ〉の牛とすれちがった。

左側にB&B、右側に図書館がある。それから唐突に——ご自由にお持ちくださいとでもいうかのように、誰にでも利用可能な、ひらけた様子で、目のまえに——町の中心街が現われる。

幻覚を起こしているにちがいない、と思う。

彼はメイン・ストリートらしき通りをまっすぐ運転していく。すべてを一度に見てとろうとすると、あまりにも過剰で圧倒される。サンドイッチショップ。書店。喫茶店。ベーカリー。酒店。ヘアサロン。ヨガスタジオ。それにドラッグストア。角を曲がると、〈アマンディーン〉というレストランがある。しまっている。レストランは月曜定休が多かったのを、あなたは思いだす。

しごく日常的な雰囲気だ。まるで車から降りて、またさまざまなことができるかのようだ——ラテを買ってきたり、ヴィンヤサヨガのレッスンに出たり、新しい口紅を買いにいったり。

彼のほうを向く。彼の目が淡く輝き、冬の日射しのなかで半透明に見える。手はハンドルを自在に操作する。ごくふつうの光景だ。書店を背景に、手はハンドルの十時と二時の位置に置かれている。ちょっと買物に出かけた男。町なかにいる父親。きちんとした町できちんとした生活を送る、評判のよい男。

彼はベーカリーに車を寄せ、シルバーのBMWのうしろに停める。エンジンはかけたままだ。

「で、どう思う？」彼がたずねる。

どういう返答を期待されているのか見当もつかない。思いきって横を見る。心配じゃないの？　いまにも誰かに見られるかもしれないのに。彼は五年ものあいだシェードをおろし、ドアに鍵をかけて、あなたを隠してきた。それなのに、ここで何をしているのだろう？

「ええと……素敵ね」なんとかそう口にしてみる。

小さな笑いが返ってくる。「妥当な言葉だな」彼はいう。「住人もみんな素敵なんだよ」ここで外を一瞥《いちべつ》する。「噂をすれば……」

彼の視線を追う。ベーカリーから男が出てくるところだ。グレーのコートに身を包み、前屈みの姿勢で腕の下に紙袋を抱えている。男はトラックに気づき、進路を変更する。

あなたに向かって歩いてくる。

男が近づくにつれ、細かいところが目につく。髪は薄くなりかけ、頭皮には茶色い染みが並んでいる。左手の薬指にシルバーの結婚指輪をしている。あなたはすべての詳細を見つめ、ごくふつうの見かけのこの男にすっかり魅了される。五年ものあいだ見知らぬ顔に出会うことがなかったせいだ。

男はトラックのほうに手を振る。「エイダン！」

おしまいだ。彼は銃を抜くだろう。グレーのコートの男は一巻の終わり。あなたは助手席のシートを握りしめ、顎にぐっと力をこめる。歯がこすれ合い、レコードに針が引っかかったような音が脳内に響く。

右側で音がするので、思いきって目を向ける。

助手席側の窓がおりている。

いったいどうなっているのだ？

「こんにちは、判事」

彼の声は礼儀正しく、温かく、甘ったるい。顔には、通りでばったり旧友に出くわしたときの喜びがまことしやかに浮かんでいる。

いまやあなた側の窓は完全にあいている。グレーのコートの男はトラックにもたれ、また挨拶の言葉を口にする。

「どんな調子だね？」男はたずねる。「今日は仕事じゃないのかい？」

運転席にいる男は笑い、指でハンドルをとんとんとたたく。

「ちょっとした休憩ですよ、判事。仕事っていうのがどんなものかはご存じでしょう。上司はそう長いあいだ目を離してはくれない」

相手もくすくす笑う。もちろん知ってるさ、と彼はいう。「わたしのことはフランシスと呼んでくれ。もう何百回もそういっているだろう。そんなに堅苦しい呼び方をしなくてもいいのに」

「あなたがそうおっしゃるなら」彼は冗談めかしていい添える。「わかりましたよ、判事」

あなたはグレーのコートの男のほうへ視線をあげ、運転席からの疑惑を招かないよう気をつけながら、一心に見つめる。目に涙が滲《にじ》み、顔は燃えるようだ。わたしを見て。わたしの心の声を聞いて。こっちを見てったら、この役立たず。わたしが誰だかわからないの？

きっとポスターが貼られたはずだ、彼があなたを連れ去ったあとに。どこかほかの場所だったかもしれないが、そんなに遠いはずはない。近隣の町で判事をしているなら、聞いたことくらいあるんじゃないの？　覚えがない？　行方不明者の顔は長く記憶に刻まれるものじゃないの？

男の視線があなたの上に落ちる。ようやく。少しのあいだ、それが起こるだろうと、男があなたに気がつくだろうと思う。この男が助けてくれるだろう、と。しかしこの男は運転席に視線を移し、無言で問いかけるように眉をあげる。で、こちらは……？

あなたの脳はその答えを、正しい答えを叫ぼうとする。金切り声で自分の名前を発しようとする。だが、何も出てこない。体が押さえつけられているかのように、身動きが取れない。

左側から、手が肩に載せられる。「おれのいとこです」彼はいう。「休暇のあいだ、こっちに遊びにきたんですよ」

わかっていることがひとつあった。家に入った最初の日、バスルームの鏡に映った女を見た——あなたとは似ても似つかなかった。髪には白い筋が交じり、頬は落ちくぼんでいた。五年分、年を取っていた。メイクもしていなかった。以前はたっぷりメイクアップしていた。アイライン、ファンデーション。口紅もさまざまな色を使っていた。いまのあなたを見るがいい。道行くすべての他人のなかにあなたの顔を探す母親や父親でもないかぎり、誰にあなただとわかる？

忌々しいことに、自分の名前すらいえないのだ、頭のなかでさえ。

わかった、というように判事はうなずき、あなたのほうを向く。「で、どちらから？」

舌が口の天井に貼りつく。嘘をつくべきなのだろうか？　でたらめな場所を挙げる？

判事がさらに質問をしてきたらどうする？　それとも、本当のことをいえるだろうか？

種を植えるように、誘拐された町の名前をいっておくべきか？

決心する間もなく、運転席の男が代わりに答える。「フロリダ州レイフォードから。ゲインズヴィルの少し北ですよ。一族みんな、そこの出身なんです」

フロリダの陽光にうんざりしてこちらへ？　とかなんとか、判事が冗談をいう。

あなたはこう思う――フロリダ州レイフォード？　どうしてその地名が彼の口から転がりでたのだろう。嘘をつき慣れた人間について聞いたことがなかったっけ？　すべての嘘を真実の薄い膜で包む、とか。

彼の出身地なのだろう、と判断する。フロリダ州レイフォード。熱気のなかで肌を焼いている少年を想像する。湿気のせいで髪がカールして、シャツは肩に貼りつくだろう。蚊がいて、アリゲーターの赤ちゃんがいて、節くれだった樫《かし》の木が生えている。彼の頭のなかには嵐が吹き荒れている。

判事は車の助手席側をとんとんとたたく。

「あんまり引きとめてもなんだから」判事はあなたに向けて会釈しながらいう。「お会いできてとてもよかったですよ。滞在を楽しんでください。身を切るような寒さについてはお詫びしておきます。ここの特産品みたいなものだから」

沈黙が垂れこめ、やがてあなたはこの手の会話がどういうものか思いだす。あなたは判事に向かって微笑み、ありがとうございます、と口に出していう。舌に火がついたようになる。

わたしに見覚えがないの？　本当にこんなふうに、凍った湖の表面から落ちるように世界からすべり落ちて、忘れ去られてしまうなんてことがありうるの？

助手席側の窓がしまる。判事が自分の車に小走りで戻り、道路を走りだすまで待ってから、彼は古くからの友人に最後にもう一度手を振って車を出す。

木々や繁み、電線だけの景色に戻るあいだ、あなたは黙ったままでいる。失われた機会を嘆いている。助けてくれたかもしれない人のことを、以前の見かけを失った自分を、みんなが探すのをやめてしまった自分のことを思い、悲嘆にくれている。

「いいやつだろ、あの判事は」左肘を運転席側の窓につけ、左手を宙でぶらぶらさせて、片手でハンドルを握りながら彼はいう。「このあたりの人間はみんなあんなふうだ。人あたりがよくて。信じやすくて」

彼はダッシュボードの時計を一瞥する。あなたの頭のなかで、パズルのピースがぴたりとはまる。彼の望みはこれだった——判事に出くわすことだったのだ。いつ、どこに行けば判事に会えるかわかっていた。それで時間どおりにそこに着けるように出かけたのだ。彼は誰に向けるでもなく笑みを浮かべ、深く、穏やかに息を吸いこむ。計画が完全に思ったとおりに運んだ男の満足感。

彼は見せたかったのだ、あなたのためにつくったこの牢獄を。壁と屋根とカメラだけでできているわけではない。彼がつくりだした世界、あなたが消えるがままになったこの世界全体が牢獄なのだ。

46 エミリー

長居はしない。そう自分にいい聞かせる。ひと目見るだけ。

仕事のあとに車で向かう。エリックとユワンダにはこのあいだとおなじ、ドラッグストアに行くというといういいわけをする。わたしが嘘をついているのは、二人にはわかっている。ただ、いい友人として、わたしが必要とするスペースを与えてくれているのだ。

わたしも、二人に嘘をつくのはものすごくいやだった。ひどく下手でもある。しかしほかに選択の余地はない。

到着すると、彼のトラックが私道に停まっている。彼はここにいる。すぐそこにいる。

三十メートルくらい離れた道路から――木々が葉を濃く繁らせ、雑草が高く伸びた場所から――眺める。彼から見えたらどうしよう？　車がエンストを起こして、助けを呼ぼうとしているところだったと話すとか。ここにいて、と彼はいうだろう。家まで走っていき、すぐにブースターケーブルを持って戻ってくるだろう。

彼に見られたって、それが世界で最悪の事態というわけじゃない。

一応、エンジンは切る。ライトも消す。シェードはおろされているけれど、一階と、二階の二部屋に電気がついているのがわかる。

リビングで読書をしたり、テレビを見たりしている彼の姿を思い描く。もしかしたら寝そべって、スマートフォンに入っている妻の写真をスクロールしているかもしれない。あと一枚、もう一枚だけ見たら寝よう、と自分にいい聞かせながら。

体じゅうの筋肉がゆるむ。背中は運転席のシートにすっぽり収まっている。これくらい離れていても、彼がいると思うと安心できる。充分ではないけれど、何もないよりはいい。

彼はここにいる。彼は実在する。おかげでわたしにも生きている実感が生じる。

沈黙を破るように、通りの反対側でばんという音がする。わたしは飛びあがり、木々の隙間から覗《のぞ》く。ミスター・ゴンサレスがごみの袋を持ってドアから出てくる。大型ごみ箱から戻る途中に、ミスター・ゴンサレスは立ち止まって家の横の電飾を調整する。赤や黄色の電球が家の壁に沿って並んでいる。ゴンサレス家では、今年はすべての飾りを出したようだ。赤い鼻のトナカイの置物が前庭で草を食《は》み、空気を入れて膨《ふく》らましたサンタクロースが二階の窓から忍びこもうとしている。ドアには大きなリースがかかっている。ガレージの上でまたたく大きな赤いリボンの効果もあって、家そのものがラッピングを施した巨大なプレゼントのように見える。

ゴンサレス家だけじゃない。近隣の家にはみんな飾りがつけられ、金や赤や緑にまたたいている。この通りで飾りつけをしていないのはエイダンの家だけだ。

毎年十二月になると、彼と妻はクリスマスパーティーをひらいていたものだった。うちの両親も何回か、わたしが友達とそのパーティーに行くのを許してくれた。あのライトは忘れられない——屋根から地面へさがり、雨樋から滝のように流れ、きれいに並び、木やリースに巻きつけられたものもあって、半径五百メートル以内のすべての繁みが光を放っていた。人々は口々に彼を褒《ほ》めそやした。彼がその褒め言葉を手で払うようにしながらこういうのが聞こえてきた。「電気関係の仕事をしているんだから。多少の電飾も扱えないようじゃ恥ずかしいよ」

今年はそんな気になれないようだ。当然だ。乾燥して剝けた下唇の皮を引っぱりながら思う。もちろん今年はそんな気になれないはずだ。妻を亡くしたばかりなのよ、エミリー。電飾をいじる気になれなくたって当たりまえだ。クリスマス気分になれなくたって当たりまえではないか。

このところずっと、わたしたちのあいだはうまくいっていない、わたしがおかしいのだろうか、と思っていた。彼はただ悲しいだけなのかもしれない、妻の死を悼《いた》んでいるのかもしれないと、立ち止まって考えなおしたりはしなかった。

もう一度、窓を見つめる。

もしかしたら、彼はどう助けを求めたらいいかわからないのかもしれない。誰かを待っているのかも。迎えいれるしかなくなるまで何度でも彼の家のドアをたたくような、直感のままに行動する、頑固な誰かを。

47　家のなかの女

夕食後だいぶ経ってから、家じゅうが静まりかえったあと、沈黙のあとには彼がここに来る。ため息と、ジッパーの音。気がつけば二人でいつもおなじ場所に戻っている。二人は磁石のS極とN極のようなものだ。

彼は事後もぐずぐずと居残り、あなたの隣りに座る。

「聞いてくれ」

あなたは聞く。

「やってもらいたいことがある」

少しの間をおいてから、あなたはいう。「話して」

彼は頬の内側を噛む。「セシリアのことだ」

胃がぎゅっと縮む。「彼女がどうしたの？」

「クリスマス休みがもうすぐはじまる」彼はそこで反応を待つが、とくに何も返ってこないとわかると、つづける。「あの子から目を離さないでほしい」

あなたは眉をひそめる。「目を離さない？」

彼は辛辣な口調で説明する。まるで、すべてわかりきったことなのに、あなたがわけもなく物事をややこしくしているかのように。「学校が休みになって、あの子は一日じゅう家にいる。子供といってももう大きいから、世話を焼いたりする必要があるわけじゃない。ただ……誰かがそばにいたほうがいい。あの子に何があったかはわかっているだろう」

彼は天井を見あげる。「いままでは、この時期には母親と一緒に過ごしていたんだよ。おれは仕事がある」

セシリア。自分だけの時間を持たずに育った彼の子供。お泊まり会に出かけることもなければ、友達の家で過ごすこともしない。学校がはじまる時間に家から運ばれ、終わったとたんに家へ運び戻される子。週末は父親と過ごし、夜はテレビのまえで過ごす。一人きりの時間ができれば、考えはじめるのかもしれない。父親のこと、父親がしていることについて。

「もちろん」あなたはいう。「よく見ておく」

彼は口の端だけで笑う。「そうか、ありがたい」そうはいうものの、あなたには皮肉にしか聞こえない。彼は本当に頼んでいるわけではない。あなたには選択の余地がないのだから。

「あと二つ」

あなたはうなずく。

「犬のことだ。毎日正午に外に出すようにいってある。あの子がきちんとやる。だから手を出そうと思うな」

表面上はこんなふうに聞こえる――心配しないでくれ、あの子がちゃんと世話をするから。しかし意味するところはこうだ――ドアノブに触るな、たとえ犬のためであってもだ。犬を口実にして何かをしようとするな。

彼はポケットのなかに手を入れながらつづける。「で、これが最後のひとつだ」

そういって手をひらき、金属製の留め具のついたプラスチックのリストバンドを見せる。

「これが何かわかるか？」

昔、似たものを持っていたことがある。ワシントン・スクエア・パークの周辺でランニングをするときに、走った距離を確認するために身につけていた。

「GPS発信機？」

わざと疑問形でいう。彼が説明する満足感を味わえるように。

「そのとおり」そういってバンドを裏返し、白いプラスチックの下の黒光りする帯を見せる。もともとついていた部品ではないとわかる。彼が自分でつけたのだろう。

「で、これが何かわかるか？」

あなたは首を横に振る。

「ストリップスチール。かなり頑丈だ。ハサミでは切れない。だからやろうとしても無駄だ、いいな？　いじるな。これに何かあったら、おれにはわかる」

あなたはうなずく。彼はバンドを脇へ置き、まんなかで青いドットが点滅しているスマートフォンを取りだしてひとつのアイコンをタップする。地図がひらき、すべてが知識であり、すべてがヒントでもある――が、あなたの視線が画面上をすばやく動く――注目すべき何かが見つかるまえに彼がボタンを押し、画面がまた暗くなる。

「発信機はアプリにリンクしている」彼はいう。「おまえがどこにいてもわかる。つねに」テクノロジーも、あなたがいなくても進化しつづけてきたらしい。彼はそれをどう用い、どう利用したらいいか学んだのだ。「何かしようとすれば、おれにはわかるし、そう遠いところにいるわけでもない」間がある。「おれが生活のために何をしているか覚えているな？」そういって、空を指差す。

覚えている、とあなたは彼にいう。

手首を出せ、と彼が身振りで命じる。

肌に当たると、バンドは冷たい。彼は留め具を無視して、ストラップを巻きつけ、肌にしわが寄るほどきつく引っぱる。

「動くなよ」彼はいう。そしてまたポケットに手を伸ばし、あなたにはなんだかわからない工具を取りだす。かちかちと何回か音がしたあと、炎が立ちのぼる。ガスバーナーだ。しかし小さくて、拳銃のグリップのように彼の手にすっぽり収まる。彼はあなたの手首をつかんだまま、バーナーをあなたの肌に近づける。あなたはひるむ。彼は唇を噛む。「動くなといっただろう」

炎がリストバンドをなめる。プラスチックが溶けて両端がくっつくのを二人で見つめる。

「そらできた」

バーナーのスイッチが切れる。一瞬、彼を見失う。暗がりに目が慣れていないせいだ。彼のほうがあなたを見つけ、手錠でベッドにつなぐ。いまではマットレスの上で眠っている。森から生還して以来、ずっとそうしている。手首についたプラスチックは熱く、脈を打っているかのようだ。彼の足音が遠ざかってもなお離れない亡霊だ。

どこか腑に落ちないところがある。なぜ家のなかを歩きまわることを許すのか？　もちろん、手首につけたＧＰＳ発信機があるから、遠くにいてもつねに見られている脅威はある。しかし、そもそもなぜわざわざそんなことまでして泳がせるのだ？
彼がいなくなったあと、目をひらいたまま暗闇のなかに横たわる。あなたは天井になる。のっぺりした白く平らな広がりで、忘れられた存在だ。誰も二度は目を向けないが、取り去れば家が崩れる。すべてがうまくいかなくなる。

セシリア。

読書をするあの少女が、「お願いします」や「ありがとう」のいえるあの少女が、あんなにも愛情をこめて父親を見るあの少女が、いったい何をしたのだろう？　面倒を起こそうなどとは夢にも思わないような、勤勉で躾《しつけ》がよく、思いやりがあって忠実なあの少女が？

現実を知らない純真なあの子が、ほんの数時間も目を離せないと彼が思うほどのことを何かしたのだろうか？

48 セシリア

あの人は彼女にあたしを見張るように頼んだ。見え見えだ。そのことで彼女を責める気はないし、本当のところ、あの人を責める気もない。心配性なのだ、うちのパパは。家のなかで銃を持ち歩くことまでしはじめた。「家のなかに銃を持ちこまないで」ママはよくそういっていた。だけどパパの偏執症的な不安の手綱を取っていたママはもういない。それでこんなことになってる。

もしあたしがパパなら、たぶんおなじことをしただろう。誰かに頼んで、自分の子供を見張るだろう。ママはいつもいっていた。あなたも子供を持てばわかるわよ。

あんなことはあの一度だけだっていってるんだから、信じてくれればいいのに。

ママが死んだあとのことだった。三日とかそのくらい経ってから、あたしは学校に戻った。みんながじろじろあたしを見た。控えめにしてたつもりらしいけど、みんながひそひそ声で噂をしたり、ぶつかりでもしようものならスケールの大きな災難の引き金になるとでもいうようにあたしのまえから飛びのいたりすることに、気づかないでいられるわけがなかった。

この学校は大嫌いだ。二年まえに転校してきて以来、一度も居心地よく感じたことがない。唯一よかったのは、まえに行ってた学校より休みが長いことだ。まえの学校では何もかもうまくいっていたのに、ある夜、保護者面談から帰ってきたパパは怒っていて、数学教師のミズ・ロリンズについてあらゆることをあたしにたずねた。どうやら、先生のほうがパパに、あたしたちについて——パパの言葉を借りればあたしたちの「家庭生活」についてあらゆることをたずねたらしい。ママはまだ生きていたけど、病気が再発したあとだった。「たぶん、わたしの病気のことを訊きたかったんじゃないかしら」ママがいった。「きっと心配してくれているのよ」だけどパパは、心配することと詮索することのあいだには明確な境界線があり、ミズ・ロリンズはその一線を越えたのだという。パパはもう決めていた——あたしは転校しなければならない、と。そして一週間のうちにあたしが入れそうなほかの学校を探してきた——誰も知ってる人のいない、隣り町のチャーター・スクールだった。

とにかく、あたしはママが死んだあと学校に戻って、それから物事がおかしくなった。ほんの家に帰りたかったけれど、帰ればパパがいるし、パパのそばにいたくはなかった。

数時間でいいから、一人になりたかった。

パパのことは愛してる。当然だ。ただ、パパのまえにいると、ちゃんとしていなきゃならないように感じた。あたしには、もうそんなことをする気力はなかった。

三時間めが終わるまで待ってから、代数の授業に行かずに外へ出た。誰にも見られなかった。駅に着くまで歩いた。誰にも止められなかったので、自動券売機で切符を買って、アムトラックに乗った。

窓に額を押しつける。列車が揺れるたびに頭が窓ガラスにぶつかり、振動が体じゅうに響いた。何分かすると、また息ができるようになった気がした。

あたしだって馬鹿じゃない。パパが怒るだろうとわかってはいた。だからポキプシーで降りたのだ。また切符を買って、誰にも気づかれないうちに戻るつもりだった。だけど自動券売機の列に並んでいるあいだに、誰かが駆け寄ってきた。その誰かはあたしの両肩に手を置いて、体をぐるりとまわした。顎が彼の胸にぶつかった。唇を嚙んでしまったけど、彼は気づかなかった。あたしをきつく抱きしめて、顔を見るためにいったん体を離してから、また抱きしめたりして忙しかったから。

「何があったんだ」パパはいった。質問というより、泣きごとだった。「何をしたんだ。なぜ。なぜこんなことをする」

パパの姿を見てびっくりしたけれど、パパに見つかったことには納得がいく気持ちもあった。いつもこうなのだ――頭のうしろに目がついているのよ、とママがよくいっていた。あたしに関係のある物事の場合はとくに。

一緒にトラックまで歩いた。パパは手をあたしの背中に当てていた。離したらあたしが逃げるんじゃないかと思っているみたいに。

パパは怒ってはいなかった。ほっとするあまり、怒る気にもなれなかったんだと思う。夕食にシェパーズパイをつくってくれて、二人で黙ってそれを食べた。夜になってから、パパはようやくいうべき言葉を見つけた。

リビングで映画を観ているときだった。パパはそれを止めると、肘掛け椅子のなかで身動きして、あたしのほうを向いた。

「あんなことはもう二度としないでくれ」肘を膝の上に立てて、両手を顎の下で祈るような形にしながらパパはいった。「もう二度と。聞いてるかい？」

あたしはうなずいた。ここでしゃべるのをやめてくれればいいのにと思ったけれど、パパはつづけた。「連絡をもらったときどんな気持ちになったか、おまえにはわからないだろう。学校が電話してきたんだ。もう少しで警察に通報されるところだった」

ひとつ、わからないことがあった。

「どうしてあたしの居場所がわかったの？」

「スマートフォンだよ」パパはいった。「追跡できるようになってる」

それで納得がいった。学校のみんなも、自分の居場所を説明する代わりに、いつも地図にピンを立てて通知しあっている。町なかに待ち合わせ場所なんて全部で三つくらいしかないのに。

パパの話はまだ終わっていなかった。「最悪の場合どんなことになったか、おまえにはわかっていない」パパの声は低くて、呼吸は短く速かった。「もう帰ってこられなくなっていたかもしれないんだぞ。誰かがおまえを……それで、どうなると思う？」

あたしは口をはさもうとした。「パパ――」だけどあたしの声なんか聞こえていないみたいだった。

「警察がおまえを探すところだったんだぞ。家のなかを、おれの所持品やおまえの所持品を探ったりもするんだ。連中はあらゆるところを探すんだよ」

パパはこめかみを揉んでまたいった。「最悪の場合どんなことになったか、おまえにはわかっていない」

そんなところを目にしたのはその日だけだった。その日、あたしのせいでパパの目に不安が宿ったのだ。

49　家のなかの女、少女に近づく

まさか彼が本当にそんなことをするとは思っていなかった。あまりにもリスクが高い。しかし彼はそういう男なのだ。これまでも、手錠をひらいたままにしたり、あなたを車に乗せて町まで走ったりしてきた。あなたを閉じこめるために自分が築いた壁を信じきっているのだ。

彼は部屋に入ってきて、あなたをベッドから自由にすると、階下《した》までついてこいと身振りで示す。彼とセシリアと一緒に朝食をとる。今日は学校に関するおしゃべりはない。テストや成績やなんとか先生に提出する連絡帳に関する質問もなし。

クリスマス休みがはじまったのだ。

あなたはトーストを食べおえる。彼が立ちあがり、彼の子供も立ちあがる。今日は彼女にも片づけを手伝う時間がある。階上《うえ》へ駆けあがって歯を磨かなくていいし、腰の上でバックパックを弾ませながら急いで降りてくる必要もない。

あなたも無言のまま手伝う。最後のマグカップが詰めこまれると、彼は食洗機をとじ、娘のほうを向く。

「十二時に犬を外に出すのを忘れないように」彼は娘にいう。「遠くまで行かないこと」そして娘の肩越しにあなたを見ながらつづける。「できれば立ち寄るから」

セシリアはため息をこらえていう。「パパ。あたしは十三歳なの、三歳じゃないの。家を燃やしたりしないって約束する」

ようやく彼が出かける。トラックが発進し、離れていく音が聞こえる。初めてセシリアと完全に二人きりになる。

彼がつくりだしたもうひとつの世界では、あなたは仕事を休んでステイケーション中ということになっている。これまでに、あなたのもうひとつの人格であるレイチェルは家族とあまり仲がよくない、という設定ができあがっている。だからここにいて、ひと息ついているのだ、という話になっている。

セシリアは身じろぎしてあなたのほうを向く。あなたを無視するほど無礼にはなれず、しかしシャイなので気まずい思いをしてもいる。

「じゃあ……あなたは何をするの？」セシリアがたずねる。

あなたは一瞬考える。レイチェルなら何をするだろう？

「とくに何も」あなたはいう。「くつろいで過ごそうかと」

沈黙があり、それからセシリアがまた口をひらく。「あなたはすごく社交的ってわけじゃないのね？」

セシリアは顔をしかめる。心の声が口に出てしまった、この人怒らないかな、とでも思っているように。ひとつの記憶が、この家から引き離そうとしたときの彼女の罵倒が宙に浮かぶ。わかってない。あなたにはなんにもわかってない。

「悪い意味じゃなくて」彼女は早口でいう。「ただ――よくわからないけど。いいと思う。本当に」

あなたのなかの半分は、彼女の肩をつかんで揺さぶり、すべてを話したいと思う。わからないの、わたしを助けてよ、これはみんな茶番なのよ、あなたの父親がわたしにしたことなの、誰かに電話して、わたしをここから出して。しかしそこにもう半分のあなたが出てくる。前回学び、神経経路にひとつのパターンを築いたあなただ。セシリアは子供で、まだ聞きいれられない物事があり、世界の一部を受けいれる準備ができていない。無理強《じ》いすれば、自分を守ろうとして、あなたを厄介事に巻きこむ。

小屋の外で生き延びるためのルールその7――この少女に助けを求めないこと。

そんなわけで、あなたは穏やかにからかうような口調でいう。「あなたにもおなじことがいえるんじゃないかな。あなたもあんまり社交家タイプではなさそう」彼女の様子がどことなく暗くなる。「そう。あたしとパパは……ずっと二人で一緒にいるから」

何年もまえ、彼女が子供だったころを想像してみる。家族がまだ無傷だったころだ。一連の真珠のように、彼女と、母親と、父親が、それぞれにほかの二人と結びついていたのだ。彼女の面倒を見るべき人が一人だけになり、きっと足もとから絨毯が半分引き抜かれるような、ひどく不安定な気持ちになっただろう。

「わかる」あなたはいう。「人は複雑だから。信じて、わたしだってそれくらい知ってる。ときには一人でいるほうが楽なこともある」

セシリアは重々しくうなずく。まるであなたが深い真実をいい当てたかのように。

「じゃあ……テレビでも見る？」

あなたはセシリアのあとについてリビングへ行く。彼女は犬を連れてきて、ソファの二人のあいだに座らせる。ローザ。助けた三日後、父親が屈して、飼ってもいいといったときにそう名づけたのだ。彼らは犬に首輪とタグをつけた。ローザって、動物を描くフランス人画家、ローザ・ボヌールから取ったの、とセシリアは説明した。ローザ・ボヌールのことは絵画教室で習ったのだ。父親はうなずいて、いい名前だ、といった。とても大人っぽい、と。

いま、あなたは身のまわりに彼の存在を感じている。本棚の隙間から覗《のぞ》いてくる目のような存在を、上空から忍びよる鷲のような存在を感じている。

ことによれば、彼がすぐ外であなたを捕まえようと待ちかまえていてもおかしくない。

何年もまえにヨーロッパのどこかの少女の話を読んだことがある。八年のあいだ地下室《セラー》に閉じこめられ、ある日逃げるチャンスを見つけた。彼女は走った。走って走って、やがて人々を見つけた。いや、人々じゃない――一人だ。そして助けを求めた。最後にはそれが聞きいれられ、年老いた隣人が警察に電話をかけてくれた。

逃げだすことのできたべつの話はこうだ――オハイオ州のある男の家に、三人の女性が囚《とら》われていた。まだ外の世界にいたときに、あなたは新聞の見出しを読んだ。男はドアに鍵をかけなかった。女性のうちの一人は、試されているのだと思ったが、とにかく逃げた。だが、もうひとつのドアには鍵がかかっていた。女性は隣人の注意を引いて外に出してもらい、誰かの電話で911に通報した。警察は間に合った。ほかの二人も生きているうちに発見された。

どの場合にも混乱があり、不確かさがあった。誰かに見られ、聞いてもらうことが必要だった。

誰もあなたの声を聞きつけてくれなかったらどうする？

リビングではセシリアが膝に犬を抱え、丸くなってあなたにもたれている。静かな友情が、表向きは修復された形だ。

あなたはいつか逃げるつもりでいる。確信が持てたときに。

50 ナンバー5

それは彼が望むとおりには進まなかった。

彼としてはいつもやっていることだが、すぐにやるわけではなかった。何かがちがったのだ。あたしの動きが速すぎたか、捉えづらかったか。そのせいで彼はびくついてしまった。

彼はあたしを落ち着かせようとしただけだったのだが、やりすぎた。まえにもやったことがあるようだった。確実に。

あたしがもう少しで逃げられそうになったのは、ひとえに彼より森をよく知っていたからだ。思うに、彼はときどき縄張りを移らなければならなかったのだろう。そうしないと人に見られる可能性があったから。誰かに顔を覚えられるかもしれないから。

彼はこのあたりを知っているといっていた。けれどもとくにこの森を知っているわけではなかったし、とくにこの道の先のカーブを知っているわけではなかった。溝のように見える地面の窪みが、実際にはただのへこみであることも知らなかった。

逃げようとする場合に、近道として使える窪みであることも知らなかった。

だからあたしは逃げた。ほんの一分かそこらだったけれど。明かりが見え、生き延びる道が、少なくともその可能性が見えた。

で、すぐに捕まった。

彼は息を切らして、焦点の定まらない目であらゆる場所を一度に見ていた。あたしのははじめから終わりまでをまっすぐ見通していた。

彼は怒っていた。怖れおののいてもいた。

ほかの人のときには、たぶんもっとうまくいったのだろう。

行動に移るまえに、彼は妻が病気なんだといっていた。

お気の毒ね、とあたしはいった。

そんなことはない、と彼は答えた。医師たちは治るといっているから。

51

エミリー

ベッドに寝そべって、昔のベル・アンド・セバスチャンのアルバムを並べ、自分のなかの少女を探していた。愛と友情を信じていた少女を。心の奥にかかった鍵を誰かがあけてくれると固く信じて待っていた少女を。

スチュアート・マードックがサビの最初の一行すら歌い終わらないうちに曲を止めた。手が上掛けにぱたりと落ちる。眠れればいいのだけれど、体に電気が流れているかのようで眠れない。電気的なその刺激は、方向は定まらないのに、何かしろという圧力は強い。なんでもいいから。

わたしは身を起こす。目が乾いて、べたべたする。手の皮膚はがさがさだ。今日は月曜日で、希少な一日休み。電話で時間を確認すると、午後一時だ。

彼に会いたい。

いや、会いたいんじゃない、会う必要があるのだ。

会わずにはいられない。

わたしはいままでいろいろ努力してきた。そうよね？　彼にスペースをあげようとした。忘れようともしたし、いずれわたしのところへ戻ってくると信じようともした。たぶん、彼が気のすむまで引きこもったあとなら、友達くらいにはなれるからと、自分を納得させようともした。

どれもうまくいかなかった。

毎晩、彼の夢を見る。毎朝、彼がいない空《むな》しさを一から噛みしめている。彼のことを考える。彼の暗い家、クリスマスの電飾のない家のことを考える。ときどき、自分の脳みそも彼の家みたいなものだと思えることがある——薄暗くて、ずっかりとざされていて、かすかな光が通り抜けることもない。

そういう瞬間には、誰かが入りこんできてくれればなんだって差しだすのに、と思う。

仕事にかかる。洗濯を先延ばしにしてきたせいで、二週間分のボタンダウンシャツがかごからはみ出ている。引出しの奥にあった珊瑚色のウールのセーターが助けてくれる。シルバーのネックレスが、V字型のネックラインからのぞく鎖骨のあいだに落ちかかる。ベッドの脚のそばにできた服の山から、まずまず清潔なジーンズを救いだす。ドライヤーの電源を入れ、ブラシで髪を梳《す》く。コンシーラー、チークブラッシュ、パウダー、マスカラを使う。リップグロスも。リップグロス？

きらきらするグロスを顔から数センチのところで止める。

やめよう。

リップグロスはなしで。あまりにも少女っぽいから。わたしが求めている男性は――本物の男だ。父親でもある。どこかのロリコン野郎とはちがうのだ。

リップスティックにしよう。そう決めて、指先で唇に色を乗せる。控えめな色でいい。ちょっとチェリーでも齧《かじ》ったとか、色の濃い赤ワインをひと口飲んだときのような色。

震える指でスノーブーツのひもを締める。興奮に似た感情で胸が締めつけられる。どんなに時間がかかろうと待つつもりだ。彼が帰宅したとき、そこにいられるように。まあ、そこじゃなくてもいい。わたしだって完全に頭がおかしいわけじゃない。近隣で、何か雑用でもしていればいい。それで、偶然出くわす。彼は沈黙の理由を説明しようとするだろう。そうしたらわたしはこう話すのだ。ちょっと、そんなことといわなくていいのよ。人生にそういうことはつきものだから。わたしたち二人とも、忙しかっただけ。自力でことを起こさなければならない。みんなそういうではないか――雑誌も、朝のテレビ番組でインタビューに答えるライフコーチも。誰も彼も。誰それにアイデアを盗まれた？　あいつが倉庫へ向かう途中に尻をつかまれた？　しっかりしろ。人事課になんか行くもんじゃない。行ってもトラブルになるだけだ。無視すればいい。職場に着いたときに毎朝感じる、腸《はらわた》が絞られるような不安の波なんか無視するんだ。働きつづけろ。やつらよりうまくやれ。それが最良の復讐だ。

大胆であれ。勇敢であれ。やつらに目を向けさせろ。やつらにいうことを聞かせろ。

上着のジッパーをあげ、車のキーをつかんで階下《した》へ向かう。階段に響くわたしの足音は、信念の宣言だ。

52 家のなかの女は、つねに家のなかにいる

家があなたをそそのかす。あなたが耳を傾けさえすれば、家はすべてをしゃべりたがっている。

安全な方法でなければならない。仮に彼がスマートフォンの画面で見ていても、きちんと説明のつくような方法でなければ。

小屋の外で生き延びるためのルールその8——罰せられることのない物事を知っておくこと。

そういう物事の見分け方を、彼は意図せずあなたに教えてきた。その形や感触を。そういう物事はゆったりとしていながら、裏切りをはらむ。一見なんでもないことのようだが、裏に真の重要性を隠している。

本棚が怪しい、とあなたは判断する。

セシリアが階上《うえ》へ行ってしまうと、あなたは棚に近づき、本が並んでいるところへ手を

伸ばす。メディカル・スリラーのペーパーバックだ。彼のものか、あるいは死んだ妻のものか。いずれにせよ、あなたが触れるべきではないものだ。

ベルジャーのなかのバラを、野獣が城に幽閉した村人を思う。青ひげと呼ばれた男と、彼の秘密の部屋に入ろうとして殺された妻たちを思う。そして最後の妻のことを考える。青ひげは彼女のことも殺そうとした。彼女を助けたのは姉のアンヌだったと、童話の本で読んだのを思いだす。

あなたには、姉のアンヌはいない。

腕を持ちあげ、指先で手近の本の背を斜めに引きだす。

目に入るのは、『コーマ―昏睡―』という本のタイトルと、ロープで吊られて宙に浮いている体のイラストだ。目に入るのは、あなたが乱した彼の所持品だ。

そのとき、かたかたと物音がする。

体が硬直する。本をもとの位置に戻し、ソファへと飛びのく。彼にちがいない。ほかに誰がいる？　娘は階上《うえ》にいるし、客人が来たことなど一度もない。

いいわけの準備をする。何か読むものがないか探していたの。本当にそれだけ。本でどんな厄介事を引き起こせるというの？　ごめんなさい。触ったのはペーパーバックよ。ごめんなさい。ペーパーバックで誰かを傷つけることなんてできないでしょう？　ごめんなさい。ごめんなさい。

だが――呼び鈴が鳴る。一回、二回。

彼じゃない。

そうでしょう？

それとも、これは何かのゲームなのだろうか？　あなたがどう動くか、見ているとか？

玄関ドアから、とんという音が三回聞こえる。あなたは一回ごとに飛びあがる。とん、とん、とん。誰かが来ている。彼にはすべて見えている。

リビングの隅で犬が吠え、外に見知らぬ人がいるとあなたに知らせる。あなたはシーッといい、吠えるのをやめるように小声で懇願する。セシリアは何をしている？　階段を下りてくる足音がしないかと耳を澄ますが、何も聞こえてこない。ヘッドフォンでもつけているのだろう。となると、三人しかいない。あなたと、ドアの外にいる誰かと、すべての場所を見張っている男と。

耳障りな音がして、鍵が差しこまれ、ドアが押しあけられる。

誰かが来る。

53

エミリー

自宅から彼の家へ向かって運転していると、新たな期待で胸が膨《ふく》らむ。音楽をかける気にさえならない。希望に満ちた快適ないまこの瞬間には、音がなくても座っていられる。

近くの通りに車を停め、最後は歩く。

私道に彼のトラックはない。平日の日中だから、おそらく仕事だろう。だけど何かを確認するために家に立ち寄る可能性はあった。娘とか。この時期、学校は休みじゃなかった？　あるいは、ひとつの仕事からべつの仕事へ移動するときに通りかかるかもしれない。

どんな形でもかまわない。彼はいずれ必ず現われる。時間ならある。世界じゅうの時間が自分のもののように感じられる。

周辺を歩きまわる。通りを少しまっすぐ進み、引き返して、反対側へ渡る。隣人たちに気をつけなければ。うろうろしているのが目につけば、彼に話すだろう。

自制する間もなく、気づけば木のそばを離れて彼の家へ向かっていた。こんなに近づいたのは初めてだ。頭のなかで一覧表をつくる。白い木の薄板と、灰色の屋根板。手入れの行き届いた小さな庭には、錬鉄《れんてつ》製のパティオセットが置かれている。玄関ドアがあり、裏口がある。どちらも鍵がかかっている。

呼び鈴がある。

それを一回、二回と押す。何も起こらない。一分くらい聞き耳を立てるが、沈黙したままだ。

驚くにはあたらない。彼が家にいないとはっきりしただけ。けれども、彼がいないのにここにいると思うとたまらなくいやだった。彼の領域を勝手に調べているようで。木のドア枠を、短く三回ノックしてみる。また沈黙、それから——犬が吠えてる？

彼は犬のことなんて何もいっていなかった。

オーケイ、もしかしたら飼ったばかりなのかもしれない。それとも、ずっとこっそり飼っていたか。あるいは、わたしは自分で思っているほど彼のことを知らないのかも。

誰も出てこない。もう一度試そうと思うけれど、犬を興奮させたくない。

耳をそばだてる。あれは……？

何か聞こえたような気がする。囁《ささや》きのようなかすれた音が。かすかだが、間違いない。

誰かがシーッ、シーッといって、見つかるまいとしている。

次に何をするか、頭で考えるより先に手が動いて何かを探す。何を？　目に見えるものを。鍵だ、ドアをあけて彼の世界を明らかにするための。

答えだ。わたしが探しているのは答えなのだ。

玄関マットを持ちあげる。何もない。ドア枠の上に手をすべらせる。やはり何もない。鉢植えの植物――さまざまな鉢が、玄関ポーチのあちこちに置いてある。真冬のいまは、どれも花を咲かせていない。赤やピンク、白などの色彩は散っていない。ただ緑っぽい茎が土から気だるげに伸びているだけ。

そもそも、植物を外に出しておくべきではないのだ、もし本当に花を咲かせたいなら。もし何かを隠すことが目的でないのなら。

一つ、二つ、三つと鉢を持ちあげる。当たりだ。

鍵はいちばんダメージのひどい鉢植えの下にあった。霜枯れして茶色くなっている。この植物が花をつけることはもうないだろう。

ぎゅっと握ると、鍵は手のひらにへこみを残す。

本当にやるつもり？

誰かがなかにいるのだ。彼ではない誰かが。戸口に出てこない誰かが。

息を止めて、鍵を差しこむ。最後に一瞬ためらう――口実だ、何か口実が必要だ。なんていえばいい？　煙のにおいがしたような気がして、大丈夫かどうか確かめたかったの。

よし、これでいい、これで事足りるだろう。

世界が動きを止める。わたしはドアを押しあける。

54　家のなかの女

戸口に女性が立っている。

若い。あなたとおなじくらいか、あなたが行方不明になったときくらいの年齢だ。自分がいまいくつくらいに見えるのか、彼に捕まらなかったとしたらいくつくらいに見えたはずだったか、あなたにはまったくわからない。

きれいな人だ。それはよくわかる。つやつやの髪に上気した頰、整えられた眉、それに――リップもつけているだろうか。

犬が出迎えに行こうとするが、あなたは首輪をつかむ。

「この子が逃げちゃう」あなたはぐっと身を屈めながらいう。「まだ自分の名前もわからないのよ」

女性は一歩入り、背後のドアをしめる。あなたが手を離したとたんに、犬が飛びつく。舌を垂らし、尻尾を振りながら、未知の人の上着を嗅ぐ。

いるはずだ。

ああ、もう死んだも同然、とあなたは思う。彼のスマートフォンは狂ったように鳴って

一体全体どういうつもり？　あなたは頭のなかで女性に話しかける。いままで生き延びるためにわたしが何をしてきたか、わからないの？　もちろんわからないんでしょうね。まあ、それは問題じゃない。たったいま、あなたがすべて無駄にしてくれたから。彼はきっと、わたしたちを二人とも殺すだろうから。

見知らぬ女性は気もそぞろに犬の頭をぽんぽんとたたいてから、あなたに焦点を合わせる。

「彼の友達なの」彼女はいう。

この人に警告するべきだろうか？　外へ押しだして、逃げてと、ここには二度と戻ってこないでと伝えるべきだろうか？

彼女は言葉をつづけ、あなたが訊いてもいない質問に答えようとしている。「何かが聞こえたような……煙のにおいがしたような気がして。今日は仕事が休みで、だからわたしはただ……暇つぶしにそのへんを散歩していたの。そうしたら煙のにおいがしたから、家が燃えていないか確かめたくなっただけ」

彼女は手を差しだす。「ところで、わたしはエミリー」

彼女の手はやわらかい。別世界からの訪問者だ。ナイトテーブルがあって、その上にクリームのチューブが並んでいて、儀式のように毎晩それを使う世界。あなたも昔は毎晩寝るまえに、手と足にクリームを塗ったものだった。

彼女は――エミリーだ、もうエミリーという名だとわかった――ほんの少し長すぎるくらいのあいだ、あなたの手を握っている。こちらが名乗り返すのを待っているのだ、とあなたは気づく。

もしかしたらこれがテストなのかも。あなたがどう反応するか確かめるために、彼がエミリーを送りこんだのかもしれない。

まったく知らないこの女性を信用できるだろうか。たったいま、煙のにおいがしたなどという嘘を――ものすごく見え見えの嘘を――ついたばかりだというのに？

カメラやマイクのことを考える。この家が、あなたの秘密を彼に耳打ちする手段をいくつも備えていることを考える。

あなたの名前はレイチェル。ごく自然にふるまうこと。

仮に彼に聞こえているのだとして、あなたが計画どおりにやり通していることがわかれば、もしかしたらまだチャンスがあるかもしれない。あなたにとってのチャンスが。そしてこの見知らぬ人にとってのチャンスも。

「わたしはレイチェル」あなたは彼女にいう。「わたしは……友人」そこで、トラックに乗っていたときに彼が判事にしたつくり話を思いだす。よその人向けの嘘、子供のために考えだしたのとはちがう嘘だ。「というか、親戚。友人みたいな親戚」そういってあなたはくすくす笑う。いや、笑おうとする。「いとこなのよ。休暇を過ごすために、フロリダからこっちへ来たばかりなの」

嘘だとわかっているとしても、彼女はそれを顔に出さない。彼女は微笑んで、つやのある茶色の髪を首の片側へ寄せる。それがあなたの目についたのはそのときだった。

あのネックレス。

そっくりだけど——まさか。

だけどありうるだろうか？

あなたが混乱しながら凝視している先を、彼女が目で追う。

「ごめんなさい」あなたはいう。「ただ——あなたのネックレスが目について。それが……とてもきれいだなと思って」

彼女は笑みを浮かべる。「ありがとう」そういって、あなたにもっとよく見えるように持ちあげる。

無限大記号の形をしたシルバーのペンダントトップが、チェーンからさがっている。

あのチェーンなら知っている。

彼に拉致された日に、あなたが身につけていた繊細なチェーンだ。

財布は？　スマートフォンは？　と、彼はいった。それから——銃は？　ペッパースプレーは？　ナイフは？　これから確認するが、もし嘘をついていることがわかったら、おれとしてはおもしろくない。

あなたは彼に本当のことを話した。ポケットには何も入っていなかったし、袖のなかに何かを隠しているようなこともなかった。

アクセサリーは？

いま身につけているものだけ、とあなたは答えたのだ。

十九歳の誕生日にジュリーが買ってくれたネックレスだった。彼女はよく、小さなブルーの箱に入って白いリボンをかけられたティファニーのアクセサリーに魅かれるあなたの趣味をからかったものだった。ごくありきたりな女の子っぽい好みで、あなたの性格に合わない、と。ひとつだけいわせて。あなたが包みをあけているあいだに、ジュリーがいった。《ザ・ヒルズ》に出演してるエキストラみたいにうろうろ歩きまわらせるわけにもいかないから、小さなおまけをつけておいた。

ジュリーはチェーンをいじって、おまけの飾りを引っぱりだした——彼女が細工をして無限大の記号をつけたシルバーの台座に、ピンク色の石英がはめこんであった。

本当に素敵。すごく気にいった。あなたっていい友達ね。

自分でもわかってる、と彼女は答えた。

あなたはそのネックレスを毎日身につけていた。彼に奪われるまでは。

そしてそれがいまここにある。

あなたのネックレス――唯一無二の品で、一点ものはこれしか持っていなかった――が、
再びあなたを見つけたのだ。

エミリーがペンダントトップを放すと、それは彼女の首の根もとに当たり、とすんと優雅な音をたてる。

あなたは無理やり唾を呑みこむ。

「本当に素敵」何気ない口調に聞こえるといいのだけれど、と思いつつ、あなたは彼女にいう。「訊いてもいいかしら、どこで買ったの？」

彼女は笑みを浮かべる。顔を赤らめているのだろうか？　「あら。プレゼントなの……友達からの」

頰が赤らみ、つやつやしている。彼女は上着のまえをあける。「失礼」そういって、手で顔をあおぐ。「どんな感じかわかるでしょう。精一杯着こんで、それでも外にいると寒

いんだけど、家に入ったとたんに暑くなるのよね」

本当のことをいえば、わからない、とあなたはいいたい。温かいコートなんか着なくなって、もう五年になる。あなたの友達に訊いてみるといい——全部教えてくれるから。

エミリーがじっと見ている。あなたが与えられないものをほしがっているのだ。ごくふつうのおしゃべりとか、世間話とか。答えとか。

「それで」彼女はたずねる。「さっきいってたかしら、いつここに来たの？」

いってない、とあなたは思う。そして、彼はわたしにどういわせたいのだろうと考える。どう答えれば、難を逃れることができるだろうか？

「ほんの何日かまえに」あなたはそう話す。

彼女の笑みが引きつる。あなたは彼女のストレスになっている。だいたい、あなたがこの男の家にいるのは場違いで、馬鹿げたことなのだ。彼女があなたから引きだせるものなど何もない。

悪いとは思う。本当に悪いと思っている。彼女の腕のなかに飛びこんで、すべてを話せればいいとは思う。これはあなたが思っているようなことじゃない——ほんとに、本当にちがうのだ——と話したい。

「じゃあ」そう口にしながら、彼女はわざわざため息を押し殺したりはしない。「もう帰らなきゃ」

体のなかで衝動が頭をもたげる。引きとめたい。彼女の上着の布地をしっかりつかんで絶対に離したくない。途中で黙ることなく、すべてを話したい。

彼女は向きを変え、ドアへ歩く。

「じゃあね」そういって、最後にもう一度あなたを見るためにふり向いたりはしない。やらなければ。彼女を信頼して、すべてを話さなければ。なぜなら彼女が唯一のチャンスで――

エミリーは出ていき、あなたの目のまえでドアがしまる。

まるで選択肢などなかったかのように。あなたが行動しないであろうことが、最初から知られていたかのように。

55

エミリー

鍵を見つけた場所に戻す。車に戻るあいだ、気管がリズムボックスになったみたいに呼吸が激しく上下する。ハンドルのまえに座り、両手に顔を埋《うず》める。

そうね。

よくわかった。

彼女には、飾らない、ありのままの美しさがある。お洒落できれい、というのとは正反対だ。メイクはなし。髪も自然のまま。そして明らかに、服なんか一ミリも気にかけてない。だってその必要がないんだから。

彼女みたいな体型だったら、わたしだって服を気にかけたりしないだろう。

しゃっくりみたいなくすくす笑いがこみあげる。胸郭が痙攣《けいれん》を起こす。すすり泣きにも似ているけれど、ちょっとちがう。

彼女は友達だといい、それからすぐに彼のいとこだといいなおした。嘘だ。見え見えの嘘だ。

わかっているのは、彼の家には女性がいて、その女性は絶対に彼のいとこなんかじゃないってことだけ。

56 家のなかの女

あなたは寝室に戻る。そうすれば安全でいられるかのように。

彼のトラックのタイヤの軋《きし》る音が、いますぐ外から聞こえてきてもおかしくない。彼は凶暴な足音をどん・どん・どんと響かせてやってくるだろう。怒りへの前奏曲だ。

そしてドア枠のなかに姿を現わし、あなたに対処するだろう。

彼女は？

彼女には何をするのだろう？

彼の背中に傷をつけた見知らぬ人は、エミリーにちがいない。彼の体に爪を食いこませた人——快楽のしるしとして。いまになればそれがわかる。

一体全体エミリーって誰なの？　何が望み？

それにあなた——あなた、あなただ。どうしてエミリーをそのまま帰らせるような真似ができたのだろう？

どうして何も話さなかった？

いったい、どうして彼女に警告しなかったのだ？

腕で脚を抱える。セシリアはまだ自分の部屋で静かにしている。いい子だ。かかわらないほうがいい。このごたごたにかかわらずにいられれば、成長してよりよい世界へ出ていけるんだから。

トラックだ。エンジンのうなりが聞こえたかと思うと、すぐに静かになる。ばん、ばん――運転席側のドアがあいて、しまる。それから玄関のドアも。

一瞬また静かになってから、とん、とんと足音がする。遠くで。それから近くで。ついでもっと近くで。

ドアがひらく。

「ここで何をしている？」

彼はあなたを見る。あなたは――その必要もないのに――ヒーターのそばで体を丸めている。

「ただ……休んでるだけ」あなたはそういう。すぐに説明するべきだろうか、それとも訊かれるまで待つべきだろうか。

彼は気にしないことにしたようだ。「自分の部屋にいるのか？」

娘のことだ。あなたはイエスと答える。あの子が見ていないか確かめたいのだろうか？あなたを引きずって階段を下りるところを見られないように？

「そうか」彼はいう。「さて。おれはキッチンにいる。そんなにこの部屋が好きなら、夕食までここにいたらどうだ？」

彼は静かにドアをしめる。

喉が詰まる。彼がどういうつもりなのか、まるでわからない。彼の考えがまったく読めない。あなたが生き延びられるかどうかは何よりもここに、結び目のような彼の思考をほどけるかどうかにかかっているというのに。

料理のにおいがあがってくる。彼がキッチンから呼ぶ。あなたとセシリアは階段のいちばん上で出くわし、セシリアがお先にどうぞという身振りをする。

彼はマカロニ&チーズの入った湯気のあがるフライパンをテーブルのまんなかに置き、取り分け用のスプーンをあなたに手渡す。ここまで来るともう拷問だ。彼のこの落ち着いた物腰は、知らない人が見たら礼儀正しさと取りちがえるだろう。

さっさと決着をつけてよ、とあなたは思う。なんとかいって。なんでもいいから。

しかし彼は座り、今日は一日どうだったかと娘にたずねる。二人が話をするあいだ、もっとよく彼を観察して、例のしるしを探す。立ちのぼるエネルギーや目のかすかなきらめき、殺しのあとにいつも全身を駆けめぐっているアドレナリン、といったものを。

何もない。

彼とセシリアが食事を終えるまで、皿の上でマカロニ&チーズを突《つつ》きまわす。そのあとは彼らの動きに従って片づけをし、ソファでテレビを見る。それでもあなたは、来もしない一撃を待っている。

家じゅうがいつもどおりの夜を迎えると、彼はあなたを手錠でラジエーターにつなぐ。

クリスマス休暇に入っても、その部分は変わらない。

彼が戻ってくるまで、目を覚ましたまま横たわっている。今度こそ、と思い、指示を待つ。起きろ、と彼はいうだろう。そしてあなたをトラックに乗せ、走りだすだろう。

ため息と小さな笑みののち、彼はベルトに取りかかり、ジーンズを脱ぐ。

すべてがふだんどおりに起こる。

その後、彼はまた服を着て、手を顔に走らせ、あくびを嚙み殺す。

それから落ち着きはらってあなたの腕を頭上に持ちあげ、手首に手錠の一方をはめると、もう一方をベッドフレームにはめる。決まりきった動作だ。何もかもが平常運転。

彼が部屋を出て、ドアがしまる。あなたは目をひらいたまま横たわる。耳鳴りがしている。

彼は知らないのだ。

一人の女性が家に入ってきて、リビングにいたというのに。鍵を盗んで、彼の領域を侵略したというのに。それをまったく知らないのだ。

彼女はそれを、カメラがいくつも見つめているなかでやったはずだった。何ひとつ見逃すことのないカメラが、あなたのかすかな動きさえもスマートフォンを通して彼に告げ口するはずのカメラが動いているなかで。

彼があると主張するカメラ。彼がでっちあげたカメラ。それらはあなたの頭のなかだけに存在していたのだ。

57

ナンバー7

彼はものすごく用心深かった。

手違いがあったからな、まえの二回は、と彼はいった。

一回は急ぎすぎた。もう一回は甘すぎて、その女はまだ生きている。

だからわたしについてはすべて完璧にする必要があった。

娘がいるんだ、と彼はわたしに話した。それから、病気の妻もいる。

快方に向かうはずだったが、結局よくならなかった。

で、いまは死につつある。

もうすぐ、子供の面倒を見る人間は自分一人になる。

間違いをおかす余裕はない。

娘のそばにいてやらなきゃならないからな、と彼はいった。頭のいい子なんだよ。信じられないほどすばらしい子だよ。

面倒を見る親が一人くらいは残らないと。

そんなわけで、わたしに関することはすべてうまく運ばなければならなかった。へまは許されないのだ。

きっと彼は、すべて計画どおりにいったと、あなたに話すことになると思う。

58
家のなかの女

　この新しい現実を受けいれるために、頭を働かせなければならない。カメラはないのだ。誰も見張っていない。

　いちばんわかりやすいところに挑む。キッチンで、まずハサミ、ついでナイフを試す。肌とプラスチックのバンドのあいだに刃を差しこもうとする。自分を切らないように気をつけながら。くねくね動かしたり、こすったり、力をこめたりするが、彼のいったことは嘘じゃなかった。ストリップスチールは切れない。ハサミでも、キッチンナイフでも。

　工具類を探すが、もちろんガスバーナーは見あたらない。丸ノコも、特別な刃物もない。彼は馬鹿ではないのだ。

　そんなわけで、GPS発信機はついたままだ。あなたを示すドットは彼の電話の画面でまたたいている。あなたは現実の地図のなかに囚《とら》われたまま、彼の手のひらの上にいる。出ていくことはできない。まだ、いまのところは。しかし家のなかを動きまわることはできる。探索すべき場所、あけるべきドアはたくさんある。小屋の外で生き延びるためのルールその9——できることを探す。そして首のまわりをダイヤモンドで飾るかのごとく彼の秘密を身にまとうこと。

もっとも安全な場所からはじめる。寝室だ。あなたの寝室。そこで覗《のぞ》きまわる練習をする。いままで決して触れられなかったものの表面に手を走らせる。見せかけだけの机や、整理簞笥、ベッドの四隅といった場所に。

何も起こらない。ここは新しい世界だ。予測される彼の反応を基準にして行動を考える必要のない世界。

廊下に出る。セシリアの寝室があって、彼女はなかにいるが、もしいなかったとしても避けて通っただろう。そこは彼女の世界であり、侵害するつもりはない。バスルームは？見張りなしでは絶対に入れてもらえなかったし、昼間は入るなといわれていた。入っていいのは自分の寝室とキッチンとリビングだけだ、と。それがどういう意味かはあなたにもわかる——自分がいないときに、あなたに手に取ってほしくないものがそこにあるのだ。爪切りとか、カミソリとか、薬のボトルとか？

突きとめるべき頃合いだ。

不安を感じつつ、バスルームに踏みこむ。彼なしでここにいるのだ、服を脱ぐときに見ている彼の目のない状態で。シャワーの下に立っているときも粘りついてくる視線のない状態で。

薬棚をあける。アフターシェーブローション、マウスウォッシュ、デオドラント、歯ブラシ、櫛、ポマード、フロス。劇場の楽屋のように、彼の断片が詰まっている。シンクの下の棚では、パイプ用洗剤の〈ドレイノ〉と漂白剤入りのトイレ用洗剤が見つかる。それから、予備の石鹼と、窓拭き洗剤の〈ウィンデックス〉と、雑巾の小さな束も。彼のもうひとつの側面だ――きれい好きで、まめな側面。家事をしっかりこなすシングルファーザーのバスルームだ。

無駄にしている時間はない。廊下に戻り、彼のベッドルームへ向かう。そこでためらいが生じる。ドアノブをつかんでひねったはいいが、ドアを押してあけるか否か。あける。あけない。あける。あけろ。

しばらく入口でうろうろする。彼の寝室――彼が夜に無防備なまま、まわりの世界を意識せずに横になる場所。床には濃いグリーンのカーペットが敷いてある。クイーンサイズのベッドは非の打ちどころなくメイクされている。フランネルのシーツにしわひとつ寄っていない。

爪先立ちでなかへ進む。ナイトテーブルがある――ベッド脇のランプと、その隣りにぺーパーバックが置かれている。いまいる場所からだとはっきりとは見えないが、階下《した》で見かけたことがあるスリラーのようだ。ナイトテーブルには引出しがついている。もちろんしまっている。さまざまな可能性の詰まった引出しだ。何を入れているのだろう？　読書用眼鏡？　催眠剤？　銃？

足の下の床が活気を帯びる。有害廃棄物の山の上に立っているかのように皮膚がちくちくする。足のせいでばれたらどうしよう。カーペットに足跡が残ったら？　なぜかわかってしまったら——においを感じ、世界の片隅の自分の領域にあなたの片鱗を感じたら？

こんな危険をおかす価値はない。大きな一歩で部屋を出て、カーペットに侵入の痕跡がないことを確認する。

先をつづけなければ。

ちょうどあなたが階下《した》へ向かおうとしたとき、セシリアがうしろに現われる。彼女はソファに落ち着いて、本に没頭する。リビングはあとまわしにしなければ。あなたは階下《した》のバスルームをざっと見る——予備のタオル、トイレットペーパー、そしてここにも石鹼と漂白剤がある。

残るはキッチンだ。セシリアが二メートルも離れていないところにいるなかで、できるかぎり慎重に進める。キャビネットをあけ、引出しのなかを覗く。いままでは彼の目があったので、何がどこにあるか覚えられなかった。いまは一覧をつくることができる。カウンターの上にはナイフ立てがあり、シンクにいちばん近い引出しには、長バサミ、テープ一巻き、ペン、テイクアウトのメニューが何種類か入っている。シンクの下には、掃除用品、除菌シート、それに漂白剤がたくさん。

キャビネットには、驚くようなものはない。皿、コーヒーマグ。たぶん壊れている、古いトースター。数の揃っていないグラス。

彼女はここに来たのだ。この家に。あなたのネックレスをつけたあの女性。

あのネックレスについて、考えるのをやめられない。

彼は記憶に留めている。戦利品とともに。戦利品のいくつかは、あなたに与えられた。だが、あのネックレスは？　取っておいたのだ、ほかの誰かがつけているところを見たいと思うまで。

ほかのものも取ってあるにちがいない。どこに隠してあるのだろう？　彼の寝室？　ちがうような気がする。あの部屋はとても清潔で、舞台のようだった。あそこは彼がくつろぐ場所ではない。あのなかでは、彼はまだ演じている。

だったら、どこだろう？

ソファに座ると、セシリアがあなたをさっと一瞥《いちべつ》し、すぐに読書に戻る。

階段の下のドアはどうだろう。

どこかにつながっている。地下室だ。

階下《した》について知っているのは、作業台、あなたの体の下にあった床、そして箱がたくさん積まれていたこと。

地下室は、あなたがいちばん苦しいときに連れていかれた場所だった。あそこは百パーセント彼のものとして思いだせる場所だ。

確認しなければ。

しかしセシリアに見られていてはあそこに入れない。出ていってもらう必要がある。

彼女の肩越しに覗きこむ。

「何を読んでいるの？」

セシリアはペーパーバックをとじてあなたに表紙を見せる。顕微鏡のスライドに血が飛び散ったイラストが目に入る。「パパの本」セシリアはいう。「まあまあかな。もうラストは想像ついちゃった。いまは探偵が追いついてくるのを待ってるだけ」

裏表紙を見るかのように、指でつまんで本を持ちあげる。しつこくかまいつづければ、セシリアは自分の部屋へ行くかもしれない。

「どういう話？」

セシリアは疑わしげに眉をあげ、おもしろがっているような目をあなたに向ける。「退屈してるとか？」

父親似だ。他人の動機に疑問を持ち、見透かそうとする。彼に育てられれば、あなたもそうなっていただろう。

「ちょっと興味があって」あなたはいう。

「医者の話だよ」セシリアはいう。「患者を殺しつづけてる外科医がいて。彼が邪悪なのか、それとも単にやぶ医者なのかわからないから、誰にも彼を止められないの」

それはちょっとしたものね、とあなたはいう。セシリアはうなずいて読書を再開する。

立って。ほんとうはそういいたい。自分の部屋へ行きなさい。さっさとここを出ていって。

あなたは階上《うえ》へ向かい、自分の本を取ってくる。彼の本を借りてページの端を折ったり、本の背を曲げたりするのはいやだったので、セシリアを目の端に捉えたまま『ダンスシューズが死を招く』を読むことにする。

少し経つと、セシリアが立ちあがる。もしかして？　ちがう。トイレ休憩だ。人騒がせな。結局、午後遅くなり、シェードを縁《ふち》どる四角い光が弱まりはじめてから、彼女はようやく本をとじ、階上《うえ》へ向かう。

数分待つ。セシリアの部屋のドアがひらいてとじる音、床を踏むトントントントンという足音に耳を傾ける。

静かになる。

いましかない。

ドアノブをしっかりつかむ。

まわらない。

くそ。

鍵がかかっている。


目と手の両方を使って周辺を探す。鍵はどこにあってもおかしくない。

あなたの寝室のドアについているのとおなじタイプのドアノブだ。丸くて、中心に鍵穴がある。フォークで試し、ついでナイフで試す。ペンでも試す。写真立ての角でも試すが、なんの役にも立たない。

どれもうまくいかない。

指が震える。必死で取り組み、多くをこなした。それなのに運がないとは、腹が立つ。

あれはあなたのネックレスだった。あなたのもの。友達が特別にあつらえてくれたものだ、友情のしるしなのだ。

探しつづけなければ。

舞台のようにつくられたのでない、好ましくない部分を消すことのできない場所を見る必要がある。

まずは彼の娘の部屋に行く必要がある。

59　家のなかの女

あなたはセシリアの部屋のドアをノックする。ドアをあけた彼女を見ると、マジで？
といっぱいに書かれたような顔をしている。

「どんな調子？」あなたはたずねる。

セシリアは顔をしかめるが、すぐに自制する。やさしい子。父親からあなたのことをどう聞かされているかは知らないが、いつでも調子を合わせるようにといい聞かされているのだろう。

「なにか要るものでもあった？」

確かにある。しかしそれが何かがわからない。きっと見ればそれとわかるのだが。

部屋に入れてくれさえすれば。

「貸してもらいたいものがあるんだけど……」

セシリアの肩越しに部屋を覗《のぞ》く。部屋は紫と青でできている。それからあれは、ティールブルーと呼ばれる色だったか。ツインベッドがあり、スウェーデン家具の店で買った小さな机がある。思わず首に指をまわす――あれとおなじ机をあなたも持っていた。コンピューターだって持っていたし、新聞にアクセスすることだってできたし、それに……

「ペンなんだけど」

「ペンがほしいの？」

ペンはほしくない。もう試して、うまくいかなかったのだから。しかしペンで部屋に入れてもらえるなら、それでかまわない。

「もし余分があれば。お願いしてもいい？」

もちろん、とセシリアはいい、あなたを部屋に招じ入れる。彼女の部屋、彼女の目で見て形づくられた世界だ――アートが壁に貼ってある。彼女の好きな絵。おそらく学校で印刷されたものだろう。アンディ・ウォーホルのスープ缶、バンクシーのネズミ、それにキース・へリングがここにも。セシリアは机にペンを取りにいく。

考えろ。いますぐ。急いで何か考えだせ。

机の足もとに、クリスマス休みのあいだほったらかしにされたバックパックがある。紫色のコットン地にいくつかジッパーのついたベーシックなデザインで、あなたには見覚えのないロゴがついている。だが、芸術家肌で創意に富んだセシリアは、それを自分だけのものにつくりかえていた。側面の下のほうに木の枝が、てっぺんには大きなバラの花がマジックペンで描かれている。そして前面には文字が二つ――目を凝《こ》らして見ると――cc の文字が安全ピンで留めてある。遠くからでも見えるように、文字はきちんと左右対称に並べてあった。

「これ、かわいい」あなたはそういって、バッグを指差す。

あなたは恋人未満だったマットのことを思いだしていた。彼はピッキングのやり方を知っていた。道具一式をコーヒーテーブルに並べ、指を曲げて金属の棒を穴に差しこみ、一本で特定の場所を押さえ、もう一本を軽く揺するように動かす。やがて鍵はカチリと音をたてる。

安全ピンを使えばあれができるかもしれない、とあなたは思う。試してみる価値はある。

「どうも」セシリアは興味なさそうにバッグを一瞥《いちべつ》し、ペンに意識を戻す。「ブルーのインクで大丈夫？」

大丈夫、とあなたはいう。「これ、自分でやったの？」あなたはバックパックのそばに膝をつき、指でデザインをなぞる。

「そう」セシリアは肩をすくめる。「たいしたものじゃないけどね。ただの安全ピンだし」

セシリアはあなたにペンを渡す。あなたはそれをろくに見もせずにポケットに押しこむ。

「すごくいいアイデアね。とってもかわいいし」

セシリアは一方の足からもう一方の足へ重心を移す。あなたは彼女の忍耐力を試しているのだ。

よし。

セシリアにとっては自分だけの時間なのに、あなたがその時間を盗んでいるのだ。それを取り戻すためならなんだってするだろう。

「ひとつほしい？」

もちろん。

「え、そんなこといえない」あなたは彼女にいう。「文字の並びを台無しにしたくないもの」

セシリアはあなたの隣りに膝をつく。「また買ってきて、ここにつけなおせばいいだけだから。十秒くらいでできるし」

あなたがほかに何かいう間もなく、セシリアは最初のcのピンをはずしてあなたに手渡す。

「ありがとう」あなたはいう。「ほんとにありがとう」

あなたは立ちあがり、身振りで部屋全体を示していう。「もうあなたを一人にしてあげないとね」

セシリアはうなずく。それから、やさしくて親切な彼女は、抑えきれずにこんなことをいう。「ペンが出なかったらいってね。べつのやつをあげるから」もし彼女があなたを殺すとしたら、やさしさが武器になるだろう。

そうする、とあなたはいう。セシリアの部屋のドアが背後でしまる。

階下《した》で、あなたは脳内で忘れられていた領域を探る。

マットはテック系の新興企業を解雇されたあと、オンラインでピッキングの道具一式を注文した。「自分が何をしているか心得ていれば、そんなにむずかしくないんだよ」彼がいうには、あるものをべつのもののなかに入れて、こっちにひねり、あっちにひねりしているだけで、ぱっと世界がひらくらしい。牡蠣《かき》がひらいて、手のひらにしょっぱくてやわらかい身が落ちてくるように。

彼はYouTubeで動画を見せてくれた。チャンネルの名前は——本当にそんな名前なのだと確信が持てるまで、三回見なければならなかった——〈男の必須技術〉。動画の人は、ひとつのツールをまず垂直に差しこみ、適切な強さの力をかけて、もうひとつのツールを最初のものと直角になるように入れて、鍵があくまで二つのツールを互いちがいに動かす、というのを実演していた。

「圧力と反対圧力の問題なのです」と画面の男はいっていた。

あなたにわかっているのはこういうことだ――今日が終わるまでにあなたを自由にするのは、反対方向に働く二つの力から生じる魔法だ。

階段下のドアのまえで、折れて二つになるまで安全ピンを曲げる。尖ったほうと、丸まっているほうだ。

まず丸まっているほうを、ついで尖っているほうを入れる。ゆっくり動かす。そっと。何もかもがこれに、指から金属に伝わる圧力にかかっているのだ。適切な強さ。充分な、それでいて強すぎない力。

時間がかかる。練習する必要がある。外国語を話すのとおなじように、新しいダンスを習うときのように、ひとつひとつ試していくうちにほんの少し目標に近づく。一方の目を鍵に向け、もう一方の目で窓のシェードを縁《ふち》どる四角い光が消えてゆくのをちらちら見ながら進める。

考えろ。思いだせ。丸一日かけていいわけではないのだ。

考えろ。思いだせ。記憶は容易には浮上しない。いままで、自分の一部が消えていくのを許してきたからだ。そうするしかなかったのだ。

そしていまは、それを取り戻す必要がある。

あの丸い鍵ね、とマットはよくいっていた。あれはいちばん簡単にピッキングできる鍵だよ。理屈の上ではものすごく単純だ——力の加減をしながら揺すり、仕掛けのまわりに道を見つける。カチリと鳴らないか、耳を澄ます。いちばん重要なのは適切な道具を確保することだ、とマットはいっていた。小さくても、頑丈でなければならない。目立たず、それでいて決定的な破壊力を有するもの。行き先がわかっていれば、指がそこへ着く方法を見つけてくれる。

行き先は彼の脳内、彼の頭のなかだ。鍵をかけて隠された彼の破壊力の源を探すのだ。

何回かカチリカチリと音がして、鍵がまわる。

二つに折った安全ピンを両方ともパーカーのポケットに入れる。セシリアのペンと一緒に。

もう一度ドアノブを試す。

動く。

やるのだ。

階段の下のドアをあける。ドアは軋《きし》みながらひらき、コンクリートの踊り場が見える。

あなたは階段を下りる。

60 階下《した》へ向かう女

暗闇があなたを包む。耳の奥に鼓動が響くのを意識しながら、明かりのスイッチを手で探る。転んで膝を擦りむいている場合ではない。すねに思いがけない青あざをつくっている余裕もない。

階段のいちばん下で、探していたものに指が触れる。カチリと音がして、裸電球の黄色い明かりがあたりを照らす。

地下室だ。彼はここを、〝男の隠れ家〟と保管庫のハイブリッドとして使っている。パティオ用の椅子が、小さな折りたたみテーブルの隣りに置いてある。携帯用の水のボトルと、懐中電灯があり、奥の壁に寄せてダンボール箱が積みあげられている。作業台が横のほうにある。目につく工具はペンチ、ハンマー、結束バンドといったところか。

ここの空気は彼のにおいがする。森のような、オレンジのような、野外で感じるつんとしたにおい。彼の本当の姿を知らなければ、怖れることもないであろうにおい。

ここが、彼が一人になる場所、頭のなかの声を聞く場所なのだ。瞑想ルームといってもいい、彼がありのままの自分になれる場所だ。

手が工具の上をさまよう。ペンチだ――これを手に取って、皮膚とプラスチックバンドのあいだにすべりこませてみるべきだろうか？

ふつうのペンチではない。彼のペンチだ。彼と一緒に移動し、彼の意のままに使われてきたペンチだ。

あなたは手を引っこめる。

集中しろ。ここにはペンチを探しにきたわけではない。秘密を、盗まれた所持品を探しにきたのだ。彼の心の隠された片隅を暴きにきたのだ。

箱の近くまで歩く。表面にメモが走り書きしてある。〝台所用品〟〝衣類〟〝本〟など。新しい住居スペースには入りきらないが、取っておくことにした持ち物だ。

いくつかの箱には〝キャロライン〟と書いてある。

エイダン、セシリア、キャロライン。娘に自分の頭文字を与えた母親の名前だ。

いちばん近くのキャロラインの箱に手を伸ばす。テープで留めてある。あけることはできない――ダンボールを切ってしまったり、テープを駄目にしてしまったりする危険はおかせない。だいたい、何が見つかるというのだ？　声？　幽霊？

キャロライン。彼女は知らなかったにちがいない。あなただって、外での彼を見たではないか。彼が外の世界でどう暮らしているか、あの日、判事からどんな反応を引きだしたかも、彼の魅力的で礼儀正しく友好的な態度も見たではないか。彼女は安心してこの世を去ったにちがいない。娘がつまずいたときには、彼が支えるとわかっていたから。

箱をあけるのは駄目でも、動かすことならできる。用がすんだらきちんともとに戻せるよう、積まれていた順番を忘れないようにしながら、ひとつ、またひとつと箱をおろす。それぞれの箱に書きつけられた言葉を読みながら、両手で中身の重さを確認したい。ダンボールに耳をつけて、なかのものが何を語るか聞いてみたい。

汗がうっすらと顔の表面を覆う。腕が、それに脚も痛む。アドレナリンによって生じた力が体にゆきわたり、あなたは作業をつづける。

見る必要があった。知る必要があった。五年もこの状態なのだ。彼のすべてを見る必要があった。

〝キャロライン〟〝キャロライン〟〝キャンプ用品〟。それから、ずっと奥のほうに、〝その他〟の列がある。

手近な箱の山にもたれる。胸が大きく上下する。

〝その他〟。ごく平凡な箱、ほかのものとおなじ薄汚れたベージュのダンボール箱の前面に、黒いペンでそう書いてある。

ひとつだけちがうのは――確かめるためにすばやく見まわすと――〝その他〟の箱には、湿気による染みがある。〝その他〟の箱だけ、全部に。よその国の陸地を描いた地図のように、抽象的な形の染みが、ある箱には左上部に、べつの箱には下半分に広がっている。

その他。

もう一度、ぐるりと見まわす――ここにはパイプがない。少なくとも、こういうダメージを引き起こすような場所にはない。染みは古く、はっきりと目につく。引っ越しの日に軽く雨が当たった程度ではない。

この染みはずっとまえについたものだ。

これらの箱は、以前はべつの場所にしまわれていたのだ。ちがう部屋――たぶん地下室《セラー》か。とにかく水漏れするパイプのある古い家のなかだ。保管に最適の場所ではないが、見えないように隠されていたのだ。水漏れするパイプの下を突《つ》きたがる者などいない。

そしていままた隠されている。まえほどうまく隠してあるわけではないが――新しい家にはへこみや割れめが少なく、場所があまりない――それでも。ほかの箱のうしろに追いやられている、いや、ほぼ埋もれているといってもいい。探さないかぎり見つからないだろう。

震える手を、箱に近づける。彼が積みあげた三つのうち、最初の箱だ。ダンボールは脆《もろ》くなっており、少しでも強く引っぱればすぐに破けるだろう。そっと進めなければ。腕のなかに箱をスライドさせ、それから床におろす。ふたは折り曲げてとじてあるが、テープは貼っていない。

よし。

なかからカタカタと音が聞こえてきそうだ。これは彼の魂で、彼の深淵だ。あなたが落ちていくべき入口《ポータル》だ。

胸郭のあたりで不安が固まりになる。ただのものよ、と自分にいい聞かせる。あなたや、あなたのような人々の所持品だ。

彼はほかに何を取っておいたのだろう？　あの日、あなたが着ていたセーター？　下着？　財布と免許証とクレジットカード？

トロフィーで、証拠品だ。あなたが誰であるかを証明するものだ。

彼女に――いまより若かったあなたに、あなたの指からこぼれ落ちてしまった人物に、あなたが本当には、完全には救えなかった人物に――再会する心の準備はできているだろうか？

ほかの人たちは？

彼女たちに目を向ける、いや、出会う準備はできているだろうか？

いちばん上のふたを二本の指でつまみ、横へあける。ゆっくりと、つねにゆっくりと。べつのふたが出てくる。ダンボール同士がこすれあう音がする。何かが屈し、宝箱が軋《きし》みながらひらく。


箱がひらいて、ほのかにカビ臭さが漂う。中身は――本当のところ、なかに何があるか知りたい人などいないだろう。その情報を心に刻み、一生引きずるなど、誰もが心底いやがることだろう。だが、誰かがやらなければならない。

ほかの誰かがしなくてすむように、あなたがその重荷を引き受ける。

まず、写真が目につく。ポラロイド写真だ。理にかなっている――メモリカードも、焼き増しできるフィルムもない。大半が離れた場所から撮られたものだ。シルエットだけのものもある。衣服のスタイルが時代をうかがわせる。だいたい、一九九〇年代からはじまっている。

写真は九つの小さな束に分けられ、ゴムバンドでまとめてある。喉の奥に胆汁がこみあげる。これを見るの？

もちろん、あなたは見る。誰かが見なくては。彼女たちの顔、微笑み、姿勢、髪の色を把握しなければ。行方不明の女たち、行方不明の人々。彼女たちの物語はすでに終わっているが、どんなふうに終わったかは誰も知らない。彼と、あなた以外は。

あなたはずっと覚えているだろう。

一人めを見て、二人め、三人め、四人め、五人めと進む——その次があなただ。いまのあなたとあまりにもちがい、他人のように感じられる。

膝が震える。唾を呑みこむ、いや、呑みこもうとするのだが、乾いた舌が口の天井をこする。

コンクリートの床にずるずると座りこむ。かろうじて残された体のやわらかい部分に当たる床は、冷たく固い。

この〝彼女〟を、いまより若いあなたを、もう一度最初から知ろうとする。

カットしたばかりの黒髪が肩先をこすっている。大きくて丸い目と、ふっくらした唇。州北部への旅行のためにバッグに詰めた衣類を身につけている——レギンスにゆったりしたセーターを合わせ、ダックブーツを履いている。メイクもしている。メイクはいつもしっかりとしていた。一人でいるときでさえ。好きだったのだ。真っ赤なリップを塗り、黒いアイラインは目の端ではねあげ、色の薄いファンデーションを塗って、ローズ色のチークを乗せる。

とても若い。少女時代の名残りがまだ見える女性だ。うしろに引きずる過去よりも、先に広がる未来のほうがずっと大きい。

彼女はひと休みしたかっただけなのだ、このポラロイド写真に写った若い女性は。ひと息つく必要があっただけ。夜にぐっすり眠れるように。もっとゆとりを持てるように。

あなたはどの写真でも動きまわっている。レンタカーに乗りこむところだったり、車から降りるところだったり、町へ向かって運転したり、ドラッグストアから出てきたりしている。

腹の底から吐き気がこみあげ、体が震える。唇が痙攣《けいれん》する。

彼はあなたを見ていたのだ。

まえまえから、彼はどうやってあなたを見つけたのだろうと思ってはいた。行き先を知られていたのか、それとも偶然出くわして、チャンスだと思ったのか。いまようやくわかった。写真が裏づけになっている。何日もまえから、彼はあなたを尾行していたのだ。あなたを観察して選び、あなたにふさわしい準備をしたのだ。

胃がでんぐり返る。息をしろ。嘔吐しては駄目だ。いまは、そしてここでは絶対に駄目だ。こんなもの、ただの写真ではないか。ただの顔ではないか。

七人め、八人め、九人めを見る。あなたのあとの人々だ。あなたが助けられなかった人々。

ごめんなさい。くそ、本当にごめんなさい。

ただの写真なんかじゃないし、ただの顔なんかじゃない。箱のもっと奥から、やわらかい紺色のセーターが出てくる、干からびた赤いマニキュアの瓶も、麦わら帽子も、シルバーの指輪も。底に乾いた泥のこびりついたスニーカーの片方も。それに、小屋で見たサングラスも。彼があなたに渡しかけ、すぐに引っこめたものだ。戦利品。記念品。所持品、彼女たちの所持品だ。

それぞれを数秒ずつ手に取る。わたしにはこれしかできない、とあなたは彼女たちに話す。あなたたちの写真を見て、所持品を手に取り、写真のなかのシルエットと合わせてみることくらいしか。わたしはあなたたちの物語を知らない。あなたたちの名前すら知らない。

すべてをまた箱に詰める。いちばん大事なのは、見つけたときの状態に戻すことだ。何度も確認して、最後にもう一度確認する。それから二番めの箱を引きだす。ありがたいことに、写真はない。所持品が入っているだけだ。

草の染みのついたジーンズ。ソールだけ赤い、黄色のスティレットヒール。グレーのカシミアのセーター――あなたの、あなたのセーター。ふだんどおり森へ散歩に出かけた最後の朝に着たものだ。コートは着なかった。そんなに長く外にいるつもりはなかったから。

生地を顔まで持ちあげ、べつの女性——以前のあなた——の香りを探す。カビのにおいしかしない。

まだものが出てくる。ブラジャー、真珠のイヤリング、シルクのスカーフ。どれもあなたのものではない。あなたの所持品はセーターと、エミリーにあげたネックレスしか取っておかなかったのだ。残りは——財布や、カード類は——処分したにちがいない。

残るは三番めの箱だけになった。

ここに入っているのは思い出の品ではない。セーターでもブラジャーでも化粧品でもない。

道具だ。

さまざまな種類の道具が入っている。彼があなたに使っているのとおなじ手錠。双眼鏡。ポラロイドカメラ。

やわらかいものに包まれた固いもの。汚れたボロ布から金属の固まりが転がりだす。銃だ。

あなたが見慣れたものではない。これはライトグレーで、黒いグリップがついている。サイレンサーはなし。

震える指でそれを持ちあげ、手のひらに置く。

音がして、呆然自失の状態から押しだされる。地下室にいてさえ聞こえてくる。最初は喉を鳴らすようなごろごろという音。それがだんだんうなりに変わり、やがて咆哮になる。

喉をひらききった吠え声さながらのエンジン音が私道から聞こえる。

61
エミリー

説明くらいするべきではないか。嘘だってかまわない。彼がもじもじしながら言葉に詰まり、自分の足を凝視するところが見たい。恥ずかしいと思ってほしいし、悪かったと思ってほしい。

食料品店でも、コーヒーショップでも、ずっと目を凝《こ》らしたままでいる。人のごった返す都会でもあるまいし、見過ごすなんてありえない。いずれどこかに現われるはずだ。

ランチタイムの前後に車で町なかへ向かう。サンドイッチショップとドラッグストアを確認するが、見あたらない。彼のトラックを探しながらメイン・ストリートを走るが、やはり見つからない。

夕方になると、運が向いてくる。その時点ではもう探しているわけではなかったが、アンゴスチュラ・ビターズを切らしていたので、同業者に借りにいかなければならなかったのだ。

彼は暗がりから出てきた。

レストランの裏の路地から現われた彼に気づくのに、ほんの少し時間がかかった。

「ヘイ！」

何気ない口調を心がける。会えてうれしい、とだけ伝わるように。こちらを向いた彼が、眉をひそめたような気がした——ここでわたしの姿を見て驚いているのだろうか？　わたしのレストランのすぐ外なのに？　けれどもわたしのほうへ近づいてくるときには、リラックスした顔をしている。長身できれいで物静かで、一方の親指をダッフルバッグのひもの下に押しこんでいる。

「ヘイ」彼がそう返す。「ごめんよ、ただ近道をしようと……」

彼は身振りでメイン・ストリートを示す。

「気にしないで」わたしはいう。「若い子たちが大型ごみ容器の裏でハイになってると困るんだけど、クスリをやってるんじゃなければ、店としてはかまわない」

彼は声をたてて笑う。これがわたしなのだ——彼の生活の彩りで、ちょっぴり馬鹿みたいな言動で場を盛りあげる役。かまいたいときにはかまうこともできるし、用がすんだら放っておけるかわいこちゃん。

不満だし、こんなのはいやだけど、何もないよりはましだからと、きっとこれからも受けいれてしまうのだろう。つらい。こんなふうに考えるのは本当につらいけど、でもそう思ってしまう。

エイダンはダッフルバッグを肩からはずして足もとに落とす。そうやって両手が空《あ》くと、腕を組んでわたしを上から下まで眺める。

「コートはなし?」

わたしは自分の白いボタンダウンシャツと、黒のスラックス、深紅のエプロンを見おろす。「遠くまでいくわけじゃないから」

彼がそんなことをいうまえは寒くなかったのに、いまは肌に当たる十二月の風のことしか考えられない。ひどく冷たくて、凍傷を起こしそうだ。

「ちょっと待ってて」

彼は厚手のウールのマフラーをほどき、わたしのほうを見る。近づいてもいいかという無言の問いだ。わたしが何もいわずにいると、彼は近づいてきて、わたしの首にマフラーを巻く。

「ほら」彼はいう。

松の葉のにおいがする。ローリエのにおいもする。

「少しは温かい?」

まばたきをして現実に戻る。

「ええ。ありがとう。わたし……」

何を話したかったんだっけ？

ああ、そうだ。彼の家にいる女性のことだ。

適切な言葉を探す間もなく、彼が言葉をはさむ。「ここのところ、どうしてた？」

まるでつねに半歩先を行く人と踊っているみたいだ。元気だった、とわたしは答える。

「仕事ばっかり。いつもどおり」

彼はうなずく。

「あなたは？」

「おなじだ」彼はいう。「ここのところずっと仕事が忙しくてね。家でもやることがたくさんあったし」

沈黙。

「返信できなくて悪かった」

彼がわたしの目を覗《のぞ》きこむ。額にしわが寄り、首はむきだしで凍てつく風に当たっている。心を貫かれるような真剣さがある。わたしの胸のなかで張りつめていた何かがしぼんだ。闘う気で来たのに、手からナイフをもぎ取られてしまったような感じ。

「いいのよ」わたしはそういうが、彼は首を横に振る。

「いや。よくない。きみは完璧だった——いや、いまも完璧だ。あれはただ……いろいろあってね。家でも、それから——」

ああ、なんてこと。

彼をこの腕で包みこみたい。彼のほうこそ完璧で、わたしが馬鹿だったのだといいたい。最愛の人を失って、その人の体が地面のなかへ消えていくのを見守る気持ちなんて、想像もつかなかったのだ、と。そして大丈夫だからと伝えたい。それが何よりの望みだ——きっとすべてうまくいくと、彼が思えるようになることが。

「わかる」わたしはいう。「ううん、わからないけど。でも大丈夫だから、本当に」

彼はおずおずと微笑んでみせる。「二人が、まだ……いや、おれがもっとうまくやれればいいんだが。これから先」

わたしはうなずく。〝もっとうまくやる〟というのはなんのことだろう？　友情を育てるってこと？　テキストメッセージのこと？　キスのこと？　セックスのこと？

マフラーが顎を引っかく。なおそうとして、ウールの折り目のあいだから肌がのぞく。

彼がわたしの首に手を伸ばす。

「それ、つけてるんだね」

彼の指が喉をかすめ、プレゼントのネックレスに触れる。

「もちろん、つけてる」わたしはいう。「だって――」

いえない、大好きだから、とはいえない。あなたが大好きだから、どというのに危険なほど近いから。そんな面倒なことを持ちだすつもりはさらさらない。

「とてもきれいだから」代わりにこういう。

彼は曖昧にうなずく。視線はわたしの首に、親指はペンダントトップの上にある。ほかの指はマフラーの下にすべりこんで、わたしの肩のカーブのあたりに落ち着いている。

何がどうなっているのかわからなくなってきた。わかっているのは彼の指がわたしに触れていて、その指が温かく、わたしは寒いのでその温かさが気持ちよくて、それでいて、何週間も寂しい思いをしたあとにこんなふうに触れられているのはちょっと妙な感じもする。また一からお互いを見つけたような気もする。お互いを知っていることを思いだせたような。話ができるのを確認できたような。

「白状しなきゃならないことがあるの」わたしはいう。彼の手が離れる。視線がわたしの鎖骨から顔へと、ぱっと動く。「わたし……このあいだ、煙のにおいがしたような気がして。あなたの家で」彼は首を傾《かし》げる。「家に入ったの、すべて問題ないと確認だけしようと思って、それで――」

「なかに入った？」

　顔がちくちくする。「わたし……侵入するようなつもりじゃなかったの。ただ、燃えてるものがないのを確認したかっただけで」頭から記憶をひとつ引きだす。ある夜、町の不動産業者がカウンターで飲みながらいっていたひとことだ。「ああいう美しい木造家屋の問題はそこなのよ。見た目はすばらしいんだけど、一瞬でぱっと消えてしまう」

〝ぱっと〟のところで指を鳴らしてみせる。彼はコートのポケットのジッパーをいじっている。小さくジッジッジッとぶっきらぼうな音が鳴る。まるでストレスを、あるいは――もっと悪くすれば――苛立ちを感じているかのように。

「すべて問題なかった」わたしは過去の自分のパラノイアを自嘲していう。「〝西部戦線異状なし〟ってところね」

　オーケイ、もう黙ったほうがいい。

「ああ、それは知らせてもらえてよかった」彼はいい、ダッフルバッグをブーツの爪先でぐいと押す。ついでにこうたずねる。「誰がきみをなかに入れた？　娘かな？」

　新たな恥ずかしさの波がわたしに当たってきて砕ける。「ドアには誰も出てこなかった。それで、においがほんとに強かったから」心もとなさが声に表われていて、それが自分でもわかる。明らかに嘘くさい。「合い鍵を使うしかなかった」

これでおしまい。彼は警察を呼んで、接近禁止命令を取りつけるだろう。けれど意外にも、彼はおもしろがっているような声でいう。「あれを見つけたんだね？　もっといい隠し場所を考えなければ」

小さく笑う自分の声が耳につく。「鉢植えの下っていうのも、かなり抜け目ないと思う。見つけるまで少なくとも……二十秒くらいはかかったもの」

彼はわたしと一緒に笑う。一瞬、以前の二人に戻ったように感じる——大事な友人同士に。心が連結した状態に。

彼が沈んだ顔つきになる。またまじめに戻っていう。「なかで誰かに会った？」

「ええ」わたしはいう。「あなたの……いとこに。素敵な人ね」

わたしたちがいる通りには人けがなかった。ぶらぶらするには寒すぎるのだ。

「彼女に会ったのか」彼は何やら考えこむような様子でいう。「そうか」舌打ちをしてくり返す。「そうか」

彼の顔にはまだ心配そうな影があり、緊張で上半身に力が入っている。

「頼んでもいいかな」彼がそういいだす。「トラックのことなんだが。故障なのか——エンジンがかからないんだ。そもそも、ここで近道をしようとしたのもそれが理由なんだ。助けを呼ぼうとしていたんだよ」

トラックのことをわたしがどれだけ知っているると思っているのだろう？　わたしの困惑気味の顔が目についたにちがいない。彼はこういい足した。「バッテリーのせいだと思う。ケーブルを持っているかな？」

「持っている。エリックから借りて、そのままになっていたものがある。

「もちろん」わたしはいう。

よかった、きみの車が通りに停まっているのが見えたんだ、トラックはそう遠くない場所にある、と彼はいう。

よかった、とわたしもいう。彼はダッフルバッグを拾って肩にかけると、歩道へ向かって歩きはじめる。わたしも彼についていく。

路地を出ようとしたところで、レストランの裏口のドアがひらく。

ユワンダが外に身を乗りだしていう。「大丈夫？　何も問題ない？」それからエイダンがわたしの横にいるのを見て、ユワンダは笑みを押し殺す。「あら、ハイ。失礼」そしてわたしに向かっていう。「誰かと一緒だったなんて知らなかった」

そういって、今度はあからさまに笑みを浮かべる。クリームにありついたネコさながら。

ゴシップを手に入れたソムリエだ。

「何か要るものがあった？」わたしはたずねる。

ユワンダはドア枠にもたれ、首を横に振る。「ううん。あなたが外に見えたから、何も問題ないか確かめたかっただけ」ユワンダの視線がエイダンへ移る。「だけど心配いらなかったみたいね」

目を剥いてみせる間もなく、ユワンダは姿を消す。彼女の背後でドアがしまった瞬間に、笑い声が聞こえてくる。

もう彼の目をまっすぐ見られそうにない。

「こんな騒ぎになってごめんなさい」わたしは地面に向かっていう。

「いいよ」

だけどぜんぜんいいようには聞こえない。彼の声はかすかで、遠い。視線がどこに向いているかもわからない。

わたしが通りのほうへまた二、三歩進んでも、彼は動かない。

「待って」彼はいう。「もういいんだ。きみは忙しそうだから」

もう、なんで。

「ぜんぜんかまわないのよ。わたし――」

「いいんだ」

「でも、トラックは?」

あまりにも見え透いている。質問というより懇願だ。

「なんとかするよ」

つかのま沈黙がおりる。もういうべきことがない。

わたしがマフラーをはずしだすと、彼は手をあげてそれを制止する。「それはまた今度でいい」

本当に？　とたずねる間も、わたしならすぐなかに入るから、と請けあう間もなく、彼はさよならと手を振って路地から姿を消す。ダッフルバッグが彼の体の横に当たってカチリと音をたてる。

店内に戻ると、カウンターへ向かう途中でユワンダに捕まる。

「さっきはお邪魔しちゃった？」

ユワンダがわたしを突《つっ》く。からかうような、うれしそうな、わたしのいまの気分にはそぐわないやり方で。

ユワンダの真似をして、もっと彼女のようにならなくては。学ぶべきことがたくさんある。

わたしは彼女を突き返す。やめてよ、といいながらも、彼女のおかげで笑みが浮かぶ。

62　家のなかの女

外で、ドアがあいてしまる。彼がトラックを降りたところだ。

こんなにすばやく動くのはここ五年で初めてだ。最後に一瞥《いちべつ》して、すべてがもとのままであることを確認する。明かりを消し、注意もそこそこに無謀な速さで階段を駆けあがる。ドアノブのうしろ側のボタンを押す。外に出てドアをしめ、鍵がかかったことを確認する。ちょうどソファの上で体を丸くしたところで、玄関の鍵がカチャカチャと音をたてはじめる。『ダンスシューズが死を招く』をでたらめにひらく。

彼が入ってくる。本を読んでいたの、本当にただ読書してただけ。絶対に嗅ぎまわったりなんかしていない。あなたの胸腔に手を突っこんで、鼓動を打っている心臓を取りだすような真似はしていないから、絶対に。

彼はトラックのキーをドアのそばにかけ、室内を見まわす。胸郭が激しく上下し、体が階段での全力疾走から回復している最中であることを悟られないように、あなたは息を止める。

彼がむずかしい顔をする。何？　なんなの？　ついであなたを上から下まで眺める。くそ。上ってくる途中で自分の見た目を確認するのを忘れていた。地下室をもとの状態に戻しておくことに気を取られるあまり、まだらに赤くなった肌や、どこにいたかを明かす、額についた埃や汚れを放置してしまったのだ。

くそくそくそ。

「彼女は階上《うえ》に？」と訊かれ、ええ、と答える。それから声を低くして、自分たちが味方で彼の娘が対戦相手であるかのように、こうつけ加える。「午後はほとんどここで過ごしていたけど、少しまえに自分の部屋へ行った」

彼はそわそわとリビングを見まわす。なんとなく動きが重い。重力がふだんよりしっかりと彼を地面に押さえつけているかのようだ。

彼が階段の下のドアへ一歩踏みだす。

何かあったのだ。階下《した》へ行きたがるなんて。彼は静けさと、自分だけの場所を必要としている。あなたがほんの数分まえに侵入したスペースを必要としている。

行かせるわけにはいかない。いまはまだ。早すぎる。もし行けば、きっとわかってしまうだろう。部屋にあなたの幻が、壁にあなたの影が見えるだろう。

「夕食の支度なら手伝えるけど」あなたはいう。

夕食とはどういう意味だっけ、と思っているような顔をして、彼はあなたを見る。それからすぐに現実に戻ってくる。

今夜の支度はただチリの缶詰を二つ温めるだけだ。コーンブレッドもバターもなし。彼はセシリアを呼ぶ。セシリアはテレビを素通りして席につき、黙々とまじめに食べる。今夜は父親の邪魔をしないほうがいいと知っているかのようだ。

この男は動揺し、狼狽している。何か計画にないことが起こったのだ。世界が彼の支配下からすべるように抜けだし、彼はそれを取り戻そうとして握る力を調整しているところなのだ。

後刻、あなたの部屋にもぐりこんだ彼は陰気な顔をしている。あなたはパーカーをベッドの下に蹴りいれ、娘のペンと一緒にまだポケットに入っている安全ピンに気づかれませんようにと祈る。明日、彼が出かけたら、安全ピンは整理簞笥に隠すつもりだ。いままで彼がそこを見たことはなかったから、これからも見ないだろうと信じるしかない。

もし見られたら、嘘をつけばいい。整理簞笥のことなんて何も知らないというか、あるいは、なかに何が入っているかなんて知らなかった、といえばいい。

彼は気づかない。この男には、あなたのポケットにひそむ秘密以外に心配事があるのだ。今夜、彼の手はあなたの首のまわりを長々とさまよう。今夜の彼は爪であり、歯であり、骨でもある。固い部分がすべてあなたの体に食いこむ。戦争におもむく兵士のようであり、何かを証明したがっている男のようでもある。

彼女がしゃべったにちがいない。エミリー。彼の家の鍵を見つけ、リビングに踏みこんできた女性。

いまや彼もそれを知っているのだ。

63

セシリア

パパのことだけど。パパはいい人なんだけど、あたしがずっと感じているのは……よくわからないな。怖いっていうのは正しい言葉じゃない。悪い面をやりすごすのは簡単で、それがかえって幸いしている。あなたたちがよく似ているからよ、とママはいっていた。二人とも強烈な個性の持ち主で、好き嫌いがはっきりしていて、妥協しないんだから、と。ママがどうしてそんなふうに思っていたのかわからない。あたしなんていっつも妥協ばっかりしてるのに。

だけど、犬を飼わせてくれたのはやさしいと思った。うちはもうそんなにお金に余裕があるわけじゃないし、パパだって自由になる時間がたくさんあるわけじゃないから。なのにあたしのために犬を助けてくれたのは、すごくいいことだと思う。レイチェルのおかげだ。

レイチェルね。

オーケイ、レイチェルも相当おかしい。だけどあたしは彼女が好き。馬鹿みたいに聞こえるかもしれないけど、彼女はある意味……友達？あたしとあたしの人生とうちのパパについて、彼女にはいろいろと考えがあるみたい。それは確かだ。だけど結局のところ、彼女は悪い人じゃない。なんだかつらい思いをしてきた人みたいだから、そういう人はちょっとくらい変でも許されると思う。それに、ローザを助けてくれたし。そのことは絶対忘れない。

だからピンをひとつあげた。たいしたことじゃないけど、彼女があのピンを気にいって、あれはあげられるものだったから。それに、部屋から出ていってほしかったから。ピンをあげれば出ていくのはわかってた。

レイチェルのことは好きだけど、ときどき一人になりたいと思うこともある。それはかまわないのよ、とママはよくいっていた。そういうところもパパとおなじね、と。友達がいるのはいいことだ――もしレイチェルを友達と呼べるなら。そう呼べるかどうかはよくわからない。正直いって、ずいぶん年上だし。だけどそこも問題なのだ。

彼女になら、話ができると思ってしまう。

彼女になら、話が*し*た*い*と思ってしまう。

彼女になら、いままで誰にもいわずにきたことを話したいと思ってしまう。

64 地下室にいる女

あなたはまだ出ていくことができない。走れるほどの体力がないからだ。しかし家のなかや寝室を動きまわることならできる。彼の娘が見ていないときに、いろいろなことをやれる。準備することができる。

体を動かすことに関して、何が思いだせるだろうか？　外に出られて、走っていたときの記憶を探る。訓練計画では、平日はスピードワーク、週末にはロングランをやることになっていた。ここではできない。必要なのはべつのパートだ。昔は、若いから、自分の体にはさほど必要と思えないからという理由でよくさぼっていたクロス・トレーニングだ。脚と背筋と腹筋を強化する動きだ。

彼が出かけたあと、寝室でやってみる。いちばん簡単に思いだせるのはスクワットだ。一回、二回、三回、十回。太腿が脈打つ感覚、ふくらはぎが燃えるような感覚にかなりの違和感がある。ふくらはぎといえばカーフ・レイズだ。それもやってみる。心臓の鼓動が速くなる。不安や予感以外の理由で、体の求めに応じて鼓動が速まるのは何年振りだろう。

これはすべてあなたのものだ。腕と脚、そしてそれらができることすべて。腹筋運動のために横たわったとき床につく腰のカーブも、腕を伸ばしきってペーパーバックの『IT』を持つときのひりひりするような上腕の痛みも。『IT』は持っているなかでいちばん厚い本で、それでも重さが足りないのだが、長い時間支えていると肩に火をつけることができる。さらに、腕立て伏せをするときの手首の痛みも、口の渇きも、うなじが汗でべたべたする感覚も、すべてあなたのものだ。

彼が帰宅するころには、衣類についた汗はすっかり乾いている。ほてった頬も冷めており、彼に知られることはない。明日も、明後日《あさって》もトレーニングをつづけたとしても。これはあなたのものであり、あなただけのものだ。

腕が震えはじめ、脚が休憩をほしがると、あなたは地下室に戻る。安全ピンで鍵をこじあけて。毎回、今度こそうまくいかないだろうと思うのだが、毎回、安全ピンはあなたが間違っていることを証明する。あなたはうしろのポケットに入れてそれを持ち歩く。

銃を見つけたはいいが、弾丸が入っているかどうかはわからない。安全装置がどこにあるかも知らないのだ。知っておくべきだろうか？　わからない。銃について知っていることといえば、映画を観て覚えたことくらいだが、その知識が間違っているのはあなたにもわかる。現実の世界では、練習が足りなければ狙いをはずすだろうし、どうしたらいいかまるでわからないだろう。

箱を動かし、ハンマーをどけて、狩猟用ナイフもスキー用手袋もロープもどける。ずっしりした長方形の黒い金属を一つ、二つ、三つ見つける。弾倉だ。いちばん上の弾丸がきらめき、横の穴から中身が見える。これはたくさんあるといえるのか、それとも少ししかないのか、あなたには判断がつかない。あなたがやろうとしていることのために、これで充分であることを祈るしかない。

スマートフォンかノートパソコンがあれば全部調べるのに。チュートリアル動画を一つか二つ見れば、どうやって弾丸を装塡したらいいかわかるだろう。撃ち方もわかるかもしれない。どうやって狙いを定め、いつトリガーを引いて、どうやって反動に耐えたらいいのか、といったことも。

すべて自分一人で覚えなければならない。何も知らないが、対象は銃で、量子物理学ではないのだ。あとでまた見てみよう。

紙袋に、また写真が入っている。これもポラロイド写真で、最初の束とは分けてあるが、内容は似ている。遠くから撮られたもので、被写体の人物は気づいていない。ぱらぱらとめくる。茶色い髪に色白の肌。白いコート。どれも日常的な場面だ。ホンダ・シビックに乗り降りするところ。レストランに入るところ。どれもピンボケだが、シルエットとカウンターと深紅のエプロンが見てとれる。

きちんと撮れた一枚を見て、惑星が地球に衝突したかのような衝撃を受ける。彼女の顔。このきれいな顔。あなたは彼女を知っている。もちろん知っている。まさにこの家のなかで会ったのだから。

リビングに入ってきたあの女性だ。あなたのネックレスをしていたあの人。

彼女はプロジェクトなのだ。標的なのだ。

ポラロイド写真と一緒に、円形の厚紙が重ねてある。厚紙にはループの多い筆記体で〈アマンディーン〉と描かれている。ドライブに連れだされた日に見かけたレストラン、あそこのコースターだ。彼があの店に行って、ポケットにすべりこませたものにちがいない。彼女の世界の断片を密かに持ちこんだのだ。ほかの女性たちから取りあげてあなたに与えた小物のように。あの本や、空《から》っぽの財布や、ストレスボールのように。すべて盗んだものだ。

つづけなければ。彼女のために、あなたのために、あなたのようなほかの女性たちのために。

箱の底で隅のほうに押しこまれた小さな三冊の本が目につく。ガイドブックだ。『ハドソンバレーの秘密』、『ハドソン川の向こうへ』、『州北部の隠れた宝物』。三冊すべて、おなじ章でページの端が折られ、マーカーで線が引いてある。

町の名前だ。七文字で、ガイドブックによれば gh は発音しない文字だ。間違いない。これが彼の町、この町なのだ。

地図がある。二、三のメモ書きはたいした内容ではない。新しい家の場所に×印がついているわけでもなければ、まえの家についているわけでもない。犠牲者を示す暗号もないし、彼の殺しに結びつくような記号もない。道路と集落、緑色の広がりと青の点があるだけ。

まんなか付近に、折り目に隠れるようにして、小さな白い記号がある。地元のランドマークを示す印で、左下の隅に説明がついている。あなたは目を凝《こ》らす。最後に視力検査をしてからどのくらい経つだろう？　ふつうより早く老けこむような体になってから、どのくらい経つだろう？

〈願いの井戸〉――小さな黒い文字はそう読める。隣りに、さらなる情報の載ったページの番号が書いてある。ぱらぱらとめくってそのページをひらく。井戸の歴史――何世紀もまえにつくられたもので、豊作と子宝に恵まれることを願う家族が訪れたという――の横に、写真が載っている。

砕けた石。錆びた鎖。そして可能なかぎりどこにでも、いや、不可能なはずの場所にまで生えた苔。

これはあの井戸だ。トラックに乗せられて家から町へ行き、戻ってきた日に通りすぎた井戸。牛の群れのすぐ脇、〈ブッチャー・ブラザーズ〉の隣りにあった井戸だ。

集中しろ。地図の縮尺を見つけるのだ。計算しろ。もっと早く。さあ、急いで。この距離を走れるだろうか？　たぶん。自分の体に何ができるか、よくわからない。

集中しろ。地図を見て、覚えなければならない。いますぐ。急げ。曲がりくねっている場所を覚えるのだ。左、左、右、それからまっすぐ進んで〈ブッチャー・ブラザーズ〉の牛とすれちがった。それを地図に当てはめる。ズームアウトして、またズームイン。あなたがいるのはここだ。

ようやくわかった。確実に知ることができた。

ほかにもまだ何かある。ガイドブックのうちの一冊、『ハドソンバレーの秘密』のいちばんうしろに、紙切れに走り書きされたリストがたたまれ、隠されている。名前と住所。時間。肩書き。紙は厚手で黄色くなり、インクは紫色に退色している。これが書かれたのはずいぶんまえなのだ。彼がこの町に、妻と、たぶん子供も一緒に越してきたときだろう。

彼がこの町を自分のプロジェクトにしたとき、つまりは自分の遊び場にしたときだ。ここは彼が疑念を招かずに暮らせる場所であり、彼のニーズに合わせてあつらえられた世界なのだ。

彼は長いあいだすべてを、すべての人々を観察し、何をしても逃げきれる場所をつくりあげてきたのだ。

これで箱の底まですべてを見た。

すべてをもとどおりにしまう。二回確認する。

階上《うえ》から音が、声が聞こえてくる。

「レイチェル？」

くそ。クソ。父親でないとすれば、娘だ。じっとしていれば、あなたがどこにいるかはわからないはず。ここまで探しにきたらどうしよう？　箱を次々に重ねる。ジーンズで手をぬぐい、あたりを見まわして、何かを探す——なんでもいい、口実か、アイデアか何か。階段のてっぺんのドアがひらく。いくらも経たないうちに、彼女が降りてきて、あなたの隣りにいる。

彼女にも感じられるだろうか、父親の秘密が霧のように空気中を漂っているのが？　暗がりで囁《ささや》く女性たちの声が——あなたに、彼女に、聞いてくれる人なら誰にでも、わたしたちを忘れないでと懇願する声が——聞こえるだろうか？

「ヘイ」彼女はいう。「あなたを探してた」

で、見つけたわけね、とあなたはいいたいが、しゃべれない。

「一緒に犬の散歩に行かない？」彼女がたずねる。「ちょうど出かけようと思ってたところなの。そんなに遠くまでは行かない。水辺まで行って戻ってくるだけ」

水辺。彼女がいっているのはハドソン川のことだろうと、あなたはあたりをつける。ガイドブックと地図を信じるなら。かつて街なかでそばを走ったのとおなじ川だ。

「ああ、ありがとう」あなたはいう。「でも行けない。わたしは、その、ちょっと終わらせなきゃならない仕事があって。階上《うえ》で」

「わかった」彼女はいう。「気にしないで」

彼女は黙り、あたりを見まわす。

「何か探してたの？」

あなたは考えて「ええ」と答える。「ほしかったのは……電池なんだけど、見つからなくて。で、ここを見てみようと思ったのよ。だけどもういいの。大丈夫。急ぎじゃないから。心配しないで」

セシリアはパティオ用の椅子にもたれる。

「あたしもここに降りてくることがあるんだ」

囁くような声でそういう。

「本当に？」あなたはたずねる。

「うん。夜に。あたしはただ――ここにはママの持ち物がしまってあるから」

何もいわなくていい。セシリアにしゃべらせるのだ。彼女は聞いてくれる人間を必要としている。

「馬鹿みたいなんだけど」彼女はいう。「ママのにおいが恋しくて。ほかのものもだけど。写真とか動画はあるけど、においが残ってるものはあんまりないから。だからときどきここへ降りてきて、ママの古いセーターを引っぱりだして、ただ……ちょっとのあいだ、それを抱えて座ってるの」彼女はあなたを見あげる。「ほんと馬鹿みたいでしょ？」

「そんなことない。あなたはお母さんが恋しいだけ」

あなたにはいわないことがある。彼女の父親があなたを拉致したあとの日々、あなたは母親のことを考えるたびに息がうまくできなくなった。家族のことを考えるのは完全にやめなければならなかった。あまりにも大きな痛みを引き起こすから。そしてあなたには壊れている余裕などなかった。

「パパにはわからないの」セシリアはいう。「きっと理解してくれない。それか、理解したとしても、そのことで傷つくと思う。だから夜、ここに来るの、パパが眠っているときに」

「夜？」

「そう」床に目を向けたまま、セシリアはいう。「パパが――みんなが――眠るのを待ってから部屋を出る。音をたてないようにしてるけど、何回かパパに足音を聞かれたのは知ってる。一度そのことを訊かれたから。お手洗いに行ったんだって答えたけど」

彼女の口からは言葉が流れるように出てくる。ここしばらく、そのことで良心がとがめていたのだろう。

「鍵を盗まなきゃならなかった」彼女の声はとても小さくて、息を止めなければ聞こえない。「毎回」そういって、彼女は首を振る。「ほんとはそんなことしたくないけど、夜、パパは鍵をコートのポケットに入れておくから。パパはあたしが知ってるとは思ってない。自分のものを触られるのをものすごくいやがるし」

あなたが口をひらく間もなく、質問が飛んでくる。「あなたはどうやって入ったの？」

あなたはいちばん簡単な嘘をつく。「鍵はかかっていなかった。かけ忘れたんじゃないかな」

つかのま息を止める。もしかしたら、大きすぎる嘘だったかもしれない。彼女が大声を出すかもしれない。けれどもセシリアはあきれたように目をぐるりとまわしていう。「ワオ。マジで?」あなたはポーカーフェイスでうなずく。「うわの空だったんだね」と彼女はいう。そうね、本当にそのとおり、あなたのお父さんは忙しい人だから、こまごましたことを全部覚えていられないときもあるんでしょう、とあなたはいおうとするが、セシリアがまた口をひらく。彼女にはいいたいことがたくさんあり、吐きだしてしまいたい告白があるのだ。鍵のことや、父親が鍵をかけたかどうかよりも差し迫った問題があるのだ。「テープを貼りかえなきゃならないの」彼女はいう。「箱に貼ってあるやつ。毎回ね。剝がした古いほうは学校で捨ててる。パパに見つからないように」

大丈夫だから、とあなたはいいたい。鍵のことも、テープのことも全部大丈夫だから、と。それから、鍵のことや、彼が鍵を隠している場所についてもっと訊きたいと思う。だが、彼女の話はまだ終わっていない。

「あの人を傷つけたくないの」彼女はいう。

「あなたのお父さんを?」

「そう」

たったいまセシリアがいったことについて考える。彼女は夜、みんなが眠っているときに——あるいは、みんなが眠っていると彼女が思うときに——部屋を出るのだ。誰にも聞かれないと思えるときに。

夜に廊下から聞こえたあの足音。あれは彼の足音だと思った。彼が娘を害しているのだと。そう考えると筋が通った。彼は触れるものすべてを壊すのだと信じていたから。

その考えは間違っていたのだろうか？　ずっと彼女だったのだろうか？　この少女が母親の幽霊に会うために地下室へ向かう音だったのだろうか？

「お父さんと本当に仲がいいのね」あなたはいう。「強い絆がある、というか。いってる意味がわかるかしら」

セシリアはうなずく。まだあなたを見ようとはしない。「そう。いまはもう二人だけだから。パパは完璧な人間じゃないけど、あたしだってそうだし。それに、努力はしてる。パパはすごくがんばってる」

あなたはうなずく。

ここには何かがあった。指に触れるあなたの古いカシミアのセーターとおなじくらいリアルで、手のひらに載せた銃とおなじくらい無遠慮で重い何かが。

忠誠心とか、子供が親に対して感じる義務感よりも大きなものだ。

それは強固で、あなたが壊したいと思っても壊れない。

65

エミリー

彼はまたレストランにやってくる。以前のように、木曜日に。そしてわたしに笑いかける。クレジットカードを返すときには、彼の指がわたしの指をかすめる。けれどもその指は冷たく、死んでいる。まるで二度とわたしをつかむことはないかのように。世界じゅうでほかの誰よりもそそられる、愛すべき人間として、わたしに触れることはないかのように。

金曜日の夕方、判事が夕食をとりにやってくる。判事はお気にいりのカウンター席に腰をおろす。このほうが気兼ねが要らないからね、と判事はいう。人と交流できるから、と。それに、テーブル席に一人で座っていると、人目が気になってしまってね。

アイデアはここに、わたしの頭のなかにある。寛大な雰囲気でありながら、毒性もある。興味深くて、ちょっぴり危険な感じもする。

エイダンは、最初は気にいらないだろう。でも――わたしがうまく立ちまわれば――彼もきっと意見を変えるだろう。

「もっとやるべきことがあると思うんです」

判事は初めてわたしの存在に気づいたみたいに顔をあげる。

「あの一家のために」わたしはいう。「あの人たちは大変な思いをしてきたんですから。彼の娘がどう受けとめているかは想像もつかない」

判事はわたしの肩の斜め上を見つめ、それについて考える。バーン判事は三十年を裁判官席で過ごしてきた。四年ごとに投票用紙に名前を載せ、町の人々の手に自分の将来をゆだねながら。判事にとって大事なのは、町の人々に好かれるだけでなく、自分も町の人々のことが好きなのだとまわりにわかってもらうことだった。

「そのとおりだね」判事はいう。「まったくきみのいうとおりだよ」

オーケイ。もうあとには引けない。わたしたちでやるのだ。わたしがやるのだ。

「もし彼女の立場だったら」わたしは判事にいう。「ちょっとしたパーティーがうれしいかも。クリスマス休みって、友達に会えなくて寂しくないですか？」判事は小さくうなずく。「もちろんそんなこと、自分では絶対に認めないんだけど。ティーンエイジャーってそういうものです……」判事とわたしは一緒にあきれ顔でぐるりと目をまわす。二人ともわかってるといわんばかりに。判事もわたしとおなじように、十三歳の少女がどんなものか覚えているとでもいうように。

エリックが判事のまえにマッシュルーム・リゾットの皿を置く。わたしは店のおごりでホットカクテルのアイリッシュ・コーヒーを注ぎながら、話をつづける。

いちばん簡単なのは、彼らの家で開催することじゃないですか、とわたしは提案する。

判事は確信が持てない様子でいう。「それは押しつけがましくないかな？」

「でも、あなたの家じゃないですか、判事」

「それはそうなんだが」彼はいう。「しかしエイダンが正式に借りているわけだし。無理をいうような大家になるのは気が進まないね」

わたしはカウンターの上に身を乗りだす。ついてきてよ、判事。「家の外でやればいいんですよ。庭がとても素敵だから」判事は首を傾《かし》げる。「レストランのパティオで使ってるスペースヒーターを持っていけます」わたしはいう。「クリスマスのライトを飾って。わたしはホットワインをつくる。わたしたちが全部やります。きっとすごくきれいになりますよ」

判事は熟考している。

「あの家を見ました？」わたしはたずねる。「素敵な家にできそうなのに、いまはただ悲しげで。通り沿いで電飾がないのはあの家だけなんですよ。もちろん、誰かを責めてるわけじゃないんです。彼らは人生で最悪のときにあの家に引っ越したわけでしょう。ちょっとした手助けが要ると思うんです、居心地のいい家だと感じられるように。手はじめに、いい思い出をつくる必要があると思いませんか」

今度は判事も笑みを浮かべる。乗ってきた。「そうだね。悪い考えじゃないかもしれない。エイダンに話してみるよ。きみは指ひとつ動かさなくていいから、と伝えよう」

「素敵」それから、にやりと笑ってみせる。「でも、それはあの人にとってはむずかしいでしょうね。判事もよくご存じでしょう、彼がじっとしていられないのは。いつもいろんなことに手を貸さずにはいられない」

知らないわけがないさ、というように、判事は小さく笑う。わたしがアイリッシュ・コーヒーのおかわりを注ぐと、判事は親愛なる友人にといってカップをあげてみせる。

「すぐ取りかかるべきですよね」わたしはジェムソン・ウイスキーのふたをしめながらいう。「クリスマスまえに開催しないと」

判事はうなずく。

彼が帰ったあと、わたしはカウンターに手を置き、いま起こったことについて考える。ちょっと息が切れて、めまいがする。

エイダン。

彼の家、彼の家庭。

そこで一緒に過ごすのだ。わたしは彼をふり向かせるつもりだ。彼の心を動かしてみせる。

66　家のなかの女

彼がどういう男か、あなたは以前から知っていた。何をやったか、いつやったかも知っていた。だが、彼女たちの顔を見たことはなかった。女性たちの亡霊を呼びだしたことはなかったし、遺品を手に取ったこともなかった。

夜になると、彼女たちはあなたのもとを訪れる。あなたはみすみすわたしたちを死なせた、と彼女たちはいう。あなたのあとの女たちだ。もうとっくに彼を止めているべきだったのに。いったい何をしているの？　どうして逃げなかったの？　なぜ世間に向けて彼のことを話さないの？

ごめんなさい、とあなたは彼女たちにいう。いろいろ複雑なのだと話す。彼女たちに、あなたの立場から物事を見てもらおうとする。彼がどんなふうか、あなたたちだって知っているでしょう。すべてを正しく進めなければならないの。一歩でも間違えれば、死ぬことになる。

あら、だったらわたしたちが死んだのはわたしたちのせいってこと？　女性たちはいう。自分は頭がいいと思っているのね。で、死んだわたしたちのほうは愚かだった、と。あなたは説明しようとする。そういう意味じゃない。そんなことはいってない。わたしがあなたたちの味方だってわからないの？

しばらくすると、女性たちからの反応が止まる。しかし彼女たちがいなくなったあとも、あなたは眠れない。

これがあなたのいい分だ。だが、セシリアは？　彼女はどう説明するのだろう？　なぜこんなに意気消沈しているのか。

夕食の席で、きちんと皿を空《から》にしてから、セシリアは父親のほうを向く。

「本当に、どうしても避けられないの？」彼女はたずねる。

彼はため息をつく。この会話をするのは初めてではないようだ。

「親切でやってくれていることなんだよ、セシリア。人はときどき、親切で何かをしてくれることがある。そういうときは、それを受けいれるのが礼儀にかなったことなんだ」

「でも、クリスマス休みなんだよ」彼女はあくまで主張する。「お休みのあいだくらい放っておいてもらえないの？」

彼は顔をしかめる。「聞きなさい」彼はまっとうな父親らしくいう。「おれは一日仕事をして疲れている。この話を蒸し返したくない。町の人たちはおまえに好意を持っているんだよ。おれにも。彼らはおれたちのことをいい人間だと思っていて、それでパーティーをひらいてくれることに決めたんだ。おれだって、楽しみでしょうがないというわけじゃない。だが、人生にはそういうこともあるんだよ」

セシリアは顔をそむける。彼にも、彼女にも、あなたにも、彼が勝ったことはわかっているが、それでも彼はつづける。「どうやって家を借りたか覚えているだろう？」彼はセシリアにたずねる。「判事のおかげだ。彼が手をまわしてくれたんだよ、おれたちのことが好きだから。人に好かれていたほうが、人生は楽になる」

「でも……」セシリアは小声でいう。「ここでやらなきゃ駄目なの？　うちの庭で？」

彼は肩をすくめる。「彼らがそうしたがっているんだ。つきあったほうがいい」

庭で？

あなたはどういうことなのか考えようとする。

この男が、この町で？　町の人々が、自分のもっとも暗い秘密の領域にこれほど近づくことを許すというの？

彼には何か計画があるのだ。

でなければ、避ける方法を見つけていたはずだ。彼は望むとおりのことを、自分が望むからという理由で実行する男なのだから。

何かある。

小屋の外で生き延びるためのルールその10——彼から学び、自分でも計画を立てること。

あなたはまた眠れぬ夜を過ごしている。横になったままでいることを自分に強《し》い、背中をマットレスに固定する。電流が脚をめぐっている。不安な思いが胸の内をくすぐる。さっきまた、彼がいないあいだにトレーニングをした。ふくらはぎと腕を酷使したのだが、目が冴えているのは体のせいじゃない。壊れた方位磁石のように空《むな》しくぐるぐるまわりつづける頭のせいだ。

パーティーがひらかれる。人が——大勢の人が来る。ここに。この家の庭に。

彼は忙しくなるだろう。すべての物事の経過を追うことで精一杯だろう。いてほしいと思う場所に人々をとどめ、彼の計画が——それが何かはわからないけれど——確実に望みどおりに展開するよう、気持ちを集中する必要があるから。

それに、人目がある。あらゆる場所に。

考えに考えて、脳がショートしそうになる。子供のころに遊んだ、兄のレゴのようなものだ——ああでもない、こうでもないと何回も試した。二つのブロックを組み合わせては引き離す。さんざん組み立てたものが壊れるのを見届け、また一から組み立てなおす。

彼女はあなたのネックレスをつけていた。

エミリー。彼女の名前が体のなかを突き抜け、耳鳴りよりも大きく聞こえる。彼女だ。彼女にちがいない。彼女がパーティーの目的であり、彼が大勢の人をここに入れる理由なのだ。彼はもうずっと彼女の周囲をうろつき、これから強盗に入る銀行のように彼女のことを調べてきた。

箱のなかの女たちが騒ぎはじめる。自分がしなければならないことはわかっているんでしょう、と彼女たちはいう。彼女のことも死なせるつもり？ あなたはこういいたい。お願い、黙って、ほんの少しのあいだでいいから――考えさせて。しかし考えることなどできない。指も喉も燃えるようだし、外にある女性がいて、彼女がリビングに来たからあなたは彼女を見たことがあって、会ったときの彼女はいい人そうで、でも仮にいい人でなくても生きつづけるべきだからだ。彼女は可能なかぎり長く生きつづけるべきだから。

寝返りを打って横を向き、枕を頭の上にかぶせる。空《あ》いているほうの手で顔に枕を押しつける。ほとんど息もできなくなるほど。自分の鼓動と、気管の奥を酸素が抜けていくかすかな音しか聞こえなくなるまで。あなたは口をあけ、歯をシーツに当てて、声にならない叫びをマットレスに埋める。

67 ナンバー8

彼の妻が死に向かっていた。またもや。

わたしもそうだった。

医師から話を聞いたとき、わたしが思い浮かべたのはあの場所だけだった。ハドソン川のそばの窪地。鬱蒼《うっそう》とした森のおかげで、外の世界から隠された場所。知らなければ見つけられない。知っていれば、天国への鍵を手にしたも同然だった。〝遊泳禁止〟の看板があったが、誰も守らなかった。そこは水中に潜るための場所だった。砂遊びと、カヤックと、ビールの詰まったクーラーボックスのための場所だった。残された時間を、水着と麦わら帽子だけを身につけて過ごしたいと思ったのはそこだった。

ある晩、彼がわたしを見つけた。

わたしはほかのことに気持ちを集中していた。わたしは死に向かっていて、その事実をなんとか受けいれようとしていた。

彼のような男が自分の手でことを運ぶとは思ってもみなかった。

わかってる。わたしはもともと、遠からず死ぬはずだった。

それでも、彼がわたしから奪ったのは、大事なものだった。

いままでずっと、自分以外の人間を喜ばせようと走りまわって生きてきたわたしにとって、これが最後のチャンスだったのだ。

わたしだけの時間になるはずだったのだ。

68 家のなかの女

彼女に説明はできない。何もいえない。

彼女がわかってくれると信じるしかない。

「なにもここでパーティーなんてしなくたっていいのに」翌日の午後、二人だけになったとき、セシリアはあなたにいう。

そうね、とあなたは頭のなかで彼女にいう。だけどあなたにもわかればいいんだけど。きっとすごいことになるから。

あなたは彼女にしゃべらせる。「ここでっていうか、そもそもパーティーなんかしなくていいのに。親切でしてくれてるのはわかるけど……」

彼女の声がだんだん小さくなる。

「わかるわ」あなたはいう。「わたしもあんまり人混みが好きじゃないから」

セシリアはうなずく。「正直なところ、できるかぎり部屋に逃げこもうと思ってる。ひと休みする必要があるから」

今度はあなたがうなずく。

わかる。ひと休みしたいと思うのがどういう状況かは、わたしにも覚えがある。


あなたはまた階下《した》へ行く。写真は見ない――生気を吸いとられるから。気力を無駄にしている余裕はない。

興味があるのは銃だ。手に取って、じかに重みを感じる。銃の感触に慣れようとする。マガジンを差しこんでみる。うまくいかない。もう一度試す。以前にやったことはないが、誰にだって初めてのときはある。

銃が手にしっくりなじみ、体に力がみなぎる。なんだってできる気がする。彼が眠っているときに忍びより、狙いを定めて引き金を引くことも。弾は何発必要だろう？　正しく当たれば、一発か。二発か、三発か、五発か。あなたにはわからない。

それはあなたの望む形ではない。シーツに血が、枕に脳みそが飛び散り、寝ぼけたセシリアが廊下の向こう端から駆けてきて、驚いて転ぶ。彼女にとって忘れられない光景になるだろう――父親の死体と、まだ温かい拳銃を手にしたあなたの姿は。そしてあなたは？　刑務所に行くだけ。また囚《とら》われの身になるだけだ。

あなたのような人々に、世のなかが何を差しだしてくるかは承知している。望みうる最良の結末はこうだ——彼は生きたまま、刑務所のオレンジ色のジャンプスーツを着ている。そして手首と足首に鎖をかけられ、裁判所に現われる。新聞の見出しが、彼のしたことを世間に伝える。いまひとつしっくりこないし、自分がこういうことを望んでいるのかどうかもよくわからない。しかしこれが唯一の選択肢なので、あなたは受けいれるしかない。

ここで、この家のなかで、初めて——そして唯一このときだけ——あなたは自分で決断を下す。

このあとの世界で、あなたの望む自分の姿はこうだ——自分が殺した男の記憶に取り憑《つ》かれて毎晩目を覚ますことのない人生を送りたい。殺してしまえばその記憶に悩まされるのは間違いない。あなたは彼ではないのだから。決して彼にはなれないのだから。

彼は娘の人生を、彼を中心としてまわりつづけるように形づくった。そしていつか、娘は父親を奪われる。彼が娘に与えた人生は、浅く掘られた墓の上に築かれたもので、いずれ死者たちが起きあがって彼女の足もとの地面をひっくり返すだろう。

夕食の席で、セシリアはうれしそうにしている。まずまずの機嫌だ。一日の大半を、読書をして過ごし、ローザに新しい芸も教えた。いままでのところ、《ジェパディ！》で五問正解している。もしかしたら、今夜の記憶が彼女に希望を与えるかもしれない。今夜の記憶が、人生はいずれまた喜びに満ちたものになると告げるかもしれない。

　夕食の席であなたのほうを向いたセシリアには、どこか翳《かげ》りが見える。自分がちょっと浮かれていたことが恥ずかしいのだろう、とあなたは思う。

　いいのよ、とあなたは彼女にいいたい。あなたは幸せでいるべきだし、幸せでいるのがふさわしい。まだ子供なんだから。あなたは何も悪いことはしていない。

　このことについてはまったく考えずに成長していけばいい。あなたは女の子だから、悪い男たちのことはいずれすぐに知るようになる。

　いつか、あなたの父親もそういう男たちの一人だったと知ることになる。

　彼女はきっと誰かを責めたくなるだろう。なぜなら彼女は傷つくことになるからで、傷ついたときには誰がそれをしたか知ると助けになる。あなただって、あのクラブでの夜、誰があんなことをしたかわかっていれば、街にとどまることができたかもしれない。加害者の顔と名前がわかっていれば。敵意に満ちた世界ではなく、一人の人間と対峙すればいいだけだったなら、あなたは癒《い》やされ、セシリアの父親と出会うこともなかっただろう。あなたの人生はいまもあなた自身のものだっただろう。

　彼女はきっと誰かを責めたくなるはずで、その誰かは父親でないとすればあなただ。

セシリア。わたしがこれからあなたにすることについては、本当に悪いと思ってる。わたしがこれからあなたの人生を変えてしまうことについては、本当にごめんなさい。もしかしたら、いつかあなたにもわかるかもしれない。すべてあなたのためにしたことだと、いずれわかってくれるといいのだけれど。

その夜、あなたはいつもどおりの行動を取るつもりでいる。彼がことをすませるのを待とうと思っている。レイチェルのままでいて、生きるのに必要な行動を取るつもりでいる。そしてそのとおりにやってみる。しかし彼が暗闇のなかであなたを見つけるとき、あなたは階下《した》の女たちのことを考えている。彼の娘のこと、あなたと、あなたのような人々のことを考えている。

こんなふうに感じることは抑えてきた。危険だとわかっていたから。これは水滴のように小出しにできるタイプの怒りではなく、津波のように押し寄せるから。

彼は手錠であなたをベッドフレームにつなぐところだったのだが、失敗する。金属があなたの肌を傷つける。あなたは手首を引く——怪我をさせられそうなときに取る、本能的な行動だ。彼はあなたの腕を握り、定位置で押さえつける。これもまた本能だ。あなたの体の動く部分すべてを、自分の望む場所に置いておきたいのだ。

したいようにさせるのが賢明な行動だったのだろう。いずれにせよ彼は手錠をかけるのだから、おなじことではないか？　しかし今夜はおなじではない。今夜、あなたは膝立ちになり、もう一度腕を引く。手首が彼の手から抜ける。即座に彼の手が伸びてきて、肘でも肩でもどこでもいいから、錨として使えそうな場所をつかもうとする。あなたは彼に抗《あらが》う。伸びてきた手から逃れ、立ちあがって、彼の手をぴしゃりとはたく。あなたは自分の動きに驚く――すばやく正確な動きだ。マッスルメモリーだろうか。秘密のトレーニングのおかげで、体が長い冬眠から覚めたのだろうか。

彼が両手で向かってくるが、あなたは怖がるのを忘れている。ただただ怒っている。無謀で必死な、無言の格闘だ。手が彼の胸に接触する。あなたは押す――軽い突きで、この不動の男はびくともしない。ほとんど何も変わらないが、あなたにとっては意味がある。大きな意味がある。

彼が主導権を取り戻す――当然そうだろう。彼は彼で、あなたはあなたなのだから。彼はあなたの腕をつかんでひねりあげ、もう一方の腕もおなじようにして、あなたが床の上で干からびた葉っぱのようにくしゃくしゃになるまで体重をかける。しかし彼の息は荒く、背中に感じられる彼の心臓の鼓動は速く、大きく、パニック状態にある。これをあなたがやったのだ。あなたは一瞬彼から逃れ、それが彼を脅かしたのだ。

あなたはこの男を怖がらせ、心拍数をはねあげたのだ。

「一体全体なんのつもりだ？」彼は食いしばった歯の隙間から怒りの息を吐き、囁《ささや》く。

さらにきつく腕がひねりあげられる。あなたはそれに屈する。今度はそれができる。しなければならない。

「ごめんなさい」あなたは彼にいう。本心からの言葉ではない。べつの日につながるためのパスワードだ。

あなた自身の息は落ち着いている。自分が何をしたか、どれほど太陽の近くまで飛んでしまったかを悟る。愚かにも、自分の翼とその素材である蠟のことも考えずに。「ごめんなさい」もう一度いって、それから少しばかり真実を混ぜる。「自分が何を考えていたのかわからない」

今度はきちんと手錠を操作して、彼はあなたをベッドフレームにつなぐ。

この体はものすごく強固なのだ。自分のなかにこんな力があることを、あなたは自覚していなかった。あんなふうに彼を押し返す力が、反撃する力があるなんて。

彼はあなたの後頭部に指を走らせ、ひとつかみ分の髪をぎゅっと集めて引く。あなたの頭が勢いよくのけぞる。彼が顔を近づけてくる。

「たいした神経だな、わかってるのか？」

うなずくな。いいわけをしようとするな。彼にしゃべらせればいい。

「おまえは途方に暮れていた。たった一人で。おれがおまえを見つけたんだ」ぐいと髪を引く。「おまえが生きている唯一の理由はおれだ。おれがいなければ、おまえはどうなるかわかるか？」

無だ。あなたは頭のなかでその言葉を思い起こす。彼が口にしたときにあらためて心に響かないように。おまえは死んだも同然だ。

「無だ。おまえは死んだも同然だ」

彼の言葉に耳を傾けるな。彼を頭のなかに入れるな。

彼はあなたの髪を突き放す。

「ごめんなさい」あなたはまたいう。必要なら何百回だっていえる。〝ごめんなさい〟にはなんのコストもかからない。

「黙れ。おまえは口をとじることができないのか？　たったの一秒も黙っていることができないのか？」

あなたはベッドフレームにもたれる。彼はあなたに向かって首を振ってみせる。

彼にはあなたが知らない計画がある。写真があった。地下室にエミリーのポラロイド写真があり、箱のなかと作業台の上に工具があった。

彼を押しのけたのは間違いだった。あんなふうに彼を怯えさせたのは。百パーセント後悔しているわけではない。だが、慎重にならなければ。

もうすぐだ。

69 家のなかの女

彼があなたに説明する。

「パーティーがある」と彼はいう。まるで、あなたのまえでセシリアとそれについて言い合いをしていたことなどなかったかのように。彼が聞かせたいと思うときだけ、あなたの耳が聞こえるかのように。

あなたはうなずく。

「人が大勢やってくる。ここに。うちの前庭に。家のなかには入ってこない。聞いてるか?」

聞いてる、とあなたはいう。

「おまえはここにいる」寝室という意味だ。

まあそうでしょうね、とあなたはいいたいところだが、代わりにまたうなずく。

「おれたちはふだんどおりに物事を進める」

「わかった」あなたはいう。

彼は手錠を指差す。

「名前をいってみろ」

またそれ？　と、あなたは思う。しかし頭では何をするべきかわかっている。言葉はあなたを生かすときに特別な力を持つ。

あなたはレイチェル。彼があなたを見つけた。

「わたしの名前はレイチェル」あなたはいう。すると胸から重りが消える。いままでずっと嘘をついてきて、ようやく真実に立ち返ったかのように。

あなたが知っているのは、彼があなたに教えたことだけ。あなたが持っているのは、彼があなたに与えたものだけ。

彼がわざわざ残りを促す必要はない。

「最近ここに越してきた。居場所が必要だったから、あなたが部屋を提供してくれた」

彼はうなずく。あなたの肩をつかみ、指をあなたの肌に食いこませ、その下の筋肉を圧迫する。自分をあなたに埋めこもうとする。

「大声をあげるな」彼はいう。「何もいうな。何もするな。もし何かしたら、森へ連れていく。今度こそ本当に終わりだ」

「わかった」あなたはいう。

「よし」それから、ちゃんと伝わったか確認するようにくり返す。「静かにしていろ。音をたてるな」

あなたはもう一度うなずく。

嘘はついていない。彼のいうとおりにする。

音をたてるつもりはない。

70 ナンバー9

彼は厚かましくも、わたしを怖がっているように見えた。

彼が。怖がってる。わたしを。

彼は何を期待していたんだろう。

もしかしたら、わたしのことをもっと年寄りだと思っていたのかも。あるいはもっと子供だと。

そんなこと、誰にわかる？

わたしにはわからない。

大変な思いをさせてやった。わたしは戦った。自分にあんな反射神経があるとは知らなかった。必要なときに体が勝手に動いてくれた感じ。彼が身を乗りだしてきたとき、肘をきれいに鼻に当てることができると思った。

一《いち》か八《ばち》か、やってみた。

わたしの骨が鼻の骨に当たるまえに、彼はひょいと顔をさげた。けれどもこれで彼は動揺した、こんな小さなことひとつで。相手の生気に当てられて。

彼はおろおろしていた。

わたしに、というよりは自分自身に怒っていたのだと思う。おれには娘がいる、と彼はいった。おれには——ほかにもいるんだ、同居人が。おれには人生があるんだ、と。人生がある、と彼はわたしにいった。わたしにもある、とわたしはいわなかった。

彼は知っていた。

その後、彼はことに及んだ。わたしは戦ったけれど、そんなことがすべて終わったあとに、彼は実行した。

まるで、わたしは邪悪な力そのものだから、息の根を止める必要があると思ったかのように。

最後の記憶は——奈落の底を覗《のぞ》くように、わたしの顔を見つめていた彼の目。

何もかもが終わってしまったかのように、わたしの体にしがみつく彼。

71

エミリー

家がきれいに見えるようになった。ようやく。今日、ソフィーとわたしは早めに来て、庭と、彼の植木と、一本だけ離れて生えた木に、ストリングライトを飾った。レストランから持ってきたヒーターにスイッチを入れる。金属のケージの内側で炎が高くあがる。昨夜雪が降り、積雪はほんの数センチにも満たないけれど、場所によってはまだ地面に残っていた。

全体を眺めると、気分がほんの少し上向く。

彼がドアのそばにいる。駐車場所を指示して、ソフィーとわたしが持ってきたホットワインがある場所へ人々を案内している。みんな楽しそうで、みんな厚着している。彼もそうだ。パーカーのジッパーを襟の上まであげ、いつもとおなじあの灰色のトラッパーハットをかぶっている。

そんなに長いこと彼を見ているわけにはいかない。

彼のマフラーをするべきか否か、という問題があった。あんまりあからさまな真似はしたくなかった。だけどこれをわたしに巻いてくれたのは彼だ。それに、いいマフラーなのだ。本当に保温に優れている。もし巻いていったらみんなに見られるだろうとは思った。見覚えのある彼のマフラーがわたしの首に巻いてあったら、人々は点と点をつなげるだろう。

それに、いつか返してもらいにいくと彼はいっていた。その〝いつか〟は今日かもしれない。もし巻いていったら、彼のほうから話しかけてくるかもしれない。

結局、わたしはそのマフラーを巻き、白のダウンコートを着て、上等なスノーブーツを履いている。帽子は、髪が崩れるのがいやだったので、イヤーマフにした。あとはメイクを少々――がんばったふうに見えないように、整える程度に。

ソフィーとわたしが到着すると、彼はわたしに挨拶代わりのハグをした。「きみが来られてよかったよ」彼はいった。彼の手が必要以上に長くわたしの腕に載せられていたような気もするけど、よくわからない。

判事からミスター・ゴンサレスまで、みんな来ていた。エリックとユワンダまで顔を出した（「例の寡夫のところでパーティーだって？　絶対に見逃せないな」とエリックはグループメールに書いていた）。

娘もいる。紫のパファージャケットを着こんで、白いマフラーで顔の下半分を覆っている。母親に似た赤っぽい髪を長く伸ばし、やはり母親似のそばかすもある。彼に似たところはあまりない。べつの状況だったら――もし彼がちがうタイプの男性だったら、もし彼とその妻がちがうタイプの夫婦だったら――彼女は本当に彼の子供だろうかと疑問に思っただろう。

彼女は隅のほうで、町なかでよく見かける子供たちの隣りに立っている。仲よく話をしているわけでもなさそうだ。内気なのだろう。彼も、いまの彼女の年齢のころにはそうだったのではないか。いまもときどきそうなることがある。

彼のことをよく見ていれば気がつくはずだ。気を取りなおすために小休止を必要とするところとか。会話を切りあげて隅に引っこみ、少しのあいだこめかみを押さえて心の準備をしてから人なかに戻るところとか。

パーティーの参加者は、屋内には入らないことになっていた。それがグループメールで関係者にまわってきた唯一の条件だった。「エイダンは親切にも前庭だけでやりましょうといっている」判事はそう書いてきた。「われわれは感謝するべきだね。クリスマスシーズンでみんな忙しくて、必要以上に仕事を増やしたくないだろうからね」

というわけで、わたしたちは全員ずっと外にいる。彼を除いて。

彼は目立たないようにしているつもりなのだろうけれど、わたしは気がついた。こめかみを押さえる小休止のほかに、彼はもう二回も家のなかに入っている。どちらのときも、出てくるとドアに鍵をかけていた。もし彼が、なんでもいいから何かしていたなら、わたしもそんなに注意を払わなかっただろう。そう、たとえば、戻ってきたときに紙コップやナプキンの束を手にしていたなら。あるいは、客人に貸すセーターとか。だけど窓越しに見えたのだ。ガラスとシェードのあいだの細い隙間から。なかに入った彼は、そこにただ立っていた。階段のいちばん下でじっとしていた。階上《うえ》のほうに顔を向けて。何かに耳を傾けていた。

何に？

彼の家と、そこに住む人々について思いをめぐらす。彼のいとこ――本当はちがう――について。いまはどこにも姿が見えない、あの女性について。

判事が今年の夏に結婚を取りしきったカップルとの会話に彼を引っぱりこむのを待つ。誰も見ていない。

家に近づく。彼は合い鍵の新しい隠し場所を見つけるといっていたが、まだ実行していなかった。

わたしなど怖れるに足りないと思っているかのように。知りえた秘密を使ってわたしが何をするか、まったく心配していないかのように。
わたしは家のなかに入った。

72　家のなかの女

すべてのステップがアドリブだ。すべてのステップに疑問符がつき、重大な失敗の可能性が重くのしかかる。

今夜は例のパーティーだ。彼はいつもより早く帰宅し、あなたを手錠でラジエーターにつなぐと、舞踏会の晩のシンデレラの継母のように、ポケットに鍵を入れた。

「まえに話したことを思いだせ」彼はいった。

「そうね」あなたは答えた。「わかってる」

彼はつかのま考えてからいった。「音楽がかかるはずだ。外で。社交の場だ。人々がしゃべったり、食べたりする。みんなそれで手一杯だ」

わかってる、とあなたはいいたかった。わたしのところまで来る人がいないことは、あらためていわなくたっていい。

あなたは通りから次々に車の音が聞こえてくるのを待つ。挨拶を交わす声や、音楽が聞こえるのを待つ。過剰な同情を抱え、期待に満ちた目をして、彼とその娘に愛情のシャワーを浴びせようとやってくる客人たちを待つ。

まず、安全ピンがある。彼が不在の午後のうちに整理簞笥から回収し、スポーツブラのパッドのなかに隠しておいた。長年のあいだ、パッドの詰まったブラジャーのことは馬鹿にしてきたのに、いまはこのざまだ。

そのときが来たら確実にわかると、ずっと思っていた。

今夜は、確実にわかっていることがいくつかある。彼がしたことと、それをした相手。彼がどこに予備の銃をしまっているか。

あなたにわかっていて、彼が知らないのは、彼の娘があなたのところに来たことだ。あなたにナプキンと安全ピンをくれたことだ。

彼は気づいていないけれど、あなたは知っている——世界はあなたの身の上に何かが起こるだけの場所ではなく、あなたが世界に何かを起こすこともできるのだ、と。

彼が屋内に戻った音は聞こえてこないが、その可能性は想定しておかなければならない。慎重に、それでいて確信を持って作業しなければならない。

手錠には、二つ鍵がある。しかしひとつあけるだけでいい。あなたに近いほう、あなたの手首にはまっているほうだ。

ピンを鍵穴に差しこむ。

いま必要な人たちのことを思い浮かべる。マット。例のＹｏｕＴｕｂｅの人。彼らが教えてくれた鍵に関することすべて。階段の下のドアに取り組んだときに思いだしたことすべて。

これはちがう種類の鍵だ。だが、メカニズムは共通している。金属同士が互いに嚙みあって人をさまざまな場所に閉じこめておく。あなたもよく知っている。

手錠のはまっているほうの手首を壁にくっつけ、すべらないように釘づけにする。

集中しろ。

本当のところ、恋人未満だったマットもＹｏｕＴｕｂｅの人も、鍵がどのように働くか説明するのがうまいわけではなかった。彼らの実演では毎回、鍵の謎を完全に解き明かすことはできていなかった。手品のよう、とでもいうか。理性を働かせてツールを所定の位置に差しこんだあとは、心のおもむくままに動かしているようにしか見えなかった。

あなたは人とつきあうように鍵に取り組まねばならない。相手を知り、ほんの少しずつひらいていく。

あと戻りはできない。途中でやめることもできない。すべての細かな戦いにずっと勝ちつづけていかなければならない。

手錠のなかのなにかが屈するような気配がある。心臓の鼓動が速まる。あなたは息を深く吸ってつづける。

手錠の輪が手首からすべり落ちる。

それがラジエーターにぶつかるまえに受けとめる。

静かにしていろ。音をたてるな。

この部屋を出ていくときが来た。彼女はとても勇敢だったと、いつか人々がいうような行動を開始すべきときだ。

指一本でブラインドに隙間をつくり、窓の外を覗《のぞ》く。下に人々がいる。彼の芝生を踏みつけ、彼の領域に侵入している。彼はそうしたことすべての中心にいる。こちらに背を向けているが、言葉に合わせて手がさかんに動き、身を乗りだしているのが見える。ショウの真っ最中といったところだ。

セシリア。彼女のことは直視できない。隅のほうでラベンダー色のぼんやりした固まりになっている。黒と灰色の海に浮かぶパステルカラーのブイ。巣から落ちそうな小鳥のようだ。

寝室のドアの鍵を内側からあけ、ノブをつかんでまわすべきときだ。

客人は自分たちのことで手一杯で、あなたは予定どおり、誰にも邪魔されずに行きたいところへ行けるのだと思いはじめる。

部屋を出てドアをしめる。

とても簡単なことだ。もう何十回もやってきた。廊下をそっと歩く。誰もいない。ここに誰もいないのはわかっていた。次は階段だ。一歩降り、ついでもう一歩、また一歩。背中を丸める。そうすれば姿が見えなくなるかのように。静かにすること。ここでいちばん大事なのはそれだ。すばやく動けば、見られずにすむ。ぼんやりとしか目に入らない、幽霊のようになれる。何か見えたと思ったんだけど、と人々はいうだろう。いや、ちがう、なんでもなかったんだ。

コツは心得ている。五年のあいだ幽霊だったのだから。

リビングに到達する。思考が高速で回転している。気を静めているような暇はない。自分は何をしているのかとくよくよ考えるような時間もない。すべてがいまでなければならないのだ。

あともう一階だ。安全ピンを使ってドアをあける。これが最後だ。もしすべてが計画どおりに運んだら。いや、運ばなくても。地下室に入るのはこれが最後、この家にいるのもこれが最後だ。

必要なものだけ持っていけ。

手はじめに銃だ。ウエストバンドのまえに押しこみ、デニムと肌のあいだにはさむ。弾倉も。やり方ならわかる。弾丸を装填しろ。

駄目だ。

手が止まる。

なぜなら、セシリアは暗い海に浮かぶラベンダー色のブイで、これから彼女の身に起こることは彼女のせいではないのだから。

なぜなら、少女の目のまえで弾丸の装填された銃をかまえるつもりはないから。

あなたは生きたままこの事態から完全に抜けだしたい。そしてありのままの自分の姿を世界に示したいのだ。

銃は持っていく。弾倉は持っていかない。ポラロイド写真も持っていく。長方形の写真の束を尻ポケットに入れ、上からパーカーをかぶせて隠すのだ、銃とおなじく。万が一のときの保険だ。

ここで彼に別れを告げる。

さよなら。死なないでね。生きていてもらわなければ困る。

箱を片づけ、階段を上る。ドアをあけて――

まさか。

誰かいる。

ドアをしめる。それからもう一度、今度は細くあける。外を覗ける程度に。

彼女だ。

なんなのよ、エミリー。一体全体なんのつもり？

こっそり家のなかを探っている。もちろんそうだろう。

ウエストバンドにはさんだ銃が重い。金属が肉に食いこみ、腹部にへこみができているのがわかる。

もし本当にこっそり探っているのなら、すぐにいなくなるだろう。こそこそ嗅ぎまわる人間にのんびりしている余裕はない。

彼女はソファのうしろに指を走らせる。コーヒーテーブルからペーパーバックを取りあげ、すぐに戻す。髪はつやつやで、頬が赤くなっている。白いダウンコートのせいで暑いのだろう。

ようやくバスルームのほうへ踏みだす。

ちょうど彼女が姿を消そうとしたところで、玄関のドアがあく。くそ。くそ。クソ。

思考が階下《した》の箱へ、残してきた弾倉へ、それから弾のこめられていない銃へ飛ぶ。取りに戻るには遅すぎるだろうか？

喉の奥が脈打つ。手が湿り、すべる。こんなにすべりやすい手では弾をこめられない。そうでなくてもできないかもしれないのに。

冷たい風が吹きこむ。止めた息を吐きだす。

セシリアだ。

エミリーが飛びあがる。セシリアも。お互いの存在に驚いているのだ、あなたが二人に驚いたのとおなじように。三人それぞれに、いるべきでない場所にいる。

「ああ」セシリアがいう。「ハイ」

エミリーもハイと返す。「お手洗いを借りようと思って」いいわけがましい口調でそういう。

セシリアはうなずく。「どうぞ。あたしは……」セシリアはためらってからつづける。「ちょっとひと休みしたくて」

これはあなたには都合がいい。こんなに早く彼女がパーティーを抜けだしてくるとは思っていなかった。待つつもりだったのだ、銃を手にしたまま、寝室へ戻って。しかしいま、セシリアはここにいる。これで先へ進める。

セシリアが階上《うえ》へ向かうとんとんという足音がして、それから何も聞こえなくなる。あなたはさらに耳を澄ます。細くひらいたドアの向こうの、人目につかない影のように。幽霊屋敷の亡霊のように。
屋内からは何も聞こえない。戸外からは、くぐもった声と、ポップソングのリズムが響
いてくる。

もう出てもいいだろう。
ドアをしめるが、鍵はかけない。これは信念にもとづく行為だ、彼の世界に混乱の種を
まいているのだ。罰でもある。彼の所持品をもとどおりにしておく必要はない。どういう
結末になろうと、もうここに戻ってくることはないのだから。
一歩、二歩、三歩進んだところで、ひとつの力が――焼けつくような後悔、あなたを地
下へ引き戻す見えないゴムのような力が――働き、ドアの向こうから出てくるんじゃなか
ったとあなたは思う。
あなたは間違いをおかした。計算ミスをした。音を聞き間違えた。しくじった。エミリ
ーがまだリビングにいる。生きて動いているきれいな彼女が、不埒《ふらち》にもまだここにいて、
あなたに向けた目をかすかに見ひらいている。
「あら。こんにちは」彼女はいう。
あなたは〝こんにちは〟と返す。ほかにいうべきことなどあるだろうか？
「バスルームを探してたの」彼女はいう。

あなたは彼女の背後のドアを指差す。

「そこよ」

彼女はふり返って、唇を鳴らす。「そう。ありがとう」

それからうしろを向いて、さっきのあなたのように一歩、二歩、三歩進んだところで立ち止まり、引き返す。

「聞いて」彼女はいう。「わたしは本当はここにいてはいけないの。誰も家には入らないことになっていたから。ただ、わたし」――彼女はここで考える。おそらく、あなたにどういう嘘をつくのがいちばんいいか判断しようとして。「飲みすぎてしまって」彼女はバラ色の唇を噛み、自分で自分にあきれたといわんばかりに目をぐるりとまわしてみせる。

「もう我慢できなくて」

二人で見つめあう。どちらもともに、車のヘッドライトでもあり、動けなくなったシカでもある。

彼女はあなたが何かいうのを待っている。

「無理もないわね」あなたはいう。

「そうなの。それで、お願いがあるんだけど、ここでわたしを見たことを彼にいわないでもらえる？　たいしたことじゃないんだけど、ほんとに、でも彼に……彼は知らないほうがいいと思うの」

あなたは目をしばたたく。

「いわないわ」あなたはいう。思いつきで賭けに出る。「じつは、わたしもここにはいないことになってるの。ちょっと——こみ入った事情があって」

あなたは彼のいとこ、と思いだす。彼女の頭のなかでは、あなたは彼のいとこなのだ。誰も知らない理由から、庭でのパーティーには出ないことにした社交嫌いのいとこ。理由はなんでもいい、忙しいとか、内気だとか、引きこもりなのだとか。

「複雑な家族なのよ」あなたはいう。

彼女は微笑む。「そうじゃない家族なんてある？」

あなたは同意してうなずく。

彼女のきれいな顔に懸念がよぎる。「だけど、大丈夫なの？」

あなたは息を呑む。「万事問題ない。大丈夫。ただの、ほら。家族によくある問題だから」

エミリーはうなずく。

「そろそろバスルームを使ってもらったほうがいいかも」あなたはいう。

「そうね」

彼女はつかのまためらい、それから背後のドアのほうを向く。お互いの秘密を守る女が二人。相手のことに干渉しないと、暗黙のうちに同意した女が二人。

いずれ彼女にもわかるだろう。たぶん、あなたがしたことは彼女のためにもなったのだとわかるはずだ。

しかし次には、あなたを永遠に損なうパートがやってくる。

計画のなかで、体の外から自分を操るようにして経験するしかない部分だ。痛みや悲しみをすべて遮断すべきときが来た。

これは彼を見て覚えたやり方だ。あくまで計画どおりにやりとおそうとする、兵士のような人間のやり方なのだ。

キーはいつもどおり、ドアのそばにかかっている。そのキーをつかむ。

階段を上る。

セシリアの部屋のドアをたたく。

どうぞ、とはいわれない。代わりにドアがひらく。セシリアはあなたを迎えいれる。部屋の隅の木箱で犬が昼寝をしている。客人たちや彼らのおしゃべりから離れて。

いま、あなたは自分の一部を捨て、その捨てた一部を永遠にこの家のなかに封じこめなければならない。もしかしたら、いまから何年も経ったあとに、誰かが声を聞くかもしれない。捨て去ったあなたの一部は夜中に出没し、許しを求め、愛を乞うかもしれない。

「あなたがいるなんて知らなかった」セシリアがいう。「今夜は出かけるって、パパから聞いてたから」

部屋に入ってドアをしめる。

芝居をはじめるのはいまだ。真実味がなければ、うまくいかない。本当のように見えなければ、全員が死ぬ。

「大声を出さないで」あなたはいう。

セシリアはあなたを見て、手のなかの銃に気づく。彼女はひるみ、一歩さがる。もう一度あなたに向けられた視線は、恐怖と混乱の入り混じったビームのようだ。

たぶん、頭の片隅でわかっていたのだろう。蒸気のようにパイプをめぐり、家の土台部分を這いまわる暴力の予兆を、彼女は感じていたのだろう。

頭の片隅で予期してはいたのだが、それがあなたから来るとは思っていなかったのだろう。

「もし大声を出したら、わたしは不愉快に思うでしょうね」あなたはいう。彼の言葉が、口のなかで汚泥《おでい》のように感じられる。全身が拒絶しても、あなたはそれを舌に乗せなければばならない。

「何が起こってるの？」セシリアは泣きそうな声でたずねる。

それはいえない、とあなたは思う。屈してしまいそうだった。腹の底からやさしい気持ちが湧き、喉の奥に言葉が押し寄せる。すべて話してしまいたい。彼女に理解してもらいたい。わかってもらいたいのだ、あなたは絶対に彼女を――

駄目だ。

「わたしたちはこれからドライブに出かける」あなたは彼女にいう。問いではなく、依頼でもなく、ただこれから起こることを告げる者として。

セシリアはうなずく。こんなに簡単でいいのだろうか？　銃を向ければ、人はこちらのいうことを聞くものなのか？

「音をたてないこと」あなたはいう。「走らないこと。大声をあげないこと」

それから、ひとつだけ本当のことをいわずにはいられなくなる。「ちゃんとわたしがいうとおりにして。そうすれば、すべて大丈夫だから」

セシリアはまたうなずく。

セシリアにはいわないが、彼女の安全を確保するためにはこれしか方法がないのだ。彼女がつねに複数の人々の目に見守られるようにするには。

あとになって彼女が今夜のことを考えるとき、こんなふうに思いだしてほしい――大きな騒動があった。レイチェルが何か悪いことをして、パパはこっそり逃げた。

セシリアは自分のことを、ひどく不当な行為の犠牲者だと思うだろう。その部分については間違いではない。いつかは全体像を把握するだろう。いずれ見つけだすだろう。しかしそれはいまではない。

あなたは空《あ》いているほうの手でドアを示す。

「行って」あなたはいう。

彼女の視線が犬のほうへさまよう。あなたはもう一度いおうと心の準備をする。行って、といったでしょう。だが、セシリアは考えなおし、みずから覚悟を決める。

セシリアにはいわないが、こう思う。犬も来られればよかったのだけど。いつかあの子があなたのもとへ戻れますように。

セシリアは階段を下りる。あなたが急《せ》かす必要すらない。引っぱったり、銃を脇に押しつけたりする必要はない。彼女は十三歳で、あなたは銃を持った大人で、こんなに簡単に彼女がいいなりになるなんて、一歩進むごとにあなたは胸の張り裂ける思いを味わう。

「止まって」あなたはいう。

階段の途中でいったん止まり、リビングを覗きこむ。

誰もいない。

「行くよ」あなたはいう。

裏口のドアに到達する。

「これからどうするかいっておく」あなたは彼女に話す。小声で、背中を丸めて、なるべく見えないように。彼はどこにいてもおかしくない。「いまからトラックへ向かう。わたしについてきて。よけいなことはしない。いい？」

声に懇願が混じってしまう。こんなことが自然にできるわけではないのだ。

「信用してる」あなたはいう。

彼女は泣き声を洩らす。涙が頰をこぼれ落ちる。いいのよ、とあなたはいいたい。正直にいって、あなたがここまで持ちこたえたことに驚いてる。

しかし実際には、気を強く持てという。「勇気を持ってもらわないと。わかった？」

セシリアは手の甲で頰をぬぐい、うなずく。

あなたは銃を強く握りなおす。すばやく窓の外を見る。何もない。誰もが前庭にいて、パーティーに興じ、家のなかで展開している大脱走には気づいていない。

そのままにしておこう。

ここはあなたが思いきって飛ぶべきところだ。

確かなことなど何もない。

しかしここでは惑星直列が起こるかのように稀な条件が整い、あなたは自由の身になる。

73

エミリー

バスルームのなかをぐるりと見まわす――石鹼はスーパーマーケットの自社ブランド、タオルは洗ったばかり。シンクの下のキャビネットには、漂白剤のボトルが入っている。彼は家を清潔にしておくのが好きなようだ、わたしがキッチンにするのとおなじくらい。

バスルームを出る。

彼女はいない。またわたし一人だ。

階段の下にドアがある。彼女はあそこから出てきた。

何をしていたのだろう?

ドアをあけると、コンクリートの階段がある。

階段のいちばん下まで行くと明かりのスイッチが見つかり、わたしはそれをつける。

地下室だ。きれいにしてはあるけれど見苦しい。折りたたみ式の家具や懐中電灯が目につく。

においは悪くない。彼のマフラーのような、彼の首もとのようなにおいがする。彼みたいなにおい。

作業台があって、下にダッフルバッグが押しこまれている。箱がたくさんあり、部屋の奥に積みあげられている。引っ越しの名残りだろう。

指先で、彼が走り書きした、ぼやけた大きな文字をたどる。〝台所用品〟〝本〟、それから、呪文のように〝キャロライン〟〝キャロライン〟〝キャロライン〟と書いてある。

彼の妻だ。誓い、誓われた仲で、ずっと彼と一緒にいるはずだった人だ。二人のあいだの子供を産み、たぶん彼に人生最良の日々を贈った人。この人が――

くそ。

背後で音がする。何かが――靴底がコンクリートをこする音だ。

彼がドアをあける音は聞こえなかった。階段を下りてくるのも聞こえなかった。でも彼はここに、まさにここ、わたしから数センチのところにいて、美しいまなざしでわたしを貫いている。見ないで、放っておいて、とわたしはいいたい。だけどそんなことはできない、わたしのほうが侵入者なのだから。彼の依頼を無視したのだから。入るべきでない場所に入ったわたしには、取引をする力などない。

「どうしてここに?」彼はたずねる。

彼は穏やかだ。顔には笑みの気配すらある。彼は知りたいだけ、とわたしは自分にいい聞かせる。いったいわたしがここで何をしているのか、知りたいと思っているだけ。

「バスルームを探していたの」わたしは嘘をつく。

「で、それが地下室にあると思った？」

二人のあいだに沈黙がおりる。それから、このうえなく素敵な音が聞こえてくる——彼が笑いだし、わたしも笑ってしまう。自分が、見え見えの嘘が、そして安堵が頭から爪先まで全身を温める感覚がおかしくて。

「現行犯逮捕されちゃった」わたしはいう。

彼は首を傾《かし》げて、初めて見たかのようにわたしを観察する。まるで、わたしが美術館の彫像で、傷やひびがどこにあるか覚えようとしているみたいに。わたしのどの部分が光を発し、どの部分が完全に影になっているか調べ、絶対に忘れまいとするかのように。

見つめられて、わたしは身じろぎをする。「ごめんなさい」まじめな口調に戻って、彼にいう。

彼は口をひらく。たぶん、いいんだよ、全員に家のなかに入ってほしくはないけれど、一人だけなら、きみだけなら問題ないからといいかけて——

目に疑念を浮かべる。視線がわたしから、わたしの右肩の上のほうにある何かへ飛ぶ。

それからわたしへ戻り、また何かへ飛ぶ。わたしは彼の視線を追って、自分のコートの袖から目をあげ……

箱の山？

反射的な行動だった。子供のころから残っていた本能だ。学校で、隣りの席の子が自分のテストを見えないように隠すと、よけいに覗《のぞ》きたくなったものだった。

考える間もなく体が動く。ほんのわずかな動きだ――背中をかすかにひねり、胸郭の向きが変わり、背後の箱のほうへ首を伸ばしただけ。

手がわたしの腕を握る。彼がわたしにつかみかかっている。まえのときのような、愛情を示す繊細さや、情熱的な切迫感はない。パニックを起こしそうになって力任せにつかんでいるだけの、これは支配だ。

わたしは見えない線を目でたどる。静脈が浮きでて指関節が白くなった、コートの袖の上にある手から、あの夜レストランでそっと包んだハンサムな顔へ、甘噛みした唇へ、ことが終わったときはにかみながらすばやくキスした鼻へ、視線を移す。

彼の顔には、これまでに見たことのない強《こわ》ばりと空虚さがある。わたしたちの足の下に底知れぬ深い穴がひらく。わたしは彼のことを知らないのだと、突然気がつく。本当に知っているわけではないのだ。語りあって夜明かしをしたこともなければ、彼が子供のころのことや両親のこと、昔の夢や希望、そしてそれがいまどうなったかについて話してくれたこともない。

彼は地下室にいろいろなものを隠している男なのだ。

隠し事といっても可能性には無限に近い幅がある。このうえなく無邪気なものから、最悪の恥ずべき事態まで。

いいのよ、とわたしは彼にいいたい。誰にだって秘密はある。本当のことをいえば、わたしは両親が大嫌いだった――ううん、待って、それも本当じゃない。本当は――わたしは誰からも無条件に愛されたことがないの。あなたがわたしに気づいてくれるまで、誰もわたしに注意を払わなかった。わたしは一人で隅にいるのもかまわないと思った。だけどそうじゃなかった。本当はそうじゃなかった。

本当は、長いあいだずっと不満を抱えていた。

本当は、大きな場所を占めたいと思ってる。誰かの人生の中心にいて、崇拝され、褒《ほ》めそやされたいと思ってる。誰かがわたしのジョークに、とくに馬鹿げたジョークに笑ってくれたらいいと思う。誰かがわたしを見てくれて、絶対に走り去ったりしないといいと思う。

本当のことをいえば、どこまでもあなたについていきたい。

彼がまばたきをする。わたしの腕を握る手の力がゆるむ。それからゆっくりと放す。そもそも握っていることに気がついていなかったかのように。

彼は咳ばらいをする。「悪かった、おれは――」ハミングのような音をたててから、そらで覚えている祈りの文言《もんごん》のようにもう一度いう。「悪かった」

コートとセーターの下の腕を探ると、ぎゅっとつかまれていたせいでまだ熱く、触れるとかすかに痛む。

「大丈夫」わたしはいう。

わたしは手を伸ばし、どうしていいか決めかねておずおずと漂わせる。ハグをする？ ぽんぽんとたたく？ それとも馬鹿みたいに握手でも？

「こっちに来てくれ」彼はいう。「見せたいものがあるんだ」

そして作業台を指差す。裸電球の明かりがほとんど届かない、地下室の端の暗がりだ。どこまでもあなたについていきたい。

「ここのところずっと、つくっているものがあるんだ」彼はそういって、そばに来るようにとわたしを手招きする。

そのとき、どすんという音、いや、どちらかというとばたんとドアがしまるような音が階上《うえ》から聞こえ、雷鳴のようなエンジン音がそれにつづく。わたしたちのすぐそばだ。あえて推測するなら、家のすぐ外。彼のトラックだけが停まっているはずの場所。ほかのみんなは通りの先に駐車場所を見つけていた。

彼の顔が、全身が音のしたほうへ向く。ぼんやりとしたものが――彼のシルエットがさっと動いてコンクリートの階段を駆けあがり、すぐに見えなくなる。

ほんの一瞬、わたしはまた一人になる。彼の地下室、彼の家の奥深くで。手を震わせ、耳鳴りを聞きながら。

外から、エンジンのうなりが聞こえる。そしてそれを掻き消すように彼が声をあげる。

ようやく、体が動き方を思いだす。

わたしは走りだす。彼を追って走る。

74　トラックに乗った女

音はたてない。セシリアから洩れてくる小さな泣き声と、草を踏む足音——あなたは裸足で、セシリアはスニーカーを履いている——を除いて。どれもあなたの行動を明かすほどの音ではない。パーティーの最中なのだ。人々は忙しく、電飾に目をくらまされ、酔って頭に霞《かすみ》がかかっている。においから判断するにホットワインだろう。

彼の姿はどこにも見えない。理想をいえば、遠くにいるところを目の端に捉えておきたかったのだが、仕方がない。

トラックの助手席側のドアをあける。

「乗って」あなたは彼の娘にいう。

やり方はわかっている。

セシリアはあなたをちらりと見て、ほんの数センチのところにある銃身を意識しながら助手席に乗りこむ。傷ついた目。あなたを決して許さないであろう少女のまなざしだ。彼女はこの銃に弾がこめられていないことを知らない。この銃は彼女の、と同時にあなたの命取りになるかもしれないのだが、それも知らない。

できるかぎり静かに彼女の側のドアをしめる。どこかで、それと自覚もしないうちに、彼は自然と耳をそばだてているかもしれない。宇宙の攪乱《かくらん》に気づいて。自分の計画にないことが起こったのに気づいて。

いまはまだ知らなくても、いずれすぐに彼はあなたを追うだろう。

あなたは運転席側にまわる。危険な瞬間だ。いま捕まれば状況の説明ができない。他人の銃を握り、他人の娘を捕らえているのだから。

ここでしくじれば、まさしく命取りになる瞬間だ。

車に乗りこみ、運転席に座る。

「シートベルト」

セシリアは何をいわれているのかわからないという目であなたを見る。

「シートベルト」あなたはもう一度いい、銃を振ってみせる。

セシリアはシートベルトを締める。あなたは銃をウエストバンドのなかに戻す。

トラックが震えて息を吹き返す。

集中しろ。

あなたがここを出ていけるかどうかは、ハンドルを握っているこの空間でのこの一瞬にかかっている。考える必要のあることだけを考えろ。目に入れる必要のあるものだけを見ろ。私道からトラックを出す。何かが聞こえた気がする――遠くで誰かが叫ぶ声、混乱、騒動のはじまり。

集中しろ。

アクセルペダルを踏みこむ。

あの家で起こっていることは、もうあなたの問題ではない。

75

エミリー

　彼がパニックを起こしている。外に駆けだして、取り乱し、必死の形相で庭じゅうを見まわす。「いない」彼はそういって家のなかに戻る。そして玄関のドアもしめずに階段を二段抜かし、三段抜かしで上る。階上《うえ》でドアがひらいて壁にぶつかる音がする。彼が息を切らして戻ってくる。

「セシリアがいない」

　わたしと、心配してリビングや玄関に集まってきた人々に向かって、彼はいう。彼がこんなふうになったところを見るのは初めてだ。ものすごく大事なものをもぎ取られ、傷ついた父親。

「あの女がおれの子を連れていったんだ」彼はいう。「トラックで」

　どういう意味か、正確なところは誰にもわからなかったが、肝心なところはわかる。トラックが盗まれたのだ、少女を乗せたまま。彼の血を分けた少女を。

「車が要る」彼がいう。

人々はポケットを探ったが、わたしがいちばん早かった。彼に駆け寄り、シビックのキーを彼の手に押しつける。

彼はわたしを見もせずに車へ走る。

わたしは助手席にすべりこむ。これはわたしの車で、わたしの世界だ。招待は必要ない。

彼がイグニションに差しこんだキーをまわす。人々は道を空《あ》ける。シビックのエンジンがうなりだす。タイヤがアスファルトをこすってかん高い音をたてる。

わたしたちは家から離れる。

76 移動する女

あなたは路上にいる。道路と同化している。目を道路に向け、手はしっかりハンドルを握っている。あなたはあの日の彼のように運転している。彼があなたを草地からもぎ取るようにして、世界から連れ去ったあの日とおなじように。

彼からはいろいろと教わった。

助手席側からすすり泣きが聞こえてくる。一瞥《いちべつ》すると——ちゃんといるべき場所にいる。まだこれに協力している。

全部大丈夫だから、とあなたは彼女にいいたい。これはすべてただのショウなの。だけど恐怖は本物で、それについては悪いと思う、これからもずっと。

左、左、右。たいして長くはかからないはずだが、時間の感覚が抜け落ちている。十分間運転しているだけかもしれないし、丸一年運転しつづけているようにも感じる。あなたとセシリアで旅をしているような気もする。終末ものの映画に出てくる女性と少女のように、アメリカじゅうを放浪するのだ。よりよい人生を求めて。新しい人生を求めて。どんな人生でもいいから。

ちょうど〈ブッチャー・ブラザーズ〉と牛たちのそばを通りすぎようとしたとき、何かがルームミラーに映る。ちらちら光るホンダのロゴが向かってくる。アクセルペダルをさらに強く踏みこむ。ホンダは後方に消えるかと思ったのだが、ついてくる。すぐに追いつかれるだろう。振りきれない。まるで夏に缶ジュースの縁《ふち》にたかるミツバチのようだ。

ミラーのなかで、白がちらつく。彼女だ。ダウンジャケットを着てホンダの助手席に座っている。彼女が運転していないのなら、ハンドルを握っているのは彼だ。あなたを追って、ついてくる。自分のものを取り戻そうとして。

牛のあとは直線だった。左にB&B、右に図書館。そういったもののまんなかに、ひとつ、またひとつとビルが見えてくる。町の中心部だ。

あそこまでたどりつかなければ。ホンダがうしろにいてもかまわない。とにかく捕まるわけにはいかない。

セシリアがすすり泣く。父親が近くにいて、自分が知っているもとの世界へ、あなたが彼女から奪ったすべてがある世界へ呼び戻そうとしているのが感じられるのだ。あなたは一方の手をハンドルから離し、セシリアの手を探す。そしてキッチンで、犬を助けたときにしたようにそっと握る――犬を助けようと、二人で彼に立ち向かったときのように。「シーッ」あなたはいう。子供のころ、外の世界で不当に扱われ、母親の腕のなかに逃げこんだときに彼女が口にした、なだめるような調子で。「シーッ」道路から目を離すな。コントロールを失わずにできるかぎり速く進まねばならない。いままでにやったことのないやり方で運転しなければならない。なんとかうまくやろうとする。アクセルペダルに載せた右足の踏みこみを調節し、必死にハンドルを握って。

ホンダが後方へ消えはじめる。どうやら彼とのあいだに距離をあけることができたらしい。

しかし五年の空白があるのだ。それよりまえだって、あなたは運転があまり得意ではなかった。街育ちなのだ。木の名前も、鳥の鳴き声も知らなかった。マンハッタンを時速三十キロで運転する方法しか身についていなかった。

何かが視界に飛びこむ。向かってきて、フロントガラスを横切ろうとするものがある。あなたはハンドルを切る。やりたくはなかった――この状況でいちばんやりたくなかったことだ――が、この瞬間、自制がきかなかった。

鳥だ、と頭のなかで声がする。それが飛び去るのが見える。猛禽の一種だろう、鉤のような爪と、缶切りのようなくちばしをしている。トラックのすぐそばを飛びながら、無傷でいる。

なんで鳥なんか気にするのよ？

トラックは横すべりしている。助手席で、セシリアが金切り声をあげる。手が必死で取っ手を、とにかく何かつかめるものを探している。

コントロールを取り戻し、道路に戻ろうとするが、トラックはもういうことを聞かない。あなたが正当な所有者でないことをとうとう思いだしたようで、そんな人間に仕える気はないといわんばかりだ。

落下する感覚がある。あなたと少女とトラックがみんな一緒に落ちていく。この瞬間、あなたは物理法則だけに支配され、地面へと引っぱる力、あなたを沈めようとする力に身を任せるしかない。

目をあける。いつとじたのだろう？

わからない。わかっているのは、とじた覚えはないということだ。

そしてあなたと少女とトラックがもはや動いておらず、側溝のなかにいることもわかっている。

あなたを追って、彼がすぐそこまで迫っていることもわかっている。

77

エミリー

常軌を逸した人間のような運転で、父親は娘を追いかける。

最初は彼に従っていたシビックは、やがていうことを聞かなくなる。彼がアクセルペダルを踏んでもスピードがあがらなくなり、ガリガリと音をたてた。トランスミッションだ。

彼はギアレバーをつかみ、ぐいっと四速に入れようとする。動かない。

車は徐々にスピードを落として止まる。前方では、トラックが遠ざかる。

「くそ!」

彼はギアレバーを左へ、右へと力任せに動かす。マニュアルトランスミッションのシビックを動かすコツを知らないのだ。

もう一度無理やり動かそうとするが、車はぴくりとも動かない。

「くそっ！」

拳《こぶし》がダッシュボードにたたきつけられる。

「あのクソ女」わたしが聞いたことのない声で、彼はいう。「ずっとまえに殺しておくべきだった」

わたしが疑問を口にする間もなく、何ひとつ筋道立てて考えられずにいるうちに、彼はいなくなった。胃がぎゅっと固くなる間も、吐きそうに感じる間も、自分が知っていると思っていたすべてを疑う暇も、二度と息を吸いこむことなどできないんじゃないかという勢いで肺から空気が吐きだされるのを聞いている暇もない。

彼は車から飛びだして、走っていった。

彼女を追って、というのが唯一思いついたことだった。

わたしが見たあの女性を追っているのだ。

それから、娘も。

誤解の可能性だけが頼みの綱だ。

人は思わぬことをいってしまうものじゃない？　熱くなっている瞬間には。本気ではないことを。後悔するようなことを。

彼は彼女を追って走っている。

彼は娘のことも追っている。

78　もう少しのところにいる女

「行かなきゃ」

首が痛む。後頭部もずきずきする。くそ。落ちているあいだにやったのだ。側溝に落ちて傾いているあいだに。

痛がっている暇はない。まだ思うとおりに体が動くかどうか、確認している時間もない。

「行かなきゃならない、いますぐ」あなたはセシリアにいう。

銃は。まだ銃は持っている。セーターの下に手を入れて確かめる。あなたの表情が強《こわ》ばる。

いくらも経たないうちに、彼が追いついてくるだろう。

「降りて」あなたはいう。

セシリアはいうことを聞く。あなたが銃を持っているから、彼女はいうことを聞く。

車外に出る。外は凍てつく寒さだ。だがあなたはここにいる——外に、彼なしで。銃を手にして。瞬時にまわりを見てとる。道路は凍りつき、道路沿いに並ぶ木々からはつららがさがっている。

凍りついた地面の上で、むきだしの足が焼けつくように痛む。足をすべらすことはできない。転ぶこともできない。一回転んだだけで、この企て全体が無残な結末を迎えることになる。

急げ。

セシリアの手首を指でとらえてつかむ。二人が一固まりになる。

「さあ、早く」

時間がない、まったくない。側溝から這いでて、セシリアもアスファルトの上へ引っぱりあげる。

一歩、それから二歩。

あなたはペースをつかみ、セシリアのこともまえへ促す。彼女はなめらかな動きで従順についてくる。あなたを信頼しているからではなく、あなたが銃を持っているからだ。そして彼女は心身ともに一介の少女で、弱く無防備だからだ。

ほどなく、あなたは走りだす。あなたの動きが二人をまえへ進める。一歩ごとに町が近くなる。

探せ。ガイドブックでも地図でも見たはずだ。警官のバッジのような小さな印を。あの地下室で、あなたは道路を指でたどった。〈ブッチャー・ブラザーズ〉から〈願いの井戸〉へ、そして町の中心へ。正しく覚えていると信じるしかない。

どこか遠くで、ホンダがかん高い音をたてる。ドアがばたんとしまる。叫び声。彼の声だ。彼があなたを見つけたのだ、まえにいっていたとおりに。

あなたは自分のために走り、彼女のために走る。それでよしとしなければならない。もしかしたら彼女はふり返るかもしれない。来た道を戻ろうとするかもしれない。筋繊維の一本にいたるまで彼のところへ戻りたがっているのだから。生まれたときに受けとめてくれた手に。おなかが空《す》けば食事を与えてくれた手に。公園で遊ぶところを見守ってくれた目に。夜中に泣けば、その声を聞いてくれた耳に。

人は自分を生かしてくれる人間に引き寄せられるものだ。

彼がセシリアを呼ぶ。その音節に、彼の呼び方に聞き覚えがある。これは悪いニュースだ。何をいっているか聞きとれるということは、彼は近すぎる位置にいる。

何かが離れる。左側、ほんの一瞬まえまで彼の娘がいた側が軽くなる。

彼女を失ったのだ。彼が追いついて、娘を取り戻したにちがいない。

彼は間近にいる。

あなたは銃を握り、家に残してきた弾丸のことを思う。ダンボール箱に入っていた弾倉を思いだす。銃に弾をこめなかったことを後悔する。すべてを後悔する。

ちがう。

セシリアはまだここにいる。あなたの横、彼女がいるべき場所に。

もう引っぱられているわけではなく、抵抗もしていない。彼女の脚は、あなたの脚を真似るように動いている。

彼女は顔をうしろに向ける。彼女に何が見えたのか、あなたにはわからない。思うに、父親が見えたのだろう。激怒して、正体をあらわにした彼の顔が。知っているはずなのに、いままで見たことのない形相をした男が。

ここは彼女にしかわからないところだ。

彼女だけにわかる理由から、セシリアは自分の行動を決める。父親の足音が迫っている。

そして彼女は走る。あなたと一緒に走る。

79

エミリー

わたしはまたホンダを走らせる。

エイダンは速い。いままでに見たなかでいちばん速いランナーだ。

彼は二人を見つける。あの女性と彼の娘が、彼から逃げている。一緒に。

それが起こったとき、わたしは十メートルほど離れたところにいた。それはホンダのヘッドライトが照らすなかで繰り広げられた。

まず、少女だ。彼は娘に手を伸ばし、彼女を取り戻す。

やった、とわたしは思う。これで彼は足を止め、娘をぎゅっと抱きしめて、どれほど心配したか話すのだろう。彼女がいなくなって死ぬほど怖かったと、切々と訴えるのだろう。

けれども、彼は娘を放置する。

手首をぐいと引いて彼女をあの女性から引き離し、取り戻すと、彼はまた走りはじめる。

まるでほかの音などいっさい耳に入らないかのように。べつの考えなど微塵も浮かばないかのように。

彼女だけが問題なのだといわんばかりに、彼はあの女性を追って走る。

わたしはホンダを停める。

「エイダン！」

車の外に立つ。そして彼の名前を、肺の出力を全開にして、喉も張り裂けんばかりに叫ぶ。

「エ、イ、ダン！」

彼がふり返る。最初は顔、ついで上半身がこちらを向く。

「エイダン、戻ってきて！」

何をいおうとどうでもいい、大事なのはわたしがそれをいっていることだけだった。彼はスピードを落とし、それから止まる。ほんの一瞬だが、充分だ。思いをめぐらせ、わたしのことを考えるには充分な時間だ。

息が詰まる。わたし自身は走ってもいないのに、空気を求めて喘《あえ》ぐ。恐怖のせいだ。口をあけた深淵のせいだ。

望みは、彼が完全に向きを変え、彼女を追うのをやめることだ。

望みは、彼がわたしを追うことだ。

彼の脚がぴくりと動く。プランBへ動きだす気配。彼が考えをあらため、それを——わたしを目指して走りだすストーリーの最初の一語だ。

現実が彼を引き戻す。いや、現実というよりも願望だろうか？　彼女を捕まえることが、どこに向かっているにせよ彼女を止めることが、彼の望みなのだろうか？

わたしではないのだ。彼が追い求めるのは、わたしではない。

けれども、わたしはいくらか時間を稼いだ。彼女が誰かは知らないけれど、エイダンと彼女のあいだに数メートルの距離がひらくだけの時間を稼いだ。

彼はわたしに背を向けて、また走りだす。

80 走る女

すべてのあと、結局二人だけが残った。

あなたと、彼と。

あなたは走る。

速く走ればいいだけの問題ではない。速度より大事なことがある。

あなたは以前の人生でやっていたように走る。胴体の下で脚が消失するような感覚を求め、胸郭のなかの強い鼓動、空気を探す肺のひりつきを求めながら走る。

目指すのは小さな、独立型のビルだ。星空の下ではひどく野暮ったく見える。すぐそばだ、たぶんあと百メートルくらい。

百メートルなら走れる。このために準備してきた。脚の筋肉を感じ、太腿の張りやふくらはぎの強靭《きょうじん》さを感じてきた。

ただ走り、ふり返らない。彼はすぐうしろにいて、彼がたてる音が聞こえ、彼を感じることができる。骨に、頭のなかに、皮膚の下に、目の奥に、体の隅々に、世界の裂け目のすべてに、彼の存在を感じる。

だからこそ、あなたは走る。

生き延びるための最後のルール――走ること。あなたはいままでもずっと、そうやって自分を救ってきたのだから。

81 警察署にいる女

世界が終わる。何もかもが混沌としていて、惑星直列が起こることなど二度と期待できそうにない。

あなたにわかっているのは——自分がまだ息をしていること。二本の腕と二本の脚、頭と胴体が揃った体であること。

外に残してきたのは、寒気と氷と雪と、それに銃だ。最後の瞬間に捨てた。星条旗が十二月の風にあおられるがままにはためいていた。ビルは煉瓦とガラスでできている。なかに入ったいま、あなたは建物の中心にいる。実験用のラットが蛍光灯の下でうごめいている。騒音がひどく大きい。あまりにもたくさんの声が飛び交っている。

あなたの頭はパンクしそうだ。聞こえるのは自分の胸の鼓動と、耳のなかに響く脈拍だけ。

まだ終わっていない。彼がここにいる。高潔な父親にして、誰もが信用している男。世界じゅうが自分を支持することを承知している男。転んでもただでは起きない男。「そいつがおれの子供を連れ去った」彼は何度もくり返す。「そいつがおれの子供を連れ去ったんだよ」

この男は、あなたがどこへ行こうと必ず見つける。彼はあなたにとって、チェックアウトできないホテルだ。

そして娘のセシリアもここにいる。あなたは彼女を失い、彼女があなたを見つけた。彼だ、とあなたは思う。彼女は彼を見つけたのだ。

いつだって彼なのだ。

あなたは警察署の内側一メートルほどのところに立っている。彼は入口にいる。青い制服の男が二人のあいだに立つ。

「エイダン」青い制服の男がいう。「エイダン、わかったから。落ち着いてくれ」

彼が落ち着く様子はない。

「そいつがおれの子供を連れ去ったんだ」彼の声は部屋じゅうを飛びまわる。かん高く、物悲しい声が壁にぶつかって跳ね返る。

一度だ。たった一度だけ、あなたは彼のものを奪った。

彼はみんなに知ってもらいたいのだ。あなたが何かいうまえに、先に相手に到達して、自分の声を確実に届けたいのだ。あなたのいい分が永遠に掻き消されるように。声だけではない。体もだ。長身で細身の彼が、青い制服の男のそばを無理やり通り抜けようとする。

青い制服の男はあなたのほうに半分ほど顔を向ける。若く、ぽっちゃりしていて、頬もふっくらした警官。二つの耳と、脳みそを持っているはずの警察官だ。この人にわかってもらわなければ。

「エイダン」若い警官は分別を求めていう。

彼は聞いていない。「そいつがおれの子供を連れ去ったんだ」その事実への激怒と、混じりけのない不信感を前面に押しだす。

セシリアが腕をあげる。「パパ」彼がくり返す言葉へのこだまのように、彼女がいう。「パパ。パパったら」

たぶん、彼女の声のせいだろう。長年親でいたために、パパ、パパ、という言葉に飛びつくことが身に染みついているのだ。彼女の本質をなす部分が、彼の本質をなす部分を呼び起こしているのだ。

「通してくれ」彼はそういい、あなたに向かって踏みだそうとする。若い警官はその場から動かない。

「エイダン」警官はなおもなだめようとする。「落ち着いてくれ、困るよ、あんたに——」

揉み合いになる。大声があがり、体同士がぶつかる。あなたは反射的に目をとじる。両手を握って拳《こぶし》にする。息をしろ。吸って、吐いて。生き延びろ。

「本当に悪いけど、エイダン」カチリと金属音がして、手錠がかかる。あなたが目をあけると、セシリアの父親が背後で手首を交差させ、頭を垂れて立っている。ようやく静かになった。

「あんたもだ」警官がいう。彼が手を伸ばし、あなたの肩が燃えるように痛む。両手をうしろにまわされ、冷たい金属が肌にふれる。まただ。ずっとこのままなのかもしれない。どこへ行こうと、男が手錠を持って待ちかまえ、手首を出せと要求してくるのかもしれない。

「やれやれ」警官がいう。「これでやっと話ができる」

青い制服を着たべつの人影が近づいてくる。「彼女を連れていって。彼からはわたしが話を聞く」彼女は若い警官にそういう。若い警官はうなずき、軽く押してあなたを連れていく。

あなたはふり返る。セシリア。彼らがあの子をどうするつもりか、知りたいと思う。

セシリアが父親についていこうとするのを、あなたは目の端で捉える。三人めの警官が——年配者だ、彼女の父親というには年を取りすぎている——彼女を止める。「ここにいて」彼はいう。いい子だね、という言葉も聞こえた気がする。お父さんという言葉も、いくつか質問があるという言葉も。セシリアがうなずくと、年配の警官は空《あ》いた椅子を身振りで示す。

部屋の反対側から、彼もその様子を見ている。父親。手錠をかけられた男。

彼の視線があなたの視線を捉える。

彼の目には正しい認識がある。当然だろう、という雰囲気がある。まるでこうなることがわかっていたかのように。あなたに裏切られるのをずっと待っていたかのように。

こんなふうに終わるしかなかった、とあなたは彼にいいたい。

わたしたちは二人とも鎖につながれ、まんなかにあの子がいる。あの子だけは自由の身で。

82　名前のある女

部屋はせまく、窓がない。机、蛍光灯、マニラ紙のフォルダーが目につく。汗とインスタントコーヒーのにおいが残っている。

あなたはこの部屋のすべてがおおいに気にいる。彼のものでない空気に満たされた部屋だからだ。

「座って」警官がいう。

あなたは座る。

「話したいことが」あなたがいいかけると、警官が遮る。

「いったい外で何があった？」警官は知りたがっている。「あんたは誰だ？　どうやってエイダンと知り合った？」

あなたは息をする。肌がちくちくする。だからそれをいま、あなたはいいたい。それをいま話そうとしているのに。五年も待って、いまようやく話すべきときがきたのだから、ちゃんと聞いてほしい。

そしてわたしのいうことを信じてほしい。

信じると約束して、とあなたはいいたい。これをあなたに話したあとには、すべてが終わると約束して。

警官が彼の名前を口にしたときの、あのいい方。手錠をかけたときのあの謝り方。本当に悪いけど、エイダン。友達なのだ。男同士、おそらく、ずいぶんまえからの知り合いなのだろう。

エイダン・トマス？　この若い警官はテレビに向かっていうだろう。ふつうの、すごくいいやつだったよ。誰からも好かれるタイプだね。礼儀正しくて。車が動かなくて困ってると、ジャンパーケーブルを持って現われるような男だった。警察が絡むような問題を起こしたことは一度もなかったよ。みんなとうまくやってた。

あなたは淀んだ空気をぐっと呑みこむ。聞いて、とあなたはいいたい。取引をしましょう。世紀の大事件について教えてあげる。あなたの人生を変えてあげる、あなたがわたしの人生を変えてくれるなら。

相手を見る。つづいて出てくるはずの言葉は、背筋を伸ばし、顔をあげて口にする必要がある。ためらわずに。五年も待ちつづけたのだ、彼のいない部屋を。聞いてくれる耳を。

そのまんなかに自分の声が響くのを。

「おまわりさん」そう切りだす。声は糖蜜のようにどろりとしていて、音節のひとつひとつを発する顎の動きは重い。

いわなければ。

思いだせ。それをいうときの感覚と、音の響きを。

あなたの名前。

違法で、呪いであるかのような言葉。

五年ものあいだ、あなたはそれを口にしなかった。

思い浮かべることさえ、間違いであるような気がした。小屋のなかでは。彼がそばにいるときには。頭に浮かぶ音節を彼に聞かれるのではないかと心配だった。あなたの嘘を、あなたのなかに彼の手の届かない部分があることを、感知されるのではないかと心配だった。

「わたしの名前は」最初からいいなおす。しくじることはできない。

完璧でなければならない。

口に出すときには、ドアの鍵をあけ、ドアを永遠にあけたままにする力をこの言葉に与えなければならない。

「おまわりさん」もう一度いう。そして今度は途中でやめない。「わたしの名前はメイ・ミッチェルです」

83

エミリー

どこへ行っても、彼がこちらを見つめてくる。

公園のベンチに打ち捨てられて。ドラッグストアのレジの脇から。家では、リビングのテーブルにエリックが放りだした昨日の新聞から。ユワンダがエリックに片づけてというまえに、わたしが帰宅してしまったのだ。

大半の新聞はマグショットを使った。都市部のタブロイド二紙だけは、家族写真に手をつけていた。一枚は何年もまえに撮られたハロウィンパーティーの写真で、まだ娘が小さかったころのものだ。彼はグレーのプラッシュのセーターを着ており、町の広場で娘が林檎を取れるようにウエストを持って抱えあげている。娘の顔にはぼかしがかかっている。いまもっとも人目につく男の、人目につかない娘だ。

もう一枚の写真はさらに古い。彼は若く、以前住んでいた森のなかの大きな家のまえにいて、妻の横でポーズを取っている。二人ともカメラに向かって微笑んでいた。妻は頭を彼の肩にもたせかけ、彼は一方の腕を妻にまわして。思うに、彼らがここへ越してきたばかりのころ撮られたものだろう。当時、二人は一緒に将来を夢見て、そこに見えたものに満足していたにちがいない。

あれから十日が過ぎた。最初は誰も信じなかった。ニュースがどんどん出てきても、人々は首を横に振りつづけた。その後、彼が自白した。一部だけ。すべてではなかった。だが、それで充分だった。

警官たちは、最初の夜にわたしから話を聞こうとした。当初、わたしは外に停めた自分の車のなかで待っていた。何も起こらなかった。署内に入ると、彼の姿はどこにもなく、彼の子供が一人で椅子に座っていた。わたしは彼女のほうへ行きかけたのだが、一人の警官に止められた。彼女はわたしを別室へ連れていった。「あの少女の父親を知っているんですか？」彼女はたずねた。「エイダン・トマスを知っていますか？」

それからその警官は、わたしには意味のわからないことをいった。いまもわからない。彼女は質問をつづけたが、わたしは役に立たなかった。混乱して、無感情だった。警官はあきらめて、今日はもう帰っていいので、明日そちらにお邪魔してもいいですか、といった。

「わたしがここに来てもいいですか？」わたしはたずねた。警官がわたしたちの家に踏みこむのはいやだった。エリックとユワンダをこの件に巻きこんでほしくなかった。警官は、もちろんいいですよ、といった。

わたしは約束を守った。翌日また警察署に行った。そのときにはFBIの捜査官が到着していた。忌々しいFBI。彼らは捜査に手を貸してくれているんです、と昨日の警官はいった。彼らと話してもらってもかまいませんか？

いいですよ、とわたしは答えた。話をする相手が誰だろうと問題じゃない。彼女はわたしをナントカ捜査官に紹介した。彼女が最初にその名前をいったとき、わたしはうまく聞きとれなかったのだが、あとからたずねるのも気が引けた。

まあ、彼女の名前も問題じゃない。大事なのは、わたしが彼女に話した内容であり、そこに含まれる事実は変わらないということだった。それは永遠に変わらない。

暖房の温度設定が高すぎるせまい部屋でナントカ捜査官と一緒に座り、二人のものだったすべてを明かした。テキストメッセージのやりとりも、パントリーでのあの夜のことも。慎重に言葉を選んだけれど、どんなに懸命に頭を絞ったところで、耳に心地よい話ばかりではない。

ナントカ捜査官はメモを取った。あなたのスマートフォンは置いていってください、と彼女はいった。そのネックレスも同様です。マフラーも。「ただのマフラーですよ」わたしはいった。「これがなんの役に立つんですか?」

捜査官は首を横に振った。「われわれにもわかりません。だからこそ確認しなければならないのです。証拠になるかもしれないんですよ。何が証拠になるかはわからない」

マフラーをはずして捜査官に渡した。隙間風が首から忍びこんだ。「まだあるんです」彼女はいった。「われわれはひと晩かけて彼の家を捜索したんですが、あなたに関するものがいくつか発見されました」

それは初耳だった。彼には、箱に入れたクッキーしかあげたことがない。

ナントカ捜査官は、わたしたちのあいだのテーブルに身を乗りだしてたずねた。「知りたいですか?」

今度はわたしが首を横に振る番だった。「もうどうでもいいです」わたしはいった。

彼女はうなずいてみせ、メモ帳のページをめくった。何かを探しているのだが、それが何かよくわかっていない、といった様子でぱらぱらと。

「聞いてください」手をまたページの上に置いて、彼女はいった。「もしかしたら、あなたがわたしの理解を助けてくれるかもしれない。これまでのところ、われわれが話を聞いた人はみんな、彼は愛されていた、というんです。あるいは、少なくとも、知り合い全員にとても好かれていた、と。口論をしたことや、不愉快な態度を取られたことなど、誰も思いだせない。そしてわたしの理解では、あなたは……彼をとても慕っていた」

彼女は待った。わたしは何もいわなかった。

「わたしにはこんなふうに思えるんです」彼女はつづけた。「人々が彼を愛し、信用したのは、彼がごくふつうの男だったからだ、と。彼は子供の父親で、自分の娘を学校に送ったり、彼女に服を着せたり、食事を与えたりしたし、町じゅうの人に手を貸した」彼女は椅子のなかで身動きして、ウエストバンドからさがっている支給された武器の位置をなおした。「もしこれが女性だったら、おなじ状況でもこれほど同情点は稼げなかっただろうと思うんですけどね」

あなたにはわからない、とわたしは彼女にいいたかった。あなたにはわからない、わたしたちのようには彼を知らないし、これから知ることもないのだから。彼に視線を向けられて、自分はもう二度と孤独を感じなくてすむんだと思ったこともないのだから。彼の笑い声で心温まる思いをしたこともなければ、彼の肌の熱に慰められたこともないのだから。

彼を愛したことのないあなたには、これからも決してわからない。彼がどんな存在になりえるかを、あなたが理解することはきっとない。

「たぶん、あなたのいうとおりだと思う」わたしはそういった。彼女は短くため息を洩らし、もう帰ってもいいですよ、といった。

わたしを外へ送りだすためにドアをあけようとした直前に、彼女はドアノブを握ったまま動きを止めた。「この先、もし何かあったら連絡してもいいですか？」彼女はそうたずね、わたしはうなずいた。

捜査への協力。わたしがやっているのはそれだ。知っていることをすべて話し、見えるものをすべて見せる。

どう思われるかはわかっている。彼らは、わたしが気づいていたにちがいないと思うのだろう。気づかないなんてありえるだろうか？　彼の目を覗《のぞ》きこみ、こんなにそばにいて、それでも気づかないなど不可能ではないか？

彼らはわたしが気づいていたと思いたがるだろう。そして自分にそういい聞かせるだろう。なぜなら、もしわたしが気づいていなかったなら、彼らにもわかるはずがないのだから。

三日間、わたしは隠れる。レストランに行かない。開店もしない。閉店もしない。誰も何も訊きにこない。誰もわたしに近寄りたがらない。

三日めに、ユワンダがわたしの寝室にやってくる。紅茶の入ったカップとコーヒーの入ったマグを手に持って。「どっちが飲みたいかわからなかったから」彼女はいう。「あなたについて、わたしが知らないことはたくさんあるから」わたしは顔をしかめる。ごめん、と彼女はいう。いいの、とわたしは答える。

わたしたちはほんの少し話をする。エリックもやってきて、ベッドの端に腰をおろす。二人は多くをたずねてはこないし、わたしにも答えられることはあまりない。テキストメッセージのことを話す。エイダンとはここのところよく会っていたと話す。よく会っていたというのは正確にはどういう意味なのか、とは訊かれない。

いつか、捜査報告が公《おおやけ》になるだろう。二人はそれを読むだろう。わたしが会ったこともないような大勢の人々もそれを読むだろう。

それはもう、わたしの関知するところではない。

ユワンダは首を横に振る。「あなたは彼と二人きりでいたのね」彼女はいう。「ここのところずっと二人きりでいて、わたしたちがそれをまったく知らなかったなんて、信じられない」

わたしは手をあげる。彼女は口をつぐむ。彼の話はしたくない。なぜしたくないか話すのもいやだった。説明する気になれないのだ。

説明なんてできない。

エリックが話題を変える。

「レストランだけど」彼はいう。「あそこをどうするかは考えてる?」

それは三日間考えつづけてきた。けれども心を決めるまえに、最後にもう一度だけやってみたかった。

あれは父の店だった。まあ、家みたいなものだった。欠点だらけで、たびたび腹を立てていたけれど、それでも家庭同然だった。

四日めの夜、洗いたてのボタンダウンシャツと深紅のエプロンを身につけて、車で町なかへ向かう。

カウンターのなかに入り、まとわりつく視線には気づかないふりをする。エリックとユワンダがボディガードのようにそばをうろつく。わたしは体が覚えている動作をする――レモンの皮を剝いてレモンツイストをつくる、オリーブにブルーチーズを詰めてカクテルピンで刺す。望みは、仕事に没頭して自分を消すことだ。作業に集中して、囁《ささや》かれる噂を耳に入れず、今夜はカウンターで食事をしたいといってくる顧客の数の異常な多さに気づかないこと。もっとよくわたしを見ようとする人々、わたしの立ち居ふるまいのなかに、彼がわたしを選んだ理由を解明するヒントがあるのではないかと探る人々を無視すること。

空気がどろりとしている。ボタンダウンシャツが背中に貼りつき、汗でつるつるする。オールドファッションドを二杯つくる。ふつうのアルコール入りカクテルだ、バージン・

オールドファッションドではなく——こちらを注文する人はもういない。カクテルを手渡すときに、コーラと目が合う。どうも、とコーラはいって、必要以上にすばやく——と、わたしには思える——カウンターから離れていく。

すべてに疑問がついてまわる。あらゆる細かい物事が、疑念につきまとわれて重くなる。わたしは仕事をつづける。ディナーの営業時間はのろのろと過ぎていく。わたしにはここにいる権利がある。世界のなかでもこの場所は、彼がやってくるずっとずっとまえからわたしのものだった。

けれどもその後、レモンを切らす。オレンジも切らす。マラスキーノチェリーもなくなる。これは二つのことを意味する。柑橘類は倉庫に取りにいかねばならない。チェリーの瓶はパントリーだ。

なんでもないことよ、とわたしは自分にいい聞かせる。背筋を伸ばす。前歯で下唇を噛む。無理にでもリラックスしようとする。ただの隣りの部屋に入るかのように、パントリーに踏みこむ。そうしなければならないのだ。何事もなかったかのようにふるまわなければならない。

瓶はいちばん上の棚にある。腕をあげると、シャツがスラックスのウエストバンドからはみ出る。

彼のようだ。いまのわたしは、あの五キロレースの日、ホットココアを出した日の彼のシルエットだ。彼がまさにこの棚から砂糖をおろしたとき、フランネルのシャツがはみ出て腹部が見えたのだ。

わたしが彼のものになり、彼がちょっとだけわたしのものになった日だった。

新聞で読んだ言葉が思いだされる。被害者。死者数。ストーカー行為。連続殺人。

地面が揺れる。ここのところ眠れずにいる。もしかしたら、もう二度と眠れないかもしれない。

吐きそうになる。


わたしは病気ではない。

パントリーを出て、営業を終わらせる。翌朝、心を決める。

あれがわたしの最後のシフトになった。

レストランを売却することについては何ひとつ知らない。両親は、その部分は教えてくれなかった。経営する方法を教えてくれただけで。

インターネットで見たところ、レストランを売るには戦略と、注意深い思考と、詳細な計画が必要らしい。

街から来たレストランのオーナーが、店を買いたいといってくる。彼が提示してきた金額は、完全な侮辱というわけでもない。

わたしは彼のオファーを受けいれる。

それでも働く必要はある。お金が入ってくるまでのあいだ、各種支払いをするために。入金されたあとだって、売却金は信託ファンドというわけではない。

働かなければならない。

ユワンダが友達に連絡してくれて、その友達がいとこに連絡してくれる。いとこの兄がバーテンダーを探しているという。街なかの仕事で、そのレストランはユニオン・スクエアのはずれの交差点付近にある。クソみたいな給料で、もっとクソみたいな勤務時間だったけど、二つ返事で引き受けた。

都会暮らしを夢見たことはなかったけれど、いまわたしの身に起こっているのはそれだった。ハーレムにまた貸しの部屋を見つけ、スカイプで内見をする。部屋はせまくて、ちっちゃな窓がひとつあるだけだ。それでも家賃に給料の半分以上を持っていかれる。ネット上で契約書にサインをして、新しい大家に敷金を送金する。

これがわたしだ。この仕事と、この部屋が。地下鉄に乗って仕事に出かけ、勤務時間がはじまるのを待つあいだ、ビルのあいだをふらふらさまよう。運がよければ、街はわたしを放っておいてくれる。わたしは見えない存在になる。

住所を探すのは簡単なことではなかった。メディアはそれを明かすことを禁じられていた。警官もおなじ。けれども一家の友人が、ある晩お見舞いの品を届ける途中で食事に立ち寄り、ユワンダが充分な情報を立ち聞きした。翌朝、彼女はそれをわたしに伝えてくれた。

「どうするかは好きにして」ユワンダはそういった。「あなたが知りたいかもしれないと、ちょっと思っただけだから。どうやら両親は、彼女が行方不明になったあとにそこへ越したみたい。彼女が最後に目撃された場所のそばなの。彼らは探すのをあきらめなかった」

近郊の町だった――レストランとコンビニとコーヒーショップがあるだけの、そこに知り合いがいなければ行かないような場所だ。なかなかいい家だった。丘のふもとにあって、モダンなデザインで、床から天井まで届く窓があり、ウォルマートでは買えそうにないポーチ用家具がある。喪失と悲劇を抱えてはいても、趣味のいい家だ。

自分たちがほんの五キロ程度しか離れていないところにいたと知ったとき、彼らはどう思ったのだろう？　いままでずっとこんなに近くにいたことを、どう感じただろう？

角を曲がったところに車を停めて、私道の端まで歩く。私道は両脇に小石が並び、入念に掃き掃除されている。

一歩、それから二歩。無理やり歩きつづけ、やがて玄関に到達する。いまだ。いましかない。

指が呼び鈴の上を漂う。だがそれを押す間もなく、ドアが細くひらく。わたしの母といってもいいくらいの年配の女性が、こちらを覗いている。

「何かご用ですか?」

うしろのほうで、いくつかの色がちらつく。ジーンズに黒いセーター、それに長く清潔で白い筋の入った髪。彼女の丸い目が、遠くからわたしの目を捉える。

「いいのよ、母さん」彼女はいう。「入れてあげて」

女性は肩越しにちらりとうしろを見て、それから不承不承いわれたとおりにする。わたしは申しわけなさそうな笑みを浮かべながら入るが、彼女はその笑みには反応しない。

「突然訪ねてきたりして、本当にごめんなさい」わたしはいう。「ちょうど帰るところで。この町から、という意味だけど。すぐにお暇《いとま》します」

わたしはここで何をしているのだろう? 自分のちっぽけな人生計画のために、この見知らぬ人たちを煩《わずら》わしている。彼らには癒《い》やされたり、生活を立てなおしたりする時間がたっぷり必要だというのに。

わたしは会いにきた相手の視線を探る。

「さよならをいいたかったんだと思う」重く、それでいて確信のこもらない言葉だ。「それから、謝りたかった」

声が震える。その響きがとてもいやだった。心に傷を負った、などという資格は、わたしにはないのに。わたしは大丈夫。彼に傷つけられたわけじゃない。彼はわたしを好きだった。たぶん。彼なりの奇妙なやり方で。

彼女がわたしのほうへ踏みだす。最後に一緒にいた瞬間の記憶が宙に浮かぶ。切迫した状況だった、彼女のほうは彼の家にいて、そこから出ていくところで、わたしはといえば金のブローチを自分の目に突き刺すオイディプスのように何も見えていなくて。

「あなたは知らなかった」彼女はいう。「考えも及ばないようなことだった」

彼女の口からそういわれると、完全に無罪をいいわたされているような感じはしない。単なる事実だ。わたしは知らなかったし、知らないなりの行動をした。

「本当にごめんなさい」わたしはくり返す。

彼女の目に何かがきらめく。わたしたちにもっと時間があればいいのに。二人きりで、何時間も話をすることができればいいのに。お互いの身に起こったことを、すべて打ち明けられればいいのに。二人の力を混ぜ合わせて、止まらないエネルギーを生みだせればいいのに。

「もし無理じゃなければ――」わたしは本当に馬鹿げたことをしようとしている。失うものなど何もないのだから。信用なんてどれほど残っているというのだ？　尊厳は？　プライバシーは？　そういうものをすべて剝ぎとられたあとで、何かほかのものに包まれたいと思ったって――少なくとも、思うだけなら――いいのではないか？　「もし無理じゃなければ、わたし……さよならのハグをしてもいい？」

沈黙がおりる。わたしの言葉はグロテスクなこだまになり、玄関ホールの壁に当たって砕ける。左のほうにある飾り戸棚や、鏡、小物を入れてあるセラミックボウル、鍵、ボタン、書類の束などがいまさらのように目につく。

「もし駄目ならべつにいいの」わたしは彼女にそういう。「それはそれで理解できる。自分でもおかしいってわかってるし。わたしはただ……」

そのとき、女性が口をひらく。彼女の母親にちがいない、年配のほうの女性だ。「娘は」そう切りだし、苦労して話す。どうしたらきちんと説明できるかわからない、という感じで。「娘はそういう――」

しかしそれを彼女が遮る。メイだ。彼女の名前は新聞で見た。覚えがあるような気もした――ニュース番組や、たぶんガソリンスタンドに貼ってあった行方不明者のポスターで見たような記憶がうっすらと残っていた。どこまでが本当の記憶で、どこまでが捏造《ねつぞう》記憶なのかはよくわからないけれど。

メイはわたしの横にある飾り戸棚にもたれる。目は隈に縁《ふち》どられているが、視線は日射しを貫いて、わたしのなかに何かを探そうとする。それが何かわかれば、すぐに差しだすのに。

「母さん」彼女はいう。「いいのよ」

84

メイ・ミッチェル

入ってきたとたん、あなたには彼女が損なわれていることがわかる。お互いを探知した潜水艦のように、相手のことがわかる。二人ともさまざまなことを乗りこえてきたからだ。何日ものあいだ、世界はあなたに飛びついてきた。おかえりといって歓迎された。いくつもの手が伸ばされ、何本もの腕に引き寄せられた。すすり泣く人々の喉がこめかみに押しつけられた。あなたがいなくてどんなに寂しかったか、としゃがれ声でいわれた。家は新しい。街なかには戻らない、いまはまだ。昔の所持品もいくつかある。さらに声が届く──直接、あるいは電話で。録音で。ビデオ通話で。それに絵葉書や、お見舞いの小包の形でも。

母親がいて、父親がいる。兄も。ジュリーも。恋人未満だったマットもメールを送ってくる。「その後、問題なくやってるといいんだけど。まあ、可能なかぎり問題なく。的はずれなことをいってたらごめん」と彼は書いてきた。

どういう方向へ話を持っていったらいいか誰にもわからず、みんなが〝ごめん〟という。

夜になると、声は消える。あなたのものよ、と母親がいうベッドに横たわる。廊下の先から足音が聞こえないかと耳をそばだてるが、沈黙があるだけだ。それでもあなたは耳を澄ます。つねに耳を澄まして、静けさが切り裂かれたときのために心の準備をする。朝方になってようやくまどろむ。そのときにはもう家族は起きだし、コーヒーのにおいが家じゅうを満たして、世界が見張り番をしてくれる。

セシリア。

彼女のことはずっと考えている。新聞は、彼女は大丈夫、〝安全に親類の保護下にいる〟と請けあう。警察もそうだ。毎日のようにあなたは電話し、毎日のようにおなじ答えが返ってくる。

犬は彼女の手もとに戻りましたか？　とあなたは三日めにたずねた。警察はイエスと答えた。家宅捜索のあいだに、警官の一人が木箱を見つけたのだという。警察はその犬を、少女の祖父母に渡した。

彼女は祖父母のところにいます、と警察はいっていた。一人ではありません。彼女はきっと大丈夫でしょう、と。

彼女はきっと大丈夫でしょう。

彼らには何度でもそういってほしい。充分な回数を耳にすれば、もしかしたらいつか信じられるようになるかもしれないから。

そしていま、もう一人の女性がここにいる。リビングに現われたあの女性だ。あなたのネックレスをしていた女性。エミリー。

彼女が新しい家にいる。たぶん、理解できるのは彼女だけだ。すべての中心に彼がいた世界で生きるのがどんなふうだったか、理解できるのは。

彼女は身の置きどころがない様子だ。どう立ったらいいかも、どう話したらいいかも、どんなふうにあなたの母親に目を向けたらいいかもわからずにいる。どんなふうにあなたを見たらいいかも。

その彼女がハグをしたいという。

母親が割って入ろうとする。いまのあなたがそういうことを受けつけず、体に触れられることがひどく苦手になっているのを知っているからだ。人がそっと近づいてくるのも駄目だし、あまりにも強く、あるいはあまりにも長く抱きしめられると、どうしたらいいかわからなくなる。それに、ときには一人の時間も必要で、そうなるともう待つしかないのも母親は知っていた。

しかし母親が知らないこともある。この女性は、ここ何日ものあいだにあなたが親しみを感じることのできた唯一の人間なのだ。彼女の存在は――あのとき彼女の姿を目にし、いまも目にしていることには――あなたにとって何かしらの意味があった。あなたと似たところのあるこの女性の存在は、二つの世界の架け橋なのだ。

彼女がずっとそばにいてくれればいいのに、とあなたは思う。彼女がここにとどまれば、二人ですべてを語りあうこともできるし、あるいは、何もいわずに何時間もただそばに座っていることもできるのに。

人々は何があったか理解しようとしている。記者は質問し、答えを広く知らせる。警察もだ。彼らは証拠を集め、彼の過去を掘り返し、動機や手段を探り、彼の足跡をたどって、地下室の女たちの名前を特定しようとしている。

みんながあらゆる小さな断片のために奔走しているが、彼らには決してわからないだろう。

彼女と、あなたと、彼の娘。あなたたち三人の物語はつながっている。真実にいちばん近づけるのはそこだ。

「母さん」あなたはいう。「いいのよ」

母親は脇へどく。あなたを外の世界に任せるというのは、最近の彼女にとって自然にできることではないのだ。

エミリーは待っている。彼女を呑みこんでしまいそうなふかふかの白いコートにくるまって、ジーンズの下からスノーブーツを覗《のぞ》かせ、トラッパーハットに茶色い髪を押しこんだ姿で。真新しい帽子だ。おそらく最近買ったのだろう。新しい人生のための新しいアイテムとして。

彼女はハグをしたがっている。してもいいかとたずねたあと、いまは手を両脇に垂らして立ち、顔にはすでに後悔の色を浮かべている。

あなたは両腕を広げる。

謝辞

フランス人であるわたしがいつか英語で小説を書いてみようと考えはじめたのは、十九歳のときだった。実行に到るまでには十年かかった。その十年のあいだ、アメリカの出版界は明るく輝く、ありえないほど遠い世界だった。何をいおうとしているかといえば――いま自分がこの場にいるのが信じられない。失礼、もっとクールにふるまうべきなのは承知しているけれど、それが本当にできないのだ。

この小説を書くにあたって信じがたいくらい幸運だったのは、異様に仕事ができるだけでなく、わたしがこの本でやろうとしていることを理解してくれる人々と組めたことだ。さらにすばらしいことに、みんな本書を好きになってくれた。これはわたしにとって、言葉にできないくらい大きな意味のあることだ（何かを言葉にするのが、まさにわたしの仕事ではあるのだけれど）。そんなわけで、心からの感謝を以下の人々に捧げたい。

編集人のレーガン・アーサー。あなたはわたしの大好きな本、わたしが作家になるきっかけとなった本のうち何冊かを編集、出版してきた。あなたのやさしさ、慧眼、エネルギー、寛大さに感謝している。本書の担当編集者のティム・オコンネルは草稿の編集をしてくれて、早い段階から、楽しい仕事になりそうだといってくれた。レーガン、ティムへ——作家が自分の書いたページについて完全に安全だと感じられるように編集するのは、簡単な仕事ではないと思う。二人はそれをしてくれた。ありがとう。

スティーヴン・バーバラを自分のエージェントと呼べるのはとても幸運だ。この小説をまさに最初の瞬間から支えてくれたことと、根気強く仕事にあたってくれたこと、そしてあなたの友情に感謝している。おおげさなことをいうつもりはないけれど、あなたがわたしの作品の価値を信じてくれたことが、わたしの人生を変えた。本当にいろいろありがとう。

クノッフ社のドリームチームにも感謝を。ジョーダン・パヴリン、わたしの友人のアビー・エンドラー、リタ・マドリガル、イサベル・ヤオ・マイヤーズ、ロブ・シャピロ、マリア・キャレラ、ケルシー・マニング、ザカリー・ラッツ、サラ・イーグル、ジョン・ゴール、マイケル・ウィンザー。

〈インクウェル・マネジメント〉のドリームチームにも感謝を。アレクシス・ハーリーは本書を文字どおり世界じゅうに広めてくれた。マリア・ウィーラン、ハナ・レームクール、ジェシー・ソーステッド、リンジー・ブレッシング、ローラ・ヒル。そして〈アノニマス・コンテント〉のライアン・ウィルソンは、映像化権を担当してくれた。イギリスの〈リトル・ブラウン・ブックグループ〉のクレア・スミスは、本書を大西洋の向こうへ運んでくれた。彼女の尽きない熱意と有益なメモに助けられた。ありがとう、クレア。〈フェイヤール／マザリーヌ〉のエレオノール・ドゥレールと、本書を好きになってくれた世界じゅうの編集者たちにも特別な感謝を。

ポール・ボガーズは特別な広報担当で、すべてを楽しく容易にしてくれる（そしてコーヒーの席に最高のサプライズ・ゲストを連れてきてくれる）。あなたがわたしの作品を気にいってくれて光栄に思う。〈ボガーズＰＲ〉のステファニー・クロスとステファニー・ハウアーにも感謝している。

作家が人々に愛されたがるというのは広く知られた事実だが、目利きのスカウト一人の愛が人生を変えうる点はもっと評価されていいと思う。本書を支えてくれたスカウトの人々に心からの感謝を。

夫のタイラー・ダニエルズへ。わたしを信じてくれたこと、草稿を読んでくれたこと、この小説のタイトルを見つけてくれたこと、そしてプロットのポイントについての話につきあってくれたことに感謝している。わたしの人生にあなたがいて、あなたの人生にわたしがいられるのはとても幸運なことだと思っている。それから、わたしたちの飼い犬クロディーヌのすばらしいパパになってくれてありがとう。

両親のジャン＝ジャックとアンヌ＝フランス・ミシャロンへ。ちょっと馬鹿馬鹿しく思えるようなゴール（たとえば、母語がフランス語なのに英語で小説を書くとか）を目指すのもぜんぜん悪くないとそれぞれに教えてくれたこと、読書への巨大な愛を育ててくれたこと（そして、ええと、シリアルキラーへの興味に弾みをつけてくれたこと）に感謝している。祖母のアルレット・ペネキンへ。この小説について本になるまえに耳にして、アメリカでの出版について知るべきことをすべて調べてくれた。彼女ほど業界について完全な知識を持つフランス人のおばあちゃんは、ほかにはいないと思う。

義理の両親のトムとドナ・ダニエルズへ。この小説は、あなたがたとハドソンバレーの家にいたあいだに書きはじめた。その後、わたしはこの家を（あなたがたの家を）本書に出てくるエイダンの家のモデルにした。それをあなたがたに話したのは、本を書きあげて出版契約を結んだあとだった。あなたがたは怒りもしなかった。それどころか、とても喜んで、誇らしく思ってくれた。二人の愛とサポートは、わたしにとってとても大きな意味がある。

ホリー・バクスターへ。完結してもいないうちからこの小説の価値を信じてくれてありがとう。あなたの熱意があったからこそ、わたしはゴールラインを越えることができた。賢明なアドバイス（〝草稿を書きあげるのが先、人生の意味を見失うのはあとにして〟）もありがとう。

フランスの友人たちにも感謝を。才気煥発な驚くべき人たちで、惜しみなく支援してくれて、それに、事実として極端にルックスがいい。モルガーヌ・ジュリアーニ、クララ・シュヴァッス、ルーシー・ロンフォー＝アザール、イネス・ザルーズ、カミーユ・ジャック、グザヴィエ・ウトロープ、ジョフロワ・ユッソン、スワン・メナージュ。クリスティン・オパーマンへ。すばらしい友人で、寛大な読者で、彼女のメモはあとから編集者がくれるメモといつも内容が一致した。わたしの作品を読む時間を取ってくれて、そして必要なときには道理をいい聞かせてくれてありがとう。

親愛なる友人のネイサン・マクダーモットへ。作家が（いや、実際のところ、どんな人でも）望みうる最良の友。サポートと称賛と、ほかにもいろいろありがとう。

わたしのセラピストへ。自明な理由により名前は書けないけれど、この小説の初期の草稿を読んでくれた（すごいことよね？）。文字どおり、わたしに正気を保たせてくれてありがとう。

33章で引用している映画は、エミリア・クラークとヘンリー・ゴールディングが主演の

《ラスト・クリスマス》だ。わたしはつねづね、シリアルキラーと何かしら関係のある人々（あるいは、シリアルキラー本人）が、シリアルキラーにまつわるジョークを映画やテレビで聞いたらどんな反応をするだろうか、と考えてきた。その答えは本書に書いてある。

25章では、メイがあるウェブサイトの〈わたしはこれを乗りこえた〉というコーナーにエッセイを寄稿する。これは、すでに廃刊になった『xoJane』というオンラインマガジンの〈わたしに起こったこと〉というコーナーに寄せられたエッセイに触発されたものだ。このサイトは二〇一一年に運営がはじまり、二〇一六年に閉鎖された。あそこに載った記事の数々は、わたしにとって個人エッセイへの入口となった。まだフランスで大学に通っていたときのことで、そうしたエッセイにわたしは心を奪われた。あの時期の体験を代弁するようなものを盛りこめてうれしい。この小説のほうが、年代としてはずっとあとだけれど。

最後に、わたしを作家にしてくれたほかの人々にも感謝の言葉を。高校教師のマダム・シュルタンは、ティーンエイジャーだったわたしにこういってくれた。「書くのをやめないで。やめてしまったら、みすみす人生に呑みこまれてしまうことになる……」（わたしは書くのをやめなかった）。ムシュー・ショーミエは、まだ読まれる段階にないようなわたしの短篇小説を読んでくれた。アーレイナ・チベンスキーは、わたしの取り散らかったアイデアを受けとめてくれた。そしてカレン・スタビナーは、書くことを何よりも愛さなければならないと教えてくれた。

訳者あとがき

男の名前はエイダン・トマス。闘病中の妻を助ける愛妻家で、十代の娘のいる子煩悩な父親で、人助けの手を惜しまず地域社会の誰からも好かれる男。だが、彼には周囲の誰にも知られていない秘密があった。彼は女を監禁していた。

女の名前は、仮にレイチェルとしておこう。〝レイチェル〟は男から与えられた名前であり、彼女は真の名前を――心の大事な場所を、精神力の大きな一部分を――封印されている。彼女は男の暗い情念や、さらなる秘密を誰よりもよく知っている。

こんなふうにあらすじを説明すると、エイダンが主人公の犯罪小説のように思えてしまうかもしれないが、さにあらず。エイダンも物語の中心にいるにはちがいないけれど、主人公は〝レイチェル〟だ。レイチェルと、地元レストランのオーナー兼バーテンダーのエミリー、そしてエイダンの娘セシリアという三人の視点からエイダンの姿が語られることで進む本作は、じつは女性があがき闘う物語であり、おなじ時間をちがう立場から経験した女性たちのゆるやかな紐帯の物語でもある。

監禁を扱ったミステリは、ひとつのジャンルをなすほどではないかもしれないが、すぐにいくつかは思いあたる。著者にとっても、読者にとっても、それだけ可能性と魅力を持つ題材なのだろう。ひところ立てつづけに出た、『メソッド15／33』（シャノン・カーク、横山啓明訳、ハヤカワ文庫NV）、『プリズン・ガール』（LS・ホーカー、村井智之訳、ハーパーBOOKS）、『蝶のいた庭』（ドット・ハチソン、辻早苗訳、創元推理文庫）といった作品をご記憶の方も多いのではないだろうか。少しさかのぼって拙訳の『歪められた旋律』（ジェニファー・ヒリアー、扶桑社ミステリー）を例に含めてもいいだろうか。古典に近い名作として、『クリスマスに少女は還る』（キャロル・オコンネル、務台夏子訳、創元推理文庫）も、ここに挙げてもいいだろうか。それぞれにカラーがちがい、どれも読みごたえのある小説だったが、本書もいま挙げたどの作品とも異なる、ある意味で前代未聞の監禁ものなので、ぜひお楽しみいただきたい。

最後になったが、著者についても少々ご紹介しておこう。謝辞にもあるとおり、著者はパリ生まれ、パリ育ちのフランス人。イギリスのロンドン大学とアメリカのコロンビア大学でジャーナリズムを学んだあと、二〇一八年にインディペンデント紙の記者としてキャリアを開始している。投げだすように名詞を連ねるぶつり、ぶつりとした文章の翻訳には手を焼いたが、書きすぎない、説明しすぎないスタイルでありながら、登場人物の視線や心の動きをなぞるような情景描写に巧みなのは、ジャーナリスト出身であることも影響しているのかもしれない。著者はティーンエイジャーのころに母親の本棚にあったマスマーケット版のペーパーバックを盗み読みするようになり、以来ずっと犯罪小説が好きだったという。本書は著者のデビュー小説である。

二〇二四年七月

訳者略歴　青山学院大学文学部卒，日本大学大学院文学研究科修士課程修了，英米文学翻訳家　訳書『ブルーバード、ブルーバード』ロック，『ローンガール・ハードボイルド』サマーズ，『女たちが死んだ街で』ポコーダ，『ボンベイのシャーロック』マーチ，『哀惜』クリーヴス（以上早川書房刊）他多数

HM=Hayakawa Mystery
SF=Science Fiction
JA=Japanese Author
NV=Novel
NF=Nonfiction
FT=Fantasy

寡黙《かもく》な同居人《どうきょにん》

〈HM⑳-1〉

二〇二四年九月二十日　印刷
二〇二四年九月二十五日　発行
（定価はカバーに表示してあります）

著者　クレマンス・ミシャロン
訳者　高《たか》山《やま》真《ま》由《ゆ》美《み》
発行者　早川　浩
発行所　株式会社　早川書房
郵便番号　一〇一 - 〇〇四六
東京都千代田区神田多町二ノ二
電話　〇三 - 三二五二 - 三一一一
振替　〇〇一六〇 - 三 - 四七七九九
https://www.hayakawa-online.co.jp

印刷・三松堂株式会社　製本・株式会社明光社
Printed and bound in Japan
ISBN978-4-15-186201-4 C0197

本書は活字が大きく読みやすい〈トールサイズ〉です。